喜娘

Xi Niang

回回苏/著

重庆出版集团
重庆出版社

图书在版编目（CIP）数据

喜娘／回回苏著. —重庆：重庆出版社，2009.4
ISBN 978-7-229-00529-0

Ⅰ.喜…　Ⅱ.回…　Ⅲ.长篇小说—中国—现代
Ⅳ.I247.5

中国版本图书馆 CIP 数据核字（2009）第 037036 号

喜娘
XINIANG

回回苏　著

出　版　人：罗小卫
责任编辑：王　淋
责任校对：何建云
装帧设计：重庆出版集团艺术设计有限公司・王芳甜　蒋忠智

重庆出版集团
重庆出版社　出版

重庆长江二路205号　邮政编码：400016　http://www.cqph.com
重庆出版集团艺术设计有限公司制版
重庆市伟业印刷有限公司印刷
重庆出版集团图书发行有限公司发行
E-MAIL:fxchu@cqph.com　邮购电话：023-68809452
全国新华书店经销

开本：787mm×1092mm　1/16　印张：19　字数：404 千
2009 年 4 月第 1 版　2009 年 4 月第 1 次印刷
ISBN 978-7-229-00529-0
定价：28.00 元

如有印装质量问题,请向本集团图书发行有限公司调换：023-68706683

目　录

一　初　见

1. 杏花·烟雨·江南，谁人深巷？ ……001

2. 柳色·桃花·香茗，人面映红……003

3. 遇·玉·寓，谁能勘破？ ……005

二　情

1. 相看……

2. 别过……

3. 相约……012

4. 赠玉……014

5. 心迹·谁人明？ ……017

三　合　亲

1. 这样，便是，遂了心愿？ ……020

2. 怎可僭越了，男女之防？ ……023

3. 从来都是，为情伤……026

4. 真要从此，恩断情绝？ ……029

5. 原来竟是，骨肉至亲……033

6. 同日成亲，喜事便是成双？ ……036

四 赴戎机

1. 我愿意,伴君仗剑走天涯……040

2. 竟遭遇,嗜血劫杀……043

3. 就算死,也要与你相拥……046

4. 牢兰海,遭遇神秘的雅丹……049

五 西 域

1. 委身为奴,空等待……053

2. 劫后重生,却是,别离……056

3. 孑然天地,斯人独憔悴……060

4. 凤凰涅槃,我仍是红衣的火鸟……062

5. 奇妙的夜晚,暗涌的谜……065

6. 魔鬼复活,仇恨闪烁血色光芒……068

7. 月满西域,照亮着谁的心事?……072

8. 当众受辱,是为奴的本分……074

9. 绿眸红衣,猫与凤凰的较量……077

10. 凌波飞天,彩练当空舞倾情……080

11. 恍然若梦,羌笛声中故人来……083

12. 天地无物,我只要此刻的相拥……086

13. 血胆玛瑙,已不是最珍贵的宝物……090

14. 两国特使,重新揭开劫杀的秘密……093

15. 幽深的美梦,映着血光醒来……095

16. 该如何,幽蓝忆从头?……098

六 长 安

1. 满城金甲芙蓉冷……103

2. 月色溶溶幽梦深……106

3. 何处得觅伊人影?……109

4. 画角西楼蔼蔼风……111

5. 夜枭声动寒欺骨……114

6. 鸳帐飞红心智蒙……116

7. 春波碧草合欢处……119

8. 艳阳破空情已非……121

9. 清风幽谷,芙蓉摇红,醉相拥……123

10. 天赐恩宠,皇命指婚,却迟疑……126

11. 玉祥门外,高宣喜旨,心彷徨……129

12. 我愿与你,亡命天涯,情不移……131

七　重回西域

1. 艾依古丽:草原上的月亮花儿……135

2. 那是西域最美的姑娘……138

3. 一舞惊阿萨……140

4. 谜掩南诏国……143

5. 梦徊木卡姆……146

八　康藏香巴拉

1. 莲花生大师……151

2. 月映莲花湖……156

3. 白玛达瓦……160

4. 茶马古道……164

九　南　诏

1. 风波骤起……171

2. 羊苴咩城……174

3. 金瓶藏耳……179

4. 镜面之舞……182

5. 潋滟曼陀罗……186

6. 缤纷迷迭香……193

7. 香回重见……198

8. 不为人知……201

9. 兵戈凛冽……204

10. 妙香佛国……208

11. 莲开见佛……211

12. 椒花落时……215

13. 莲开清净……219

14. 昙花一现……225

15. 堕情盅……229

十　骠　国

1. 佛国之争……234

2. 衔枚奇兵……237

3. 回风流雪……240

4. 七步莲花……242

5. 七彩舍利……246

6. 人面桃花……249

7. 黄绫密折……252

8. 蕊寒香冷……255

9. 反弹琵琶……257

10. 血雾迷城……262

11. 白牙信物……265

十一　归　宗

1. 君王之棋……269

2. 天山雪莲……271

3. 溘然长逝……273

4. 金瓶银函……276

5. 情落喜洲……278

十二　幕　落

人间自有情……281

番外篇　姻缘簿

1. 市有红娘十二岁……284

2. 世界上最远的距离……287

3. 惹郎卿……290

一

初 见

1. 杏花·烟雨·江南，谁人深巷?

晨光乍放，春雨初歇。

粉墙乌瓦，幽幽深巷。

湿漉漉的青石板上，点点粉嫩杏花。

云开微微地笑了。

这般昼夜兼程，为的正是这一幅温婉润泽的景致吧。融入其中，便自然洗去了战袍上沾染的征尘，耳鼓里也不再扰攘起金戈铁马猎猎风声。心下，这般的宁静啊……

家乡。

终于回家了……

****

不想，幽巷深处有细碎的簌簌之声袅袅传来。

却依稀不全是脚步踏在青石板上的声响，倒仿似层层布料间反复的摩擦、碾压；不甚吵，却杂，就像夏夜里嘤咛于耳畔的蚊蝇，扰得云开心乱如麻。

借着微微曦光，云开只能恍惚看见模糊的身影走来。这样一条窄巷，相向而行，想要避开却也是不能的了。

云开心下暗恼，拉低了头上的斗笠，侧身倚在墙角一株杏花树下，想让这段不和谐音符早早走过，好回身重新欣赏这久违的江南春色。

谁知，云开停，对面那声响却也停了。

久候无声，云开不得不推开斗笠，极目望向巷子深处的声响来处。

天光渐亮，巷子深处的景致已经次第展开，刚刚尚不分明的视野，豁地开朗。

****

云开这一看可不得了，纵是久经沙场，见惯尸横遍野的场景，云开依然吓得险险一个趔趄跌坐在杏花树下——

只见一团红，扶扶摇摇地欺满了整条巷子！

实则那身形本是纤巧，只是那层层叠叠的红，实在是令人眼目顿有轰炸之感。

是一个女子，正仰首，深深嗅入墙内一枝探出墙外的杏花的芳香。这本来，该是绝美的一幅《春巷美人图》，偏生这女子如何也入不得画卷，因为——

她是一个几乎被淹没在红色中的女子。

看那红：发簪红花。双颊飞红。红唇一点。颈间红玉。珊瑚红的外衫，斜压大红的中衣。樱桃红的襦裙，层层压褶，还是掩不住裙底惊鸿一瞥的粉红缎面绣花鞋……

更为可观的是女子的脸庞，这里终于不再只是红色一种，霜白、墨黑、靛青、花黄，几乎一股脑地堆积在那张小小的脸上，让云开一时目眩，分不清哪里是脸颊，哪里是眉眼。

云开险险晕厥。

朔风黄沙中拼杀了数月，云开如何能经受得住这般的视觉考验！

纵是云开，心底已然不觉生出隐隐的厌。这般装扮的女子，不是风尘中人，就是胸中无点墨的俗人。可惜了这幅水墨江南的画卷，生生被不合时宜的乱红点残！

****

重又压低斗笠，云开疾步走向红衣女子的方向，想着速速从她身边经过，毕竟天光已然大亮，父母双亲在家里一定望眼欲穿了。

却在与那红衣女子擦身而过的瞬间，云开突地觉察到一丝诡异的眼神，让他不觉抬高了眼帘，循迹望去——

轰！云开的头颅宛如炸裂，那女子正挑高着自己卧蚕一般的两道漆黑浓眉，努起那只宛如成熟过度的樱桃一般的小嘴，满眼垂涎之色，定定盯着云开的脸，直直地看！

接到这眼光，云开只觉脊梁沟一阵发凉。

纵是两军对垒之时，与敌人以性命相搏的刹那，面对敌军狰狞的满目凶光，云开都未曾半点惊恐。

而如今,家乡和平的春色深巷里,一个小小女子,手无缚鸡之力,又无半点兵器,竟然用小小一线目光,盯得"万千人,吾独往矣"的云开心生阵阵凉意!

嘶——就连牙神经,也突地抽痛起来!

云开懊恼,紧垂下头颈,大步前行。

2. 柳色·桃花·香茗,人面映红

云开绝对想不到,这么快,就再次见到了那位红衣的姑娘。

哦,或者说,算不得"再见",而是正式地见到,清清朗朗、仔仔细细地看到了那红衣姑娘的面貌,不再如春巷初遇刹那,被一片浩渺的红淹没了神志。

****

隔日清早,刚刚起床的云开,便听得丫鬟来报,说老爷前厅有请,有贵客临门,让云开慎理衣冠,速速相迎。

云开不禁纳罕。

云老员外是扬州城里颇有威望的大家族长,平日里交游广阔自是难免,但是云老也素知云开性格,所以除非极为特殊的人物,一般时日云老爷断断是不会叨扰着云开前去应客的。

何况,云开刚刚离开那十里征尘,正是需要静静休息的时刻。

想来该是父亲极为重视的贵客吧,云开只得隆重地打理了衣装;匆匆赶去前厅。

却一进门,就愣在了当场——

那上座的黄花梨木圈椅之中,与云老员外并肩而坐的,不正是前日小巷偶遇的,堆叠在层层红装之中,又厚颜直直盯住自己不放的女子!

云家往来的,不是高门望族,便是宿儒大家,何曾允许勾栏女子踏足,更别提能够堂而皇之地上座了!

云开心下不禁无名火起,顾不得主人之仪,三步并作两步直直冲到那红衣女子身前!

****

满腹指责之言冲到舌尖,却生生被云老爷拦腰截断,"云开,快来见过喜娘。她可是我们扬州城内最有名气的姑娘。上至阁老、太尉,下至黎民百姓,家家的儿女姻缘可都指望着喜娘呢!你的亲事,恐也要有劳喜娘费心了……"

原来是个媒婆!

怪不得浑身上下披红挂彩,全然不知人间疾苦。

怪不得小巷初遇,一个大姑娘家就厚着脸皮,盯着自己的脸,直勾勾地看!她肯定认定自己是一块"肥肉"，一块能给她带来丰厚收入的"好货色"！

云开微微闭目，脑海中浮现出家中出现过的几个媒婆的形象，都是三寸不烂之舌，都是巧言令色，一心只想着将一对男女送作堆，好多多收取双方家庭的好处，全然不顾那对男女是否般配；更有甚者，甚至明明知道那家女子早已有心属之人，却依然撺掇着女子的父母，奔着云家的财势而来！

云开暗暗咬牙，再睁开眼时，望向喜娘的眼神，在不屑中不觉又多了一丝轻浮。

****

"喜姑——娘好……"云开诡笑，刻意不明白称呼喜娘之名，而是拉长了音调把"姑娘"二字加在喜娘身上。乍听之下，会以为云开一时耳误，听错了喜娘的名字；其实"姑娘"正是当下人们称呼勾栏女子的通称，云开这样叫着，便是明明有意刁难于喜娘。

云开以为，喜娘必会如那些媒婆一样，一听自己招呼，便满脸堆笑，调动起巧簧之舌，先是天花乱坠地赞扬自己丰神秀美，继而抬出谁谁家女儿美若天仙的说辞来。

不想，喜娘闻言只是淡淡地抬眸望了他一眼，并不说话，反倒执起身旁桌案之上的青瓷茶盏，轻巧地抿了一口茶。

云开被讪讪地晾在当场。

忽地错觉这里仿佛不是自己家里的厅堂，而是喜娘的一亩三分地；而他自己也不是那个久经战阵的将军，而变成了一个一时间手足无措的毛头小子！

除了愣愣地等着喜娘的下文，自己竟不知该如何打破眼下的冷场。

云开抬眸偷看上方，云老爷不便插入两人谈话，急得搓手。

而喜娘，云淡风轻得仿似不干己事，缩紧自己小小的身骨，更深地坐入高大的圈椅，眼睛斜斜瞥向轩窗之外，看那柳色正绿、桃花正红。她的神情，与她眉眼间的浓墨重彩和浑身的披红挂彩那般不相容，纯净、透明得仿佛这阳春三月的晨刻阳光。

云开竟有片刻的失神。

****

仿佛等了一万年那么久，喜娘终于收回眼神，淡淡地轻启红唇，"想来云公子必是沙场疲惫未除。小女子名唤喜娘，而非公子口中的喜姑娘。云公子，是否需要小女子近身于您耳畔重申一次呢？"声调冷冷的，音色却是有如山泉清冽。

云开心下一沉，这丫头分明是暗讽自己耳背！没想到，这般的"花团锦簇"之下，这丫头也分明有一颗玲珑剔透的心呢。看她的应对，不疾不徐，不卑不亢，却又直刺要害，遣词造句滴水不漏。

"哦，哦，小生多有失礼，喜娘勿怪。"云开尴尬，只能先行道歉。第一次正面交锋，自己就落了下风，云开暗恼。

急于扳回一城，云开话锋一转，"喜娘，家父既然将本人的亲事托付于你，那我们自不必那般见外了，对吧？"

喜娘没有听出他言中所指，只能淡淡地顺着他的话，微微颔首。

云开偷偷一笑，"喜娘，既然已经不是外人，那么小生问一点喜娘的私事，就也不算大过了吧？"

"喜娘，看你的年纪，应该也尚未婚配吧，为何你急着为天下男女牵系姻缘，却不操心自己的婚事呢？"

****

云开的话，宛如平静的水面投入一颗棱角参差的石子，荡起串串不规则的涟漪。就连身旁伺候倒茶的丫鬟碧鸾都听出了云开的讥讽之意——你连自己的姻缘都搞不定呢，有什么资格跑别人家里来管别人的姻缘呢！没有金刚钻，却要来揽瓷器活儿……碧鸾用衣袖掩住唇角，拼命忍住笑。

喜娘依旧淡淡的，只是投向云开的眼睛，微微多了丝光芒。

"云少爷说的是。"喜娘轻笑，不直接谈及自己尚未婚配却为他人牵系姻缘之事，只是柔柔看了一眼云开腰间悬佩的一块玉佩。那玉佩是温润的羊脂美玉雕琢而成，状若游龙，云气氤氲，温润如脂，流光溢彩。

"云少爷有所不知，小女子除了牵系姻缘，实则还有一个格外的喜好，便是收藏这世间漂亮的石子。想来，这悬于公子腰间的玉佩，在公子眼中一定不是什么羊脂美玉，而依然是没有切割打磨之前的，那块依然躺在西域河床之中的顽石吧？既是顽石，你我又已如公子所言不该见外，那么小女子索性忝颜请公子将这块石子送了与我吧。君子自有成人之美，不是么？"

碧鸾也听懂了喜娘的弦外之音：既然云开看重的并非喜娘现实的能力，而偏偏要追究喜娘自己是否婚配的"背景"，那么现时悬在云开腰间的美玉，在云开的逻辑中就应该还是那块河床中的普通的顽石……

3. 遇·玉·寓，谁能勘破？

闻得喜娘之言，云开忽然神情古怪，望向腰间玉佩呆呆出神。

正如他的姓氏——如絮洁白的云，云开从小便独爱白色。

身上的袍服都是素锦织就，即便在沙场也是白马银枪，即便系在腰间的玉都是要定这纯白的羊脂美玉。

羊脂美玉难得，能够悬在云开腰间就更是难能。从小到大，云开腰间仅有这么一块配饰的玉器。如今却在一个小女子不经意的轻描淡写之下，变成骑虎难下之势。

这玉，是不得不摘的了。

云开解开系住玉佩的丝绦穗子，递给喜娘的同时，瞥了一眼旁边的云老员外，并不惊讶地看到云老爷脸上焦急而又不豫的神色。

云老爷的神色，不但没有拦阻住云开，反倒让云开突觉轻松，满脸浮现起笑意，轻快地将玉佩半递半抛入喜娘怀中，仿似扔开了一块压制住自己的大石。

"是啊是啊，本是顽石一块，既然喜娘喜欢，小生怎可悭吝！"云开言语之间满是轻快。

却换了喜娘微愣。捧着云开抛过来的玉佩，宛若捧着个烫手的山芋，显然没想到云开真能将如此珍贵的羊脂玉佩轻易相赠。

****

心思电转，喜娘忽而狡黠一笑，侧着脸颊抬高眼帘，掩住微微上扬的嘴角，却益发让自己的眼神添了灵动的妩媚，"那就多谢公子了。虽是顽石一块，小女子亦当珍视；或许未来某日，遇到合适之人，小女子执此顽石以为信物，为公子保定一桩合意姻缘，也算不负公子厚谊了！"

云开心底一震，又微微一惊，眼前这女子还是自己当日见到的那个满身红衣、俗不可耐的姑娘吗？

看她眸间流转的光华，看她唇角噙住的一朵微笑，看她半垂的卷翘睫毛，看她脸颊微微泛起的红晕……

待云开发觉自己的目光已经随着喜娘转动的时候，当云开发现自己竟然开始觉得喜娘姣美的时候，云开的心，怎能不轰然震动！

更何况，她太知道如何绝地反击，她太懂得如何主导话语了！

三言两语之间，她不但拿去了自己随身二十余载的心爱玉佩，更是权当自己授信于她，等于自己的婚姻大权全部落入她的手中！

日后，若她看中某家女子，只消将自己的玉佩作为信物交付人家，那么女子家便完全有权利登门定亲！

毕竟，玉，在中国有着极为不同的寓意啊，这是坚贞的象征，这是承诺的见证，"玉定终身"完全是官府民间皆可认定的方式啊！

汗，冷冷，涔涔，从云开脊背滑下……

****

云老爷终于急得按捺不住插入话来，"喜娘，万万不可，万万不可啊！"

"这玉佩可是云家祖上传来，乃是高祖皇帝赐予云家的圣物。传至云开，是因了他从小体弱多病，想借着这玉的神圣来增强云开的命力。果然，有赖高祖皇威和先人保佑，佩了这块玉的云开日渐强健，现在更是成了朝廷中带兵制敌的将领。所以，这块玉不但牵系着云家的声望，更是牵系着云开的命理，喜娘万万是不可轻忽了的啊！"

云老爷顿了一顿，"只有遇到真正能为云家，为云开带来吉祥之数的女子，也就是真正有资格作云开正妻之人，才能将这块玉佩相赠啊……"

****

喜娘绝对没有想到这块玉佩背后竟然藏有如此深重的寓意，神色凝重地抚摸着玉佩的游龙花纹，定定出神。

送还云开，已然不能；交给云老员外，心中又有不甘。

这个名唤云开的男子，这个剑眉星目的男子，竟然奇异地勾起喜娘心底的好胜心。

总不甘在与他的话语中败落下风，总想让自己的言语博得他一而再的沉沉注视。

喜娘微微自责，自己这是怎么了啊，这哪里还是素日里不与人争长短的自己啊！

素日里，自己的心里，自己的整个世界里，最关心的只是如何保定下一桩姻缘，只是想看到在自己帮助下结合的男男女女们生活幸福，何曾过分在意过小我的内心感受，何曾如此这般在意虚无的胜败输赢？

****

云开诧异地看着眼前这个刚刚还如小刺猬一般耸起尖刺针锋相对的女子，忽然垂首不语，只定定看着手中的玉佩，眼中数十种感情流转而过。

此刻的她，低垂的颈项上，借着轩窗投射进来的阳光，隐隐可见金色的绒毛，那般纤弱，那般动人，益发显得她整个人如水晶一般的脆弱、透明……

云开的心，愀然一疼。

忽地舍不得看她陷入进退不能的窘境，舍不得看她小小的身骨压在层层的红色之中不得舒展。

云开轻轻地说，"没关系的，你先帮我收着吧。"

"将来，如果我遇到心仪之人，我会告诉你，烦劳你去帮我结定姻缘，到时候这玉佩自然便是我托付于你的信物了。既然是我托付于你收着的，便是我自己的意愿，出了什么事情，也都是我自己的选择了，与你无关的……"

喜娘惊着眸子，直直望来，那目光宛若最为纯净和闪亮的钻石，直叩云开心底。

云开听着自己咚咚的心跳，不敢直接迎向喜娘的目光。

直到此时云开才发现，透过浓墨重彩的妆容，喜娘的肌肤几若透明，小巧的鼻挺直而玲珑，饱满的唇软而润泽，双眸如晨间清冽却朦胧的雾，她红色衣袂飘飘起处竟似有落英缤纷……

二

情　动

1. 相看·两不厌

偏安江南的扬州，一片繁华，全然看不出北方半点战祸的阴影。

瘦西湖。云开凝立小桥之上，回想刚刚挥别的十里征尘，竟有恍如隔世之感。

适逢三月，柳色正艳，整个扬州城仿佛笼罩在一层嫩绿的柳烟之中。一树树桃花盛放于湖堤柳岸，瓣瓣落花飘落湖水，幽幽、脉脉，从云开脚下的小桥底流过。

岸堤之上，游人如织，各色店铺、商摊也都拉开架势，想借着这大好的春光，收获一个丰盛的年景。多彩的纸鸢、飘香的五亭包子、光华闪烁的发簪、栩栩如生的面人儿……琳琅满目之中，一派升平景象。

春光潋滟里的扬州，该是足够五光十色了吧，但是这些颜色依然掩不住那一抹红！

隔着远远的街道和人丛，云开一眼就看到了迎面而来的那抹红色。

偌大个扬州,能把红色穿到这般极致、这般招摇的,除了喜娘,云开哪里还能做第二人想!

****

果然,街边胭脂铺老板娘的一声招呼印证了云开的猜想——

"哎哟,这不是喜娘嘛!才几日不见,喜娘你就又漂亮了呀!来来来,我店里刚好采了新鲜的桃花儿,做了胭脂,我老早儿拣那最好的,给你留了几盒。今儿赶巧你就来了,快来拿着!"

见喜娘出现,云开也不知怎的硬是抬不起了脚步,于是只好扭头拐入街边一家茶店,坐了最靠外边的一张桌子。一边饮茶,一边看着街上的喜娘。

喜娘那小小的脸儿,也不知是被这春日里的日头照的,还是被胭脂铺老板娘的话给说的,嫩绰绰一片绯红。

云开正想着,难得喜娘也有羞涩得说不出话的时候呢;喜娘却轻抚着自己的面颊开了腔:"啊,是吗,我这几日里,总觉得镜子中的自己越发看着顺眼了呢。原来,这不是我一个人的看法呀,就连老板娘您都看出来了呀!真的是天生丽质难自弃吗?"

噗——云开刚刚含入口中的茶水突地变成一道急流喷射而出!

云开一窘,自己何时变得如此冒失了呢!窘迫之下,一股气没喘匀,压在喉咙间,甜甜痒痒,化作一阵剧咳。

云开又想化解自己的窘境,却又压不住大咳,一边努力平息自己咚咚的心跳,一边偷望喜娘闻声瞥过来的目光。

见是云开,喜娘的小脸儿登时更如烧红了的火炭儿。

脚趾头都能想到,云开呛着肯定是因为突发的暴笑。而这暴笑,一定是因为自己刚刚的"自负"。

喜娘暗恼:这个混蛋云开,他就连嘲笑都敢这般大张旗鼓,唯恐天下人不知!

却也在羞愤之间找不到合适的言辞还击。正思忖间,方注意到云开挂了一脸的茶叶,咳得直不起腰来的窘样儿,喜娘便顾不得了如何言辞反击,只是扑哧一声也笑了出来。

本来街上人们的注意力都集中在满身艳红的喜娘身上,街头巷尾的人们好像大都与喜娘熟稔,正你一言我一语地纷纷跟喜娘打着招呼;此刻见喜娘的注意力转移到了街边茶店中,人们的视线便也跟着投射了过来。

好家伙——云开忽然发现自己几乎成了整个扬州城注目的焦点,偏生还赶上自己拼命大咳、满脸茶叶的窘迫模样,刚刚稍有止歇的咳,反倒更加大声了。

喜娘环视了一下周围人们注视云开的眼光,顾不得害羞,忙拧身走进茶店,摸出自己掖在衣襟里的汗巾,给云开细细擦去脸上的茶叶和茶水,又把怀里抱着的一笼包子塞进云开手中。

"这是街上张老爹刚送给我的包子,他做的五亭包子远近闻名,你快压一压咳吧!"

****

云开把包子塞入口中，方止住了咳，直起身来。

眼前，不到一尺的距离，是喜娘的小脸儿，神色严肃地努力用汗巾擦着自己头上脸上的茶叶和茶水。

因了两人身形的悬殊，喜娘不得不踮起脚尖，努力抬高手臂，整个身形不住摇晃，每一次都仿似扑入云开怀中。

察觉到云开的目光，喜娘也把目光迎上来——

这一刻，仿佛整个扬州城的繁华都已远去，街边的路人都化作虚无，两个人眼中只有彼此，咫尺之间鼻息相交。

云开着迷地看着喜娘腮边涌起的红晕，还有她小巧鼻尖上一颗一颗珍珠般晶莹的汗珠。

喜娘望着云开幽深的眸子里，一再氤氲起蒙蒙的雾气，他好看的唇角仿佛在压抑着什么似的一再抿紧……

云开忽然想将眼前这小小的身躯拥进自己怀中，用自己的唇吻去她鼻尖的颗颗汗珠；突生的欲念火一般在胸膛里燃烧，云开不觉紧紧抿起嘴唇。

喜娘想伸出手指，抚平云开紧绷的唇瓣，顺便感受一下那唇瓣的柔软与温度；这突如其来的奇怪念头，让喜娘窘迫得鼻尖沁出汗珠……

天地之间，仿佛只剩下这一对人儿，缠绵着胶着在一起的目光，听着彼此胸膛里咚咚的心跳。

****

"少爷，终于找到您了！家中有贵客到访，老爷命您速速回府……"耳畔一个炸雷般的嗓音响起，笼罩住云开与喜娘的魔咒方被打破。

喜娘忙垂下头，慌乱地想把汗巾收好，借以掩饰刚刚的尴尬。云开凝神回望喜娘藏在颈间的那一抹娇羞，脚步不觉迟疑。

云府仆人催促，云开只得离开，他望着喜娘欲言又止，只把喜娘慌乱中落在地上的汗巾拾起，纳入自己袖中，环顾了一下周围人的围观，沉声说："脏了。我补一块新的给你。"说罢起身，绝尘而去。

2. 别过·念春风

原来，是张阁老带着夫人和女儿来访。

张阁老可是扬州城举足轻重的人物，即便扬州知府都要派人日问其安。

这都是因为张阁老曾在朝中为相，后告老归隐民间，居于扬州。虽不问国事，然朝中大小官员，或为阁老部下，或为阁老门生，或受过阁老提携之恩……于是乎，虽然阁老目下只是布衣身份，却有着左右朝政、手眼通天的能力。

对于张阁老,各级官员士绅都是极力逢迎的,登门拜府尚不及,能让张阁老屈尊前来拜访,尤其是带着家小同来,这对于云家,实在是极高的荣耀了。

云开重整衣冠后,在前厅拜见张阁老。张阁老忙起身扶起云开,拊掌大笑,"云将军果然丰神俊雅,仪表堂堂! 早听闻云将军上殿可为肱股之臣,下殿便是勇猛将军;执笔可作千古文章,挺枪直取敌酋首级! 后生可畏,后生可畏啊! 这样的人才,本朝百年难得一遇呀! 能与云将军共居一城,真乃老夫荣幸啊! 来来来,近身来坐,让老夫好好看看这难得的人才! "

张阁老一席话说得云老员外喜笑颜开,受宠若惊。云开纵是没有过多将阁老的溢美之词放在心上,可也很是承情,心下满是感激。

茶过三巡,寒暄已毕。张阁老忽抓过云开手臂,"来来来,随我去后堂,见见我那夫人。我夫人也对云将军早有耳闻,今天特地跟我过府来开开眼界呢! "

别看张阁老说得轻描淡写,云老员外和云开可自不敢怠慢。谁不知道张阁老的夫人,乃是当朝郡主,当今圣上的嫡亲表姐!

丫鬟禀报,说云老夫人陪同张夫人与小姐,已经在后花园备好茶点,请张阁老、云老员外和云开移步。

****

后花园里,柳丝垂碧,一潭幽水之间有一座整块汉白玉雕塑而成的亭榭。亭外树树桃花,开得正是芳菲尽展。亭榭四周,悬了珠帘,隐隐可见珠帘之内有人影端坐。

云老员外和云开招呼着张阁老在花园回廊边落座。

丫鬟们刚斟上香茶,水中亭榭中便有丝弦叮咚三声而起,吸引了这边三人的注意力。

张阁老会心一笑,回身对云老员外和云开说,"来得匆忙,没有备下什么礼物。只好让小女抚琴一曲,还请云老员外与云将军不要见笑啊——"

正言语间,亭中的琴声便淙淙而来,清越、激荡宛如山间清泉,直入胸臆。张阁老满意地看到云老员外和云开都定定地听着琴音的模样,捋着长髯,颇含深意地笑了。

****

三月的春风,裹挟着桃花的芬芳,软软地吹来,撩动起云开的衣袂,俊雅飘然。

张阁老与云老员外,一边享用茶点,一边时不时瞥向云开;而云开,始终一个姿势,眼睛望向水中亭榭的方向,却又似乎投射得很远很远。云开的嘴角,还轻轻噙着一个微笑,他的模样似在侧耳凝神倾听琴音,并且会心而笑。

张阁老脸上的笑,更加深沉。

****

的确,云开听着淙淙的琴音,听得痴迷;不过令他痴迷的,并不是琴音本身,而是这犹如山泉般清冽的琴音让云开情不自禁地想起一个人——

那人的嗓音也恰如清冽泉水,那人的眼睛也有如一泓清泉……

春风徐来,云开惊觉自己身上还保留着那人的气息。

他的脸上,他的唇边,他藏在袖间的汗巾,处处萦绕着那人的气息……

都说春风吹得人欲醉，而此刻，令云开微醺其中的并不是春风，而是那人的淡淡气息。如春风中飘散而来的桃花，如河堤岸擦身而过的新发柳叶，如山间流淌的清澈泉水，如幼小孩童粉嫩温暖的肌肤。这气息那般芬芳，那般清新，那般明净，那般甜香……

想着她羞红了的脸颊，想着她鼻尖上颗颗晶莹的汗珠，想着她踮起脚尖给自己擦拭时笨拙却努力的样子，想着她迎向他目光时小鹿一般勇敢却又闪着羞怯的眼神……

想着想着，云开不由得痴了，无法控制地在心中默默地念着一个人的名字：喜——娘……

3. 相约·玉佩殇

数日后，云开诧异地从仆人手中接过一张帖子，名目是某某绸缎庄开业。

这自然是本来与云开毫不相干的，但是云开却接受了，打发仆人回应送帖人说，受邀必到。

仆人领命离开，云开眯着眼睛细细打量这封帖子的落款——喜娘。

用脚趾头想也知道，喜娘发出的这个邀请，与人家绸缎庄开市一事八竿子也打不着。一定是喜娘有事找他，却又不便直接登门拜访，只好巧借了这么个名目，来与他相约。

云开微笑，那日喜娘在扬州城内的受欢迎程度，云开已经领教一二，所以绸缎庄老板帮喜娘这么个小小人情，那自是毫不意外的了。

只是，呵呵，云开暗忖，这灵慧的丫头啊，百密也总有一疏，想想你喜娘既非绸缎庄老板家亲友，又不可能是绸缎庄合伙人，那么又怎么可能轮到以你喜娘的名义来发邀请帖子的呢！

看来，真的是急着要见自己的呀……心念及此，云开心底抑不住阵阵甜蜜。

****

绸缎庄开市当日，云开早早地来到绸缎庄老板家花园，收紧眼神，细细在人丛中搜寻一抹红色。

可是，竟然遍寻不到！

云开心底泛起阵阵懊恼。他恼的不是喜娘的失约，而是自己竟然可能错过了这一次与喜娘见面的机会！

距离上次街上相逢，已经过去了数日，云开却错觉似乎有数年那般漫长。

尽管喜娘业在保媒，但是毕竟她还是云英未嫁的姑娘，男女大防仍在，所以云开不能放纵自己的心意前去找她。云开总不能不顾及喜娘的声名。

找不到喜娘，云开想离去，却又唯恐轻易的离去错过了喜娘。懊恼的他只好躲开人丛，在花园间慢慢徜徉。一道道亭台回廊走过，云开不觉走到了一处极为静谧的院落。好在事先知晓绸缎庄老板家的女眷都远在京城，否则云开此举倒真的有可能逾矩了呢。

出于礼数，云开只浅浅瞥了一眼小院景致便欲离开，却隐约听到院内潭水边的假山后隐隐有女子啜泣声传来，而那声音，清冽如泉，一声便抓住了云开所有的注意力。

云开提起丹田之气，放轻脚步转过假山——那蹲踞于潭水之边隐隐而泣的女子，不是喜娘又是谁！

****

云开不禁呆了。从小巷初见，一身红衣、满面浓墨重彩的喜娘便留给云开一个近乎不知人间疾苦的印象；再来的云府相见，云开只是惊诧于喜娘的反应敏捷；接下来的街中偶遇，云开认识到喜娘对自己容貌很是"自负"的一面……却未曾想到，那么坚强而爽朗的姑娘，躲在人后，竟然是这般的我见尤怜。

尽管知道于礼不合，但是心里莫名的牵挂还是让云开隐身假山旁，侧耳倾听喜娘哭泣中喃喃的自语：

"娘，我好想你……不过你放心，我活得很快乐，我答应您的保定人间一百桩婚姻，现在距离目标越来越近了呢！"

"我看着那些经我撮合的男女们，幸福快乐，我便觉得自己是这个世界上最快乐的人……"

保定人间一百桩婚姻？这是为什么？难道每个媒婆都曾经给自己确定一个职业目标的数字么？难道多一个不行，少一个也不行么？难不成媒婆这个行当，也有行会考核？云开的脑子里带着问号的念头一串串蹦跳出来。云开不禁暗叹，"唉，怎么自从认识了这个不合常规的喜娘之后，我的思维也如此跳线了呀！"

云开偷偷地望着喜娘垂泪的脸颊，映着潭水的光，盈盈含着的一抹笑意。

云开领悟，喜娘原来真的是很爱这份牵系姻缘的工作，并真诚地为世间经自己撮合的男女而用心和快乐着。

心思恍惚中，云开听得喜娘压低了声音又在喃喃自语，只是接下来的这段说得并不连贯，似是喜娘自己也并未定念，或者这些话是喜娘深埋在自己心底而从未拿出来考量的事情——

"这多年来，只有她……以心待我，所以我也自然应该以心待她……"

"她心爱的东西都拿给我……那我……自然也该如此吧……"

"反正也是如此了……反正这也是我的命……就随了她的意吧……我只要我的数目……"

****

喜娘断断续续的喃喃自语，云开实在是听不出个头绪，所以也便放弃，转而目不转睛地盯着喜娘的眉目——

喜娘本来已经五光十色的脸上，因了泪水的冲刷变得更加精彩，几大主色调之间被泪水勾兑出了更多的中间色，让喜娘整个脸颊——呢，让云开忆起了北方的十里征尘，联想到了当今时局的紧迫——喜娘如今的整张脸啊，简直是"天下大乱"！

那泪水，却也溶开了喜娘脸上浓妆的"盔甲"，让她真实的眉眼有机会"重见天日"——

那双清灵盈彩的眸子，那两弯淡淡却雅致如远山云黛的眉，那微微绯红却棱角清晰而圆润的唇……

云开一时间，竟忘了今夕何夕，忘了此时自己所处之地实是如何逾矩……

所以，当喜娘从潭水的倒影中隐约见到假山背后偷藏的人影时，云开还处于呆呆的震惊之中；直至喜娘重重地在他面前咳嗽一声，云开方才如梦方醒，甚至轻轻地被喜娘的"瞬间位移"吓了一个小跳。

"呃，我见了你的帖……所以来找你，想你必是……有事……"云开望着喜娘澄澈的眼睛，顿觉自己舌尖打结，仿似顶着一张"天下大乱"般的脸的，不是喜娘，而是自己……

****

喜娘红着脸，背过身去，用帕子擦净了脸上的狼狈，边悄声说："是啊，我是有事找你。"

"我、把你的、玉佩，送……了给……人了……"

喜娘语气轻轻，却不啻于在云开心底埋下一颗炸雷。那块玉该有多重要，想来上次云老爷已经说得足够明白；聪明如喜娘，自然知道事关玉佩，应该慎之又慎。怎的仅仅数日，她就真的自作主张，将玉佩送了给人？云开不禁心生怒意。

其实，真正令云开恼怒的原因，倒不是玉佩送了给人，而是——他从没想过，自己送出给了喜娘的玉佩，会再有另外的主人……

4. 赠玉·心何伤

事情要从张阁老带着家眷拜访云府后的几日说起。

那日，喜娘正在家喜滋滋地翻看着记载着自己保定婚事的"姻缘簿"。

加上前日刚刚拜堂的王家公子与白家小姐，喜娘"姻缘簿"上的数字已经突破了六十大关！喜娘小小的脸上，今天因为没打算出门而难得地没有化妆，清水芙蓉的肌肤，更加衬得那双眸子，光华粲然。

仿佛一位看着自己孩子的母亲，喜娘喜不自禁地又将整个厚厚的簿子翻回来，从封皮开始细细地重新翻看一遍。

一段姻缘背后自然都有一个故事，喜娘的脸上随着一对对姻缘的回忆，或悲或喜，或皱眉，或撅嘴，时而还耸耸鼻子，更多的是淡淡却舒心的微笑。

****

忽然有客登门，原来是张阁老家的丫鬟雨荷。

雨荷是张府二小姐张曼遥的贴身丫鬟，雨荷亲自上门，那自然是张曼瑶邀请喜娘过府了。

喜娘送走了雨荷，一个人慢吞吞地更换着衣裳。

换了旁人，能够有机会拜访张家，该是何等的荣耀啊，可是喜娘却少见地心事重重，仿佛每一件轻飘飘的纱衣都有百斤之重。

走进张府后堂的喜娘，今天难得地没有穿上那一片欢天喜地的红，而只是淡淡地穿了一件月白的襦裙，外压竹叶青的短衫，腰间佩一条鹅黄的腰带。整个人清新如三月嫩柳，却在眼底印下点点寡淡。

今日的喜娘，如此不同。

张家二小姐张曼瑶在房间来回地踱步，面颊淡淡绯红，见喜娘到来，忙上前一步拉住了喜娘的手，按坐在紫檀圆桌旁的锦墩之上。

喜娘面前圆桌上粉彩茶盅中的茶，已经微微温吞了，显是张二小姐早早便命了备茶，翘首等候了多时。

****

张曼瑶，张阁老的二女儿，人如其名，弹得一手好琴，以其绝容之姿、曼妙琴音，名动江南。多少王公贵胄的公子，渴慕至极，频频托人前来提亲，却都被张曼瑶以"想在二老膝前多承欢几年"为由婉拒了。

一个是当朝阁老的千金，一个是身份低微的红娘，这二人之间，理所当然地天遥地远。只是不知，张二小姐今日召喜娘过府，究竟所为何事？难道，她们之间曾有过交集？

见喜娘盯住面前的粉彩茶盅不语，张曼瑶忙拉住了喜娘的手，用那双秋水妙目殷殷地望住喜娘，"妹妹，请你帮我！"

****

喜娘心下大惊，以自己的身份竟能够得张家二小姐以姐妹相称，并软语相求！喜娘忽觉自己仿如置身兰舟，放桨于微波江上，恍惚、波动，却又心旷神怡。

喜娘心头发热，"二……呃……小姐，你说，但凡喜娘能够做到的，绝无推辞之理！"

原来，张曼瑶所托之事，正是云开！

****

那日云府一见，虽然张曼瑶始终端坐亭榭内抚琴，但是隔着珠帘，张曼瑶依然能够清晰地看到回廊旁的云开。

他昂藏而又儒雅的身姿，他如星芒般闪烁的眸子，他素锦的长袍被杨柳春风微微掀动，他嘴角淡淡的微笑宛若牵动桃花飞舞……

最令张曼瑶动心的，是云开始终望向亭榭这边的眼神，远山般疏离，却又藏着化不开的深情。这眼神，仿佛柳枝萌动的嫩绿，仿佛桃花羞涩的粉红，见之便是心动；而这眼神投来的方向，又正是自己抚琴的亭榭！

这样的男子，投来这样的目光，张曼瑶的心底，怎么能不似这桃花春水，悠悠荡漾呢？情根，于是种下。

但是，张曼瑶毕竟是女儿身，又是名动江南的女子、曾屡次婉拒王公贵胄子弟提亲，再加上张家又是如此的深宅大户，所以，要让张曼瑶主动提亲给云家，这是张家如何在面子上也接受不了的事情。

自然，最好是云家也有此意，并且主动上张家来提亲。

听张阁老的语气，云老员外绝对心有此意，两位老人家在言谈之中曾多次明里暗里地提到此事，即便在张阁老告辞归府之时，还与云老员外心照不宣地相视大笑。可是，数日过去，云家竟然按兵不动，一点动静皆无。

张阁老那边倒是安之若素，可是张曼瑶这里已然按捺不住。

江南的三月，桃红柳绿，草长莺飞，张曼瑶一颗情窦初开的心，已然牢牢牵系在了云开的身上。

于是，张曼瑶请喜娘过府，想请喜娘代为串联，暗示云家该来早早提亲……

张曼瑶绯红着脸颊，一径向喜娘诉说着少女的心事，并未留意喜娘的脸上，红晕丝丝抽离，到最后苍白到几乎透明……

****

继续听着张曼瑶的娓娓倾诉，喜娘的眼前浮现起一只柳条编织而成的箱，里面珍惜地藏着的那些小物件儿——

有一朵颜色早已旧了的珠花，是簪在小女孩发间的简单装饰；

有一件珊瑚红的袄子，身量大约是七八岁的样子；

有一方丝绢的帕子，本来是月白的底色，却因了一角的一块暗红而染污了本来的模样……

那一整个箱子，没有一件喜娘如今还用得上的物件儿，但是她就是好好儿地珍藏着，执拗地带着。每一次搬家，或者稍作远行，喜娘都会郑重地将这只箱子作为第一件带走的行李……

还有，自己"姻缘簿"上，将因为云开与张曼瑶的婚成而再添一笔的数字。

想来这自然是一桩对于张、云两家来说锦上添花的好事，更何况张曼瑶和云开二人，真的是天造地设的一对佳偶；而且，按照张曼瑶的描述，云开会以那般深情的目光望着张曼瑶，那显然两个人之间早已心有所属了……

想着，想着，喜娘的鼻子微微地泛酸，眼角不禁透出莹莹泪意。

稍顷，似拿定了酸楚而又坚决的主意，喜娘灿若琉璃的眼睛，渐渐突破泪意，丝丝生出了冷静与决绝。

****

"二……呃……小姐，我这里有一个物件儿，送给你。"喜娘说着从腰间一个精致的锦囊中拿出了一块玉佩。本该通体皆凉的玉，此时因了喜娘身体的温度，而微微地热手。

张曼瑶欣赏地看着这块质料、做工俱佳的羊脂美玉雕琢而成的玉佩,诧异地说,"妹妹,这般名贵的玉佩,你还是应该自己留着吧。我这里,吃穿用度都有父亲关心,如果我想要,父亲自然会给我找来玉料制作的。"

喜娘心下一苦,"是啊,她有一位多好的父亲呢!别说是区区一块玉佩,就算她要的是天上的星月,她父亲也是完全有能耐为她摘来的。她可是父亲心头最爱的女儿啊……"

****

喜娘按住张曼瑶的手,"不,这块玉不一样。这是云开的玉,是云家要送给未来媳妇儿的信物!"

5. 心迹·谁人明?

"所以,你就将我的玉佩,大方地送给了张曼瑶?"云开摇头,失笑地望着喜娘,眼底不觉氤氲起怒意。

喜娘望着云开本来盈满笑意的眼,忽然氤氲起的不豫之色,不觉一怔,嗫嚅着小小的声音试图给自己解释——

"呃……是啊……张家二小姐,那可是江南排名第一的美女加才女哦……"

"云老爷也说过……那块玉是要送给你未来的正室妻子的……还说要送给能给云家和你带来吉祥的女子……整个江南,难道张二小姐不是最好的人选么?……"

"再说……你不是也很是仰慕张二小姐吗……所以……把玉佩送给她……难道不也是遂了你的心愿……不也是对你们两家都好吗?……"

喜娘越说声音越小,因为她看到云开眼底的怒意愈益加深,到后来几乎是火焰一般在翻腾了!

喜娘不敢继续望向云开,只好把两只眼睛集中地望向自己的鼻尖,手心汗涔涔地抓紧自己的衣襟,强撑着说完——

"所以,所以你不但不应该生气,更是应该感谢我才是!"

****

云开突地用双手攥住喜娘的两条胳膊,将喜娘拉近自己。

云开的眼,紧紧地盯住喜娘,灼热的眼神在喜娘眉眼间逡巡。

喜娘被云开突来的动作,惊得不知该如何动作,只好闭了双眼,惊心动魄地感受着云开的目光如两颗烙铁一般印在自己脸上。

云开,这是怎么了?

****

喜娘心下暗自打鼓:看来这块玉佩的确非同小可,羊脂玉果然价值连城啊。

一定是因为这块玉太贵了，所以云开才会生气我轻易地将玉佩送给张家二小姐！

是的，一定是的，除了这个原因，还能有什么理由呢！

感受着云开指间加紧的力度，喜娘微眯着双眸，等着听云开雷霆般的嗓音响起。

为了尽量自保，喜娘微微地侧开头，羽扇一般的睫毛紧张地微微颤抖。

千钧一发之时！

忽听得云开长叹一声，松开了喜娘的手臂，转而用自己长而有力的手指，轻轻为喜娘拂去被春风吹乱了的几茎发丝——

云开粗砺的指腹，不经意间从喜娘颊上划过，轻似春风，却让云开与喜娘两个人同时心头一震！

那份酥麻感瞬间植入胸臆，引发的竟然是心底莫名的甜蜜与眷恋！

****

还是云开率先打破幻境，他喑哑着嗓音说：

"你是不是从没想过，为何张阁老带着张家二小姐离开我家后好几日，都不见我家任何的动静？"

喜娘蓦地抬起晶亮的眼神——

是啊，这正是喜娘心底找不到答案的一个问号呢，正待刚刚奇妙的尴尬过后，好开口向云开求证呢。

却不等喜娘开口，云开继续说："你是不是也从没想过，为何我归府月半，谢绝了所有的邀约，却早早地来赴这本不相干的绸缎庄开业的邀请呢？"

喜娘微微愣怔。

望着喜娘写满小小脸颊的不解，云开再度叹气，"那你就更没有想过，为何我会将玉佩托付于你保管，又为何会众目睽睽之下拿走你的汗巾吧！"

宛若有一根发丝粗细、琉璃做就的弦，

在太阳为底色的金色光晕中，

"啪"的一声脆生生地断裂。

喜娘的心底，蓦地有灵光闪过！

****

可是，这又怎么可能？

一定是自己误会了吧。

云开说的怎么可能是那个意思！

喜娘努力摇头，似要摇去头脑中那不切实际的念头，摇去心中摇摇晃晃的莫名的幸福感觉。

却没想到，喜娘这一个下意识的摇头动作，却激怒了刚刚平静下来的云开！

云开再次攫住喜娘的双臂，并腾出一只手来定住喜娘想要闪躲的脸颊，眼睛更是直直地望住喜娘不容她闪躲：

"你真的不明白吗？聪明如你，真的可能不明白吗？"

喜娘被云开眼底灼热的感情烫到，她心底乱如麻绪，震惊、感动、快乐、尴尬、无力、慌乱，全都搅和在一起，让她的心跳如亟欲脱逃的小鹿。

云开抓住喜娘的手，按在自己的胸膛之上。喜娘手掌下，是云开同样炙热的心跳。

云开的眼，如暗夜里独放光华的明星，

"你感觉到了吗？这里，是因为你而跳动，这里早已经都是你的身影！"

"我怎么还可能去在意什么张家的二小姐？我现在每天睁开眼睛，最想做的，便是整个世界地去寻找那一抹红色，那抹穿在你身上的红色！"

****

喜娘惊讶地张开小嘴——

眼前仿佛四季瞬间流转，春柳、夏荷、秋月、冬雪，次第飞快地在眼前更迭；

身旁的假山石也仿佛刹那间经历了昼夜的更替，晨曦、清雾、朝阳、正午、黄昏、深夜，宛若动画般将不同亮色的光影轮流投射在山石之上……

保定了人间六十桩美满姻缘，喜娘自己却从不知，情之一字，竟有这般日月天光！

可是，又怎么可能？

他是扬州云家三代单传的公子，他是扬威朝堂的震远将军，他是当朝天子得意的门生，他是高贵如天女的张曼瑶都心仪的男子……

而自己呢，母亲早亡，勉强长大成人，便以市井间保媒为业。识不得多少字，也不通晓女子该有的礼仪；只想早早完成一百桩姻缘，了却了对于母亲的承诺，却从没想过自己的情缘婚事啊……

俗世的幸福，近在自己身边，仿佛伸手便可获得；

却又距离自己那般遥远，远若天边银河啊……

这般的自己，如何能接受云开的感情，如何能带给云开姻缘的幸福？

****

见喜娘久久愣怔，不发一言，云开忽地长叹一声，夹着无尽的遗憾和凄怆，

"我懂了，喜娘。"

"我终于懂了，为何你会把玉佩轻易送人；为何从没想过我之前所做的种种；为何你一直对我摇头……"

"我终于懂了，喜娘！你，本对我无意，对吧？"

"是我自作多情，是我扰了你的独处！"

说到最后，云开清朗的嗓音，已经满是破碎，"既然如此，我告退便是！就当我今日从未说过此言，就当你我从未相逢！"

云开说罢，转身而去，空留下院落间回旋的清风，吹凉喜娘颊上默默流下的泪。

心，怎的会这般地疼？

三
合 亲

1. 这样,便是,遂了心愿?

未过几日,张曼瑶便又遣雨荷来邀约喜娘。说是张曼瑶想去云府拜望,请喜娘作为女伴陪同前往。

喜娘万般怔忡。

见喜娘未爽快应下,雨荷脸上笼起阴云,一字一顿地说:

"你,不要忘了,小姐曾对你的恩遇。这多年来,小姐何曾,求你帮忙?既然,这次有求于你,你怎么还好意思犹豫?"

雨荷的话恍若一记重锤,哐当一声敲在喜娘心上,疼,一波一波地荡漾开去……

＊＊＊＊＊＊＊＊＊＊

喜娘的眼前又一次浮现出那只柳条箱。

有一朵颜色早已旧了的珠花,是簪在小女孩发间的简单装饰;

有一件珊瑚红的袄子,身量大约是七八岁的样子;

有一方丝绢的帕子,本来是月白的底色,却因了一角的一块暗红而染污了本来的模样……

泪意酸涩地从眼底浮起,喜娘用牙齿咬住下唇,默默地点头。

是啊,我哪里有什么资格拒绝张家二小姐?就连我这条卑微的命,都是记在张家名下的啊……

能够活到今日,能够做一点自己喜欢的事,都是张家的恩惠,都是张家二小姐的照顾啊……

就算是去云家,又能怎么样呢。就算可能遇到云开,又能怎么样呢。就算自己会黯然心痛,又能怎么样呢……

只要能让张家二小姐心满意足,那便万事都不重要了……

****

这一趟,是媒婆,就要扮好媒婆的样子吧!

喜娘用芸香木的梳子顺开了长及膝弯的青丝,刻意地挽了一个松松的发髻,鬓间斜插一朵茶杯口大小的红花;红花旁更是配了一根镏金的步摇,走起路来,步摇叮咚摇摆,更衬得那朵大红花慵懒娇艳。

妆,更是穷尽了胭脂盒子。但凡最醒目的颜色,通通出现在喜娘的脸上。只有如此,才压得住脸颊上的苍白;只有如此,才掩得下眼角眉梢的情感吧。世间女子总把妆容为人看,只有喜娘,妆为自己,是自己为自己做就的保护色。

身上,依然是漫天席地的红。恰好映衬得住喜娘眼底微微的红,会让观者以为是身上的鲜艳映入了眼底,没有人会怀疑喜娘是不是自己揉红了眼睛……

万事停当,喜娘在镜前看了又看。不是希望自己完美无瑕,只是为了面对云开时,自己不会露出脆弱的衣角……

云开,云开。

说过就当从未相逢,却依然这般,躲不开。

****

正午时分,骄阳正烈。

云府,笑声浮动。

喜娘却暗暗抱紧了自己膀子,冷,且笑得艰难。

张曼瑶登门云府,说的是要拜见云老夫人,学习上次来时尝到的云片糕,说是香糯留齿,数日不去。

可是云老员外与夫人,又怎会不知张曼瑶的心意呢?况且就算张曼瑶真的是来学习制作糕点,也是一次极佳的机会,借以实现二老心头的愿望啊。

于是,云开被强令招来。

没有理会张曼瑶殷勤地让座，云开顿身坐在偏座之上，对面便是蜷着身骨的喜娘。

骄阳烈烈，人影幢幢，可是偌大个厅堂仿佛退色成为背景，厅堂间只见得云开与喜娘的眼神，带着嘶嘶的破空之声，凌空碰撞！

对于喜娘，这哪里是目光的纠缠，这分明就是一支支淬了毒的冷箭。

每一下都痛彻心肠。

每一下都无药可救。

喜娘只好努力地再缩紧自己的身骨，将眼帘压到最低。

****

立于张曼瑶身后的雨荷却不打算放过喜娘，暗暗地用指头戳着喜娘的脊背。

喜娘知道，自己此来的任务，自然不仅仅是陪着张二小姐拜访即可。

张曼瑶的心事，是需要自己代为委婉转达的。高高在上的千金小姐，自是不能直接说出心底的渴望。

喜娘暗自遣词造句，希望用最短的时间，让云老员外听懂话外的意思：快去张府提亲！

之所以想用最短的时间让云老员外听懂，实在是因为喜娘已经无法承受云开咄咄的眼神，她深怕自己会在云开眼神的压迫下，放下所有的顾虑，坦白自己的心意！

燥热的厅堂间，喜娘清甜的嗓音响起，"云老爷，喜娘跟您认错儿来了！"

众皆一惊，不明喜娘何出此言。

****

喜娘环视众人，微微一笑，眸子闪烁如银河朗星，小小闪过点点促狭。

"喜娘擅自将云老爷托我保管的那块玉，送了给张二小姐把玩。而二小姐，又十分心爱，日夜舍不得离身。于是喜娘我斗胆向云老爷打个请求：

这玉，就归属了二小姐吧。可好？"

喜娘的话，三分云雾七分真意。不明就里的人，会只以为此事不过是关于一块小小的玉佩，不论云老爷同意与否，都还有转圜的余地，不会因为一块普通的玉佩而损伤当事的任何一方的面子。只有云老爷、云开、喜娘，才知道这块玉内里的干系；云老员外自然也便知喜娘所指为何了。

更何况，喜娘先一步认错，将错儿全都揽在自己身上，即便好事不成，当事之人自然也都明白喜娘实已经尽力。缘分，虽尽人事，更该听从天意。

****

闻得喜娘之言，云老员外、云开、张曼瑶俱皆变色——

云老员外是喜不自胜。他听懂了喜娘所说的"二小姐十分喜爱玉佩，日夜不舍离身"，这意思分明就是张曼瑶已然对云开十分满意了。这毕竟是一场要以张家为主的亲事，张曼瑶的意思几乎便意味着这件事的顺风顺水。

张曼瑶则是脸颊微微羞红。两朵红云的掩映之下，更衬得张曼瑶肌肤赛雪，气质高雅若兰。这般的含羞不语，世间任何一个男子看了，恐怕都会心动吧……

只是，除了云开。

云开的眸子，狠狠地盯着喜娘，宛若翻腾着火焰，又仿佛有冰块的挤轧，更有看不懂的情感在眼底幽如古潭。

云开深深地吸了一口气，仿佛在借以压制内心的某种感情，他把眼光邪邪瞟向喜娘，"我既然托付于你保管，那么自然听凭你意。"

"我点头，便是称了你的心意，对吧？"

喜娘的心，痛到麻木，她支撑着在唇边绽放一朵虚弱的微笑，"是的。"

"云公子，请成全了小女子吧！"

****

云开的脸，瞬间苍白。

他微微仰首，胸脯上下起伏。

良久。

云开又深深凝望了喜娘一眼，淡淡地说："那就这样吧。我只要你亲理细节，纵然喜娘再忙，也要把整件事打理始终……"

喜娘脚下仿佛踩着两朵棉花，她勉强按住身边的桌子，才稳住自己的身形。

好吧，如果你想如此惩罚我，那么我除了直面，又能如何？

喜娘一颗心，碎成片片。

2. 怎可僭越了，男女之防？

婚期定在九月。时间已入四月，留给张、云两家不足半载的筹备时间。

喜娘的忙，更胜往日。

一来是两家都将婚礼大小细节托付给喜娘打理；二来云开总是对筹办事宜挑三拣四，只除了喜娘亲自前去解释，才可化解。

云老员外实在是捉摸不透云开喜怒之间的玄机，为了婚事能够顺利进行，便也全权交给喜娘去应付。

更是言辞殷殷地邀请喜娘住进云府，既免去喜娘奔波之苦，又可以时刻依仗这"灭火器"熄灭云开的无名之火。

推却不过云老员外的盛情，喜娘只得勉为其难地住进云府。就在云开隔壁的"红妍苑"。小小的院落里，种满了芍药，枝枝簇簇，殷红而倔强地挺立在初夏的风中。

芍药开得热闹，却衬得喜娘的心更为萧索。

****

一日一日数着婚期,却也一日一日捡拾着自己的心碎。

白日倒也罢了,毕竟有太多的事情可以去忙;只是到了夜晚,小院静默不语,远处传来云府上下忙碌的喜气洋洋,喜娘的心便会特别特别的孤单。

她时常在夜里梦见母亲,梦见母亲温柔的眼神凝望着她,梦见母亲用温暖的双臂拥抱着她,梦见母亲的手轻轻从自己额上滑过,梦见母亲的唇轻轻印上自己的颊边……

"娘,娘,你可知道,喜娘有多么想你……"每一次当喜娘想抓住母亲的手,都会只握住一捧空气,突然的跌落感总是让喜娘从梦里哭着醒来,独自面对一室的清幽。

只是,这感觉怎么如此地真切?真的是思念母亲,思念成狂了吧……

****

日日忙碌,加上对于母亲的思念,喜娘终是一病不起。

云老员外请大夫开了方子,并特地遣了丫鬟碧鸾前来照顾,并特意嘱咐喜娘这几日不必下床,好好将养身子。

喜娘倒是自觉病不甚重,只是头微微发沉,喉咙有灼热的痛,就连饮水都会牵连起火一样的疼痛。

连着两晚,喜娘食不下咽,碧鸾只得摇着头原封不动地将托盘上的餐食端走。

喜娘靠在床头,一遍一遍地核对着喜筵宾客的名单,恐有疏漏,却一抬头见云开端着刚刚碧鸾端出去的托盘走了进来。

****

喜娘一窒,喉咙里的燃烧的痛感又来,惹得喜娘一阵心慌的咳嗽。

云开倒也不避嫌,径直将托盘放置喜娘床边,自己也跟着坐下。

云开细细地将青花瓷碗里的蛋花粥搅匀,将羹匙里的粥送向喜娘唇边,粗哑着嗓音说:"不吃饭,怎么行?"姿态、语气亲密自然得仿似民间普通的小夫妻,喜娘的口中阵阵苦涩。

怎么可以这样?云开怎么可以这般对待自己?他是即将成婚的人啊,自己正在忙碌地帮他筹办着婚事啊!

他这般温柔对着的人,该是即将成为他妻子的张家二小姐张曼瑶啊!自己与他,注定是擦肩的陌路人……

他明知如此,却偏偏这样对着我,难道是故意轻薄看我,以示惩戒?

****

喜娘心底小小的自尊重新燃起火苗。

不管眼前这个人与自己有过何样的纠葛,也不管自己的身份是如何的低微,但是喜娘也绝不允许任何人轻视自己的自尊。

更何况,自己并非小我一个存在,自己身上还流淌着母亲的血,自己是母亲在这个世界上生命的延续!所以,绝不许自己,接受任何的轻忽!

喜娘挺直自己小小的身躯,努力扬高恋家与云开直目相对,"不劳云公子。小女子想吃的时候,自然会劳烦碧鸾姑娘;不想吃的时候,即便是您,小女子也是断断不会张口的!"

喜娘的眼睛宛若寒星,射得云开的心忽地瓦凉。

从来没有人敢这样对自己说话,从来没有人这样无视自己的好意……却也,从来没有人如此搅动自己的心疼,从来没有人让自己恨不得以身代其苦……

云开高涨的热情,一而再,再而三地被喜娘浇熄;云开藏在心底的感情,却也在喜娘的逃避下,一点点,一滴滴地加深!

越是慌忙逃避的,就越是心底在意的。不是吗?

云开的眼神幽然一黯,转而将羹匙里的蛋花粥尽数倒进自己口中,旋即捧住喜娘的头,将自己的唇坚定地压上了喜娘的唇!

****

喜娘的眼前顿时一片白茫茫!

宛若晨间飘荡于芦苇间的白雾,宛若夜晚月光下的栀子花,宛如江上悠然的云霭,宛如村舍乡间袅袅的炊烟……

愣怔间,喜娘忽觉云开的唇越发火热,柔软却又坚定地辗转着与自己的唇反复厮磨……奇异的感觉,让喜娘倒抽一口凉气,却益发地让自己无法呼吸!

震惊与窒息感,成功地让喜娘张开了嘴;云开的眼睛里闪过促狭,满意地将自己口中的蛋花粥尽数渡入喜娘口中,手掌轻轻地拍着喜娘的后背,帮着她将蛋花粥咽下……

说也奇怪,这一次,干涩灼烧的喉咙,竟没有一丝痛意。喜娘的脸,热得像烧红的火炭。

该如何面对云开?

****

喜娘紧紧闭住双眼,期望刚刚发生的一切都不过是眼前的幻影,闭上双眼便可以将幻影赶走,再睁开眼睛就又是一个秩序井然的世界。

却听得云开轻笑,"闭着眼睛又有何用,我还是坐在你的眼前。"

"更何况,你此时闭眼已然晚了的——"

"早几日我便已经如此对待过你了……"

****

什么?

早几日他便如此对待过我了?

他的意思是这般——

这般地吻过我了???

惊雷一颗颗在喜娘耳边炸裂,震得喜娘几欲晕倒,拼命压抑着自己的忐忑,用眼睛逼视住云开,想从他那里找到确切的答案——

原来,喜娘刚搬入云府的几个夜晚,因为思念母亲而夜夜梦魇。夜晚出来练功的云开听到喜娘梦中呓语哭泣，便放心不下，用了轻功悄悄地趁着夜色在床边坐着陪伴喜娘。

开始，一切安然无恙。

只是忽然一夜喜娘梦中以为坐在床边的是母亲，便拼命攀住母亲的手臂，想要求得母亲的拥抱。

月光中，喜娘洗尽铅华的小脸，宛若水中莲花般轻灵秀美，长长的睫毛随着梦境而微微颤动，她嫩若樱桃的口中轻轻呼唤着母亲，腮边挂着滴滴晶莹的泪珠……

云开掩饰已久的感情再也无法压抑，便再也顾不得什么男女之防，再也顾不得什么张家二小姐。

他只知道，心爱的人儿在自己怀抱；他只知道，除了这个女子，世间女子再难进驻自己心间！

唇，于是落下，仔仔细细在喜娘眉眼间逡巡，仿若呵护无价的珍宝，却带着灼热的毋庸置疑的占有。

直到那团火熊熊燃烧起来，云开才恋恋不舍地将依然在睡梦中的喜娘安置好，一步三回头地消失在夜色间……

3. 从来都是，为情伤

喜娘身上的病，好了。

喜娘心上的病，却种下了。

喜娘只知道用更多的忙碌去逃开云开灼热的注视。

夜晚也巴巴地邀了碧鸾同睡，理由是床下闹老鼠。害得赵管家在云老员外跟前一个劲儿地自责，心里还止不住嘀咕，"怎么可能啊，我是亲自盯着下人各房各院地施了鼠药啊。咱们云府可是好些年没见过老鼠了呀……"

喜娘吐着舌头悄悄地笑，心里想着以后有机会一定好好补偿赵管家一下。听闻赵管家没有旁的爱好，就爱喝杯小酒，喜娘决定，以后一定炒上两个拿手小菜，给赵管家下酒……

这样的窃喜，却总敌不过夜色里，隔壁"起云轩"中隔空飘来的袅袅羌笛之声。

****

浩渺夜色里，纯白月光下，那个素衣身影迎风而立，羌笛在他口中宛若长长的诉说。

仿若荒凉大漠，鼓满猎猎的风，天地浑然一色，却不见一个人影……

雄壮，却是亘古不灭的苍凉。

仿若天地之大，却无人相伴，这份孤单，销魂蚀骨。

云开的心，喜娘又怎会不懂。

但是她不能!

不能放纵自己走近那颗孤寂的心,不能放纵自己亲手抚平他眉间的纠结。

她只能抱膝静静地坐在夜色里,点点滴滴将云开借着羌笛的诉说镂刻于心。

喜娘只能暗自企盼,待得云开、曼瑶二人婚成,那么曼瑶自会在这样皎洁的月光下,用自己绝妙的琴音来配合云开的羌笛吧。

这样,便是人间绝美的琴瑟和鸣。云开羌笛的悲凉,自然也可以被淙淙的琴音化解开去了吧;就像亘古荒凉的大漠,终有汩汩清泉脉脉流淌……

那本是自己企盼的景象。

可是,每当想象到云开、曼瑶二人在月光下合奏的场景,喜娘的心总会疼得难以自抑。

****

这人间,只有情之一字,最是碰不得啊……

情,是世上最美味的毒药。

情,是人间毒性最烈的美味。

所以,即便知道无药可救,却依然有人趋之若鹜地来尝。

所以,即便做了最周全的准备,尝了情的人,也都难免为情所伤……

****

云开的憔悴,日甚一日。

云开的焦躁,日甚一日。

云家上下都只道云开是筹备婚事劳碌所致,所以大家也就都理解了,为何云开一见到喜娘,眼神中便是令人窒息的炙热——

大家都以为,正是因为喜娘全权负责打理婚事细节,所以云开才会那般在乎地凝望着她吧。

只有一个人发现了不对,并且在大庭广众之下,扬声便说了出来:

"云兄,你的眼神怎么像是要吃人啊?"

众人抬头,俱皆一惊——

厅堂中,不知何时多了一个人,一个身着黑衣,头戴斗笠,半幅青纱遮住了眉目的人。

他是什么时候进来的?

他是从哪里进来的?

纵是云府中多位身怀绝技的看家护院,都没有发觉……

****

见到此人,云开却朗声大笑,一扫他多日来的憔悴与郁悴:

"魏兄,别来无恙乎!"

"堂堂抚远将军,怎么会好好地舍中门不入,而偏要学那梁上君子飞来飞去呢?"

来人,原来是抚远将军魏远,与云开同在战场率兵制敌,因而结下了深厚的友谊。

"呵呵,云兄尽管两腮微陷,不过一张利嘴仍然是功力不减啊!"

魏远带笑暗讽,"此番乃是万岁爷召我回京研讨西北战事。刚回京,便闻听云兄你与名满江南的张家二小姐订下姻亲,兄弟一场,我怎么能不赶来扬州,为云兄你贺喜呀!"

****

香茶上毕。魏远借着喝茶之机,隔着茶水蒸腾的水汽,看着云开全无喜色的憔悴眼神,牢牢地围着那个红衣的姑娘兜转。

魏远别含深意地,微微一笑。

喜娘带着云府的丫鬟,执着尺子,在厅堂间挨个地丈量着每根柱子与横梁的尺寸,好谋划着哪里可以挂对子,哪里可以挂红灯,哪里可以批红花。却在经过云开身前时,感受到云开灼热的注视,而脚下酥软,一个趔趄向前倾倒——

云开正要飞身去接,却见有另一双手更早一步地托住了喜娘小小的身躯!

喜娘抬头,望进一双初夏阳光般和煦的眼睛里。被一个陌生的男子轻拥在怀中,喜娘发出微微轻喘。

如果说云开温润如玉,那么魏远便是艳如夏花。

这是一个难得的可以用"艳"来形容的男子,若是换穿了女装,一定会是颠倒众生的美人儿。如今这副美丽的容颜,又加入男子特有的英挺,越发显得这个男人,如阳光中盛放的芍药,鲜艳耀人。

被这样的男子温柔地拥在怀中,问世间哪个女子能不脸红心跳?

****

但是,喜娘愣是没有!

或者说,是魏远看不到喜娘的脸红——

因为喜娘脸上打破了颜料盒子一般的精彩,让魏远一时无法确定,哪一抹颜色才可能是脸颊上泛出的红晕!

饶是阅尽天下美色的魏远,也颇觉惊心动魄,抚着微微颤抖的额角,急忙将喜娘放下身来。

这样的女子,怎的会惹得堂堂云开,目光流连?

魏远皱着眉,悄然打量满眼关切望来的云开。

****

是夜,云开邀魏远同住"起云轩"。

喜娘只知道他们房间里的灯亮了整晚,两个人一直压低嗓音在隐隐交谈。

****

晨光微熹,云府上下只有当值的下人早早起身洒扫庭院,旁人还都在睡梦之中。

心事重重的喜娘也素着一张脸,简单地披了一件桃红的外衫,散着长过膝弯的一头青丝,来到了云府花园的溪水边。

只有此时,才是宁谧得能让喜娘安心地放下心事的时刻;

只有此地，天光水色晨雾缥缈，才是偌大个云府中，最能让喜娘感到自在的地方。

喜娘用芸香木的梳子缓缓梳理着一头青丝，眼睛却盯着晨光潋滟的溪水，呆呆出神。

总是特别喜欢在有水的地方梳理自己的心事，因为水波荡漾中仿佛能看到母亲温柔的眼神。

十三年前，年方三岁的喜娘，亲眼看着母亲决绝地跃入一池春水，她便把这世上所有的江河都看做是母亲寄身的地方。

有水的地方，便能看到娘亲了吧……

****

晨光映入水波，水波倒映在喜娘颊上，微波流转，光华潋滟。

却都掩不住，那灵动眸子中莹莹闪动的光芒，宛若晨夜交替之际的明星，又仿佛世间最为珍贵的黑色珍珠。

一把长发垂落腰际，宛若旖旎的黑色丝缎，无风而有波动，浅浅勾勒出精巧玲珑的五官。

隔着袅袅晨雾，望着溪水边红衣的女子，宛若榴花照水，又恍若水间精灵。魏远急忙揉了揉眼睛，以为自己前日赶路过于疲惫而看花了眼睛。

这般明艳的红色，却又写满了这般明白的忧伤……

魏远不觉愣住，呆呆地望着溪边的喜娘。

浑然不觉身后的云开，眼中笼起破碎的雾霭……

4. 真要从此，恩断情绝？

午时。

五月中旬的太阳已经渐渐火辣。

枝叶间已经听到了知了的聒噪。

嘶啦——嘶啦——叫得人心情益发烦躁。

云府上下一干人等，除了当值的门房，都找个凉爽舒适的地方午睡去了。

****

碧鸾递给喜娘一张字条，便也巴巴地歪在床铺上睡过去了。

喜娘看着字条，了无睡意。

字条上只有四个字：午时。假山。

没有落款。但是喜娘就是知道这个字条来自于谁。

****

心底一小朵一小朵地涌起快乐的浪花，喜娘悄然出门，放轻脚步，奔向后花园的假山。

这个时间的后花园，不会有人来。

****

一个素衣颀长的身形凝立于假山丛中斑驳的光影里。

那人的眼睛，望向朗朗长空，目光随着那飘飘的云，拉得空旷辽远。

却又像是怀着某个隐秘的心事，嘴角淡淡地噙着一朵微笑，天地之间仿若有瓣瓣白色莲花，轻舞飞旋。

却，又有万般怔忡凝于眼角眉梢，宛若千年不化的寒冰，棱角料峭，却依然在阳光的照射下，光华闪耀。

美玉一般的男子，仿佛聚合天地之灵秀，让急步而来的喜娘，顿步，望到痴迷。只是她走得过于急了，微微的轻喘泄露了她的到来。

云开侧目，望着喜娘微微而笑。那瓣瓣白莲便随着他的目光一同飞舞而来，包围住了他们两个。

****

云开深深地望着光晕之中的喜娘，身穿榴红纱衣，不施粉黛，双颊因了刚刚的急步而有两朵红霞，小小的身子因为气喘而微微起伏。

云开的心，悸如脱兔。

他伸开手握住喜娘的手，笑意盈盈，仿佛两人之前从无罅隙与尴尬。

仿佛，他们本来就是彼此心心相属的普通男女。

云开的笑感染了喜娘。她偷偷地垂下眼帘，眨去眼底忽然而生的泪花。

手指却在云开的掌心，有小小的挣扎。

****

云开深情地望住喜娘，缓缓开口，"能不能让我们第一次好好地在一起，不要吵架，不要逃跑，不要违心地伤害彼此，也不要掩藏自己的真心？"

喜娘鼻尖酸涩。泪花悄然凝于羽睫。

云开轻轻一叹，"我只想这样轻轻地握着你，不论会付出何样的代价。生命、官职、名利、财富，甚至……家人。"

喜娘迟疑，"云公子……"

云开伸出另一只手，修长的指截住了喜娘下面的话，"不要再这样称呼我了。你明明知道，我们之间做不到如此生分。"

喜娘欲言又止。一双妙目，宛若春水，情波荡漾。

云开牵动嘴角，柔柔地望着喜娘，"不用担心。我只是想告诉你一句话，再问你一个问题。"

****

"我想告诉你的一句话是：我要走了，西北战事吃紧；婚事搁置。"

"我要问你的一个问题是：你可愿意，跟我走？"

****

云开的心，喜娘又怎会不知？

西北战事吃紧，但是煌煌朝堂绝对不是仅有云开一员战将。再说，他刚刚卸甲归来，又加上有婚事这一绝好的理由，想推辞重披战甲自非难事。

但是云开却主动请缨，甚至是欣欣然。其实他为的不过是那一句"婚事搁置"。他是在用生命的代价，去做一个赌注。即便可能在战场上受伤，甚至付出生命，但是只要他能够自由自在地爱着自己心爱的人儿，那么一切便都不再重要了……

喜娘的眼泪再也忍不住了，扑簌簌落满脸颊。

云开惊痛得用双手托住喜娘的脸，用唇吮走那一颗颗晶莹的泪珠，"这样只是会委屈了你。跟着我无名无分，又要忍受那大漠的风沙，饮食不便，就更没有条件打扮漂亮了……"

喜娘的泪落得更急，她缩在云开的怀里，拼命摇头。

云开更加心疼，"不要说你不在乎。我在乎得紧呢！没办法给你一个完整的名分，没办法给你一个舒适的条件，却要自私地带着你走……不过，我会给你我全部的爱、我的生命、我的一切……喜娘，只要，跟你在一起……"

云开紧紧拥住喜娘，仿佛拥住这世间最宝贵的珍珠。

金色阳光在假山间悠然流转，瓣瓣白莲微风中轻舞跃动，喜娘的发丝风中微微抚上云开脸颊……拥住了彼此，便仿似拥住了地久天长。

****

喜娘却苍白着一张小脸，冷冷地从云开怀中挣脱出来，眼睛里是陌生的冷肃——

"你弄错了。"

"我摇头，不是不计较你说的那些困难。我摇头，是说——我不愿意！"

"我不愿意跟你走。我也对你没有私心杂念。我甚至压根儿就不愿意听你说这些没来由的疯话！"

"云公子，你我情分只是主仆之义。我会尽我的本分，好好地筹办你与曼瑶小姐的婚事。而您则好好地当你的新郎。除此之外，云公子的其他念想都是非分之想了。"

****

喜娘说罢，便欲转身离去。

惊痛在云开的眼中急遽扩散，他仿佛从高高的云端倏然坠落至无底的黑渊。

他红了眼睛，狂乱地抓住喜娘的手臂，五根指头鹰爪一般深深印入喜娘的肌骨。

"告诉我，这不是真的。"

"喜娘，说你骗我的。"

"说。"

"我不会怪你的。说啊，喜娘……"

****

背对着云开的喜娘，泪无声地滂沱，但是她却拼命地压抑住了，从肩背之上看不出一点异样的抽动。

喜娘依然拼命地摇头，死死向后抽回自己的手臂。

云开目眦绽裂，"不该这样的，不该的。我知道你心中明明有我！难道，这段时间以来，你心里有了别人？"

云开的脑海中不禁倏然闪过魏远——

魏远那日清晨初见清水芙蓉的喜娘时，震撼的眼神；

魏远自此后时常在与云开言谈间，"不经意"地问起喜娘；

魏远常常如旭日暖阳般望住喜娘倾心而笑；

魏远凑在喜娘耳边说，"求求你了，喜娘姐姐，可别再化妆了，不然我立马在你面前死掉！"喜娘微微羞红了的脸颊……

还有魏远昨夜凝重的一句话："我此次被召入朝，实则是朝中发现内贼。有朝堂中的大臣，私通敌国，才使我们目前的军事调动处处被动。而这个人，很可能就是已然身居民间却依然手眼可通天的张阁老——所以，皇上的意思，并不希望你重新披挂出战，而是希望借由你与张曼瑶的婚事，寻机刺探张阁老的虚实……"

望着云开不赞同的神色，魏远补充一句，"虽然万岁与你交好，但是这毕竟是皇命难违。而喜娘，你不用担心，有我在……"魏远轻描淡写的后半句，令云开心中如遇惊雷！

云开费了诸多的努力，才借由密函内的陈述，求得皇上的理解，说自己情愿重新出战，在战场上为朝廷出力。皇上念及云开战功赫赫，再加上曾经的私人情谊，终于应允。

却不想，喜娘毫不挂心地就拒绝了。一时间令云开急怒攻心，更是将矛头直指魏远！

云开疯狂地追问着喜娘，"你心里有了别人对不对？"

****

喜娘被骇住了，混乱之中慌不择言地答，"噢——"

云开大恸，仿佛五百座山峰集合起来压在他的心口，他几乎无法呼吸。巨大的心痛，让他失去了理智，一把拽过喜娘，便压在了假山石壁之上。

喜娘被突来的疼痛触感吓得惊呼，云开却仿佛听不到，他将自己昂藏的身躯欺上来，紧紧贴住喜娘惊慌得起伏的身躯，将喜娘固定在自己怀抱与假山石壁之间。

唇如盛夏午后的暴雨，带着灼热的温度，密密而来。喜娘的眉眼、脸颊、唇际都没能幸免。却放过了樱桃红唇，转而进攻喜娘柔致的脖颈。酥麻的触感汩汩而来，惊恐中的喜娘，依然控制不住自己的声音，"啊——"地娇呼出来……

喜娘的娇声更加鼓励了云开，不消片刻，喜娘榴红的纱衫已经褪至肩胛，大片粉嫩的胸脯裸露在云开眼前。

透过半透明的白色亵衣，云开隐约望见了那两颗绝世晶莹的红色樱桃，云开的身体更加火热，他喉咙里嘶吼着将唇重新转回喜娘的面颊，强硬地攫取了喜娘的红唇——

****

天地，瞬间变色。

日月，苍白无光。

整个世界只剩下这强悍的索求，滔滔的情感，绵绵的诉说，带着令人心悸的酥软感，四片唇瓣抵死厮磨……

喜娘恨不得自己于此刻死去。便不用再做无谓的挣扎，不用再去数着自己心碎的片片……

****

直到——

假山石上忽然传来啪啪鼓掌之声。一个慵懒如暖阳的声音含笑，却又带着隐隐怒意，"没想到，此来扬州不虚此行啊，居然能看到堂堂震远将军云开，在自家府中强行轻薄女子。这，可还是那个人人称颂的云大英雄？"来人，正是本该午睡的魏远。

一席话说得云开如兜头一盆冷水浇下。

他在意的并不是魏远言辞之中的暗暗讽喻，而是"强行轻薄"这四个字。眼前衣衫凌乱，唇瓣红肿，泪光闪闪的女子，是自己心爱的人啊！是自己宁愿抛弃世间所有，甚至自己的性命去保护的人啊！

自己怎么对她，做了如此过分的事？

****

喜娘羞愤之极，拉好衣衫，目光如雪山寒冰，语气轻飘若来自千里之外，"你我此后，恩、断、情、绝！"

榴红衣衫飘然而去，宛若，也带走了这个世界所有的光彩和颜色……

5. 原来竟是，骨肉至亲

时间进入六月。

云府上下难得地迎来了甜蜜的和平与宁静。

上至云老员外，下至园丁、厨子都在心底暗暗纳罕，这府里怎么会突然感觉如此消停？

就连风都是柔柔的，带着夏日青莲的香气。就连云都是悠悠的，宛如大朵大朵的棉花糖。

就连——就连云开都是"乖乖"的，不再惦记着要回西北战场，也不再对婚礼的筹备细节挑三拣四，甚至不再拒绝常去张家走动，更稀奇的是见到张曼瑶还会露出了淡淡的微笑……

云家上下不禁暗中庆幸，"阿弥陀佛啊，我们家少爷终于开窍了啊，他的婚前焦虑症总算熬到头了……"

所有人都乐呵呵地开始享受这难得和平的夏日时光，所有人都在努力憧憬着与张家联姻之后的美好前景。

更为锦上添花的是，就连来访的抚远将军魏远，与给云家带来如此良缘的喜娘之间，好像也发生了点什么美好的事儿……他们之间微妙的眼神流转，他们之间会心的甜蜜微笑，无不让云府上下乐见其成。

风波终于远去，宁静的生活如此美妙……

****

没有了云开的挑剔，喜娘负责的婚礼筹备工作进行得顺利多了，每件工作都很快地安排到位，让喜娘也多了不少余暇时间，可以轻松地喘口气了。

偏偏喜娘是停不下来的人。

或者，是喜娘自己不愿意停下来。

因为，身体停下来了，脑子就会忙碌起来。脑子忙碌起来，就自然会思考，会回忆，会担忧，会……相思。所以喜娘闲下来的时候总是跑到后厨去帮忙，让云家人尝到了喜娘的手艺。

第一个受益人，自然是曾经令喜娘心有亏欠的赵管家。一道看似简单的"素炒藕片"，让赵管家吃得是大呼过瘾，说自己的嘴里仿佛含着十里荷香！

喜娘的小菜便渐渐地登上了云府各级人等的餐桌。都是简单的食材，也都是常见的菜式，妙就妙在喜娘巧妙的搭配与神奇的调料比例，让云府上下呆滞了的味蕾，顿时重新焕发了青春般的活力。

云老夫人最欣赏的是一道"薏仁莲子粥"。喜娘做来不似常人般完全剔除莲子上附着的莲心苦味，而是刻意地留一点，加入冰糖调味，让整道粥口感清甜，入口爽滑，又在即将下咽之际在舌根留下若有若无的淡淡苦味，既压住了冰糖的甜，又增加了回味，还多了解暑的功效。

云老员外最爱的是一道"荷香牛柳"。用水塘中刚刚摇曳起来的荷叶，在冰糖化开的糯米水中泡上12个时辰，包裹住提前在油锅中微微烹过的牛柳，上屉清蒸。荷叶中浸透了的冰糖糯米的香味儿，尽数转入牛柳；荷叶本身的清甜更是收了牛柳微微的油腻……素日不大敢碰荤菜的云老员外，终于可以放心开怀地享受牛肉的香甜。

魏远更是每道菜都爱吃，还借着要给喜娘帮厨的名义，整天跟在喜娘身后转。喜娘择菜，魏远捧着菜篮帮着收捡；喜娘烧火，魏远巴巴地运来一捧捧的柴火；喜娘炒菜，魏远把头凑到喜娘旁边，说是要多吸收一些油烟好让喜娘少呛着一点……害得喜娘总是羞红着脸颊，笑骂魏远是条"满身黏液，撇不开、甩不掉的一条跟屁虫"；魏远也总是好脾气地嘿嘿笑着，"是啊是啊，我就要当喜娘的跟屁虫，让你一辈子甩不掉我！"

每当听得魏远此言，云开总是淡淡地笑着，仿佛真的对好友的真情表白乐见其成。

****

转眼又是数日。

张阁老设家宴款待云开、魏远和喜娘。

一来,在婚前好好见见佳婿;二来,为远道而来的抚远将军洗尘;三来,与喜娘沟通婚礼筹备事宜。

张曼瑶自当作陪。

餐桌上,张阁老、云开、张曼瑶与喜娘都各自守礼,偏就魏远举止随性。那边厢,人家已经定了终身的云开和张曼瑶尚且谨守本分,这边厢完全只是初识不久的魏远却极为殷勤地主动承担起了照顾喜娘的任务。斟茶布菜、嘘寒问暖,照顾得那叫一个周到。

喜娘颇为尴尬,止不住偷偷用眼角瞄向对面的云开。

云开却一派安之若素,完全没有见到魏远与喜娘似的,自顾自与张阁老攀谈,偶尔照顾夹一箸菜放入张曼瑶碟中,眼角带着暖暖的笑。

身在首位的张阁老,却始终饶有兴趣地看着魏远与喜娘之间的动静,嘴边挂着别有深意的笑。

说过婚礼筹备的相关事宜,张阁老忽然朗声一笑,"或许,不久之后,我们张家又有一桩喜事了啊!"

餐桌旁的四个年轻人俱皆一愣。

****

张阁老笑得更加开怀,"魏将军,早早请了媒妁前来提亲吧,我做主,就将喜娘托付于你了!"

"因为——",张阁老刻意话音一顿。

"因为——喜娘也是我张某人的女儿啊!"

座中,除了张阁老与喜娘,其他人都是一惊!

"说来话长。"张阁老望向云开和魏远,布满皱纹的脸上,依稀可见淡淡的微红。

"那一年我领了皇命,行八府巡按之职,代天子巡视江南。为了揭发一桩舞弊案件,不得不微服私访。途中巧遇喜娘的母亲,心生爱慕,于是私定终身,生下了喜娘。"张阁老的眼睛,仿佛隔着重重屋檐,回望进幽幽的岁月里。脸上带着温暖的笑,宛若当年初见。

"说来,都是老夫的错。为了完成案件,老夫始终没有在案件终结之前,将自己的真实身份告诉喜娘的母亲。待得终于可以功成返京,喜娘的母亲才发现我早已有了妻室。烈性如火的她,认定是我刻意隐瞒,于是在喜娘未满两岁的时候,便投江自尽了……"张阁老老泪纵横。

"更加让老夫难过的是,她临去之前还给老夫留书一封,严词要求老夫不许将喜娘认祖归宗,她不希望喜娘成为我的女儿。所以,我只能将喜娘送出去抚养,每个月定时给了钱粮,只说是在佛前收养的孤儿……"

"能够为喜娘择一桩良缘始终是我的心愿啊。一个女孩子家,总这般穿行于市井为人说媒,总不是长久之事……如今,老夫见了魏将军善待喜娘的模样,老夫实在是心下欢喜得紧啊!"

张阁老一番说辞下来,纵是旁边的丫鬟都悄悄湿了眼睛,张阁老自己更是老泪纵横,那边的张曼瑶也已经哭成了个泪人儿。

可是喜娘,依然端坐,只是眼角淡淡笼了水雾。

身旁的魏远就更是高深莫测,带着玩味的笑,邪邪地将眼光反复在张阁老与喜娘之间穿梭。

云开则看不出喜怒,只低头呷了口茶。

气氛,怎的如此诡异?

6. 同日成亲,喜事便是成双?

"既然我娘当初留书,说不愿让我归入张家。那么,喜娘又怎敢随便称阁老为父!"喜娘淡淡地开口,仿佛这不是在谈论一对十六年未曾相认的父女亲情,谈论的不是婚配的终身大事。

顿了顿,喜娘继续说,"既然阁老从来不是喜娘的父亲,那么试问阁老大人又怎可为喜娘决定终身大事呢?"

挺直了小小的脊背,身份卑微的喜娘在贵为当朝权贵的张阁老面前,凛然宛若不容侵犯的女王,一双清水双眸如一支无形的箭,冷冷,又带着一丝玩味,直直投射向张阁老。

纵是在官场摸爬滚打数十年的张阁老,也不禁愀然变色,一时竟哑口无言。

****

"哈哈——"气氛微妙间,魏远忽然朗声大笑。

"阁老美意,魏远自然心领。但是,阁老这般指婚,岂不是嘲笑魏远无能吗?"魏远双眸灼灼如星。

魏远成功地将在座诸人的注意力都牵引了过来。

张阁老忙问,"不知魏将军何出此言啊?"

魏远朝张阁老温如暖阳地一笑,又朝喜娘促狭地闪了闪眼睛,"呵呵,魏远有信心在百日之内,用自己的力量,俘获喜娘的心!"

魏远又朝云开的方向笑笑,"任何人都不要帮我啊! 要不然,喜娘怎么能看到我的诚意呐!"

"喜娘,你可作好准备哦!"

****

久未作声的张曼瑶第一个鼓掌,"好啊好啊,魏大哥既然这般看重我这妹妹,那我这当姐姐的可自然要给妹妹把关啊!"

张曼瑶扭头望向喜娘,"妹妹,虽然言之过早,但是姐姐我依然要对你说声恭喜。难得魏大哥对你如此有心,真希望咱们姐妹能一同拜天地。你说,好不好呢?"

****

喜娘望向张曼瑶的眼神,不觉放柔。张曼瑶与张阁老自是不同的。

年长喜娘两岁的曼瑶,幼时起便是聪慧过人,所以虽然幼小,却依然目睹了父亲与喜娘母亲之间的种种。尽管没有人告诉过她喜娘的身份,但是有心的曼瑶却悄悄记下了喜娘被送出去寄养的人家。在这十几年中,曼瑶一直惦记着给喜娘送些小玩意儿,虽然都并不贵重,但却给喜娘苍白的成长岁月,添加了一抹属于亲情的亮色。

尤其是喜娘八岁那年。

因为喜娘的容貌越发长得不似养父母,邻居顽皮的孩子们便整天跟在喜娘背后喊"野种,野种!"烈性的喜娘实在气愤不过,那天搬起脚下的一块石头便抛向领头的那个孩子,结果却招来了那群孩子的群起反攻。

幼小的喜娘,一边拼命闪躲,一边顽强地用石子回击,却不想躲避不及,被一块石头砸在了额角……

鲜血流淌而下。喜娘苍白着一张小脸,默默地流下眼泪,心中喊着娘亲,却依然挺直自己小小的脊梁。

这场景被恰巧来到的曼瑶看到。曼瑶立即拿出自己最好的那块丝绢帕子,压住了喜娘的伤口。

曼瑶这个从小文静守礼的姑娘,那一刻忽然像发怒的母鸡一般,全然顾不得了自己的淑女形象,扯着喉咙大声地呵斥那些顽劣的孩子。

顽劣的孩子们终于被吓退,曼瑶抱住喜娘的头失声痛哭,"不管爹他认不认你,也不管你娘是否拒绝让你认祖归宗,我都要当你的姐姐,保护你,爱着你,再不让你受别人的欺负……"

那一刻,小小的喜娘,也紧紧地拥住了曼瑶,她内心何尝没有同样的念头啊。不管那个给了自己生命的男人是否认自己,也不管娘亲当年有何苦衷,眼前的这个姐姐,真的是对自己情真意重!她也会拼尽自己的努力,去保护姐姐,保护姐姐内心的温暖和善良……

****

于是,那个柳条箱成了喜娘最宝贵的收藏、最重要的行李。因为里面装满了这些年来,曼瑶送给她的大小物件儿——

有一朵颜色早已旧了的珠花,是簪在小女孩发间的简单装饰——那是喜娘五岁那年的新年,望着邻居家的小姑娘们纷纷穿上好看的新衣裳,鬓角发间簪了各式各样美丽的珠花,小小的喜娘望着自己穿旧了的衣衫,摸着自己没有任何装饰的头发瑟缩在家里不愿出门。是曼瑶差了家人送来一朵珠花,是曼瑶自己做的,虽然简单,但是却让喜娘高高兴兴地过了一个新年……

有一件珊瑚红的袄子,身量大约是七八岁的样子——喜娘七岁那年冬天,江南遭遇大寒,户外滴水成冰,房间里同样冷风穿墙。喜娘冻得病倒了,瑟瑟抖动的双肩即便在昏迷中依然无法安宁。来看望喜娘的曼瑶,当即脱下自己身上的棉袄,全然不顾自己是否可能因此而生病。病榻上的喜娘,微微蹙紧的眉毛,因了这突来的温暖而展开……

有一方丝绢的帕子,本来是月白的底色,却因了一角的一块暗红而染污了本来的模样——这块帕子,自然就是那一年曼瑶用来为喜娘包扎所用的,虽然被鲜血染污,却成为了喜娘心头最爱的东西。每每想到那时曼瑶所说的话,喜娘便觉得这世间原来自己并非孤身一人……

****

喜娘幽幽轻叹,"好。二……呃……姐说什么都好。只要二……呃……姐你开心,喜娘自然欢喜不尽呢……"喜娘依然无法直呼张曼瑶为"二姐"。

听喜娘此说,张曼瑶自然喜不自胜。

身旁的云开,眼神却是突地一黯。

张曼瑶没有留意到云开的表现,笑对魏远,"听到了吗魏大哥,我妹妹可是答应我要同时拜天地了,也就是说你要加油咯!"

魏远笑笑地瞥了云开一眼,"呵呵,是啊,看来我的希望很大啊!只要二小姐与云兄两个相、亲、相、爱,那么我自然会与喜娘也同样相亲相爱哦!"魏远刻意重重地吐出让张曼瑶与云开"相亲相爱"四个字,果然引得张曼瑶与云开二人脸色同时大变!

****

张曼瑶是颊生红霞,羞难自抑。偷偷瞥着云开的反应,眼角不觉生起丝丝轻愁。尽管婚事越来越近,张曼瑶自然是清楚,自己与云开之间,总是似乎缺少了点什么。云开对自己,礼数周全,却从来没有自己注视着他时,那般的专注与深情。张曼瑶只能暗自期盼,两人婚成之后,能够用自己的情意感动云开……

云开则是双眼一跳,望向喜娘的眼神,光芒暴涨。他虽然不清楚张曼瑶与喜娘之间,在这漫长的十六年的成长岁月中都发生过什么样的故事,但是他能够感知到,张曼瑶在喜娘心中极为重要的地位。这样,便也可以说明,为何喜娘会极力地撮合他跟张曼瑶的婚事,而完全无视自己的感情了……原来,不是喜娘对自己全无情意,只是因了张曼瑶……

****

感受到云开投来的火热眼神,喜娘不觉垂下了颈项。

餐桌下,忽然横过来一只手,修长、有力、温暖,那只手不容逃避地蓦地握住了喜娘微微颤抖的手!

喜娘讶然,惊愕地望向伸来手的魏远。

魏远却不回应,只是望住张阁老,"不论喜娘自己是否愿意,按照朝廷律法,阁老总归是喜娘合理合法的父亲,自然有权替喜娘决定终身。"

"魏远在这里正式向张家求亲。魏远希望能与喜娘,与二小姐和云兄同日拜堂完婚!"

聪明如魏远，他怎能看不出整件事情当中，喜娘对于张曼瑶的有意回护呢！更何况，他亲眼见到了云开那日对喜娘的情不自禁，他又怎会推测不出，喜娘那般拒绝云开，实则是为了张曼瑶的幸福呢！

男人说到底都是对自己的"猎物"占有欲极强，所以魏远不惜收回之前的话，他现在宁愿借助张阁老的力量，他现在只想牢牢抓住喜娘。总觉得，如果现在不握住她的手，她便会如乘风的纸鸢，飘摇而去，再不会与自己拥有交集……

****

魏远清越的嗓音在檐梁间猎猎有声，全然不似他之前的嬉闹神情。

云开不禁抬眼，定定地望向魏远。

烈烈夏日，却有穿堂的风倏地吹过……

四
赴戎机

1. 我愿意，伴君仗剑走天涯

云开与魏远之间的关系，变得微妙起来。

本是沙场上过命的情义，却在这繁华一片的扬州变了味道。许是都因为扬州这"九里三十步街中，珠翠填咽，邈若仙境"的人间景致，全然让人们忘却了沙场征尘的缘故吧。春风十里扬州路，人们想的都只是如何享受这人间的美好，想着如何与自己心爱的人儿共谱一段情爱佳话。芙蓉帐暖，谁还愿意去记着那血肉横飞？

云开与魏远，虽然都是朝廷栋梁，但是毕竟说到底依然都是肉身凡胎，他们心中的念想又岂能与他人不同呢？

****

自从那天餐桌上张阁老慨然应允了魏远对喜娘的求婚，云开再望向魏远的眸子，已然涌起了青灰的冷硬。

张曼瑶浑然不觉。

张阁老则是看在眼里,却不动声色,仅是捋着长髯,高高挂起般地淡然而笑。

如果说在张府时,云开还能谨慎地收敛起自己的脾气,而回到云府之后,一切一切便煌煌如夏日明晃晃的太阳了。

云府上下都心知肚明,云开与魏远的关系,出了严重的问题。

****

敏锐如鹰的魏远,又岂能忍受这人在屋檐下的委屈呢。一次与云开并不算直接的小小冲突之后,魏远便以张阁老想与喜娘父女亲近为由,带着喜娘移居到了张阁老的府邸。

据说那日,张府中门洞开,张灯结彩,言笑晏晏。那排场,那气氛,绝对不亚于一场披红挂彩的嫁娶婚事。

人人都说,张阁老对魏远这个女婿,看来已是十二分满意的了。张阁老对待魏远的规格,甚至较之同样为女婿的云开,都要高了一个档次。有人认为这是因为张阁老更加喜欢魏远这个女婿;有人认为这是张阁老有意要对十六年来对喜娘的冷落而有所补偿。

不过有一点倒是大家已然认定的事实:魏远与喜娘的婚事,铁板钉钉了。

****

没人知道,那个夜晚,云开去了哪里。

只是听更夫传说,那晚三更时分,依然能听到某处大户人家高高的斗檐之上,传来悲凉的羌笛之声。借着星月之光,隐隐可见他白衣的身影,倚坐在飞檐之上。他身上喷涌的悲伤如白色月光,氤氲荡漾。晚风吹起他的衣袂,仿佛可见瓣瓣白色莲花,轻旋曼舞,顺着他眼神定定凝望的方向,蜿蜒飞去……据说,那个方向,正是张灯结彩。那个方向的红,与这人身上的白,正好形成了欢喜与悲伤的截然映衬。

那么高的飞檐,那么深的夜色,那么悲伤的心情……更夫不禁甩甩头,这一定是自己困倦懵懂了看到的幻影。难道是神仙?又不可能。这世上怎么会有这般悲伤的神仙呢……

喜娘自然是无法轻易地接受张阁老,所以她在张阁老面前,一如过往地守礼,也疏离。

喜娘之所以答应跟着魏远同来张府,一来是魏远殷殷的请求,二来是张曼瑶亲自的邀请,更是因为——云开自那日起便锐利得如鹰隼一般直直射来的眼神。

喜娘轻轻叹气。自从养父母相继故去之后,喜娘已然在这个世上孑然一身好几年了。除了还有对母亲的那个承诺,要保定人间一百桩婚姻,否则,她真的不知道,自己在这个世间还有什么继续苦苦撑下去的理由。她曾经真的想,不如就这么放弃尘世,跟了母亲去,在那个遥远的世界里,至少还能有母亲相依相伴……

如今,虽然自己在心里依然没有把张阁老当做父亲,但是一旦真的想到世界上还有这样一个人存在,喜娘的心底,还是隐然跃动着小小的快乐。

孤身一人真的好难过,喜娘真的好希望能够拥有自己的家,拥有自己的父母高堂,能够拥有自己的兄弟姐妹，能够——拥有自己的亲密爱侣，拥有自己的可爱孩子……

　　如今，这一切真的近在咫尺，尽管总与自己内心的期盼稍稍不同，但是毕竟已然轮廓清晰地呈现在自己眼前了呀。喜娘垂下眼帘，轻轻叹气，"对不起。原谅我小小地放纵自己，去享受一下这人世间的幸福滋味吧……"

　　**********

　　喜娘的一时抗拒，让张阁老将对喜娘的所有感情都转移在了魏远的身上。每日里两个人把臂畅谈，饮食起居更是着人将最好的物品给魏远享用。魏远也是投桃报李，不但日日陪着张阁老下棋、吟诗、练字，就连夜晚也要主动去张阁老书房问安。真个是一派父慈子孝的融融场景。

　　就算喜娘心底有小小的纳罕，也都被张阁老与魏远之间的融洽相处给冲淡。

　　喜娘本来还想问魏远，为何有时明知张阁老出门访客未归，魏远却还要在夜晚殷殷地赶去张阁老书房问安呢？

　　……

　　**********

　　时光如梭。一转眼，距离当初订定的，云开与张曼瑶的九月婚期，已然仅余不足三个月。再加上又临时插进来的同时拜天地的魏远与喜娘，整个亲事的筹备工作，就更加紧锣密鼓起来。

　　喜娘一方面是新娘之一，另一方面又总体负责着婚事筹办的大小事宜。忙里忙外的她，俨然一只停不下来的小陀螺。

　　所以再顾不得追问，每日夜晚，给魏远送去宵夜甜汤时，为何屡屡不见魏远的影子了……

　　**********

　　喜娘的忙碌，忽然在这日，因为魏远的一个宣布，戛然而止。

　　那是张家阖府都在的场合，甚至连云开也在。魏远仿佛说着别人的故事，嘴角淡淡一抹微笑，眼光望向遥远的虚空，"西北战事吃紧。昨夜皇上派人给我送来密诏，着我微服赶赴西北调度兵马。"

　　言毕，魏远清亮的眼神灼灼望着喜娘，轻柔得仿若呓语："我，舍不得喜娘……"

　　喜娘的心重重一震！

　　这个美如夏日花朵，明艳如正午阳光的男子，从来都是带着嬉戏的神情，看向喜娘的神情也总是邪邪地不认真。即便已经糊里糊涂地订了亲事，但是喜娘从来都是认定，魏远对自己无非是一半好奇一半试探的。

　　却，从没想到，自己竟然看到了魏远眼中升腾起来的，烟花一般灿然却孤寂的忧伤……而这忧伤正是缘于对自己的不忍割舍……

　　此时此刻，此情此景，喜娘怎么能看不见，魏远对自己的一片真挚的心呢？

　　喜娘的心底忽如春水，悠悠荡漾。从来没有人如此地在乎过自己……噢，或者应该说曾经也有人这般地在乎过自己,喜娘悄然地望了望若有所思的云开,但是那些在乎已然不应该属于自己,自己心底那些胡思乱想也早该随风,飘然远去了才是……

自己想抓住的,不过是现世的幸福:一个爱着自己的男人,一个可以让自己正大光明地去爱的男人,然后组成一个家,生一大堆的孩子……

喜娘抬高眼帘,眸子如朗朗晨星穿破缥缈晨雾,"我愿意追随魏将军远赴沙场。哪怕,只能为魏将军端一杯热茶,喜娘也心满意足了……"

闻言,在场的所有人都是一惊!

试想偌大个江南,有几个弱小女子,能够不在意沙场朔风呼啸,能够不恐惧战场的血肉横飞,能够义无反顾地追随自己尚未过门的夫君万里赴戎机!

在场的所有人,都看到了魏远眼角拼命抑制的晶晶泪意,魏远忽地奔过来,紧紧将喜娘抱在了怀中……

****

忽听得云开闷声开口,"其实,收到朝廷密令的,不只魏远一人。我也将同时微服起程。"

被喜娘感动得哭得梨花带雨的张曼瑶,听到云开的话,先是一怔,忽然也挺直了脊背,正色地说,"既然我喜娘妹妹都能深识大义,身为姐姐的我就更不该贪恋这江南的十里红尘。我也愿随云郎一同,共赴沙场!"

夏日的江南,艳红烂漫,旖旎无边,却在这四人的言语之下,蓦地凝重起来。

西北一朵乌云悄然飘来,及至人们抬头,才发现早已经乌云压境,一片山雨欲来……

2. 竟遭遇,嗜血劫杀

四人微服上路,昼夜兼程。

晃眼间,张阁老两个女儿的两桩亲事都被搁浅。两个女儿和两个女婿都不远万里,奔赴危机四伏的西北战场。

遥遥西北,正常商旅从扬州到达玉门关,都要走上两月不止;而此次皇上严命云开和魏远要微服出行,一月之内必须赶到!

作为父亲,张阁老怎能不去探听为何皇上此次派将会如此紧急,又如此神秘呢?

尽管事关西北用兵绝密,但是凭着张阁老在朝中的人脉,打听出事之一二,自然也并非难事。都是传说,朝廷收到密报,说朝中有人将目前西北的兵力部署图私自泄露给了敌国。皇上此番紧急调派云开和魏远重返西北,正是为了尽速调整兵力部署,重新规划西北战略……

张阁老神色间满是忧虑。

想来，他定然是为自己的两双女儿女婿的前路担忧了吧……

****

且说途中马不停蹄赶路的四人。云开和魏远身为将领，自然具有自己的专业精神，知道兹事体大，途中自是不敢稍作耽搁。

最为难得的是喜娘与曼瑶两个弱质女子。虽然乘坐在马车之内，没有云开和魏远那般鞍马劳顿，但是一路马停人不停的颠簸之中，两个女子也早已经疲惫不堪了。每次经过一个驿站，都只是给马补充水和草料，或者是更换马蹄铁；有时更是直接地换过体能更加充沛的马匹继续赶路，驿站之内一墙之隔的暖被轻帐遥远得像天边的一个梦。

喜娘与曼瑶，都没有叫过一声苦，更没有对驿站内的暖被轻帐稍作留恋，她们一直坚定地跟随着自己的夫君，唯他们马首是瞻。

****

一路飞奔，第二十一天的清晨，四个人便已经赶到了西北重镇敦煌。再向西北不足二百里，便是中原与西域交界的玉门关了。

王之涣有诗曾云："黄河远上白云间，一片孤城万仞山。羌笛何须怨杨柳，春风不度玉门关。"描述的便是此地的景象，更是勾勒出了玉门关作为中原与西域之间门户的重要地理和军事地位。

出了敦煌，再向西北，就是一片苍茫的戈壁滩了。

戈壁滩上一片苍凉，放眼望去到处是棱角料峭的石山。只有山石缝隙中，才会偶尔探出一丛叫不上名字来的粗矮的植物。风从山石间掠过，扬起漫天的尘土，更是在山石的摩擦之下发出刺耳的悲鸣。

景色与中原，早已迥然不同。

对于从没离开过江南繁华的喜娘和曼瑶而言，宛如进入了另一个陌生的世界。紧张与不适，如一只嶙峋的怪手，紧紧捏住了她们的心房。

疼，且不敢呼吸。

云开与魏远虽是见惯了西北的苍凉，但是久经战阵的他们依然提高了警惕，巡视着前后左右。

视野所及，不见一人。

****

就在他们走入一道两山对立，中间仅余一辆车经过的山谷时，忽然听得山壁之上一声呼哨扬起。宛如鹰啸，在幽幽山谷间鼓瑟激荡。

山岩间几只黑色的大鸟，被呼哨声惊飞，扑棱棱从喜娘一行人头顶风一般旋过。

云开和魏远的坐骑都是训练有素的战马，也不禁紧张地打着响鼻，前蹄踢踏着脚下的土地，烦躁不安。为喜娘和曼瑶拉车的两匹马，就更是"兮溜溜"连声恐惧的长鸣，前蹄直立，险些晃倒了身后的车厢！

云开和魏远谨慎地带动缰绳，缓和坐骑的紧张；一边帮助车夫定住几乎直立而起的两匹拉车的马，做好了随时飞身而起救出车厢中两女的准备。

正在人仰马翻中，忽见山壁之上数条黑色身影，如黑色鹞鹰般飞旋而下！

****

看不清面目，却用着相同的身姿。每个人手中一柄如虹长剑，每一柄剑的剑尖都直指山谷中的一行人！

那般的急旋而下，却听不见一丝风声，可见来人个个都是极好的身手。远远望去，宛如一根随风飘落的黑色羽毛，在苍凉戈壁之中，自是一种撼人心魄的美。

只是这美，真实的名字叫做——杀戮。

****

电光火石间，躲在车厢内的喜娘和曼瑶尚看不到黑影是如何调转身姿，却已见一众黑衣人已经落在地面，团团围住魏远，缠斗起来！

魏远枣红的袍，枣红的马，被围在一众黑衣人当中，醒目得宛如大漠如血的残阳！

在魏远与那群黑衣人之间，隔着空气，时时有猩红的血，凌空飞起。伴着银色薄凉的剑光，飞舞的猩红血液，宛如激越的古琴曲，偶尔间歇低回，更多时候则是激亢高涨！

喜娘心碎地看着那被围在黑色之中的枣红色。尽管她早已目眦尽裂，依然无法看清，那凌空飞舞的猩红血液，是魏远的，还是黑衣人的！

喜娘只能隐隐地看到，魏远的嘴角邪邪挂的一抹笑。虽然是笑，却那般地嗜血和疯狂！

云开被几个黑衣人围在另外一边，几次想冲入魏远被围的战阵都未成功。

奇怪的是，围住云开的几个黑衣人，似乎未尽全力，只是有意拦阻住云开，不让他有机会闯入围住魏远的战阵，而并不想伤害到云开……

喜娘与曼瑶的马车，更是根本无人在意。

似乎，这些黑衣人攻击的目标，从一开始就是魏远一人……

****

难道，这些黑衣人是为财而来？

可是喜娘一行人，为了尽速赶路，根本没有带任何的行李。喜娘与曼瑶二人，也皆是布裙荆钗。

就算云开与魏远的两匹坐骑，都是价值连城的名驹。但是从他们二人精光暴涨的眼神，任人都能看出他们绝对是身手不凡的练家子！

一般的盗贼，岂会如此自不量力？

更何况，无人的戈壁，怎会有如此武功深不可测的一群"普通盗贼"？

****

戈壁的太阳，火辣辣地炙烤着大地，犹不如，魏远与黑衣人之间缠斗正酣的热度。

包围圈外，已经有几个黑衣人倒下；魏远枣红色的袍，也已经破碎零落如夏日摇曳的花瓣。魏远的脸上、身上，到处是猩红的血迹。本就美得邪魅的他，此时更似饮足了潋滟的罂粟!

见包围圈稍稍松懈,云开终于冲了过来。却被魏远仗剑隔开,"带着她们先走,这里留给我自己戏耍吧!"

云开怎会依从,剑落之下,又见一个黑衣人横着飞出包围圈,倒地不起。

剩下的黑衣人,不但没有被吓退,反倒被激怒一般,更加疯狂地向两人攻来!

魏远眼角横扫,只见被激怒的黑衣人,已经有两人飞身纵向喜娘和曼瑶所在的马车!

****

魏远不由惊怒,再次向云开大喊,"不要管我,快带她们两个走——"

云开也看到了那两条纵向马车的黑影。情急之下的他,从马鞍上纵身飞起,如展翅的苍鹰,直扑那两道黑影!

"呲——嚓——",断金裂帛的几声空响在山谷间悠悠回荡。

****

待喜娘和曼瑶看清,那两条黑影早已经被拦腰斩断,如两片破败的叶,跌落尘埃。

而云开,单膝跪在地上,一只手扶住跪倒的腿,另一只手将长剑插入泥土中支撑着身子。

殷红的血,从云开白色的裤腿上,汩汩流出……

3. 就算死,也要与你相拥

喜娘觉得自己的心就像是一颗核桃。

看上去那么坚硬,却只要一记猛锤就会被砸得四分五裂。

就像,面对云开。

以为自己已经足够冷硬了,牢牢树立起层层心防,远远地躲开他的目光,他的消息,以为这样就可以让自己的心,不再因他而跳,不会再在无人的夜里,思念他的眼神、他的怀抱、他温暖又微微颤抖的唇、他激情时刻眼睛里燃烧起的灼灼火焰……

此刻,他就跪在自己身前不足百步的地上。

一条腿已经被鲜血染红。

他用另一只手,握住插入泥土的长剑,强自撑住自己的身体。

摇摇晃晃,眼神却满是惊痛未平地直看向自己的方向……

就因为刚刚那两个黑衣人向自己的方向纵身飞跃,就因为他知道马车里的两个女子全无抵抗之力,所以他就全然不顾自己的安危,拼尽了全力,弃了坐骑腾身阻截!

在那电光火石间的致命一击中,两个黑衣人被硬生生横截为两段!而云开,也满腿鲜血地跪倒在尘埃,摇摇欲坠……

从没见过如此决绝的云开!

从没见过如此凶狠的云开!

喜娘觉得自己的心,痛得宛如被重锤击碎的核桃!

碎成片片,几成齑粉!

****

那一刻再看不到满地的尸首和鲜血,也顾不得远处依然在与黑衣人以命缠斗的魏远,喜娘拼命咬住自己的嘴唇,不敢喊出云开的名字——毕竟,身边还有曼瑶,那个对自己情真意重的女子,那个被自己亲手定下姻缘的女子,那个——身体里与自己拥有相同血脉的姐姐!

云开勉力支撑住自己摇摇欲坠的身体,腿上的剧痛时时让自己有想昏迷过去的感觉——不用说,一定是黑衣人的长剑上事先淬了毒!

看来,黑衣人此举一定早有准备,而且务求一击致命!

云开努力回头望了一眼依然在黑衣人包围下缠斗的魏远。又抬眼望向马车的方向——

已然是临近黄昏时分。

戈壁残阳如血。

云开的眼睛,也被杀戮的鲜血蒙上了一层殷红的雾霭。

却,依然能够清楚地看见,马车上那个满身红衣的女子,惨白的面颊,还有被牙齿咬到青紫的嘴唇……

她的眼,盈盈望着自己,里边有泪,更有——深挚的情感……

****

云开忽然想笑。

这个傻姑娘,看来这世间真的只有红色才最适合她啊。面孔上的惨白,还有嘴唇的青紫,放在浑身艳红的她身上,实在是不伦不类!

她还是面带红润最好看。

她小小的,宛若初熟樱桃的,殷红润泽的唇。

她与他唇舌相对时,脸颊上那两朵毫不退让的红云。

她在他怀里时,脸上含羞带怯,却又似乎矛盾重重的红霞……

云开忽然好想再看看那时的喜娘,好想再跟喜娘斗一次嘴,好想再惹出喜娘脸上不服输的红晕,好想——再倾心吻上喜娘樱桃般娇嫩的红唇……

可是那一切,为什么已经那般遥远了呢?

就连,本来不足百步之遥的喜娘,也渐渐从视野中渐行渐远……

最后留在云开记忆中的,是喜娘大哭的脸。

他只来得及朝着喜娘轻轻一笑,还没来得及告诉她自己没事不用她担心——

忽然间,天旋地转,山川黑暗。

扑通——

云开仰、面、栽、倒。手中的长剑承受不住巨大的力量,被弹起空中,划了一个美丽却无力的弧线,在夕阳金灿灿的映射下,宛如银白的流星——

悠……然……顿……地……

目睹此情此景的曼瑶,早已在惊恸之下,昏晕过去……

喜娘撕心裂肺地喊:"云开——"

****

喜娘撕心裂肺的哭喊,没能阻止住云开的跌倒,却引来了一个黑衣人,狰狞的眼神。

那个人本来还在包围圈中与魏远鏖战,只是在云开腰斩了两个黑衣人之时投来怨毒的目光。此时见云开跌落尘埃,那黑衣人全然顾不得继续与魏远缠斗,长啸一声腾身而起,如发现猎物的鹞鹰,挺剑直扑云开——

说时迟那时快,也不知道马车中的喜娘,哪来的勇气和速度。只见她宛如强弓射出的雕翎箭,绝望地飞身扑过去。在黑衣人的剑尖刺入云开身体前的一秒钟,扑在了云开身上!

喜娘只知道,不管云开此时是死是活,她都要挺身保护住他,把他好好地带离这片杀戮,把他好好地带在自己身边……

剧痛,自肩胛而入。一股冰凉直透肌骨,整个身体宛如被瞬间撕裂!

来不及看一眼包围圈中忽然悲鸣长啸的魏远,来不及看一眼马车中晕厥的曼瑶是否安好,喜娘只来得及用手臂紧紧抱住云开的身体——

她忽然极其轻忽,宛若透明水晶般,淡淡地笑了,"现在,我们终于可以,不顾一切地,在一起了……"

整个世界陷入无边黑夜。

整个世界忽然寂静无声。

身体忽然如飘飘的羽毛。

躁动的心忽然和平宁静。

山谷的风,从半空旋过。轻轻吹起地面上两人的发丝,吹过他们死死相拥的手臂……

****

远处的魏远,也早已浑身血迹。

黑衣人也个个遍体鳞伤。

整场缠斗变成了以生命为赌注的肉搏。

都早已拼尽了力气,一招一式也都早已失去了威力,只剩下机械的肉搏……

只是,魏远还有巨大的精神力量。他还要救护那三个全无抵抗能力的人。

如果,云开和喜娘都已经不幸殒命,他还要背负起为他们报仇的重任!愤怒与惊恸如熊熊燃烧的火,映红了魏远美丽的眼睛——

剩下的几个黑衣人,显然被魏远惊住了,或者说,他们被整场战斗惊住。

本来他们凭借着埋伏的地利,本来他们拥有人数上的优势,本来他们以为这是一场速战速决的游戏——却没想到,来的九个人只剩三人;却没想到尽管三人对抗一人,却依然没有全身而退的把握⋯⋯

为首的黑衣人,忽地怔忡,继而撮唇长啸,与另一黑衣人腾身跃起,飞身而去⋯⋯

拿剑刺了喜娘的黑衣人,在腾身而起的刹那,忽然又看了眼地上被腰斩为两截的尸首,忽地急转方向,直扑喜娘而去。长臂一伸,便将喜娘捞入怀中!

只是,喜娘死死地抱着云开的身子,即便黑衣人全力拉扯,都无法分开。黑衣人无奈,只好背负起他们二人的身体,飞身而去!

黑衣人的动作太过突然,体力已经极度透支的魏远居然来不及营救!

魏远望着黑衣人带着喜娘与云开远去的背影,嘶声长啸,宛如荒原上独行的孤狼,嘶声中是无尽的悲凉⋯⋯

4. 牢兰海,遭遇神秘的雅丹

有清脆的铃声。

滴零——滴零——

慢条斯理的节奏,却别有一番悠然韵味。

****

这是,来自天堂(注:"天堂"并不是一个外来词,中国古人也用。就像有诗曾云"上有天堂,下有苏杭"。)的声音吧?

喜娘悠悠地睁开了眼睛——

眼前有白光闪耀。喜娘睁不开眼睛。

待得眼睛终于适应了强烈的白光,环顾四周时,才发现这里苍茫一片。

没有树木,没有花草,没有山,没有河,没有房屋,没有街道⋯⋯有的只是一望无际的平地,上面铺盖着一些碎石和沙砾。

天堂,原来就是这个模样吗?

如此,荒凉。

****

好在,有这般俊美的神祇。

他有幽蓝的眼睛,像月光下的湖水。

他有微卷的头发,逆光望去,头顶笼罩着神圣的光环。

他有温暖的微笑,仿佛具有疗伤的力量。

他,此刻正用双臂稳稳地托着喜娘的身子,眼神温暖地洒在喜娘脸上。

看到喜娘醒来，他眨眨眼睛，望住喜娘微微地笑，蓝宝石一般美丽的眼睛里，闪耀过一丝促狭。

****

喜娘愣愣地望着"天神"。

她想问这里是哪里。又敲敲自己的脑袋，暗骂自己好笨。这里明明就是天堂，就算天神具体说了这是天堂的什么地方，自己就清楚这里到底是哪里了吗？

她想说谢谢。又把问题拦截在了唇边，她都不知道该如何称呼这位"天神"，也不知道凡夫俗子的语言"天神"是否能够听懂……

所以，她也只好乖乖地望着"天神"愣神儿。

****

"天神"笑得更加灿烂，"明明醒来了，还要赖在我怀里不起来么？"

"天神"的语言果然与众不同啊！虽然喜娘个个字都听得懂，可是总觉得"天神"的舌头在莫名地打卷儿，说出来的声音，有种异常的韵致和温柔。

****

喜娘的脸上一热，低下头不敢看向"天神"，努力地寻找平衡，想从"天神"的臂弯里爬起来。

这一动，牵扯到了肩胛上的疼。

虽然已经没有了当初撕裂一般的痛苦，仅剩下一丝丝的抽痛，但是这疼却提醒了喜娘的前世今生，让喜娘想起了那场嗜血的杀戮，想起了戈壁残阳下笑得仿若透明的云开，想起云开腿上惊人的殷红，想起云开的轰然倒下……

喜娘忽地无法呼吸。

她差点忘记了云开。她差点忘记了，为了救他而全然不顾自己安危的云开！

喜娘眼中火苗闪动，她急急地扯着"天神"的衣袖问，"上仙！他，在哪里？"

****

听到喜娘称呼的"上仙"，"天神"蓝宝石般幽蓝的眼睛陡地一闪，仿若听到这个世间最有趣的话语。

"他？如果你说的是你手里一直牢牢抱着的家伙，那你要等一段时间了，你暂时见不到他。"

****

"天神"竟然称呼云开为"家伙"！喜娘望着他的眼神不禁一阵迷惘。

为什么会暂时见不到云开？

他们不是已经相拥着赴死了吗？

死亡的人，不是都应该来到这里吗？

难道，难道自己来了天堂；可是云开却下了阿鼻地狱？

****

喜娘惊乱得抓住天神的手臂，"你们弄错了，你们弄错了啊！"

"犯了错的是我，说谎的也是我。所以，该进阿鼻地狱的是我；而云开他，他是为了救我才殒命的啊，所以他应该来到天堂！"

****

阿鼻地狱？天堂？

"天神"望着喜娘，竟然呵呵地笑出声来。

不过他却没作任何解释，只是玩味地笑问，"你犯了什么错，说了什么谎，使得你自己认定，自己该下阿鼻地狱呢？"

****

喜娘的思绪被牵扯回了那些往事。她觉得自己仿若坐在白色的雾霭里，隔着重重纱幕，看着别人的故事——

"我一直在装作糊涂，装作不明白一个人的心情，装作不知道他对我的感情。"

"我一直在封闭自己的心，欺骗自己说我心里只有对母亲的承诺，只有要保定人间一百桩姻缘的愿望；除此，世间所有的事情都与我无关。"

"所以我骗那个人。我说我从来对那个人无意。我说我不想听那个人的疯言疯语。我说如果他娶了张家二小姐，我就会心满意足。"

"我还，亲手为那个人和张家二小姐牵定了姻缘。"

"甚至，为了让他对我完全死心，从而能够跟张二小姐欢喜成亲，我还宁愿与另一个男子定下了亲事……"

"所以，上仙，你说我不该被打入阿鼻地狱吗？"

****

跌入回忆的喜娘，忽然侧过脸来，望向"天神"的眼睛里，满是强撑的坚强，却依然藏不住，她眼角晶晶的泪花……

"天神"的心不禁重重一震！他温暖微笑的神情也不觉凝重起来。

"天神"悠然叹气，"是啊，你真的犯下了非常大的错呢。你不该这样伤了一个男人的心。"

"上天在创造男人的时候，给了他钢铁为筋骨，磐石为肌肉，所以男人看起来坚不可摧。"

"可是，上天却也是公平的，所以放了一块琉璃在男人的身体里，变成了他的心。虽然琉璃也有自己的硬度，但是它一旦遇到能够点燃男人内心火焰的女人，那颗琉璃做的心就会熔化成水……"

"而如果，那个女人伤害了他，那颗琉璃熔化的水就会瞬间凝成千年寒冰，让男人变成冰冷的恶魔，伤害旁人的同时也不断地伤害着自己……"

"而你，就是几乎让他成为恶魔的人……"

****

喜娘的泪,怆然流下。

她总以为云开足够坚强,她总以为云开早晚会自行疗伤,她总以为她所做的一切不会给云开带来太大的影响……

却不知道,原来,他因她,如此受伤。

****

"上仙,求求你,让我去阿鼻地狱。我愿意遭受三昧之火的炙烤,我愿意接受阎罗判官的拷问。只要,能够换回云开,即便在最为阴暗的阿鼻地狱第九层,我也会在心里为你歌功颂德!"

****

"天神"拼命地压抑着,五官几乎扭曲,却终于按捺不住,哈哈笑出声来!

"哈哈……阿鼻地狱……哈哈……上仙……哈哈……阎罗判官……"

大约过了半个时辰,"天神"才渐渐收敛了自己的笑:

"你弄错了,姑娘。"

"这里不是天堂,我也不是什么上仙。"

"这里是牢兰海(注:罗布泊古称)。"

"那个家伙身体中了剧毒,已经送去给巫医疗伤。"

"我叫雅丹。西域三十六国,无人不知的'苍鹰雅丹'。"

****

"而你,我可爱的红衣姑娘,你将成为我'苍鹰雅丹'的奴隶!"

(Ps.霍霍,我投降,我承认,我这里有许多架空历史、"乱点鸳鸯谱"的设定。请大家看故事情节吧,不要深究朝代背景,不要考据地理学的变迁,也不要追问民族关系啦……)

五
西 域

1. 委身为奴，空等待

"而你，可爱的红衣姑娘，将成为我苍鹰雅丹的奴隶！"

****

嗡——嗡——嗡——

每当回想起当日雅丹突然蹦出口的这句话，喜娘的耳边便有如洪钟震鸣不止。

耳鸣。

头疼。

心慌。

就像当日喜娘愣怔在当场时一般的感受。

于是，不期然地，雅丹接下来的一句话便又"活色生香"地跳入喜娘脑海：

"怎么,乐傻了不是? 我就知道,你一听说能有幸成为我'苍鹰雅丹'的奴隶,一定会高兴得难以置信的!"

"也是啊,凭我'苍鹰雅丹'的魅力和声名,整个鄯善(注:西域国家名。有史学家认为,鄯善国的前身就是楼兰古国。)乃至西域三十六国,有多少人整天祈祷着能够成为我的奴隶呢!"

"而你,我幸运的红衣姑娘。既然我们会在牢兰海相遇,那你就一定是上天赐给我的。我就直接给了你这份荣幸吧——不用你跟上天祈祷,也不用你跟我苦苦恳求了,我直接就给你当我奴隶的荣耀!"

****

"什么? ……什么? 我不是耳朵幻听了吧?"

"这个世界上,怎么还会有这么厚脸皮的人啊!"

"莫名其妙地被他自行宣布为奴隶,却似乎还要对他感恩戴德!!! ……"

直到已经成了他的奴隶大半个月了,喜娘依然恨不得拿起一块石头好好敲敲自己的脑袋,自己当初怎么会迷迷糊糊地把他错当成天上的神祇,还——

认为他头上罩着神圣的光环;

觉得他的微笑具有疗伤的力量;

把他幽蓝的眼睛,想象成月光下的湖水;

连他打着卷的声音都有种异常的韵致和温柔……

原来天神与魔鬼之间,真的只是一线之隔。

如今的雅丹,在喜娘的心目中,早已经跌落了十万八千里。

现在的雅丹是个魔鬼,一个蓝眼睛的魔鬼。

****

此时的鄯善,还是奴隶制的国家。

每个奴隶主,可以带着自己的奴隶和财产,创建一个属于自己的城市。

奴隶主和他的家人,自然就是这座城市的主宰者。

那些奴隶,便是城市里各色人等。

雅丹还很民主,他宣布了喜娘成为自己的奴隶之后,还问了一下喜娘擅长的"手艺",允许喜娘根据自己的特长来选择未来"奴隶生活"时候的工作。

喜娘最擅长的,自然是保媒了。

却在一开始,被雅丹粗暴地否决。

"为什么要有保媒的啊? 喜欢谁自己去说就是了,或者直接去对方家里扛起人来就走嘛!"

"真不明白你们汉人。好好的一件事,总是弯来绕去地,弄得一团糟!"

"我的城市里不需要一个媒婆。或者,你可以考虑看看,做我的侍女?"

本来是否一定要继续做媒婆,喜娘倒是不很坚持。

身在西域异国，语言、民族、习惯都不相同，自己想保媒，估计也是一件极为不容易的事情。

就算能做点别的也好。

却被雅丹"好心"的提议给吓到了。

在喜娘的概念里，能够轻易地去喜欢的人家里扛人的这个民族，一定是对男女之防极为宽泛。那么，做雅丹的侍女，是不是也就意味着，几乎可以算作他的小妾?!

喜娘的脑袋摇得好似拨浪鼓，"不是的不是的，虽然我们汉人做事的规矩是多了些，但是并不意味着你们就不需要媒婆啊！"

"你想想，尽管你们表达感情比较的……呃……直接，但是不排除你们族人当中也有一些相对内向的人吧。这些人一旦不好意思对心上人直陈心意，更不敢闯入对方家里扛着人就走呢？难道，作为主人，你就忍心看着他们有情人无法成为眷属吗？"

雅丹挑高了眉毛，幽蓝的眼睛里有一丝玩味，又有一丝不认同。

喜娘心里一打鼓：坏了。这个理由虽然一定程度上引起了他的注意，但是估计他们族人中内向的人太少了，所以他很可能还是认定不需要媒婆，而是还想要我当他的侍女……必须要下"猛药"才是了！

喜娘一咬牙，"那个，雅丹，其实你考虑过这个问题没有——你的奴隶的婚姻是否顺利，直接影响到你的财富和地位呢！"

"我想，在你的国家里，一定有着诸如此类的法律，就是说如果你的奴隶结婚生子，那么那些孩子就依然也是你的奴隶，对吧？"

喜娘满意地看到雅丹缓缓点头，"那么，我想，雅丹你就更加希望你所有的奴隶都能早日成婚，还有那些不幸丧偶的奴隶能够速速获得第二春吧？"

"呵呵，雅丹，这样的话，你怎么能不需要一个媒婆来帮你呢！"喜娘恨不得咬掉自己的舌头，觉得自己真是足够黑暗，竟然有点给奴隶主"为虎作伥"的味道……

不管了，就让自己小小地自私一下吧。

只有在雅丹身边体现出自己存在的价值，才能让雅丹更加尽心地救治云开，才能让自己和云开拥有一个相对良好的生活条件，也才能帮助云开更快地恢复身体。

才好逃离这个异邦国家，早日回到自己的祖国。

****

云开的伤，其实早就好了。

真正厉害的，是依然潜藏在云开体内的毒。

因为那日黑衣人为了让云开和喜娘"死"得更惨，便将他们二人的"尸首"带到了方圆百里之内荒无人烟、不见草木的牢兰海戈壁。

牢兰海，虽然名中有"海"，但是它正处于枯水期。苍茫的戈壁上，只有一层白色、毫无用处的石头(注：现在我们知道那是钾盐)。

被扔在牢兰海，只有两个下场：被自然风化成为两具骷髅，或者成为偶然闯进的猛禽的食物……

喜娘和云开真的很幸运。这片戈壁滩已经整整三个月没有一个人走过,而这天恰巧遇到了雅丹。

更巧的是,雅丹带着一支商队,有足够的人手、食物和水。更妙的是还有空余出来可以驮走云开的骆驼,还有一位随队的巫医。

巫医用大漠深处一种至毒的蝮蛇的唾液来医治云开。为的是以毒攻毒,却也让云开的身体在两种剧毒的夹攻之下,变得格外虚弱。

当初受伤时中的毒已经渐渐排出,但是用来当做药引的蛇毒却渐渐进入血脉。

巫医说,只能静养,等云开体内的真气恢复,再将蛇毒逼出就是。

所以,现在云开依然要跟从巫医留在山上。

喜娘只能在雅丹的城市里,等待云开的归来。

****

喜娘把手里的面团整齐地贴在黄泥砌成的向下凹陷的炉子里,一个个馕饼就乖乖地等着发出香味了。

忽然门帘"呱嗒"一响,蓝衫卷发的雅丹走了进来。

一边用幽蓝的眸子盯紧喜娘忙碌的身影,一边朗声道,"想知道你哥哥的伤势,那就好好招待一下我的肚皮!"

喜娘闻声,惊喜地转过身来,一双妙目定定望向雅丹——

2. 劫后重生,却是,别离

看着喜娘妙目盈盈地望来。雅丹竟然心头一撞,脸颊不觉热了起来。

"你……干吗这么看我?"

蓝宝石一般的眼睛幽然如波:"难道说,你想明白了,决定先给自己保一桩姻缘,先把我这西域三十六国中最优秀的男人给抢到手?"

****

雅丹话音未落,凌空就有一团不明飞行物直奔雅丹面门而来!

"苍鹰雅丹"自然不是浪得虚名。只见他平地横跃数步,身子躲过不明飞行物飞行的方向,伸手一捞,恰恰手到擒来。

摊开手掌一看——一块黏腻的面团,已然呈面饼状平摊在了雅丹掌上。

顺着不明飞行物飞来的方向,雅丹毫不意外地看到一身红裙的喜娘,杏眼圆睁,两个腮帮气鼓鼓地瞪着他!

雅丹暗叹:都说汉家女子温柔贤惠,怎知这一位不但如鄯善女子一般泼辣,更要命的是压根儿就不把他这个"主人"放在眼里！

不过……这也倒是更加配得上这身红衣呢。

＊＊＊＊＊＊＊＊＊＊

初时，雅丹本想给喜娘换穿一套鄯善女子常穿的箭袖胡服，谁知喜娘死活也不愿意，只要了些当地的土织粗布，挑选那些红颜色的布料，给自己缝制了一身换洗的衣裙。

中原那些细致的、轻飘飘的衣料，鄯善自然没有；但是土织粗布穿在喜娘身上，一样有种特别的味道。

就好像——喜娘生来就有西域女子的气质，穿起西域的布料完全地相得益彰！

尤其是，看到喜娘头上戴的那尖顶小硬帽，鄯善女子人人必备的装饰——

这是雅丹最后的底线：他可以允许喜娘在自己的土地上依然穿戴汉装，但是至少要在头顶，留下一点身为鄯善人奴隶的标志——戴上尖顶小硬帽的喜娘，完全没有汉人初作此装扮时的别扭，而仿佛是，她天生就该戴这样的帽子的！

小帽，刚好轮廓清晰地拉长了喜娘的脸部线条，让她明如晨星的双眸更加深邃而清冽。她的发柔柔地压在帽子下，宛如无风而有波纹的黑色瀑布，倾泻在柔致的脊背上。

汉人的婉约，与西域族人的飒爽，完美地组合在了这个小小女子的身上。

雅丹心神微漾：这个女子，怎会初见如沙砾般不起眼，可是却会越看越有味道，就仿佛沙砾里闪烁的宝石？

＊＊＊＊＊＊＊＊＊＊

"我在看你身上'漂亮至极'的伤口和血迹。"

"我在看你到底什么时候会倒在地上，我好跑出去向整个城池里的人宣布你不行了，好让那些对你的位子虎视眈眈的敌人赶快夺走你的一切……"

＊＊＊＊＊＊＊＊＊＊

雅丹自己还在魂游天外呢，却愣生生地被喜娘冷冰冰的嗓音给拽回了地面。

雅丹这才想起来，自己依然穿着染了血迹的衣衫。

自己也说不清为什么，刚刚经历了那般的浴血奋战，安然回到城池之后，他最先做的事情不是回到家里。

甚至连换换衣衫、处理一下伤口的时间都舍不得，便急匆匆地跑来喜娘这里。

哪怕，只是看一看她。

哪怕，只是听一听她的声音。

哪怕——被她丝毫不留情面地数落上几句。

他与她之间，到底谁是奴隶，谁是奴隶主？

＊＊＊＊＊＊＊＊＊＊

喜娘当然知道，雅丹之前干吗去了。

大约两个时辰前，城墙上有卫兵敲响铜钟，召集兵士，说城外的云顶山遭遇乌孙国重兵围困，声言山中匿藏了汉人的奸细……

如果要是平时，一个汉人而已，不过是少了一个奴隶，雅丹大可卖乌孙国一个面子，把汉人给了他们便是。

谁都知道，乌孙国"民刚恶，贪婪无信；多寇盗，最为强国"，他们现在都已经跟中原公然开战，对于西域这些小国，就更是兼并之心昭彰了。

对待乌孙的强势，西域诸国多以忍让相对。大家都想着看看中原与之对敌的结果，再考虑以后是继续对中原称臣，还是要投靠乌孙……

夹在两强之间的小国，从来都是没有掌握自己命运的权力的。

****

不过，这个汉人，却是不同。

他到底有什么不同？

雅丹身边的人只知道，这个汉人仪表不凡，肯定不是平常的汉人子民。

对于雅丹，又多了一层：他是喜娘拼死也要用双臂抱紧的男子。

问过喜娘，她只说，他是她的哥哥。

就算他只是一个贩夫走卒，既然他是喜娘的哥哥，是喜娘重视的人，雅丹便不可能将他作为筹码送给乌孙。

即便，这要以战斗和流血作为代价。

****

好在，乌孙此来的兵士不多。

乌孙举国兵力都集中在玉门关外，全神贯注地应付与中原的战争。

西域诸国，尽管实力无法与之抗衡，但是前线大敌当前，乌孙并不想轻易惹怒了诸国，搞得自己后院起火，腹背受敌。

所以，尽管雅丹的兵士有所折损，但是并未付出更大的代价。

雅丹身上的伤，也只是流了些血，看起来很惊心，伤势倒无大碍。

****

这一切都是为了保护云开和喜娘这两个陌生的汉人。

喜娘，又怎会不知？

所以，喜娘才会那般在意，雅丹身上触目惊心的血，担心他的伤势。

****

雅丹小麦色的脸颊微微一红，对着喜娘赧笑，"没什么的，都是敌人的血溅过来的。我自己好好的。"

雅丹随之神情一转，"谁不知道我是'苍鹰雅丹'啊，是与'魔鬼城'三陇沙雅丹同名的'苍鹰雅丹'！"

"所有敢于侵犯我的人，都会遭遇到魔鬼的报复，都会在狂风卷起沙砾的夜里，伴随着悚人的鹰啸，在幢幢的鬼屋黑影之中，被枭去首级！"

"不论，那是一个普通的人，还是——一个国家的国王！"

......

雅丹幽蓝的眸子,宛若冰冷的水晶,闪过残酷的光芒。

喜娘不由得,寒毛竖起。

****

这个人,从来都是个魔鬼。

只不过,他偶尔会对自己微笑。

即便微笑,那微笑的温度却永远无法直达他幽蓝的眼底。

即便微笑,他依然是一个微笑的魔鬼。

****

看到喜娘的愣怔,雅丹岔开话题,"怎么,真的不着急问问你哥哥的情况如何了?"

听到"哥哥",喜娘的眼睛里忽然闪烁起心碎的光芒。

跳跃着喜悦,萌动着羞涩。

唉——雅丹心底黯然,谁能相信,那个家伙会真的是喜娘的哥哥呢!

雅丹嘴角的微笑,消失不见。

就像,谁都不知,曾经浩瀚丰沛的牢兰海之水,一夜之间去了哪里。

****

雅丹开口:"你哥哥身体里的毒十之八九已经排出体外。"

"只是,他现在依然羸弱,估计百日之内,还不能下山。"

雅丹的第一句话,让喜娘喜出望外。

雅丹的第二句话,让喜娘的眸子蒙上淡淡的雾霭。

只是,喜娘并不知道,雅丹的话并不都是真的。

第一句话没错。

第二句话,却是雅丹"改编"过了的。

半个时辰前,巫医说给雅丹的原话是,"三日之内,他即可下山。只是还不能轻易调动真气,以免伤了自己。"

雅丹吐到舌尖的话被他吞回。

他不想见到喜娘眼里,因为那人而闪动起的星碎光芒,跳动着喜悦,萌动着羞涩。

他不想,让那人见到喜娘,然后——就此离开。

喜娘是自己的奴隶。喜娘是上天赐给自己的。

那就只能属于"苍鹰雅丹",不管她来自哪里,也不管她身上埋藏着什么样的秘密。

****

他要她,这就是天理。

雅丹创造,并亲手执行的——天理。

****

雅丹自然也不会忘记,刚刚挑开门帘走进喜娘房间前的两分钟,他刚刚给卫队亲兵下了一个口令："给云顶山的那个汉人一匹马,告诉他可以自行离去。"

"封锁一切见过他的人的口径,绝对不准提到喜娘一个字。"

"只告诉他,是鄯善国人偶然在戈壁滩上救回受伤昏迷的他。"

"只有他。"

"一个人。"

3. 孑然天地,斯人独憔悴

他走了。

他走了?

他走了!

他一个人不声不响地走了。

他一个人,根本没有通知自己一声儿,头都没有回地走了。

心中,定然是全无挂念,才会这般的吧……

听到雅丹说云开独自悄然离去,喜娘独自坐在月光下的戈壁,整夜。

西域的气候与中原迥然不同。就如同西域民间千百年来流传的那句民谚:"早穿皮袄晚穿纱,围着火炉吃西瓜",就说出了西域早晚温差很大,一天当中竟似可以经历四季一般的气候特点。

所以,即便现在是盛夏,抱着膝盖呆坐在戈壁之上的喜娘,仍然感觉到朔风吹来,带来刺骨的寒。

****

没有泪。她并不悲伤。

没有怨。她对云开从来没有所求,自然也无从抱怨。

只有恐惧。

一种被抛弃的恐惧。

就像三岁那年,亲眼看着母亲纵身跃入水中。

再也没有上来。

连一个回眸的眼神都没有留给岸上的她。

哪怕她哭哑了嗓子。

哪怕小小的她,不饮不食、不眠不休地在岸上守了整整三个昼夜。

哪怕,三岁的她,从此要孑然一身,在这个世间独自面对所有的凄凉。

****

尽管,她小小的心里笃定母亲定然舍不得自己。

母亲却，依然那般决绝地，再也没有上来……

她，难道从来都没爱过自己？

她，难道从来都没想到过自己将承受的一切？

她，难道从来就没把自己放在过心上？

没有人，给她答案。

长长的十三年，没有人，给她答案。

她只是顽固地抱着当年给母亲的承诺，要保定人间一百桩姻缘。

是不是，这样，就会在那一百桩姻缘完满之时，便会有人给她一个肯定的回答？

****

而云开，甚至比母亲还要决绝。

连一个承诺的机会都没有留给她。

就那么走了。

一句话都没有说。

一个眼神都没有留下。

……

****

今夜的牢兰海戈壁，难得地宁静。

即便有朔风带着冰寒而来，却，没有卷起漫天的风沙。

留下一片宁谧的月光，银色冰纱一般洒满天地。

照耀着悲伤。

却也，抚摸着创口。

****

悠然天地，斯人独憔悴。

远远地隔着纱幕一般的月光，一匹汗血宝马之上，端坐着一个人。

夜色宁静。

汗血宝马浅金色的皮毛，还有那人身上墨蓝色的袍子，都被这夜色，染成黢黑。

将这一人一马，安全地掩入黑夜。

不会去打扰喜娘的悲伤。

只是那人的眸子，益发地幽蓝了，仿似狂风下的海浪，翻卷起层层的汹涌。

他轻轻按向左胸。

那里跳动的疼。

都是源于远处，悠然天地之间，独自坐在银色月光下的，小小身影。

蜷曲如一片秋天的叶子，却那么弥散，那么宽广地，透露出自己的悲伤。

这悲伤，聚合成一个巨大的气场，在浩渺天地之间，在银色月光之下，蒸腾、氤氲、笼罩住整个瀚海戈壁。

让雅丹，如锥心疼。

****

雅丹抚着跳动在左胸的心疼，忽然了悟到，为何千百年来中原一直流传着那么多描述男女恋情的诗歌。

都是远远的遥望。

都是偷偷的心伤。

都是可望不可即的美景。

都是宁愿躲开也不愿打破的梦幻。

让雅丹不解，也让雅丹急得牙齿抽痛。

为什么不能直接说出内心的话？

为什么不能将心上的人儿扛上肩膀就走？

却偏要委屈自己，偏要留下心灵的遗憾！

****

如今遥遥地，看着喜娘，雅丹的心忽然一片澄明。

爱能够让人勇敢。

爱，其实更容易让人胆怯。

会以为，自己渺小，配不上那般完美的他（她）。

会以为，这样就好，真的怕一旦坦白心迹便打破了两人之间的美好。

不敢走上前。

却又舍不得退后半步。

****

爱就是这般缠磨人的坏东西。

轰轰烈烈、猝不及防地来了，等你想放开怀抱接受它，它却又跳跃着步子一进三退地与你远远拉开距离。

愈是想要，越是欲速不达。

愈是逃离，越是铭心难忘。

4. 凤凰涅槃，我仍是红衣的火鸟

当次日清早，雅丹按照惯例在自己的城市中四处巡视的时候，忽然望见集市的街道上，人群当中跳动着一抹耀眼的红时，雅丹吃惊得差点咬掉了自己的舌头！

那般的红衣，除了喜娘还有谁啊！

雅丹幽蓝的眼睛，仿若被射入一道阳光，变成了蓝宝石一般明亮的蓝色。

雅丹示意身边人噤声，自己悄然躲到人群背后，想听听眉飞色舞的喜娘，在说些什么。

****

鄯善的街市，自然与中原的富庶无法比拟。只是一条没有建筑的空街，两侧被交易的商贩自行搭建起简陋的布篷；有的更是直接将要卖出的货物直接垫着一张羊皮铺在地上。

却，全然无损街市的热闹氛围，和商品的琳琅满目。

这里的商品，都是喜娘在中原之时，极少见到的。

葡萄。一颗颗紫色的，在阳光的照射下闪亮如紫色水晶的葡萄。

更有商人将葡萄酿为美酒，装入白玉雕刻而成的酒杯中，闪烁着琥珀的光泽。不用说饮上一口了，即便是看上一眼，都足够让人心醉的了。

香料。奇异的、形形色色的"植物"。

看上去可能是一片失去了绿意的叶子，或者就是一捧干蓬蓬的杂草，甚至是一根完全没有任何想象余地的小木棍儿……但是，如果叶子被切碎绞入馅料，杂草加水用来洗衣，小木棍儿放进装着衣衫的木箱中，那就迥然不同了！

馅料会变得引人流涎三尺，洗过的衣服会仿若熏香般芳香扑鼻，装着衣衫的木箱里就再也不用担心会生虫而且会让衣服有淡淡的清香……西域早晚巨大的温差，加上独特的土壤条件，让西域的香料比之中原，更加的浓烈和馥郁。

石头。一颗颗嶙峋的、形状各异的石头。

这些石头大多产自和田。如果有识货的人买了去，只要切去那层或青或绿的"外衣"，藏在石头之内的东西就会露出真实的面目——玉，一块块光滑润泽的和田美玉！

这些玉，却让喜娘的眸子霍地一暗——彼时，那块悬于云开腰间的龙纹云饰玉佩，正是用这产自和田的极品美玉——羊脂玉雕琢而成。

睹物思人，那人却不知天涯何处……

****

雅丹凝神，人群之中，挨着喜娘最近、听得最认真的，应该要数酒肆卖酒的鄯善姑娘尼雅了。她穿着鄯善女子们日常的窄袖衣裙，两条大辫子油亮油亮地垂过腰际，脸颊因了喜娘的话而兴奋得灿若红霞。

喜娘望着尼雅的眼睛，"尼雅，为什么非要改变自己呢！你以为只要像汉家姑娘那样会女红，会刺绣，会见到陌生人羞涩地笑，会把自己的父亲和夫君看做天上的星，这样的你就能够吸引那个汉人男子的心了吗？"喜娘小小的脸颊，因为认真，而飘起两朵嫩红的云彩。

尼雅抓着喜娘红色宽大的袖子，"喜，那你快告诉我，怎么样才能让那个汉人男子喜欢上我呢？"

喜娘面上一红。西域女子对待感情的直白再次让喜娘有点"水土不服"。这里可是街上的市集啊,这里可有千百双眼睛齐刷刷看向这里呢,就这么毫不避讳地说"怎么才能让那个汉人男子喜欢上我呢?"简直就等于站在城楼上敲锣打鼓发布公告一样嘛!

喜娘红着脸,悄然环视了一下街市上的人群,拍拍自己狂跳不已的心,压低了嗓音对尼雅说,"尼雅,你上次说过我很漂亮,你是不是当真的?"

这话,是喜娘压低了嗓音说的,估计身旁的人没几个听得清楚,可是对于功力深厚的雅丹来说,想听清简直是易如反掌嘛!

听着喜娘那清泉般叮咚清澈的嗓音里,夹带着的小小自豪与小小忐忑,雅丹不禁莞尔,蓝宝石一般的眸子晶然闪烁。

尼雅正色地说,"当然是当真的!喜,你真的很漂亮!"

"你的皮肤,好像中原的瓷器那般光滑细腻;你的头发,像上好的乌木。尤其你的笑啊,总是那么神秘,只要你对我一笑,我就觉得你是把一个重要的秘密与我分享了,我的心便一下子被你征服了……"

尼雅直白的嗓音,宛如西域明晃晃的太阳,毫无遮掩,热烈奔放,整个街市的人都听到了尼雅对喜娘的"表扬"。

喜娘的脸更红了。这让她看起来,除了依然乌黑的发,全身上下几乎都要被红占满了。

更想不到的是,街市上闻听此言的人,都是认真地点点头,没有人把这当成笑话哈哈一笑的。

喜娘觉得自己心底,毛毛的。

喜娘虚虚地开口:"那个,尼雅,我的意思不是要让你再次重复一下上次的话啦。我只是把这个作为一个比喻。"

"其实,我在中原,远远不是什么美丽的女子啦。随便拉来哪个女子,你就会发现她们都比我美丽许多。就像张阁老家的二小姐曼瑶吧,她就简直美得是恍如凌波仙子呐!"

听得喜娘说出"张阁老"三字,人丛中的雅丹,幽蓝的眼睛里不禁闪过一丝冰蓝的冷硬!

喜娘拈起一颗尼雅捧过来的葡萄,陶醉地吞咽入腹,抛给尼雅一个小猫般甜美餍足的微笑。尼雅立时看呆了眼睛。

"可是,在尼雅你的眼里,我就成了个大美人儿啊,为什么呢,其实就是因为你从没,或者说极少见过我们汉人的女子。其实我的皮肤远远比不上你们西域女子的纯白,我的头发也远没有你们的丰厚,我的眼睛不像你们那般深邃而神秘,我的性情没有你们的热情和直率……"

"你明白了吧,尼雅,这就是所谓物以稀为贵造成的——审、美、差、异!"喜娘的眼睛,宛若明珠,在她绯红的颊边,耀眼闪亮!

尼雅手上的盛放着葡萄的琉璃盘"哐当"一声掉在地上,紫色水晶一般的葡萄滚了满地。尼雅可顾不得它们,她按住自己心脏的位置,望着喜娘虔诚地说,"喜,你太伟大了,你太了不起了！你说出的道理太深奥了，尤其是那一句'审、美、差、异'，简直让我心悦诚服！"

"是啊，太了不起了，太有学识啦！——"波波声浪从街市间层层传来，让喜娘的脸颊红得宛如鼎沸！

喜娘的舌头微微开始打结，"所以，所以，尼雅，你……不但……不能改变自己……不能把自己……变成普通汉人女子……的模样，你更……应该……保持自己，用……自己的异族……情调……去……征服那个……汉人男子！"

尼雅几乎匍匐在喜娘脚下，"是的，喜，我一切依从你的吩咐，你说的太有道理了！我今晚就让那个走驼队的商人，永远地留在这里，再也舍不得离开鄯善！"

****

今……今晚……？

喜娘看着尼雅越来越朦胧的眼神，忽然警觉到什么。可是已经来不及截住尼雅兴奋到痴狂的状态。

正绞尽脑汁呢，忽然发现自己平地腾空而起，继而——眼前天地倒转，人形颠倒！

"啊——地震啦——"喜娘刚刚扯开嗓子要提醒周围的人们，小腿上便结结实实地挨了一掌，"嘘，我的小奴隶。你要是再乱喊地震，不光尼雅一个人，整个城市都要被你搅得地覆天翻了！"

喜娘扭头一看，原来是雅丹。而自己——正被雅丹像一袋货物一样扛在肩膀上！

喜娘挣扎着想下来，"你放我下来！我还有重要的事情要跟尼雅说呢！"

雅丹却不理睬，扛着喜娘就往人群外走，"傻瓜，还要说！"

雅丹笑，"你要是再说下去，尼雅今晚上就会直接掀开那汉人的帐篷，钻进他的被窝，跟他成就好事了！"

啊！！！——不要啊——

……

5. 奇妙的夜晚，暗涌的谜

隔日清早，天刚微明，尼雅就被一阵雷声震醒："尼雅，尼雅，你昨晚没去找那个汉人吧？"

尼雅揉着惺忪的睡眼，两颊泛着刚刚睡醒的红晕，"喜，是你哦。这么早。"

喜娘着急得不行，"尼雅，你快说啊，你昨晚到底去没去找那个汉人啊？"

尼雅羞涩一笑，"喜，我按着你的话，去了啊……"

啊！！！

喜娘宛若被雷击中,直愣愣地站住看着尼雅,脸上忽然苍白。

尼雅自顾沉浸在对昨夜的美好回忆中,低垂着长长的睫毛,娇羞地说,"昨晚,他,对我很好……"

****

喜娘的眼泪扑簌簌地就流了下来,等到尼雅抬起头来看向喜娘时,才发现喜娘早已哭成了个梨花带雨。

尼雅脸上的羞红更甚,"喜,你怎么哭了? 难道,是替我高兴,为我喜极而泣吗? "

喜娘哭得更凶,语音哽咽,"尼雅,都是……我……不好……都怪我……误导了你……"

"那样……是……不对的呀……就算……你们西域女子……性子直率……那也不能……随便跟男人那样啊……"

"都怪那个破雅丹……偏偏昨晚派那么多……零碎的活儿给我……还要求我……必须做完……"

****

其实喜娘早就想来"搭救"尼雅的。被雅丹扛在肩膀上走出街市的过程中,喜娘就像愤怒的小猫一样,在雅丹的肩膀上拼命扭动,想尽办法要下来。就差没挠他、咬他了。

对于雅丹来说,这一开始还颇像是个主人逗弄猫儿的游戏:喜娘越急着想下来去找尼雅,雅丹偏不让喜娘得逞。到后来,气氛却忽然变得微妙起来。

正拼命扭动身体的喜娘,忽然听到雅丹发出奇怪的嗓音,那声音仿佛是从紧咬着牙关的牙缝里挤出来的,低沉、沙哑,又细碎而凌乱,"小奴隶,如果你再继续这么扭动的话,我就要对你做那个汉人可能对尼雅做的事了! "

轰——喜娘脸上的温度瞬间超过燃点!

虽然是云英未嫁之身,但是毕竟常在市井之间流连,又以保媒为业,所以喜娘自然听得懂雅丹暗示的警告为何。

雅丹努力压下心底蹿起的腾腾火苗,笑着收到肩上传来的"投降"讯号——

喜娘0.1秒钟之内迅速变成冻结的"冰人儿",直挺挺地横在雅丹肩头,连呼吸都给屏住了!

雅丹无奈地摇头,用手拍了一下喜娘紧绷得像两个小棒槌般的小腿,"放松! 呼吸! "

****

回到家里,喜娘浑身的肌肉已经僵硬得仿佛坏死掉。她拼命地给自己揉搓着,想趁着雅丹离开的间隙赶紧去"搭救"尼雅。

眼看着脚丫能动了,喜娘提起裙子撒腿就跑,却迎面冲进了刚刚走进门来的雅丹怀里,让雅丹给结结实实地抱了个满怀。

雅丹挑高自己的左边眉毛,幽蓝的眼睛里波光闪闪,"怎么,我的小奴隶刚刚的手段还没使完,这会子又学会投怀送抱了? 我可不是你们汉人的柳下惠,我不但会坐怀即乱,而且会非常乱、特别乱哦——"

"我没有！是你挡住了我的道路！"喜娘惊跳着逃开，小脸又羞又恼，宛若燃烧的红霞。

雅丹看向喜娘，他幽蓝的眸子不觉又是一暗，氤氲而起的雾霭像月光下滔滔的水波……

喜娘发现不对，顺着雅丹的视线一看，"啊！！！——"

问题出在喜娘的两只手上。她的两只手正乖乖地垂在身体两侧，倒是没什么出格的地方。

出格的是喜娘手里抓着的东西。

喜娘刚刚为了能够飞速地跑去"搭救"尼雅，于是顺手提起了碍事的裙摆……

时间仿佛在两个人之间凝固了。

喜娘长长的睫毛，轻轻的一个颤动，都仿佛经历一个世纪那般漫长。

雅丹额际有一滴汗，缓缓、缓缓流下，流过他幽蓝的眸子，流过他雕塑一般的脸颊，流过他小麦色的皮肤，直到，喉结。凸起的喉结，突地轻跳……

****

"主人，您要的东西拿来了！"

雅丹的贴身仆人恩都手里端着一个晶莹剔透的盘子，走了进来。

喜娘与雅丹之间的尴尬，如风化的壁画一般，一片片地迅速土崩瓦解。

雅丹微微一笑，回身拿过恩都手上的盘子，指着里面一颗颗晶莹的红色圆形石头，对喜娘说，"小奴隶，你，今晚上哪里都不许去。替我把这些玛瑙打好孔。"

雅丹佯作绷起面孔，"不许偷懒。它们每一颗里面都有一块'血胆'，(注：玛瑙在形成的过程中，玛瑙内部会包住一些液体，被称为"水胆玛瑙"，这其中以红色水胆的"血胆玛瑙"最为珍贵。)如果你打孔把血胆打破了，我可要惩罚你哦——"

喜娘接过盘子，眼睛盯着盘子里的玛瑙珠，心思却飘得好远。

喜娘的神色，岂能逃过雅丹的眼睛，所以雅丹特意给喜娘补上了一个故事："小奴隶，你知道，你捧着的到底是什么东西吗？有这样一句话：'丹丘之野多鬼血，化为丹石，则——玛——瑙——也。'"

"小奴隶，你好好看看这些珠子里红色的血胆，它们可都是丹丘之野的鬼血啊……"

"传说，如果在太阳下山之后摸过这些含着鬼血的玛瑙，就会沾染上它们的味道，这样要是你在夜晚走出门外的话，就会招来戈壁上所有的孤魂野鬼……"

喜娘的脸登时惨白。

雅丹笑着满意地离去，他知道喜娘今晚肯定不会去找尼雅了。

这样，他就可以进行自己的下一步计划了。

……

****

所以，喜娘只能乖乖地盯着太阳重新升起，才敢跑出门来找尼雅。

却收到了这么一个答案：

尼雅昨夜已经去找过那个汉人了。

尼雅认为，那个汉人昨夜对自己很好。

一切已经无可更改。

****

"喜，你怎么了哦？没事的，我好好的啊，你干嘛要这么自责呢？"尼雅忽闪着长长的睫毛，摇着喜娘的手臂，满脸不解。

"难道，就因为我在雅丹举办的酒宴上为我心仪的汉人跳了肚皮舞吗？喜，你没见过我们西域的回纥女子吧，她们人人都是肚皮舞者，她们是受到西域各个国家尊敬的舞者呢！"

喜娘的眼睛忽地闪亮，眼泪还挂在腮边，笑容却已经悄然闪现，"什么，你说什么，尼雅，你昨晚只是给他跳了一场舞而已吗？其他的，什么都没有，对吧？"

尼雅脸上又浮起羞涩的红晕，"别的，还有……"

喜娘的神经再次绷紧！

尼雅带着朦胧的眼神，"昨夜，我还给他敬了酒，我把亲手酿的葡萄酒呈给他。他说真是人间极品，还对我温柔地笑，说我既美貌，又心灵手巧。"

"他微笑时候的眼睛，真的好漂亮哦，就像阳光下盛开着的红花，鲜艳又耀眼，就连好多女子都比不过呢……"

尼雅的话，给了喜娘数个惊讶：

尼雅说，昨夜她表演的场合是在雅丹举办的酒宴上，也就是说雅丹事先明明知道昨夜可能发生的一切，却还要用玛瑙的"鬼故事"吓阻自己要去"搭救"尼雅的脚步……

尼雅说，那个汉人的眼睛，漂亮得就像阳光下盛开着的红花，鲜艳又耀眼，就连好多女子都比不过……这说的好像那个人哦……

6. 魔鬼复活，仇恨闪烁血色光芒

魔鬼！——

喜娘终于明白了，雅丹为什么叫做雅丹，这是因为西域三十六国无人不知，不要轻易激怒雅丹，否则他便会像敦煌城外的"魔鬼城"——三陇沙雅丹那般恐怖。

敦煌城外的三陇沙雅丹，是所有商队和过客的梦魇。

日暮时分，敦煌城外一座座凸起于地面的土堆会格外吸引商队和旅客的眼球。如果你以为这是在敦煌城外找到的一个非常好的夜宿的地点，而进入三陇沙雅丹，那么当黑夜降临，惨白的月光斜照在三陇沙雅丹的上空时，你便会从宁谧的梦中莫名地醒来，仿佛有人撑着你的眼睑一般睁大眼睛望向眼前的一切——一座座凸出于地面的土堆,阴影幢幢地耸立在月光之下、戈壁之上,无言而阴森。随着月光角度的变换,那些阴影变幻为你曾经见到过或者想象到过的所有鬼屋的模样,煽情却又无情地撩拨着你曾经的恐怖记忆,将那些恐怖更加鲜血淋漓地重放在你眼前!——

　　如果有风,三陇沙雅丹之中的滋味将更加美妙,伴着凄厉呼号的风声,阴影们组成的乱阵将以更快的速度变幻、游移,在无人的世界里布下一个更为鲜活而巨大的纱幕,紧紧地,紧紧地包围着你,缠绕着你,让你永远走不出内心的恐怖回忆,永远走不出三陇沙雅丹……直到,经过一夜的恐怖经历,然后太阳升起,途经的商队或者路人发现了你。而那时的你,早已经永远地留在那夜的恐怖回忆里,空洞的眼睛仿佛还留着那夜的森冷和绝望……

　　三陇沙雅丹。西域所有人的噩梦。

　　雅丹,如果你激怒了他,他便成为你的噩梦,不但在夜晚,更可能在青天白日之下,成为你的恐怖记忆。直到——你的生命成为他的猎物……

　　就如同此刻。

　　喜娘望着雅丹,仿佛面对着自己的梦魇。

　　巨大的地牢,阴森无边。远处时时传来空洞而辽远的声响,有时仿佛是水滴砸向岩石,有时却又像是有人撕心裂肺的哀号……

　　偌大的黑暗里,只有眼前石壁上一把燃烧的火炬。

　　火势不够大,却足以照亮石壁上蛛网一般的铁链上绑缚的一个人,低着头,零乱的发遮住脸颊。

　　足以看清光芒与黑暗的交界线中的雅丹的脸。

　　他的脸色惨白。

　　他幽蓝的眼睛宛如飓风袭来时的海洋,翻涌起灰黑色的绝望。

　　他卷曲的头发,被地牢里吹来的阴风吹起,投影在石壁上仿佛张牙舞爪的毒蛇。

　　他巨大的黑色斗篷,在比黑夜还要黑暗的地牢里,兜卷起摄人心魄的巨大黑影……

　　喜娘浑身的血流都瞬间凝至冰点——这还是那个用幽蓝的眼睛温暖地对着自己微笑的雅丹吗? 这个人分明是来自地狱深处的——魔鬼!

　　**********

　　"我的小奴隶,你不是上天赐给我的……是他们派你来的,对么?"雅丹的嗓音却出奇地温柔,温柔得仿佛扬州三月的嫩柳,温柔得仿佛情人在耳边动情的呢喃。

　　喜娘却整颗心彻骨冷寒,"雅丹,我不知道你在说些什么! "

　　"呵,哈,我亲爱的小奴隶,你不知道我说些什么吗? 哈哈,哈哈哈哈……"雅丹忽然仰天大笑,仿佛听到了这个世界上最可笑的笑话儿。

　　"我的小奴隶,那么我来说给你听。"雅丹温柔的嗓音里,又加入了催眠一般的甜蜜。

　　"其实在牢兰海,我救起你们,根本就不是一个巧合。因为你事先就知道了,我之前去玉门关见一个人，而回程必经干涸的牢兰海，时间又一定会在那日午时前后。"

"于是，你事先昏倒在了我必经的线路上，等着我救你。然后用你美丽的眼睛，用你婴孩一般纯真可爱的语言，成功地虏获了我的心，让我心甘情愿地带你回来。名义上你是我的奴隶，可是整个鄯善国的人都知道，我其实是把你当做我的心，当做我的灵魂！我从来没有像对待奴隶那般对待过你，我甚至把整个城市里最为珍贵的血胆玛瑙送给你，只为博你一笑。我的眼睛整天追随着你，我的心为了你的快乐而跳跃得仿佛羚羊，为了你的悲伤而痛苦得恨不得死掉……"雅丹用手掌按压住自己心脏的位置，仰高雕塑一般的脸颊，痛苦地闭上双眸。

喜娘的心跟着一疼。她咬住自己的唇瓣，使劲地摇头，想对雅丹说"不是的，不是的"，却被雅丹接下来凌厉的眼神止住了声音。

雅丹幽蓝的眼睛，像北极雪原拂晓时刻最寒冷的冰凌，"我亲爱的小奴隶，其实你根本不是孤儿。你不但有父亲在世，而且那个父亲更不是普通的贩夫走卒，他曾是中原权倾朝野的当朝宰相，如今依然是手眼可以通天的大人物。张阁老，你们中原，该是无人不知，无人不晓吧！就算我雅丹孤陋寡闻，也不至于从没听说过这样一位左右时政的大人物啊！"

"哈哈，哈哈——"雅丹再度放声狂笑，"我雅丹也算荣幸之至了，能够让张阁老的千金在我身边当一个小小的奴隶，试问整个中原和西域，还有谁能有这个荣幸！"

喜娘的泪扑簌簌落下，她的心阵阵抽痛。

她并不是因为自己受到雅丹的误会而难过，她是为了此刻雅丹脸上的惨败与决绝而难过。她认识的雅丹从来不是这个样子，他是个宽容的主人，从来不会任意克扣和惩罚他的奴隶；他幽蓝的眼睛，仿佛艳阳下的晴空，总能看得到温暖，看得到希望。

喜娘知道，此刻，是因为自己的缘故让那个神祇一般的雅丹，变成了地狱里阴森的魔鬼。

****

"喜娘，别哭……"一个干涩的声音从石壁的方向传来，困难得仿佛每一个音节都像是有沙砾在碾磨。

是谁？

在这里，怎么会听见这个声音？

喜娘霍地抬起了头，迎着石壁上火把的光亮，撩起那人零乱的长发，仔细看向那人的眉眼——

这个人之前曾经遭遇过怎样的严刑拷打啊！

他身上的布袍早已碎成了布片，从布片的缝隙里裸露出来的每一块皮肤都已经皮开肉绽。他的脸上、前胸，更是布满了条条黑紫色的鞭痕，有些地方能够清楚地看出，是伤口结痂后又被撕裂的新伤！

可是，那个人的眼睛，唯一没有伤痕的眼睛，依然美丽，美丽得如同夏日艳阳下盛开的芍药,那么美艳,那般妖娆,就连女子,都比不上的呢。

这双眼睛,漂亮的眼睛,正含着微笑,定定地望着喜娘。

他干裂的嘴唇,那么困难,却依然说着温柔的话儿,"喜娘,别哭,乖……"

无数的惊恸终于让喜娘爆发,"魏远,怎么是你,怎么会是你!他们怎么能这么对待你!——"

喜娘哭着扑到雅丹跟前,"雅丹,我求求你,放开他。我不知道你们之间到底发生了什么,我只求你放了他——只要你放了他,我愿意为你做一切……"

雅丹森冷的眼神,在喜娘的哀求声中碎成一片一片,"原来你真的认识他……为了他,你什么都愿意做……我本来以为那个被你称作哥哥的人是你的情人,原来竟然是我错了!难道,他才是你真正的情人?"

雅丹跟跄着退后两步,身形被掩入火把光芒之外的黑暗。喜娘看不清雅丹的眼睛,只听到他破碎的嗓音,"你是为了帮助你的情人,为了给他做内应,才来到我身边的吧……在你的心里,他才是最重要的;我的心,不过是你随便踢在脚下玩弄的石子吧……"

喜娘心痛地大喊,"不是的,雅丹,不是的……"

"呵呵,呵呵,"雅丹冰凉地笑着,"我忽然想起来了,探报跟我说过,墙上的这个人是中原张阁老家的乘龙快婿,我还一直以为他婚配的是张阁老家另外的女儿;如今我才想到,他,应该是你的夫君吧……哈哈,我的小奴隶,你看我有多笨。一牵扯到你的事情,我便笨得连骆驼都不如了!"

雅丹如狂怒的魔鬼,但是喜娘却仿佛能看到他的心,渐渐透明,渐渐失去鲜血的颜色。喜娘拼命压住自己想要尖叫着纠正雅丹的念头,尽量平静着说,"是的,他是我定亲的对象。但是,这一切却不是你想象的模样。雅丹,冷静下来,我会跟你慢慢讲来……"

"哈哈,哈哈,"雅丹又是仰天的大笑,"等你跟我慢慢讲来?我亲爱的小奴隶,我可以等,西域的冬天却不会等啊!你的夫君,带着军队,在你父亲的授意之下,扮成商队来到这里,借着我好酒好菜款待他们的时候,他们一把火烧光了我们储备过冬的所有粮草,还打开畜栏,放走了所有的牛羊、马匹和骆驼……"

"西域的冬天,说来就来了啊。在这茫茫的戈壁之上,没有了牲畜和粮食,你的父亲和夫君是想让整个城市的五百多个人都被活活地冻死、饿死啊!……"雅丹说完,脸上已然是黑夜一般浓重的杀气!

接下来的话,雅丹是从牙缝里挤出来的,"只是因为……我没有答应……帮助乌孙……合攻中原……破坏了你父亲……坐拥天下的计划……"

最后,雅丹深深地凝望着喜娘,眼神里是浓烈的渴望,和破碎的悲凉,"而你,我亲爱的小奴隶,就是他们的内应吧。所以他们才那么顺利找到我们所有的粮囤和畜圈。你也是代替你的父亲和夫君,前来惩罚我的吧……"

7. 月满西域,照亮着谁的心事?

月圆中秋。

西域的戈壁,已然是朔风四起。

好在雅丹的城堡里,依然温暖。

牢固的城墙、大厅里熊熊燃烧的火盆,案几上飘香的烤羊,半裸着身躯扭动着腰肢的舞娘身上披着的粉红色轻纱……挡开了戈壁的荒凉,截住了肆虐的寒风,没人再去担心那惨白的月色,每个人耳朵里都挤满了妖娆曼妙的胡笛之声。这里仿佛是戈壁沙漠之间的海市蜃楼,充满了你所能想象得到的所有的瑰丽、旖旎与暧昧。

喜娘被雅丹的贴身仆人恩都带到雅丹的城堡,像一个闯进温软靡烂梦境的孩子,纤弱得只听得见自己惊讶的抽气声。

那些鄯善的贵族,坐在兽皮地毯之上,大碗喝酒,大口吃肉,有的酒至酣处径直就扯开了自己的胸襟坦胸露背,更有的直接把在案几前扭动的舞娘扯过来坐在自己的怀里肆意抚弄……

喜娘不敢再看向周围混乱的景象,抬高眸子,在正中的高椅上找到了雅丹。

此刻的雅丹,如此陌生。

他侧坐在高椅之上,鬓发凌乱,微微汗湿,显得他慵懒,却又致命地充满了诱惑的魔力。

他的胸襟敞开,隐隐露出衣襟下隆起的小麦色的肌肉。迎着灯光,肌肉上满是微微的汗珠。

他的怀里,卧着一个白肤绿眸的女子,长长的发卷曲着蜿蜒至膝弯。雅丹的手随意地放在女子翘起的臀上,而那女子宛若撒娇的猫咪,用自己娇软的唇舌沿着雅丹的腮边、喉结、胸膛,一直向下吻着……

他的眼睛,氤氲着幽蓝的雾气,看似不经意,却无可逃遁地牢牢笼住站在下方的喜娘。

他像一头锁定猎物的黑色猎豹,随时可能一跃而起;他的眼神却又像防备的毒蛇,毫无感情却又满是贪婪的占有……

喜娘颤抖着握紧冰冷的十指,微微闭上眼睛,积聚起自己所有的勇气,"雅丹主人,我来了。你需要我为你做什么?"

****

喜娘的声音,在声音鼎沸的厅堂间,低缓脆弱得仿佛吹弹即断的丝线。

除了雅丹,和他身上白肤绿眸的女子,旁人都没有听见。

准确地说,其实那白肤绿眸的女子也并未听见,她只是感到自己身下的雅丹忽地一僵,手掌更是不落痕迹地将自己推开。于是她不由得顺着雅丹身体的方向朝下望去,看见了下手站立的这个身着层层红色，却面孔惨白的女子。

绿眸的女子，不禁心底一惊。

****

"好啊，想让我放开他并不难。只要，你来做你身为奴隶该做的事……"那夜雅丹临去之前的话，依然在喜娘耳畔萦绕。

雅丹巨大的黑色背影，如一团阴云呼啸而去，在身影消失于黑暗的一瞬间，石壁上忽然传来清脆而刺耳的"噼啪"之声。一条长鞭从雅丹的黑色身影中闪出，抽断了石壁上绑缚住魏远的铁链！

魏远如断线的风筝一般跌落地上。喜娘惊呼着奔过去抱起魏远，没有看到雅丹忽然回身时那一抹破碎的眼神……

****

喜娘也被囚禁在地牢里，跟魏远隔着一堵石壁。

夜半趁守卫睡着的机会，让喜娘听到魏远叙述的大概的来龙去脉。

中原与乌孙的战争，早已经超越了两国的界限。

虽然中原幅员辽阔、兵精粮多，但是苦于不适应西北的气候，不了解当地的地势条件，所以并不能够快速地镇压下乌孙的反叛。

而乌孙，虽然在国力与兵力上与中原不可同日而语，但是他们民风彪悍，每一个普通的百姓都可跃马横刀成为战斗的士兵。尤其他们占据地利优势，极为善于运用气候和地势条件，出其不意地打击中原的军队。

数年征战下来，双方都已经无力尽快解决战斗，战争陷入了尴尬的胶着状态。

于是西域的其余诸国，便成了双方极力争取的棋子。

尤其是鄯善，这一承继了古代楼兰国文明的西域国家，它的文明与经济都是西域诸国中最为强盛的。而且据说他们手中握有操纵牢兰海枯竭与盈满的神秘力量，于是更加成为乌孙与中原都势在必得的争取对象。

中原国内，那一位与乌孙里外合力的大人物，便一再地拉拢鄯善，尤其是鄯善最为勇猛的"苍鹰雅丹"。雅丹救起喜娘那日，正是前去玉门关外，密会一位来自中原朝廷的大人物。那位大人物想说服雅丹同意帮助乌孙，合力夹击玉门关。

可是，雅丹却拒绝了。他并不想搅入这场野心的战斗，他只想带着自己的子民好好地过自己的日子。

雅丹的拒绝，激怒了那位中原的大人物。于是他调派自己的亲信军队，装扮成商队的模样，潜入雅丹的城市，伺机惩戒。魏远就恰好被派来带领这支军队，只不过他并不清楚知晓事先布置给兵士们的秘密任务。当他在雅丹的酒宴上，品尝尼雅献上的葡萄酒时，他手下乔装的士兵已然自行其是地点燃了雅丹的粮囤，打开了牲畜的圈门……

魏远没有告诉喜娘的是，他之所以成为这支部队的带领者，之所以甘心情愿跳下这个陷阱，其实只是因为听到玉门关上的士兵说，当日失踪后重新归来的云开，背后的那个方向，正是鄯善国，属于雅丹的地盘……当日喜娘与云开一同被黑衣人劫走，却只见云开单独一人归来，魏远便不吝惜拿性命作一次赌注，来确认，这里，是否来过一个红衣的姑娘。那个姑娘名叫喜娘，那是他几个月来一直苦苦思念的姑娘……

****

喜娘的心思却飘忽得很远。

中原与乌孙的战争，对于她这样一个小小女子，自然无关紧要。

是谁派人点燃了雅丹的粮囤，放走了雅丹的牲畜，也已经成为了既成的事实，追究也无法改变现状。

喜娘在意的只是，听到魏远说，云开回去了，独自一人回到了玉门关……

他，还好吗？……

他，是否还记得有一个叫喜娘的姑娘？……

他，自然已经与张曼瑶，琴瑟和鸣了吧？……

喜娘抱膝坐在暗影里，背后是冰冷而坚硬的石壁，她用轻得似乎只有自己听得到的声音问，"张家二小姐呢，她还好吧？"

魏远却听到了。他自然知道喜娘心底所关心的事。魏远幽幽叹气，"是的，她很好。她是那次遇袭当中，我们四个里唯一没有受伤的人。我们把她安全地带到了玉门关。"

****

魏远轻轻地，宛如轻飞的羽毛一般吐出下面的话，"她已经成亲了。据说她回到扬州之后，极为激烈地敦促张阁老修改了婚期，成亲了……"

张曼瑶，成、亲、了……

成、亲、了……

终于琴瑟和鸣，那支羌笛终于不再孤单。人们终于能够在扬州温软的月光下听到羌笛与琴声潺潺的欢笑了吧……

一颗颗透明的水珠，滴答与石壁撞击，在幽深的地牢之间，发出空洞的回响。

喜娘却笑了。

宛若水晶一般透明的微笑，绝美的微笑。

当警卫换班，证明又一个崭新的日子来到的时候，喜娘淡淡地笑着，对警卫说，"请禀告主人，喜娘已经准备好了，随时听候主人的召唤……"

8. 当众受辱，是为奴的本分

雅丹凝望喜娘。浑然不觉身畔绿眸女子刻意贴上身来的挑逗。

她的脸颊那般苍白，远远看去好像透明的水晶。雅丹甚至能够隐隐感受得到她颈侧动脉紧张的跳动。

　　她的手微微握成空拳，指尖难以觉察地轻轻痉挛。雅丹知道，如果此时把她的手指握入自己的掌心，那一定是冰凉的。

　　可是，她的眼睛依然亮如晨星，毫不退缩地直直望向自己。

　　她的声音依然泉水般清越，音量不大却字字入心地告诉自己，"雅丹主人，我来了，你需要我为你做什么？"

　　明明这般的恐惧着，却又该死地这般地倔犟！

　　如果她肯向自己稍有软言，自己一定会不在意任何人的不满，不在意那些被烧成灰烬的粮食、跑得无影无踪的牲畜；他会立时答应喜娘的请求，放了魏远，好好地送他回去。而自己，则更会在喜娘软言之下，颤抖着自己的心，毫不犹豫地将喜娘拥入自己的怀抱，向整个都善国，向整个西域，甚至向整个世界宣告："这个，就是我雅丹想要的女人！"

　　可是她偏不！

　　她偏要闪着晨星一般的眼睛，与自己抗衡！

　　她偏要宁愿以自降为奴的语气，直戳自己的骄傲！

　　雅丹的掌狠狠拍在高椅扶手的兽皮之上，幽蓝的眸子里翻卷起滔天的巨浪！

****

　　身畔绿眸女子敏感地察觉到了雅丹的异样。

　　她再次仔细打量下方那个红衣层叠的汉人女子。

　　很瘦小。

　　眉目虽然清秀却算不上惊艳。

　　身段被裹在层层的红色里全然看不出任何的曲线。

　　尤其是那双眸子，精光过盛，比得上男人的刚硬，反倒折损了女人该有的妩媚。

　　声音很清脆，却不懂得男人更喜欢听软软的呢喃。

　　这样的女子，凭什么，能让骄傲的雅丹，一再地失控？

　　绿眸女子微微眯起猫样的眸子，不甘地送上自己艳红的唇，想要用自己的妩媚，重新夺回雅丹的注意。

****

　　感觉到身畔女子送上的红唇，僵硬的雅丹蓦地笑了，幽蓝的眸子里荡漾起紫色的浪花。

　　他不着痕迹地轻轻侧开脸颊，让绿眸女子的红唇落在了他的腮边，却又似乎极为贪恋地用自己指腹抚上绿眸女子的红唇，百般挑逗地来回摩擦……

　　绿眸女子毫不遮掩地喘息着，雅丹着迷似的盯着她努起的红唇，眼睛看都没有闲暇看向喜娘，全然不经意般地说，"如果，你能像婀旎这般取悦我，说不定，我会考虑放了你的情人哦——"话音轻轻飘落的瞬间，雅丹将自己的唇缓缓靠近绿眸女子，满意地享受着绿眸女子灵活探出的舌。

　　原来，那名绿眸的女子名叫婀旎，婀娜旖旎，果然人如其名。

雅丹于高座之上的香艳表演，自然吸引了身边诸人的注意。

这些人有的是雅丹城邦的奴隶主，有的是鄯善其他封地的主人。

就在酒宴召开前的一个时辰，他们帮助雅丹袭击了驻扎在玉门关外的一个中原兵营，缴获了足够的粮食和牲畜。于是，雅丹自然大摆筵宴，任凭这些鄯善的贵族们，声色享乐。

雅丹说给喜娘的话，鄯善贵族们自然也都听到了。除了雅丹城邦中的几个奴隶主，大多的鄯善贵族并不知道喜娘的身份，他们只以为喜娘不过是一个再普通不过的汉人奴隶。雅丹享用自己的女奴，那自是天赋的权利。

右手边正大嚼羊腿的巴图张狂地大笑，"雅丹兄弟，什么时候也换了口味儿，喜欢上汉人的娘儿们啦！你看看你啊，自己的奴隶还客气什么，扛起来就进了房间嘛，我们弟兄可等着听那娘们儿欢快的叫声啦！"

雅丹一笑，"那多没意思。他们汉人不是讲究个男女授受不亲嘛，我倒不喜欢强压着牛头喝水，我希望她自己爬上我的床！"

巴图又是一阵狂笑，"哈哈哈哈，好，雅丹兄弟，这么着的确更好玩儿！看看这满脸装腔作势的汉人娘们儿自己爬上来，的确是别有一番滋味儿啊！"

巴图狂笑着从自己身后的一队侍女中，横臂扯过来一个同样为汉人的女子，抓着她的头发张狂地大叫，"来吧，小汉女，今儿爷也要跟你玩玩儿。爷今儿不强你了，爷让你尝尝主动的滋味儿……"

喜娘的脸倏地抽离了最后一丝血色，她望着那个汉人女子，在巴图的狂笑之中，隐忍着眼泪，像一条狗一样爬在巴图的脚下，伸出舌尖沿着巴图的脚趾，一寸一寸地向上舔舐……

雅丹幽蓝的眸子，梦魇一样牢牢地锁住喜娘。喜娘只觉眼前无数金星刺眼地闪耀，脚下仿佛浮起一朵一朵暄软的云团……喜娘咬住自己的嘴唇，告诉自己：不要晕倒，不要在这些人眼前晕倒！

喜娘强自镇定着对雅丹说，"对不起，主人。虽然听从主人的吩咐，是身为奴隶无上的光荣，但是小女子毕竟生长在中原之土，父母祖辈的教化早已经潜入血液。这般在人前，喜娘实在无法从命。"

"除非——"喜娘望住雅丹，语气稍顿，"除非主人希望喜娘去死。喜娘愿意以自己的性命，作为对主人的补偿！"

雅丹惊怒！

激怒他的，不是自己在人前被拒；真正令他燃烧起腾腾怒火的是喜娘的话！她，竟然提到了——死……她在以自己的性命为赌注，跟自己做一场博弈！

更让雅丹怒火中烧的是,自己竟然胆怯了,被这个弱小女子的一个假设吓到了!他无法想象,如果喜娘身上这层层叠叠的红衣,变成一摊蜿蜒的血,自己会不会变成疯狂的野兽,挥舞着长鞭毁掉整个世界!

盛怒之下的雅丹,抓起案几上盛着琥珀色葡萄美酒的琉璃盏,"啪"地摔在地上。迸裂的琉璃碎屑,反射着灯光,弹射飞舞如夜空的流星。

大厅一片死寂。

所有人都知道,鄯善国最为勇猛的雅丹是最不可激怒的人物。

即便他俊美如神祇,可是他一旦发怒,便会成为这个世上最可怕的魔鬼——

****

缠绻在雅丹身畔的婀旎,忽地觉得这是自己一个绝妙的机会。如果此时,自己能够让暴怒的雅丹平静下来,那自然便说明了自己在雅丹心目中的重要。那么,整个雅丹城邦,乃至整个鄯善国,乃至整个西域,自己便会成为最有魅力的女人!

婀旎慵懒地俯卧于雅丹耳畔,用舌尖缓缓沿着雅丹的耳廓描摹,呢喃着说,"主人,不要这般生气。一个女人而已。还是让婀旎给你跳一段舞吧,这可是专为您而学的呢……地点就在您的身下,舞衣就是我的皮肤……"

婀旎风情无限的呢喃,让在场的鄯善贵族们皆是惊喘出声!这个来自北国(今俄罗斯)的女子,柔媚入骨,单单是看着她,听着她的嗓音,已经足够让人魂飞天外了。能够与她共度春宵,是多少西域男人的梦想。但是说也奇怪,婀旎就是看上了素日里冷冰冰的雅丹,甘愿作为一个侍女跟在他身边,再不理会其他的男人。

如今,亲耳听得婀旎如此惑人的挑逗,当场所有的男人都恨不得自己化身雅丹,拼命地点头同意。

****

雅丹却不为所动。

幽蓝的眸子只死死盯住喜娘。

仿佛根本就没有听到婀旎的话,没有看到在场所有男人的反应。

时间滴答,正当所有人都不知所措的时候,雅丹忽地笑了,轻柔地扬声:

"好啊。不过,我要你在这里跳给我看。"

"而你",雅丹朝向喜娘,"我可以不让你做那件事情,但是你要好好看着婀旎的舞蹈,然后学着她的舞步,跳给我看……"

9.绿眸红衣,猫与凤凰的较量

胡笛声起,在鄯善贵族惊讶的抽气声中,更换了舞衣的婀旎翩然登场。

她白皙的皮肤上，只穿着绿色的胸衣和极短的舞裙，丰满的胸峰、圆润的大腿在灯光之下闪着诱人的光。胸衣下摆和舞裙边缘都缀满了结着绿色丝绦穗子的金色铃铛，随着她每一个舞姿而叮咚如泉，光华闪现。

绿色的舞衣正好也是婀旎眼睛的颜色，舞衣上金色的铃铛又恰好与她长过膝弯的鬈发相映成趣。

婀旎的舞姿，仿佛一只慵懒的猫咪，微眯着她绿色的眸子，舞动着她柔软的腰肢，时而探出她娇软红润的舌尖，看似不经意却招招致命地撩拨着在座的每一个男人的神经……

巴图盯着婀旎随着舞步而波波晃动的胸峰，险些忘了呼吸，隔了好久才猛地咽了下口水，捧起酒碗来使劲儿浇灌一下自己的口干舌燥。

鄯善另一大贵族乌库则无法把眼睛从婀旎柔软的腰肢上移开。他神经质地扎煞着自己的十根手指，恨不得此刻婀旎那柔软却又弹性十足的腰肢，正被自己的双手狠狠握住，让婀旎随着自己的心意，婉转承欢……

婀旎的每一个妩媚眼神，都会引起现场一片渴望的抽气；婀旎的每一次下腰，都会让在座的鄯善贵族争相抬高了身子，想借以偷窥到她胸前若隐若现的一片风光……在场所有的男人们，此刻仿佛都变成了一只只人肉风筝，而婀旎就是那个手中握住每一只风筝的线的主宰者。婀旎只需要小小一个眼神，便足以牵动着这些男人，婀旎往东他们往东，婀旎向西他们个个争先恐后……

婀旎媚眼如丝，笑得更加妩媚。谁说这个世界是由男人来掌控，此刻的她宛然就是整个世界的主宰，她尽情地享受着自己操控男人的乐趣。

****

只是，除了，雅丹。

那个时而如神祇一般俊美，时而却如魔鬼一般冷酷的男人，嘴角挂着淡淡的笑，手里把着琉璃盏将琥珀色的美酒送至唇边，幽蓝的眸子似乎望向婀旎的方向却又似乎穿过了她投向遥远……这个男人，从来不在婀旎妩媚的掌控之中。婀旎从来想不透他在想些什么。

婀旎总是觉得，自己就像一片胡杨叶子；而雅丹则是戈壁上浩荡的朔风。胡杨叶子被朔风翻卷着飘荡，朔风带它来，则来；朔风带它去，则去。完全无法自己主宰，却又无可抗拒地随波逐流。

****

雅丹微眯着幽蓝的眸子，漫不经心地望着火把前的喜娘。

她小小的身子，裹在层层的红衣里，宛若孩童般轻易叩动雅丹心底不易觉察的一抹温柔。

她的红衣，被身后熊熊的火光，映照得更加鲜艳，远远看去竟似她身上正灼灼燃烧着一团艳红的火焰！

她小小的脸颊，微微苍白，润如樱桃的唇紧紧地抿在一起。

她的眼睛，光芒亮过厅堂里所有的火把和灯盏，璀璨如雅丹手中的琉璃盏，隐忍却又执著地紧紧盯着婀旎的每一个舞步，每一次旋转。

雅丹心中轻笑，我的小奴隶啊当真了呢……

这，却也熊熊地点燃了雅丹心底的渴望。他真的想看看，喜娘妖媚起来的样子，想看看喜娘媚眼如丝那时该有多么令自己心跳……

喜娘与婀旎截然不同的地方是，她的美，美在不自知。她永远是挺直了小小脊梁的倔犟，她从来不会刻意去利用妖媚来挑逗男人，然而她却经常在不经意之间展现出她的温柔、她的娇美，让人不自禁地想多看一眼，再感受一次……

****

随着最后一个音符戛然而止，婀旎也如一片碧绿的羽毛轻轻在雅丹怀中飘落。脸贴着脸，胸贴着胸，腿抵着腿……在座的鄯善贵族无不惊声嘶气，此刻雅丹的艳福简直桃花无边。唇前便是婀旎的香吻，眼下就是婀旎迷人的双峰，臀腿交界之处更是引人无限遐想……只需雅丹轻轻向前，一张纸的距离，便可以轻易突破婀旎身上所有的防线！啊——在场所有的男人，全都嫉妒得发狂——！

雅丹却纹丝未动。甚至偏开了脸颊，甘心情愿地错过了婀旎已经主动微张的红唇，诡异地笑着从婀旎颈侧的空当望向火把前的喜娘，"该你了，我的小奴隶……"

****

雅丹淡淡的声音击碎了在场所有男人的迷梦，他们顺着雅丹的方向，将冷得可以杀人一般的眼神投向喜娘——

不过就是这么一个姿色平平的女子，却让那般风媚入骨的婀旎沦为了厅堂上的配角儿，破坏了他们梦想看到的香艳场面！

****

雅丹的话，让喜娘的身子不由一僵。

冰凌一般投来的那些目光，更让喜娘不由得微微轻颤。

跳，还是不跳。

魏远浑身伤痕的样子忽然扑入脑海，他温柔呼唤的声音仿佛还在耳边飘荡，"喜娘，不要哭，乖……"

喜娘不由得吸了吸鼻子。魏远，那个明艳如夏花的男子，本不该属于这荒凉月冷的西域戈壁，而只要自己的一支舞，便可让他脱离苦海。一支舞与一条性命相比，孰重孰轻，还用考量吗？

喜娘眨去眼底淡淡的水雾，仰高眸子，坚定地望着雅丹，"主人，希望主人能够坚守自己的承诺，待喜娘跳过了这支舞之后，便安全地放魏远离开。"

雅丹邪邪地闪着幽蓝的眸子，"那要看你如何取悦于我了。只要，我能在你跳完之后，忍不住扛着你回房……"雅丹刻意停顿，笑得仿佛魔鬼，"那么，我对你保证，明天太阳升起的时候,你那个情人就会看到玉门关高大的城墙了!"

雅丹对自己的无情,再次让婀旎讪讪着,心如冰窟。

委顿着从雅丹身上滑下来,她心里的抱怨全都化作了对喜娘的嫉恨。

这个红衣的汉人女子究竟凭什么?

如果她比自己美艳,如果她比自己娇媚,那么他乡婀旎绝对不会不识时务死缠烂打。可是,这却是如此平凡、如此普通的一个对手啊!

满场的男人都是最好的评判。婀旎自信当自己在场上舞蹈之时,除了雅丹,没有一个男人会分神瞥一眼场边的喜娘。而当自己被雅丹冷冷地推开,婀旎更是真切地看到了在场所有男人冰凌一般投射向喜娘的不满目光!

这便足以说明一切。

这个普通的女子凭什么跟自己争?自己又如何能够甘心?

为什么,为什么只有那个素来英明的雅丹,如此执迷不悟?

****

厅堂中心,微微轻颤的喜娘,已经手脚僵硬地摆好姿势,准备起舞。

婀旎忽地绿眸一闪,微微地笑了。

婀旎翩翩走向喜娘,声音清朗地说,"这可不行。哪儿有人穿成这样子跳舞呢?手脚腰肢都伸展不开,不小心甚至可能扭伤了呢!来,我帮你改造一下!"

没有人怀疑婀旎的善意。

只有喜娘抬头时,似乎看到了婀旎绿眸间闪过的一丝奇怪的光芒。

还没等喜娘细细思忖,婀旎已经走上前来,伸开纤纤十指,抓住喜娘红色的衣裙——

只听得空气中冷冷的裂帛声响起——

场中忽然静得宛如深夜——

婀旎的绿眸得意地光芒闪烁——

喜娘的身上忽地一阵凉意——

脚下,是碎成片片的红色衣裙……

10. 凌波飞天,彩练当空舞倾情

婀旎得意地笑着,猫一样的绿色眸子碧光闪烁。

喜娘脚下凌乱的红衣,如秋夜狂风之后的片片落红。

雅丹幽蓝的眸子里卷起青灰色的肃杀。

满场的鄯善贵族,嘲笑的神色冰凌般闪烁着冷白的寒光……

****

好冷啊。厅堂上纵然高燃着火把,都无法温暖暴露于人眼前的皮肤……

好静啊。数十人的言笑喧哗仿佛都已经隔世般远去,空留下自己一个人孤独地站在当场……

如果……能够……这样……消失……该……多好……

****

兹嘎嘎嘎——

雅丹城堡那扇巨大的,坚硬的胡杨木包着铁皮制成的不可摧毁的门,忽然毫无防备地一点点地——开了……

那些守卫在门外的卫兵正在全神贯注地把守着,全然不知这是怎么回事儿……

一阵狂风毫无征兆地忽然从大厅外漫天席地地呼啸卷来。卫兵不禁抬头望天,晴朗的夜空里,月色皎洁,这本该是个风平浪静的夜晚啊……那么,风从哪儿来?

墙上熊熊燃烧的火把,在乍来的狂风中,颤抖成了巨浪上的小舟。

鄯善贵族们挂在脸上的嘲笑、讥讽,忽然被狂风吹入了张大的嘴巴,让他们惊惶得再顾不上等着看喜娘的笑话。

婀旎更可观。她长过膝弯的长长的金色卷发,被狂风骤然卷起,让她看上去宛若千万条毒蛇在她头上狂舞! 她所有的姣美和妩媚都被翻卷而起的长发掩埋,她的头整个被卷起来的长发层层包裹住,简直成了一枚金色的、巨大的蚕蛹!

只有雅丹,没有因这场突起的狂风而异动。他依然稳固地坐在高椅之上,微眯着幽蓝的眸子,仔细地观察着场中所有人的一举一动,不放过任何一点异常的线索。

狂风,却让喜娘,倍感温暖。

一幅高悬于厅堂之上的榴红轻纱,被狂风漫卷而下,化作一缕绯色的流云,围着喜娘轻舞飞旋……

****

风定。宛若它来时一般突然。

摇曳的火把终于恢复了平静,重新又格外卖力地燃烧起来。

场中人纷纷忙着收拾自己的狼狈。

喜娘惊讶地看自己身上缠绕而成的"纱衣",将自己裸露的身体完美地遮掩起来,却又似乎在火光映照之下,将身体的玲珑凸现得若隐若现。榴红轻纱的两端分别在臂弯打结,多余出来的一段轻纱,在厅堂微微的风中轻柔曼舞,宛若敦煌城外千佛洞壁画中的翩翩飞天……

是谁? 是谁在自己这样窘迫的当口,借了这场狂风,解了自己的围?

不会是雅丹。他整个过程中都定定地坐在高椅之上,而狂风是从门外漫卷而来,恰好与雅丹的方向相反。

可是,除了雅丹,在这陌生的西域之国,又有谁能够伸出援手帮助自己?

这场诡异的风,似乎超脱于人力之外。难道,难道是远在天国的娘亲?

娘,我好想你啊……

****

长发已乱。喜娘索性抛开所有的矜持,只将长发在颈侧微微挽起,用一支金钗斜插入鬓,不在意几缕不听话的发丝自在地从颈边流泻……

她不去看向场中人的反应,微微闭上双眸,在这重要的时刻来临之前,放纵自己好好思念一下,娘亲……

臂弯的轻纱,被厅堂中微微的风轻轻带动,仿佛是娘亲温柔的眼神……

想着娘亲,喜娘的脑海中忽然有莫名的记忆片断,如曾被关在闸门中的蝴蝶,不期然地纷至沓来。那些记忆的蝴蝶,片片缤纷,段段多彩,纷飞在自己冥想的世界中,让自己恍如置身一个光怪陆离却奇妙瑰丽的璀璨天地!

那曼妙的身姿,那凝眸的一笑,那翩然飞舞的披帛,那如云缱绻的长发……当一片片蝴蝶般的记忆片断连缀起来,喜娘的脑海中竟似出现了一个女子,举手投足间风华无限!

那女子,怎的像极了,娘亲?……

冥冥之中似有牵引,喜娘情不自禁地随着那女子,翩然起舞。

看不见了外面的世界,听不到身边的任何声响,喜娘只看得到脑海中曼舞的女子,喜娘只想跟随着她尽情舞动……

借着火光远远望去,喜娘身上的榴红轻纱宛如一团燃烧的火,轻轻笼罩在喜娘身畔,光焰飞舞,风华流转,让喜娘宛若上古传说中五百年一次火中涅槃的凤凰,绝美而神圣。

婀旎的脸色瞬间苍白——

巴图张大了嘴巴,手中的酒全都洒在了衣襟上——

乌库死死用右手抓着自己的左手,左手上已然红色淤血尽显却忽然不觉——

雅丹,幽蓝的眸子里,荡漾起潋滟的波,如月光下的牢兰海,光影粼粼——

****

婀旎知道自己败了。

不是她自己外貌不够美艳,更不是自己的舞姿差强人意。

只是因为,自己再美艳,舞姿再曼妙,都不过是人间的绝色。

而此时喜娘的舞蹈,早已不是人间可见的景象。

她身上的轻纱,宛若一团凌风飘动的绯红云朵。喜娘窈窕玲珑的身体,仿佛是在绯红色的云朵之间舞蹈。

喜娘纵身轻跃,厅堂间微微的风轻轻吹起喜娘臂弯的两段轻纱,那完全沉浸于舞蹈之中的喜娘,刹那间化身为凌波仙子,衣带飘飘,状若飞天……

****

从来没有,觉得自己的身子如此这般轻松。

从来不知,心无杂念之时心竟有这般快乐。

喜娘不由得展颜轻笑。

宛若一朵含羞带怯的莲,在无限清纯中,光华悄绽——

****

雅丹的心跳如急遽擂响的羊皮大鼓。一面、两面……待到自己觉察,已然是千万面羊皮大鼓共同敲响,一声紧似一声,一声更比一声响亮!

看着在场所有男人那惊艳的目光,雅丹忽然心底涌起蒸腾的怒意——

她是属于我的!不管她是鄯善人还是汉人,也不管她是否早有了婚配。是上天让自己在干涸了的牢兰海救起了受伤晕厥了的她,那么她的命就是他的,她是上天赐给他的!

即便,她是中原张阁老的女儿;即便,她极有可能是那个心有图谋的老狐狸安插而来的一枚棋子;即便——他有可能因为她而卷进中原与乌孙的战争;即便!——他有一天可能会因为她带来的战争而丧失了自己的领地、城堡、子民,甚至是自己的性命!

他都不在乎!

他只在乎一件事——他要她!她只能属于他一个人!

****

雅丹忽地冲入喜娘舞蹈的场中,巨大的身影仿佛卷起一阵黑色的旋风。他将喜娘红衣的身影裹挟到自己黑色的披风中,回身朝向在场所有人邪邪而笑:

"她接下来的舞,将换在床上跳。而观众,只有我一个人。这里所有的舞娘兄弟们随意享用,只有这个,是我的独享!今夜,我要好好尝尝我的禁脔……"

11. 恍然若梦,羌笛声中故人来

夜色,正浓。

银色的月光洒遍西域大地。

时令虽刚刚仲秋,但骤起的寒意,已经趁着夜色,漫卷了整片戈壁。

芙蓉帐内,却正是春色盎然。

****

雅丹着迷地看着床帐之内的喜娘,榴色轻纱缠绕而成的纱衣,堪堪遮住身体的关键部位;却因为纱的材质,而从视觉上更加突出了那些部位的若隐若现。

喜娘白瓷般紧致细腻的肌肤在粉红轻纱的映衬之下,更加显得肤若凝脂。在房中摇曳的烛光、绯色的床帐,还有雅丹灼灼眼光的注视之下,喜娘更是羞中带窘,白皙的皮肤之上仿若笼罩上了一层淡淡的粉红。那粉红映得喜娘莲花一般姣美的面庞更加动人。

这份美,喜娘自己却不自觉。她一直忙着窘迫地护住身体上裸露出肌肤的部分,以躲避雅丹投射而来的灼热的眼神。

身旁的床帐也让喜娘紧张万分。不敢轻易跳下床逃跑,因为雅丹就坐在床边,一旦她跳下床,那么很可能就会一头撞入雅丹的怀抱!喜娘只好紧缩在床角,低垂下颈项,脖颈上那一抹白色的曲线,在烛光之下格外细致动人。

****

这般的美,喜娘却毫不自觉。

她甚至不了解,雅丹为什么会喜欢自己。喜娘只把这归结为,她曾对尼雅传授过的那句秘诀——审美差异:雅丹一定是明眸高鼻、身段婀娜的西域女子看多了,才会对外貌如此普通的自己,心存好奇……

****

窗外,隐隐传来羌笛之声,让尴尬之中的喜娘,不觉心思抽离当下的境地,而随着那悠然的羌笛之声,飘出好远好远……

曾经,也有一个男子,身着白衣,时常在银色的月光下,吹奏起羌笛。浩渺天光,浑然天地,仿佛只剩下他一身一笛,幽幽的笛声在银色的月光下,化作瓣瓣白莲,随着羌笛的旋律,轻飞曼舞……那般的美景,却时常扯出喜娘的心疼,总想走近那人,去抚平他心底怆然的忧伤……

如今想来,却已如隔世。

那白衣的男子,如今可还记得曾经邂逅过一个名叫喜娘的,普通的江南女子?

那时的杏花春巷……

那时的擦肩偶遇……

都已是,梦中的,场景,了吧……

云……开……

****

泪,不经意间,已然潸然而下。

雅丹不由一愣,软言劝慰喜娘,"不用担心了。我刚已经吩咐过恩都,让他连夜带人护送着魏远离开。明天太阳升起的时候,魏远一定能够安然地回到玉门关了。而我,也不会强迫于你,我在酒筵上的话,不过是说给他们听的。"

雅丹轻轻叹息,"对你,我不是一时之兴。就算一百年,只要你终会点头,我都会心甘情愿地等下去……"

雅丹语气中是浓浓的深情与萧索,让喜娘不由得抬首望向他——

此刻的雅丹,虽然依然笼身于巨大的黑色斗篷之中,幽蓝的眸子依然深不可测,却——在这摇曳的烛光、暖香的床帐的映衬下,显得——那般地沧桑和孤独。

这个桀骜如鹰、凶狠如魔鬼的男子,内心也是藏着自己的柔软,也是渴望着爱的吧?

如墨的夜色。

寂寥的月。

寒冷的戈壁。

暖帐之中的两颗心,不觉渐渐靠近……

****

"报告主人：汉人魏远不见了！"门外忽然传来仓促却清晰的嗓音，如月光之下忽然出鞘的剑发出的金属撞击之声。

幽蓝的眸子闪烁着温软的紫罗兰光芒的雅丹，闻听此言，蓦地站起身来，幽蓝的眸子重又恢复了冰凌一般的蔚蓝，语气沉着而有力，"恩都，进来！"

门外，正是雅丹的贴身仆人恩都。

半个时辰前，雅丹正是吩咐他带人前往地牢提出魏远，然后安全地护送魏远回到玉门关。

而恩都却回禀说魏远不见了。

那么就是说，一定有人不但不惜挑战雅丹的权威，更有可能危害到魏远的性命！

魏远，不仅仅是一个汉人，更是中原的抚远将军。他一人的安危，牵系着鄯善的邦交关系，一旦确认魏远是在鄯善的土地上遭遇不测的，那么很可能将由此点燃中原与鄯善之间的战火！

雅丹不惜当面拒绝张阁老，也要力保的属于鄯善的和平，很可能就在此时，前功尽弃！

雅丹，怎能不悚然变色？

****

是，乌孙？抑或是张阁老？毕竟乌孙和张阁老，是最想看到鄯善与中原交恶，以便帮助他们合围中原，让他们渔翁得利。

却又不像。乌孙之人虽然个个勇猛，但是他们的优势却也只是在真刀明枪的战场上，他们族人缺少身怀绝技之人；而据守卫地牢的卫兵反映，当夜并无看到有人攻入地牢，显见应为身手不凡的刺客单身"偷"走魏远才是。张阁老就更不可能，玉门关及阳关距离鄯善都要一夜的马程。没有马匹，他们根本不可能在夜晚走出浩瀚的牢兰海戈壁！

是谁？是谁劫走了魏远？

****

窗外，幽幽的羌笛之声又起，更加衬得屋内的气氛，凝重若铅。

雅丹幽蓝的眸子蓦地眯起，肩膀耸起，如蓄势待发的黑豹，"这么晚了，城里谁会这么有闲情逸致，不断地吹着笛子？"

恩都转身出门，旋即再次进来，回禀，"守兵和更夫都说，整座城中，各家百姓均已入睡，没有听到笛声是从哪个房子里传出来的。"

雅丹眯着眼睛，隔着窗子望向夜空，眼睛里的幽蓝宛如暗夜，"何方高人，请现身说话……"

啊？——恩都惊讶地顺着雅丹的视线，望向窗外的夜空。夜色如墨，繁星闪烁，皓白的月色如银色轻纱照亮大地。——不见，一个人影。

****

静寂,如黑色的绳索紧紧缠绕住房间里的雅丹、恩都,还有床帐之中的喜娘。

死一般的静寂。只听得到彼此胸腔里惊悸着的心脏,扑通、扑通、扑通……

喜娘终究抵不住如此的静寂,惊恐得抽了一口冷气,抽气声虽轻,却足以打破整片静寂,吸引了雅丹的注意。

雅丹望着面色惨白的喜娘,心底涌起浓浓的情感。他习惯了自己孤身一人对抗所有的危险,所以此时习惯性地忘记了身后床帐之中,还有一个人,需要自己的安慰和保护。这个小小的女子,柔弱得全无一丝自保的能力,却一声不响,即便满眼惊恐,也不让雅丹为她分一丝的神……她,总是这样不经意地,攻入雅丹心底的柔软。

雅丹幽蓝的眸子不觉一柔,返身来到床帐边,拉开斗篷,拥住喜娘的身子。那般地小,因为夜寒而通体冰凉,更因为突来的恐惧而微微颤抖……像一只雏鸟,被雅丹拥入怀中,雅丹的心再次怦然而跳。

****

就在此时,凌空传来朗声长笑,"既然已经无法实现送魏远归去中原的承诺,雅丹你如何还能拥着这个女子?"

那声音让雅丹和喜娘都是一震!

雅丹是被说中了短处。

而喜娘却是听出那个声音!

****

纵然化作灰烬。

纵然只剩下灵魂飘荡在这个世上。

纵然五百年一个轮回,早已与那个人擦肩错过。

纵然茫茫人海,藏身千万人之中……

喜娘也不会忘记那个声音。

那个魂牵梦绕的声音。

那个销魂蚀骨地思念,却时时不敢想起的声音。

就算死,也要牢牢记住的那个声音——

云……开……

12. 天地无物,我只要此刻的相拥

月光飘摇,潋滟如粼粼的水光。

窗外的胡杨,金色的叶子在秋日的夜空下静静摆动。

微风悄然拂来,吹开胡杨茂密的叶子,宛若揭开纱幕,显露出纱幕之后的秘密——胡

杨树最为粗大的那根枝杈上,一个白衣的身影跨坐其上,头顶浩渺天光,背倚金色胡杨。

宛如一段时光的传说。

宛如一次亘久的等待。

整个世界,都在他投来深情的目光时,静止下所有的声响。

所有人,都在他目光中深刻的诉说里,神为之夺……

****

那是一种什么样的目光啊!

心碎。

挣扎。

欣喜。

绵长……

无穷无尽的诉说。

刻意压抑的渴望。

那一刻,天光流转,朗月无声。

那一刻,地老天荒,心醉神迷……

****

喜娘心上那个巨大的疤,轰然迸裂,喷溅起暖暖的洪流,奔涌至四肢百骸。那温暖里,却又奇异地夹杂着酸涩,让那温暖的感觉流入肢端之后,留余下来的却是薄凉的滋味……

云开。

云开——

喜娘的唇齿间,心碎地喃喃着云开的名字。

****

他依然是一袭白衣。宛如披了最为皎洁的一段月光在身,云开的白色锦袍笼起氤氲的光,柔柔地围绕在云开身边。远远望去,云开似是置身月中,清雅无俦。

喜娘不敢看向云开的目光。那凌空而来的思念,似一支支柔情的箭,不会伤身,却是箭箭穿心……

一块月盈光华,流光溢彩,仿若自有灵性,牵引了喜娘的眼神,望向云开的腰间——凝脂般的羊脂白玉雕成的龙形玉佩,四周有云雾环绕,在皎洁的月光之下,灵光游走,云气蒸腾。

这玉,这玉……

那么多那么多的记忆,纷至沓来——

云老爷说:"这玉佩可是云家祖上传来,乃是高祖皇帝赐与云家的圣物。传至云开,是因了他从小体弱多病,想借着这玉的神圣来增强云开的命力。果然,有赖高祖皇威和先人保佑,佩了这块玉的云开日渐强健,现在更是成了朝廷中带兵制敌的将领。所以,这块玉不但牵系着云家的声望,更是牵系着云开的命理,喜娘万万是不可轻忽了的啊!"

云老爷顿了一顿,"只有遇到真正能为云家,为云开带来吉祥之数的女子,也就是真正有资格作云开正妻之人,才能将这块玉佩相赠啊……"

云开轻轻地说,"没关系的,你先帮我收着吧。"

"将来,如果我遇到心仪之人,我会告诉你,烦劳你去帮我结定姻缘,到时候这玉佩自然便是我托付于你的信物了。既然是我托付于你收着的,便是我自己的意愿,出了什么事情,也都是我自己的选择了,与你无关的……"

云开压抑着痛苦与凄怆的声音:"我终于懂了,为何你会把玉佩轻易送人;为何从没想过我之前所做的种种;为何你一直对我摇头……"

"我终于懂了,喜娘!你本对我无意,对吧?"

"是我自作多情,是我扰了你的独处!"

****

这玉,这玉,这宛如寓言的玉佩,牵系着云开姻缘之数的玉佩,不是已经由自己送了给张曼瑶,而此时怎会又出现在了云开的腰间?

呵,是了,是了,自己怎么会这么傻。喜娘暗自苦笑,魏远都说过,张曼瑶经历了上次的惊吓之后,回到江南便央告着张阁老提前了婚期,他们……定然是已经……成亲了,夫妻之间自是不用分清你我,于是这块玉佩再次回到云开腰间,又有什么奇怪的呢?……这是自己早已做好心理准备的认知啊,怎地会此时乍见,依然会这般地——心疼?

****

喜娘脸上电光火石之间闪过的惊讶、痛楚、犹豫、挣扎,一点不落地全都映射入了雅丹的眼底。雅丹的心头,如千斤重铅,压得他几乎无法呼吸。

云开甫一现身,雅丹心头便是警铃大作。

他自然认得这个男子,当初正是他亲手将这个男子与喜娘一同从干涸了的牢兰海戈壁救回。是他亲自将这个男子送至城外的云顶山,让巫医医治好他体内的毒。也是他,亲口令所有人瞒住他关于喜娘的一切消息,并且放他一人独回中原……

魏远,虽然与喜娘身负婚约,但是雅丹却并未十分将他放在心上;可是这个男子却是不同,他无法忘记,这个男子离开的那个夜晚,喜娘悲伤得如一片蜷缩起身体的落叶,在浩渺天地中散发着无穷无尽的悲伤……

他,定是喜娘真心爱着的男人。

****

不管他是谁,此刻他是不请自来的"刺客",他是轻易劫走魏远的对手,他是公然挑战他雅丹的敌人……雅丹身上巨大的黑色斗篷,被他身上散发出来的气场鼓起,无风飘摇,像是无限蔓延的漆黑的夜色。

雅丹幽蓝的眸子里满是肃杀,他只轻轻瞥了一眼身边的恩都,恩都便心领神会,向门外大喝一声,"放、箭——"

夜,寂静无声。

无数支黑色的弩箭,也是寂静无声。它们朝向那棵胡杨,疾射而去,温柔得宛如漫天花雨。

云开依然在微笑,那笑如长天朗月。

云开的眼睛依然望着喜娘,那眼神亦如深沉月色。

黑色的箭雨、白色的身影、黄色的胡杨、银色的月光……喜娘不敢眨眼,她深恐,如果眨了眼睛,等到睫毛再次抬起时,这美妙而和谐的景色将被一片血红打破!

忽地——噗噗噗噗噗……疾风骤雨一般的声音连续响起!

喜娘悲声嘶喊,"不要啊——云开——"

****

无数支黑色弩箭,将黄色的胡杨层层团住,全然不见了那片片金黄的叶子,只剩下一个树木形状的巨大的箭靶。

喜娘只觉得天旋地转,巨大的恐惧带走了她心脏中的最后一滴血。好累……喜娘忽然觉得自己的身子像是巨大的铅块,沉沉下坠;眼睛也失去了支撑的力量,只想着好好地睡一觉,逃开眼前所有的一切……

就在喜娘的身子坠落的一瞬间,她错过了眼前神奇的一幕——

只见在层层漆黑的弩箭之间,忽然有无数片金黄的蝴蝶,穿过弩箭之间的缝隙,仿佛被一股巨大的气流催动,忽地漫天纷飞!

仔细地看了,才知道那并不是千万只金色的蝴蝶,而是无数片胡杨的叶子,飘摇曼转,凌空而舞。而这些叶子围起的气场中心,正是一个朗月般清雅无俦的身影,浅浅而笑,气定神闲!

那,不是云开是谁!

忽地,云开袍袖一挥,那些凌空飞舞的金色叶子,骤然汇成一股激流,朝向雅丹所在的方向,电闪而来!

剧变之下,雅丹只得飞身而起,旋起巨大的黑色斗篷,在身周笼起保护的帐幕。却不想,那些疾飞而来的金色叶子,在到达雅丹身前一指之地时,忽地疾势下坠,恢复为普通的叶片,层层落满雅丹脚下的地面。

雅丹不由一愣。

待他回神过来已是迟了。借着雅丹防御叶片的机会,云开腾身而跃,宛如一只白色的大鸟,凌空飞旋,直奔即将倒地的喜娘而来。

抄手,喜娘已在云开怀抱。云开轻拥着喜娘,腾空而起,背后皎洁的圆月,成了他们二人绝美的背景。

看浩渺长空,云开白色锦袍衣袂飘然;喜娘榴红的纱衣更是状如飞天。云开深情的眼睛始终未曾离开喜娘的面庞,仿佛天地万物皆不存在。

只有此时此地。

只有此情此景。

只有此心如月。

只有此情可鉴。

（许多年后，西域依然流传着一个传说，他们说那年的仲秋之夜，西域的上空出现了一对飞天的神仙。他们深情相拥，心中只剩下彼此。他们那神圣的一幕，感动了地面上所有的目击者。于是民间自发地，将仲秋之夜演变成情人聚会的日子，他们相信那一夜互诉衷肠的男女会得到天上仙人的佑护……）

13. 血胆玛瑙，已不是最珍贵的宝物

浩渺夜空，月色长天。

白衣翩翩，红纱纷飞。

片片金色的胡杨叶，如飘然的金色蝴蝶，又似漫天花雨，轻灵绝美。

天上人间，美不胜收。

却，有一道黑色的旋风，突地凌空而起，带着绝望的悲凉，直冲向月色花影之中深情相拥的两人。

黑衣之下，那双紧紧逼视的幽蓝眸子，宛如晴空中的闪电，震碎了这幅绝妙的美景。

雅丹的嗓音饱含着恐惧，他嘶哑着怒吼，"我不去计较你们汉人的图谋，也可以答应你永不与乌孙联手，我甚至不介意你随意进入我的城堡和挑战我的权威——只要，你不要带走她！我的条件，只有一个，就是她！"

云开恍如月光般幽然一笑，"你的条件只是她吗？那么，我宁愿，你要的是我的性命……我已经放开了她太多次，这次就算死，我也不会放开她了……"

****

言语之间，两人已经过了几十个回合。

只是碍于两人中间隔着尚在昏迷中的喜娘，所以双方都是出招极为谨慎。每一个招式都是只堪堪用上不足一成的功力，唯恐伤到了喜娘。

于是，在地面上的人，只能看到两人之间尽管剑拔弩张，互不相让，却只见身影翻飞，却看不出任何胜败的迹象。

两人身形闪电般的闪转腾挪之间，喜娘被一股气流震荡，悠悠醒转过来。

星月在头顶闪耀，金色落叶宛若片片飞花围绕身边飞舞……喜娘一时不知置身何处。

直至——身边肃杀的气场氤氲袭来，才让喜娘意识到雅丹和云开两个人正在激烈缠斗！而自己，还被云开牢牢拥在怀中，让云开只能用一只手臂迎战！

喜娘不由得惊呼:"住手!"

喜娘的话音不高,却足够令云开和雅丹生生定住自己的身形——两人不觉同时惊喜地呼唤:"你醒了?……"

喜娘虚弱地站直身子,望了一眼雅丹幽蓝眸子里翻卷的情感;再回身,淡淡地瞥了一眼云开炙热的眼神,"主人,云公子远来是客。我们怎能这般待客呢?"

一席话说得雅丹云里雾里,幽蓝的眸子里波浪滔滔。却又忽地明了,幽蓝的眸子里燃烧起欣喜的火焰,"你是说,我还是你的主人?你是说,你不会离开?"

喜娘的话让云开的脸颊,倏地惨白,他难以置信地望着喜娘,陌生的神色掺进难言的苦涩。

喜娘望着雅丹,努力撑开淡淡的笑,"主人,喜娘的命是你救的。喜娘如今已是再世为人,前世的种种,喜娘都忘记了。喜娘只知道,喜娘现在是雅丹主人的奴隶,没有雅丹主人的命令,喜娘哪儿都不去……"

云开心碎地大喊,"喜娘!!!你真的忘记了过去的一切,你真的能忘记得了我???——"

背对着云开,喜娘仰高了面颊,深深地吸入西域戈壁间冰冷的空气,努力眨去睫毛上的泪,"云公子言重了。这世上只要你用心去忘记,还会有忘不掉的人和事吗?"

云开怔怔倒退。

喜娘透明一般地对着云开轻笑,"云公子,所有的伤心都是因为不会忘记。喜娘已经忘记了,喜娘希望云公子也能好生忘记。好好地,把握你手里能抓得住的幸福,不要再奢望早已经成为过去的事情了……"

言罢,喜娘轻轻扯住雅丹的衣袖,带着雅丹走回城堡的方向。大约十步之遥,喜娘忽然顿足,却未回头,"魏远的伤很重,你不该让他在这样寒冷的夜里停留在戈壁上,快带他回去疗伤吧。另外,请代我,问二姐姐好……"声音到最后,已然隐隐啜泣。

雅丹的衣袖,传达着喜娘阵阵的轻颤,让雅丹明了,喜娘说这番话的时候,根本没有她语气中的坚强。

就算是在地牢中面对狂怒的自己时,就算是亲眼见到魏远遍体鳞伤的惨状时,就算是被婀旎撕裂了衣衫当着那么多男人的面翩然起舞时,喜娘都没有如此的颤抖。

她,此刻的颤抖,究竟,为何?

****

雅丹轻拥着喜娘,转身而去。

恩都指挥着卫兵,转身而去。

雅丹城堡的每一扇窗子和大门都冷冷地锵然关闭。

就连天空的月,都躲进一朵浮云,不愿再照拂大地。

只剩下,云开,一个人,一袭白衣,呆呆地望向喜娘离去的方向,变成木雕泥塑……

****

三日，微妙地走过。

人们依然看见喜娘守在自己家的窗口，握着笔，在自己保媒的那个簿子上用心地记录着。只是，她会偶尔抬起头来，望向天际飘过的浮云，定定地出神。

雅丹也再没提起过那夜的事情，只是吩咐了尼雅前来陪伴喜娘。雅丹免除了尼雅的奴隶身份，让她以平民的身份成为喜娘的侍女。尼雅自然欢天喜地，本就喜欢喜娘，这下子更是肝脑涂地、全心全意了。

雅丹城邦，乃至整个鄯善，甚至整个西域，却一夜间传遍：苍鹰雅丹有了心爱的女人。

曾经心甘情愿地守在雅丹身边的婀旎，那个来自北国的绝色的女子，一夜之间成了整个西域的笑柄。没有人留意，她是什么时候从雅丹城邦悄然消失的……

夕阳西斜，漫天灿烂红霞，雅丹毫无预警地来到喜娘身后，微眯着眼深深吸入喜娘的发香。喜娘从愕怔中回神，讶然望进雅丹蓝宝石一般明亮的眸子里。

经过这么多时日的相处，喜娘终于了解到藏在雅丹蓝色眸子里的秘密：雅丹的蓝色眸子，其实就像是他的"情绪风向标"，他开心的时候眸子的蓝色就会变淡，他恼怒的时候眸子的蓝色就会变深。

而此刻，他蓝色的眸子，明亮得好像灵光璀璨的蓝宝石……他在由衷地快乐啊。

雅丹难得地还换下了他那件巨大的黑色斗篷，换穿了一件白色的箭袖。白衣的雅丹，配上蓝宝石一般的眸子，加上微微卷曲的头发，还有脸上那阳光般温暖的微笑……喜娘恍惚，仿佛又见到了当日牢兰海戈壁中初见的雅丹，俊美如神祇。

喜娘不由得灿然一笑。这笑容让雅丹的脸上，更加光芒四射！

雅丹献宝一般捧出一串红色的珠链。喜娘记得，这正是当日雅丹要她打孔的那些"血胆玛瑙"。不过喜娘手笨，再加上那夜一直担心着尼雅，所以整盘的血胆玛瑙一个孔都没有打成。

这会儿，血胆玛瑙已经被金色的细链连缀成串，在夕阳的映衬下琉璃般灿然，宛如一颗颗赤红的心，盈盈着深情的诉说。

雅丹温柔地笑，湛蓝的眸子灿着粼粼的波，他轻轻撩起喜娘的发，将那串血胆玛瑙戴在了喜娘颈间。

喜娘知道，玛瑙的价值虽然比不上和田羊脂玉，比不上暹罗的翡翠与蓝宝石，但是这串血胆玛瑙的价值却远远不可估量。一颗血胆玛瑙在中原已是国宝，更何况这是整整的一串血胆玛瑙！这串玛瑙是整个鄯善最为珍贵的宝物，如今，却这般轻易地戴在了自己的颈间……

雅丹仿佛读懂了喜娘眼底的惶惑，他湛蓝的眸子满是微笑，"你，才是我最为珍贵的宝物……"

14. 两国特使,重新揭开劫杀的秘密

雅丹的城堡,最近不知为何,突然地热闹起来,一时间几乎成了鄯善,甚至是整个西域最为热闹的城市。往来的各国商人、手工艺者、寻找政治出路的投机者、采风的文人墨客……形形色色,充斥在雅丹城市的大街小巷。

雅丹城邦上至奴隶主们,下至街市中的商贩,都因为众多异邦人的拥入而赚了一笔,所以大伙儿都是对街上川流不息的异邦人充满了欢迎的热情。

作为一邦之主的雅丹却毫无喜色,幽蓝的眸子望着街市上形形色色的各色人等,看不出情绪上任何的变化,只有恩都等几个贴身的仆人才可以隐隐窥见一丝忧虑。他在忧虑什么?

也正是出于这份忧虑,雅丹送了血胆玛瑙给喜娘那日,便半是认真半是戏谑地将喜娘带回了他的府邸。他说给喜娘的理由是"为了就近保护镇城之宝的血胆玛瑙",只有雅丹自己心里才明白,他这样做是为了保护喜娘,保护喜娘在即将袭来的一场灾难中免受其害……

仲秋一过,西域的冬天就要到了。雅丹仰首看着天空上正由北方飘来的那朵乌云,它将带来鄯善第一场雪。刺骨的寒冷,就要来了……

****

鄯善的第一场雪还没来到,雅丹的府邸却迎来了一个让大家都绝对想不到的来客——云开。仿佛那夜的一切从来未曾发生,云开此来只字不提喜娘,神情之间更是仿佛两人之间从无芥蒂。云开是以中原特使的身份,前来会见雅丹,于是雅丹也投桃报李地大开中门迎接,更是极尽热络地彼此寒暄,真叫个宾主皆欢。

其实,不用云开言明,雅丹也自然知晓他此来的目的。

不是为了喜娘。

更不是为了那夜的失意。

他此时的身份是中原特使,以他本人的修为便断断不会因了儿女情长而干扰了国家的大事。他此来,是代表中原,前来对他雅丹示好,让雅丹知道中原对他的礼遇,使雅丹不至于与乌孙沆瀣一气,合围中原。

即便,不是示好,那也可以借机就近监视于他。一旦雅丹有所异动,中原便可及早做好完全的应对。

恰好,雅丹本无与乌孙携手之意。尽管他雅丹号称"苍鹰雅丹"、"魔鬼雅丹",但是他的凶猛永远只针对来犯的敌人,他自己从无侵略的野心。他只想带着自己的子民,在自己的城市里,好好地过属于自己的日子。这念头,在遇到喜娘之后,变得更加清晰。

喜娘虽然没有说过，但是雅丹知道喜娘一定曾经经历过颠沛流离，雅丹知道喜娘此时最想要的也是一份和平宁静的生活。

于是，雅丹对于"中原特使"的到来，不论这身份之下的人是否是云开，都是真诚的欢迎。

****

雅丹与云开，言谈正欢之际，卫兵来报，"乌孙特使努鲁求见——"

雅丹与云开都是一愣。

恩都等一干下人更是面面相觑，想不通何以雅丹城堡今日竟然能够同时到来两国特使？

****

未见其人，先闻其声，乌孙使者努鲁的身影距离大门还有一丈之地，他的嗓音已经清晰地传进了在场每个人的耳鼓，"哈哈哈哈——雅丹兄弟，别来无恙啊！"

腾腾腾腾，一个青衣的身影大踏步走进了厅堂。此人精瘦，头上并不像汉人般挽髻或戴帽，而是将一绺绺的头发分别编成发辫，然后汇总至头顶，用一根五色丝绦扎束在一起。退在厅堂一边的云开，望着努鲁堆满笑容的脸，脸色不觉一黯！

雅丹也是大笑，"努鲁哥哥，怎的几年不见，如今成了乌孙的特使？如果没有记错，哥哥你应该是月氏的猛将啊！"

"哈哈，"努鲁尴尬一笑，"如今乱世，各投明主，无论是乌孙也好，月氏也罢，都是咱西域的自家人。只要不给汉人当哈腰的奴才，是哪一国的人又有什么重要呢？"努鲁话中带刺，皮笑肉不笑地冷冷瞥向一旁的"中原特使"。

电光火石之间，努鲁与云开两人对视的目光，竟似在厅堂间"噼啪"打过一串火花！

****

努鲁在到达雅丹府邸之前，只是听到下人禀报说中原特使已然先一步抵达雅丹府邸，却并不知道中原特使的真实身份。如今，见到云开，努鲁脸颊上的笑忽地凝结成冰，面色冷凝成了他袍服同样的青色！

云开这张脸，努鲁死都不会忘记！正是他，当日在玉门关外的山谷之中，横剑将自己的孪生弟弟腰斩为了两段！月氏人最最在意的就是"死有完尸"，否则死去的人将无法重新投胎转世，只能作为孤魂野鬼，在戈壁上饥饿地飘荡……

他们当日，受了中原内应的指示，要在半路劫杀赶赴玉门关来重新部署军队的云开和魏远。但是，其实，他们真正的刺杀目标只有一个，那就是趁着在张阁老府中逗留的机会而盗得张阁老私通乌孙证据的魏远！而云开，毕竟是张曼瑶即将婚配的新郎，也是张阁老本人看好的人才，所以特意叮嘱他们不要对云开下手。

怎知，云开竟然横剑腰斩了努鲁的孪生弟弟！什么张阁老，什么上级的命令，努鲁全都顾不得了，他只想一剑杀了云开为弟弟报仇！奇怪的是，却有一个红衣的姑娘，全然不会武功，却丝毫都不怕死地飞扑上来，用自己的后背挡住了努鲁的剑！或许，这是天意，让他死得那么痛快是太便宜他了,于是努鲁劫走喜娘和云开,将他们丢弃在干涸的牢兰海戈壁,想让他们被干渴与风沙一点点地折磨至死……

如今,他却没死,还作为中原特使来到雅丹的城堡。

来意,不言自明,正如同自己此行的目的——争取雅丹,让他成为己方的战略伙伴。

此来之前,乌孙统帅阿噶布冰凌一般森冷的话依然回响在努鲁耳边:"如果雅丹不从,那就杀了他!以免他与中原联手。另外……,你一定要设法拿到……雅丹手里的……操控牢兰海干涸与盈满的秘密……"

****

(牢兰海,即是今日的罗布泊。之所以叫做"泊",正是因为这片戈壁本来曾经是一片水波百里的浩渺水域。20世纪30年代,还有外国记者曾经拍摄到当地居民在罗布泊上打鱼的照片。奇怪的是,罗布泊水仿佛一夜干涸,罗布泊上的居民也一夜消失,没有人知道他们去了哪里。

再往古追溯,神秘的楼兰古国,也是在罗布泊附近消失的。历史学家们说,楼兰古国的消失也正是因为他们赖以生存的水突然干涸。

罗布泊,古代的牢兰海,它的干涸与盈满,必然藏着一个秘密。而我们相信,在某个神秘的民族中,一定有人知晓这个秘密的谜底……

鄯善国,正是许多史学家们认定的楼兰古国的后裔……)

15. 幽深的美梦,映着血光醒来

傍晚,雅丹设宴款待两国来使。

努鲁森冷的眼神一直没有离开过云开。

酒过三巡,菜过五味。努鲁忽地提议,"雅丹兄弟,西域三十六国都在传说,苍鹰雅丹终于找到了心爱的女人。为了这个女人,雅丹兄弟你都能甘愿失去婀旎那般的美人儿。雅丹兄弟,可否让哥哥我一睹那征服了苍鹰的美人儿的风采啊?"

言者无心,听者有意。云开手上端着的琉璃盏一个晃动,险险跌破在脚下。

努鲁青灰色的眼睛,蓦地闪过一缕寒光!

****

喜娘应招,从后堂款款而来。

依然是一袭红衣,乌黑的发编成了鄯善女子的发型,两条粗黑油亮的辫子垂落在胸前。发边上,每一个打结之处,都嵌着一朵白色的小花儿,瓣瓣甜美映衬着喜娘白瓷一般细致幼嫩的脸颊。

喜娘头顶,戴着鄯善女子传统的长型硬顶的小帽,红色的小帽上压金丝绣成一只展翅的凤凰。金凤在厅堂的火把映衬下，宛如浴火而舞，金灿灿活灵活现。

喜娘端庄着面孔，面对众人，看不出丝毫情绪的波动。门外漏进的月光，清辉照在喜娘脸上，更是给喜娘增添了几分圣雅之色。

此刻的喜娘，越发让她颈间悬垂的那挂血胆玛瑙，忽地闪出灵异之光。颗颗玛瑙中心的血胆，诡异地殷红，仿佛一只只嗜血的眼睛，隔着冷冷的空气，幽幽望着玛瑙之外的这个世界。

****

努鲁与云开，尽管都在竭力掩饰，却依然让雅丹留意到他们脸上在看到喜娘的那一刻，愀然变色。

云开的神情，自然在雅丹意料之中。因为雅丹自己，当看到宛如天人一般的喜娘时，自己的心底都不禁微风吹拂水面一般地，悠然一荡。

而努鲁的神情，却是莫测地诡异。

他的眼神贪婪而邪恶，但并不是一个男人对于女人的那种欲念，而是——恶狼见到流着血的黄羊，鹞鹰望见迷了路的白兔……

雅丹心底突地涌起巨大的恐惧。从没有过的恐惧，即便有人拿着刀子架在自己脖子上，都不会有的恐惧！

雅丹淡淡一笑，"我的女人，努鲁哥哥已经看到了。她是我一人的禁脔，舍不得被其他男人多看两眼。从今往后，她是比我雅丹自己的生命更加珍贵的人，如果有人敢对她有哪怕一点点的异念，就一定要先杀了我雅丹才行！"雅丹幽蓝的眸子瞬间化为青黑的玄铁。

喜娘微微颔首，依从雅丹的眼神，姗然离去。

****

雅丹以生命发出的警告，不禁让努鲁眯起了眼睛。

一个汉人女子，何以就让雅丹如此鬼迷心窍？

但是，就算要与雅丹正面为敌，这个女子也是非杀不可的了！

因为——这个女子，努鲁认识，就像认识云开那般地认识。那场嗜血劫杀，那荒凉的牢兰海戈壁，这红衣的女子誓死地保护着云开……那么，虽然不是她杀了自己的弟弟，可是是她阻止了自己杀掉云开报仇的机会——那么，这个红衣女子便如云开一样，是自己不共戴天的仇人！

更何况——这女子胸前悬垂的，正是那串拥有着巨大魔力的血胆玛瑙！

"丹丘之野多鬼血，化为丹石，则玛瑙也"，这串玛瑙，每一颗中都封印了一滴鬼血，拥有了它，也就拥有了召唤戈壁滩上野鬼的力量！

还有——尽管努鲁不敢置信，但是他的确看到了这女子身上宛若熊熊燃烧的一团火焰，映衬着她帽子上的金凤，正如同传说中五百年一次浴火涅槃的火鸟！

西域的传说里，五百年一次重生的凤凰，浴火而舞，带领着戈壁滩上飘荡的幽灵，借着夜晚的月华星光，封印了浩渺千顷的牢兰海之水……若要重见牢兰海之波，必然要再轮回五百年,待火凤重现,重新召集戈壁幽灵,打开牢兰海的封印,那么牢兰海又将荡漾起千顷碧波……

这个红衣的女子,这串血胆玛瑙,终于又出现在乱世之时的西域,难道仅仅是一个巧合?

更加不可原谅的是,这红衣的女子,竟然身为汉人,同时也是雅丹倾心爱慕的女子!难道,人算和天命的天平,都注定要倾向于汉人一边?

不可以,绝对不行! 就算要违抗天意,他努鲁也要凭着自己的力量,搏上一回!

****

当夜,乌孙的统帅阿噶布,便召集了手下功夫最为高强的十三个人,命他们潜入雅丹城邦,劫走拥有血胆玛瑙的红衣喜娘!

那一夜,西域大地出奇地宁静,宛若一个甜美而悠长的梦,每一个人都在这妙不而言的梦境中,拥有了自己最想要的一切。

雅丹、云开与喜娘,虽然各怀心事,却也都不可抗拒地最终坠入了甜美的梦乡。

浩瀚西域,千里月色,漫天花香。

是天山上最为圣洁的雪莲,历经千年,终于在冬天到来之前,尽情绽放了吧……

****

一股苦寒的滋味直冲头顶。

喜娘悠悠睁开了眼睛——

这是哪里啊?

没有山,没有树,没有花草,满眼只有月光下泛着寒光的砾石,没有温度,没有感情。

银色月光下,黯黑大地上,影影绰绰直立着十几个黝黑的身影。没有表情,没有声音,没有动作,仿佛一个个没有生命的黑色木桩,牢牢占据各个方向。

见喜娘醒来,其中为首的黑衣人肃然喝令,"燃烧起你的火焰,炼出玛瑙中的鬼血,召唤来戈壁上的幽灵,解开牢兰海的封印!"

喜娘愣怔地望着黑衣人,浑然不知他所说的到底是什么意思。什么燃烧起我的火焰,什么解开牢兰海的封印?

黑衣人见喜娘朗如夜星的眸子,毫不退让地定定望住他,不由得心下紧张地一颤。

月色已经渐渐西行,东方隐隐露出了鱼肚白,为首的黑衣人忽地焦躁不安。

他一挺手中的长剑,剑尖直指喜娘的咽喉,"快照我说的话去做,否则,我的剑可不懂得怜香惜玉!"

言毕黑衣人的剑尖一伸,划破了喜娘的皮肤,一股鲜血顺着颈项向下滑去。

喜娘痛得屏息。

那股股红的鲜血,一路向下流淌,直至流淌到了悬垂于喜娘胸前的血胆玛瑙。

忽地,一颗被鲜血浸泡了的血胆玛瑙,忽然在月色天光中,泛出艳红的奇异光华! 那光华,向外氤氲蔓延,当那红色的光华与银色月光相接的刹那,忽听噼啪清脆之声响起,喜娘胸前的那颗玛瑙忽地破裂!

破碎玛瑙中的血胆,如一滴妖异夺目的血,凌空而起,飞向戈壁中心一块凸起的岩石,砰的一声,血花四溅……

所有人都被眼前的一幕惊呆了,直到黑衣人发现那块岩石已经被血滴穿破了一个孔洞,有一股巨大的泉水喷涌而起的时候,才惊喜地狂呼!

原来,喜娘的血便是召唤血胆的"火焰",无数血滴飞起之后,便会砸穿封印的岩石,唤醒牢兰海之水!

黑衣人仰天狂笑——中原的军队,数十万精锐之师,驻扎的地方正是牢兰海的下游,他们背面便是千年的雪山,无路可退。一旦牢兰海水波涌起,那么不谙地形的中原军队,便会尽数葬身水底。而乌孙军队,只需乘乱杀入阳关、玉门关,那么西北半壁江山,便如探囊取物了!

成功了,成功了——黑衣人的眼里,闪过豺狼一般碧蓝的光芒!

****

"给这个汉人女子放血!用她的血浸泡血胆玛瑙!快——"黑衣人陛下命令。

在场十几个黑衣的身影,纷纷挺起手中寒芒一般的长剑,剑尖直指身染血光的喜娘!

一场嗜血的屠杀,在晨光即将来临的黑暗中,即将开始……

16. 该如何,幽蓝忆从头?

喜娘被劫走的那个夜晚,雅丹一直在做梦。

奇怪的,寓言一般的梦。

好像,自己多年前曾经亲身经历过;却又好像只是一个莫名而来的梦,并无本来的根据。

梦里,他是一个孩子。一双幽蓝的眸子,恍如吸收了月光精华的蓝色宝石,光华流转。

一位老人,卷曲的头发披散着,长至脚踝。老人闪着一双同样湛蓝的眸子,微笑着,用慈祥的目光凝视着雅丹。

老人用一根光芒奇异的玉杖指着脚下浩渺的水波,说,"红色是太阳的光芒,蓝色是月亮的精魄。它们一动一静,掌握着牢兰海水的丰盈与干涸。"

"红色与蓝色的力量,分别被赋予给了两个人。五百年一个轮回,牢兰海水会一夜间消失无踪,五百年后却又会一夜间重复滔滔。"

"不过,一切还要听从天意。未来的西域,树木枯萎,绿洲缩小,沙砾将覆盖土壤,牢兰海也终有一天会彻底干涸,再无水滴。所以,蓝色的力量,要比红色来得更为强大!"

"即便,红色已经召唤出了牢兰海之水,蓝色依然有力量重新封印,让牢兰海重归往日的宁静……"

****

夜,真的好宁静啊。

空气中隐隐散满花香。

仿似从天山之巅飘来,千年的雪莲,终将绽放。

雅丹的梦境,忽地又是一转。老人早已不见踪影,老人脚下的牢兰海也变成了一片荒凉。

却有一抹红色,在青灰色的戈壁滩上,分外地引人注目。

走近了,那抹红色忽地抬起倔犟的面孔——喜娘如星闪耀的眸子直直望入雅丹的心底。

梦中的雅丹,心上不禁一阵荡漾,他忽地厘清了自己一直以来如堕迷雾的一个疑问——怪不得见到喜娘当日,便不觉陌生,更是从心底认定,她是上天赐给自己的……原来她就是那"红色"！红色与蓝色,是必定要相遇的啊,即便中间要间隔长长的五百年,红色与蓝色依然会彼此邂逅,直至交出自己的真心……

喜娘娇俏的脸颊上满是红晕,一径朝着雅丹柔美而笑,夕阳的红光柔柔笼罩在喜娘身畔,似袅袅燃烧的火焰,又似迎风舞动的红霞,衬得喜娘如传说中至美的火凤,让人甘心捧出自己的虔诚,让人舍不得移开自己的目光……

忽然,喜娘的颈上,汩汩流出了红色的液体。喜娘仍在微笑,眸子依然亮如晨星,可是雅丹的心脏却如被雷击,疼痛难抑。

雅丹不由得探出手指去触摸那红色的液体,放入口中浅尝——腥甜之味直冲头顶——是血！

一股从未有过的恐惧感凌空而起,雅丹一声心碎的嘶吼,蓦地睁开了眼睛——

一室黑暗,月色清幽。

身畔的卫兵不知何时委顿在地。

门外,亦然。就连正走在街上的更夫都莫名地躺到在了街边,手上的姿势分明还正在敲打更锤。

空气中的花香,漫天飘散,雅丹的心底已然有了答案！

果然！

喜娘不在。

云开,亦不在。

那股紧紧捏住心脏一般的恐惧感再度袭来。雅丹凌空跃起,巨大的斗篷卷起漫天的黑幕,宛如躁怒的苍鹰,直冲星月！

****

牢兰海戈壁,玄心石畔。

一道月光般银色的身影,正与十几条黑色身影搏命缠斗着。

战圈之外，一个红色的身影，以一种奇怪的姿势站立着。那红衣身影旁边，一个蒙面的黑衣人，正用寒光闪闪的长剑架在红衣人的颈上。

****

冬天已经来了吗？

如果不是，雅丹怎么会觉得自己这么地冷？仿佛全身的血液都已经凝固成冰，自己握鞭的手指都禁不住冷战连连。

雅丹的目光静静地落在红衣女子的脸颊上。怎么会那么地苍白？那身红衣不但没有让脸色看上去多一点红润，反倒更加映衬得那脸，全无一丝血色。

只有那双眼睛，依然如天上最为闪亮的那颗星，闪着倔犟，闪着坚强，闪着旺盛的生命力！

红色的液体，正从她颈上缓缓滑落，一滴一滴，汇成浅浅的细流，直至没入她那一身红衣之下，再难分辨那身上的衣衫是本来的红色，还是全被血水染红！

雅丹顿觉五脏俱被霍然撕裂！

他一个鹞子翻身，手中的长鞭若有灵气，直直卷向喜娘身边的黑衣人！

灵蛇吐信！

蟒蛇翻身！

飞龙游走！

直捣黄龙！

眨眼间，雅丹手中的长鞭已经使出了二十几个招数，招招致命，丝毫不留任何余地！黑衣人被雅丹长鞭逼退，喜娘虚弱的身子，柔柔地落入了雅丹的臂弯……

雅丹心痛地低喊，"你忍一忍，我马上带你去疗伤。不会有事的，相信我……"

喜娘却颤动着睫毛轻轻地摇头。

雅丹心内大恸，"难道你不愿跟我回去？"

喜娘苍白的嘴唇轻轻地抖着，仿佛有话，却已经无力说出口。雅丹只能顺着喜娘的眼神，望向玄心石的方向——

一股激流正从玄心石中喷射而出！

雅丹顿时明了，原来牢兰海水已然被召唤而出了！

喜娘拼尽全力对雅丹说，"封住它，求你……"

言语之间，又有两颗血胆玛瑙，吸收了喜娘足够的血液，噼啪碎裂，凌空而起！

熟识地形的雅丹自然知道，牢兰海下游驻扎着中原几十万的军队。他们驻地背面即为千年积雪的雪山，一旦牢兰海水滔滔而下，几十万的军队便只能葬身水底！

雅丹抱着喜娘满是鲜血的身子，神色间极为犹豫。

汉人的军队，即便几十万之众，可是又如何能与怀中的喜娘相比呢！

喜娘又怎会不知雅丹的心思，她拼尽身上最后一丝力气，死命地推开雅丹，任自己虚弱的身子直直跌落满是沙砾的地上，"雅丹，快去——"

雅丹不禁惊恸得仰天嘶吼，一把抓住喜娘的身子，凌空抛向鏖战之中的云开，大声呼喝，"保护好她，这里交给我了！"

****

腾空而起的瞬间，雅丹的眼神依然回望着喜娘，在那电光火石之间依然细细地在喜娘的脸颊上流连。

见雅丹腾空飞扑玄心石而去，本来正与云开缠斗的十几个黑衣身影，也都放开云开，腾身阻截雅丹。

一条条黑影横空而来，一道道银色的剑光闪着寒气——雅丹不得不收拾心神迎战，嘴角却是一个轻笑，淡淡对着喜娘的方向，又似对着清风悄悄地说，"五百年后，再见了……"

****

雅丹的长鞭，宛如驾云驭风的游龙，穿梭在黑影剑光之间，几个翻转，便已将几个黑衣人挑落尘埃。

玄心石上，水流更加湍急。

雅丹一声嘶吼，平展了身子，宛如一片巨大的黑色羽毛，凌空朝向玄心石降落。

说也奇怪，这本该是最为凶险的刹那，敏锐如雅丹，自然应该挥鞭自保才是。

你看，玄心石边那几个黑衣人，已然旋风般腾空而起，几把长剑会合指向同一个方向，再不挥鞭，雅丹即便身手再利落，也将难逃几把长剑的合力夹击……

远方，雅丹城堡的方向，已然传来了隐隐的马嘶。定是雅丹的士兵们，从迷香中醒来，调集部队，前来救护雅丹等人。

相反的方向，牟兰海下游，也传来了旌旗猎猎在风中的声响。定是云开信鸽传书已达，中原军队准备派兵来援……

一切的一切，已经向对己方有利的方向倾斜。

所以雅丹只需要稍稍抵抗，争取一点时间，便可以全身而退，甚至一举击溃乌孙的图谋……

可是，雅丹没有。他好像是不知道形势的变化。

他飘飘下落，如风中玄色之羽，面带微笑，望向玄心石蹿起的水柱。

手指，忽然张开，长鞭如腾飞的游龙翻飞而去。

噗噗噗——声音不大，远不如打斗时金属撞击之声，甚至比不上喜娘此时心惊的汩汩心跳。

雅丹隔空淡淡一笑，望着喜娘的方向。身上的血滴，如飞花腾舞。每一朵都湛蓝如深情的碧波，每一朵都反射着月华星光。

雅丹的血，竟然是奇异的蓝色，与他的眸子同样幽蓝的颜色！

****

蓝色的血花飞溅入玄心石，那喷涌起水柱的孔洞，竟如皮肤上的伤口般，渐渐愈合。

水柱缩为水滴,水滴渐至无踪……

雅丹被数把长剑洞穿的身体,终于轻轻覆盖住了玄心石望向黑衣人的方向,朗声而笑,"你们只知道牢兰海水可以淹没下游的中原军队,却不知道牢兰海本是游移之水,只要操控得当,便可以改换方向么?"

言毕,雅丹扯开自己胸前的衣襟,用手撕裂胸口洞穿的伤口,将整个身体,整个流血的胸膛,全然地覆盖在了玄心石之上!

只见一股诡异的蓝色精光闪过,玄心石竟然点点在雅丹的血中溶化。玄心石下封印住的河口突地改换了喷涌的方向,轰然而出的水,如奔腾的战马,浩浩荡荡直奔西北方而去——而那里,正是乌孙之国!

黑衣人各个惊叫如寒夜的黑鸦,撇下场中的一切,闪电一般疾射而去——

云开抱着急痛之下口中喷出血来的喜娘,冲到河口!——已经来不及了,巨大奔腾的水柱,卷住早已失血过多的雅丹,螺旋而下。洪流滔滔,纵是云开几番腾挪,都无法靠近一丝一点……

****

水波之中,雅丹早已放弃任何挣扎,他用最后一丝力量,隔着浩渺水波,幽蓝的眸子定定凝望着喜娘,宛若呓语,"这次五百年的相见,我们相处的时间太短暂了。都怪你,总是躲着我,总是不了解我的心意。下一次,下一个五百年,你可不许再淘气了,乖乖地守在我身边,心里再也不许藏着别的男人了……"

那幽蓝的,如月光下潋滟湖水的眸子,终于,终于,淹入水波,滔滔而去。

远方,启明星升起。

黎明已经到来。

只是这世界,还会是从前的模样吗?

(西域卷,完。)

六
长　安

1. 满城金甲芙蓉冷

长安。

九月。

菊花肆意盛放，满城金甲，更衬得这都城处处金碧辉煌。

芙蓉(汉唐时指荷花)仍未凋残，贪恋着它最后的芳华，拼尽全力摇曳出一城的荷香。

廓城之中，皇城以南，有一片形状奇特的房屋。

与中原传统的建筑格致不同，这一片房屋多为圆顶，有些房屋的墙壁上还粘贴有或蓝色、或白色的瓷质砖片。

这里往来的人，也多是高鼻、凹目、白肤、鬈发。

不知道的人，会以为走错了时空，这里似乎不该是中原京城的长安，而应该是西域、波斯或者大食(国名,今伊拉克附近)的某一个城市。

　　这里,是朝廷体恤远来胡商而专门设置的"番坊",专供往来中原的异族客商、官员、学者居住。

　　番坊间,最常见的是形形色色的"波斯邸",来自西域、波斯的商人们在此经营珠宝、香料、药材生意。

　　**********

　　却有一家店铺,乍看之下,瞧不出端倪。

　　红色的外墙,红色的门廊。门廊上高高悬着两盏大红的宫灯,宫灯里红色的蜡烛摇曳着红色的光。

　　没有门。只悬着一幅红色的轻纱,夜风徐来、宫灯摇曳之际,轻纱曼舞,引人遐思无限。

　　时而,会有一个异族模样的女子出门迎客。那女子梳着油光水滑的两条大辫子,头上戴着一顶硬质高帽,褐色的眼睛在长长的睫毛下忽闪着琥珀色的光。

　　初来番坊的中原客人会想当然地认定这里或许是一家勾栏院,里面定有异族的女子在此欢笑笙歌。可是驻足听了,连他自己都有点拿不定主意了,因为红色房子之内丝毫没有丝竹之声,更没有放浪的笑语喧哗。

　　问了番坊间的异族商人才会知道,这家店铺的名字叫"喜嫁",是专门为中原人与胡商间牵系姻缘的铺子。

　　此时,正是中原国力大张、风俗开化之际,尤其因为皇家曾与鲜卑族通婚,得以染得胡貌、胡俗,于是胡人来到中原也得到了中原的"国民化"待遇,不但可以通婚、久居,甚至可以参与科考,更有许多的胡人谋得了官位。

　　由此,胡人与中原人之间的婚配,便成了百姓日常生活中毫不奇怪的事情。胡人多仰慕中原人的温柔婉约,中原人则倾心胡人的俊美高大,一段段浪漫的故事,随时可能发生在街市间、学堂里、庙宇中……

　　但是,问题也出现了,毕竟胡汉之间,生活习惯有所差异。胡人想与汉人联姻,往往找不到合适的人来说媒。好在,半月前番坊里来了一位红衣的姑娘,她一声不响地开起了这间名为"喜嫁"的铺子,为坊间许多对彼此有情的胡汉男女,结下了姻缘。

　　于是,这铺子和她的主人,渐渐在番坊之间,树立起了自己良好的口碑和威信。

　　**********

　　不用说,这家"喜嫁"铺子的主人,自然是喜娘。而那个出门迎客的异族姑娘,便是当日被雅丹派至喜娘身边作为侍女的尼雅。

　　**********

　　月上中天,尼雅送走最后一位客人,返身回来,毫不意外地看到喜娘又仰头呆呆地看着天上的月亮出神。她小小的身子,红衣层叠,却依然无法掩饰,她颊上纸一般的苍白。尼雅幽幽叹息,自从回到中原以来,喜娘夜夜不得好睡,总是这般呆呆望着月色,孤寂、苍白得让人心疼……

知道自己劝也无用，尼雅径自走入后堂，为喜娘端了一杯温热的奶茶，用坚持的眼神看着喜娘饮了大半杯，直到看到喜娘苍白的脸颊上浮现两朵温暖的红晕，望着自己羞赧地笑，尼雅方才满意地离去。

尼雅知道，喜娘的确有太多的心事需要仔细梳理，她只有自己解开心结，旁人只能默默地等待。

这段时间，的确是发生了太多的事啊……

为了喜娘，为了中原，雅丹不惜牺牲自己，改换了牢兰海水的方向，终结了乌孙的反叛图谋，保得了中原的盛世平安。

张阁老与乌孙联手的图谋，也被魏远以实证揭发。张阁老本人被凌迟处死，张家九族均被流放东北蛮荒。

张曼瑶本已被朝廷判定与张阁老同日斩首，但在云开与魏远两位功臣的苦苦哀求之下改判。死罪可免，活罪难逃，堂堂名动江南的一代才女被卖入奴籍，让天下无数男子扼腕叹息。

喜娘自己，因为除了张阁老、张曼瑶、云开与魏远之外，无人知晓是张阁老的女儿，而逃过了劫难。

同时，朝廷也已知晓，此次西北战事之所以能够胜利平息，都是多亏了雅丹的牺牲；而雅丹牺牲自己的原因，一大部分都是缘自对于喜娘的珍爱。于是朝廷将喜娘作为功臣，准备大加封赏。

可是，喜娘却在朝廷封赏的前夜，给朝廷留书一封，言明自己推辞之意后，悄然离开。

朝廷、云开、魏远都曾多方寻找，他们只道喜娘已经远遁天涯，却没想到她只是独自来到了京城一隅的番坊，开了一间小小的铺子。

****

仰望长天朗月，喜娘缩紧身骨，借以抵御心底那蚀骨的寒凉。

宫廷的封赏、万民的传诵、云开与魏远的爱情……这一切，都是那么明晃晃的幸福，曾经就在自己手边。

可是，她又怎能向着那些所谓的幸福，伸开自己的手指？

雅丹那渐渐淹没于波涛的眸子，幽蓝的、沁满了悲伤与不舍的眸子，一直一直隔着幽深的梦境，仿若缥缈的轻纱，幽幽地凝望。

张曼瑶，那个贵如天女般的姐姐，用她还是小姑娘的臂膀，紧紧地抱着自己，"不管他认不认你，我都是你的姐姐，我都会拼尽全力保护你！"

那个，生了自己的男人，虽然从来没叫过一声父亲，可是毕竟身上流着他的血。而他，被凌迟处死，当他的身体破碎成三百六十多个碎片的时候，喜娘听得见自己身体里的血脉也轰然崩裂……

还有，那日牢兰海水滔天而起之时，乌孙国中数不清的百姓、士兵、牛马、帐房全都顷刻间葬身水底……

这一切，这一切死亡和悲凉，多多少少，多多少少都与自己牵绊着干系。

"我不杀伯仁，伯仁因我而死"，抛开政治，抛却野心，这毕竟是世间最最珍贵的生命啊……

这样的自己，如何能有资格，忘记过往的一切，而去享受人间的幸福？

喜娘垂首凝望身上层叠的红衣，宛如看见一摊摊流淌的鲜血，蜿蜒、氤氲、漫延。

2. 月色溶溶幽梦深

云开，更是喜娘心头不敢碰的伤。

喜娘不知道，云开怎么会是这样一个无情无义的人。

虽然心底明白，云开的心始终牵绊在自己身上，但是他毕竟已经与张曼瑶成亲了呀！远在西域，魏远被雅丹俘获那夜，就已经听得魏远说，张曼瑶躲过了戈壁滩上那场嗜血的劫杀之后，便要求张阁老提前了婚期，已然成亲了呀！

虽然，张阁老逆谋被揭发的当日，张曼瑶被判定与张家众人共同赴斩的时刻，云开的确挺身而出为张曼瑶向朝廷求情。但是，当张曼瑶死罪免除，被卖入奴籍之后，云开竟然好好地待在长安城中，丝毫没有去寻找张曼瑶下落的意思！

纵然……纵然云开此番西域归来，对待自己，更加爱如珍宝。亲自调理饮食，亲自照顾起居，几乎是寸步不离地守着自己伤愈复元。他眼中浓到化不开的深情，他稍事离去时写满脸颊的不舍，都明明白白地告诉喜娘，这个昂藏伟岸的男子，对于自己，情根深种。

可是，曼瑶呢，那个苦命的姐姐，她何尝不是对云开痴心一片？

如果是喜娘自己倒也罢了，毕竟从小在市井间长大，早知道如何照顾自己，如何赚得生计；可是那曾经是金枝玉叶的曼瑶，如今骤然被卖入奴籍，未来那沉重而黑暗的生活，该如何一天一天熬过？这样的时候，她最需要的正是云开的爱和保护！

可是云开，竟然能够为了其他的女子（尽管这个女子正是喜娘自己）而丝毫不去探寻曼瑶的下落，喜娘如何能够权当不知一般地享受云开的爱情？

这本来是属于曼瑶的爱情！

这本来是属于曼瑶的幸福！

她不能，不能忘恩负义，不能偷走属于姐姐的一切！

于是，自当离开……

****

喜娘仰首，深深吸入夜色中的空气，已然带了丝丝的寒凉。

虽然不似西域戈壁间的朔风冷冽，却依然可以幽幽地直穿心底，胸膛间鼓荡着薄薄的凉。

月，又要圆了呢。看见这皓白的月，总是会勾起喜娘的许多往事。

浩浩长天，朗月如玉。喜娘微微眯起眼睛，那月便幻化了形状，变成一条驭云而行的游龙，气势氤氲，光华流转。那块玉正好般配那个如玉的男子啊……喜娘缓缓阖上睫毛，眼前便看到了那个长身玉立的男子，一身素锦织就的袍，在如盘的明月背景中，衣袂翩然。他多情的眸子，深深望来，随着他的视线，漫天白色花雨，飘飘洒洒……

不是不爱，只是怕这爱太过自私；

怎能不想，只是这想只能埋在心底。

这段情，今生，或许真的，注定无缘……

****

"嘭嘭嘭——"一阵急促的敲门声，打碎了喜娘悠然如月的心事。

喜娘的铺子是没有大门的，只有一幅红色的轻纱，取的是一个吉祥的意愿：姻缘本无门第，有情自成眷属。可以说，喜娘的铺子，是为天下所有有情之人永远敞开。

此时被重重敲响的，是喜娘和尼雅所居住的后院的大门。毕竟是两个弱质女子独居，适当的自我保护也是必不可少的。

喜娘不由得皱眉，这样晚了，又是直接来敲私宅的大门，这客人要么是确有急事，要么就是专横跋扈惯了的。

尼雅一边打着哈欠，一边来应门。本想好生劝阻了客人，请他们明日再来拜访的；不想刚刚打开门闩，几个身手利索的男子已经跃入门来。

尼雅惊讶得刚想放声高呼，便被一男子闪电一般地蒙住了嘴巴！

喜娘一惊，言语之间却依然冷静淡定，"不知各位此来为何？如果图财，这院落里本来也没有什么值钱的东西，各位尽可拣选拿走便是。"

黑衣人却不耐烦，"少啰唆，跟我们走，我家主人要见你！"言毕，扯住喜娘的胳膊，塞入门口停着的一顶软轿。一行人借着夜色，如一阵黑色的疾风，顷刻间便消失在了街巷深处……

****

也不知过了多久，当软轿停下，喜娘从黑衣人挑开的轿帘向外望去，才知道自己来到了一户大宅院的角门。

夜色幽深，看不清整处宅院的外观，只隐隐借着黑衣人挑起的一柄灯笼，望见角门周围的一片视野。虽然是小小的一片，依然感觉红墙碧瓦，斗檐层叠。这座宅院的雄浑之势，远非曾在扬州所见的宅院可比；就连张阁老曾经的府邸，都无法与之相提并论。

这，究竟是到了哪里？

进得门来，长廊回转，画栋雕梁，越走越让喜娘心生忐忑。直到来到了一间书房样式的房间之前。听得室内一个中年的嗓音传来，柔柔的，却不怒自威，"来了就进来吧。"

黑衣人施礼离开，喜娘一个人蹑手蹑脚地向内走去。

好多的书,好特别的摆件,好漂亮的房子……喜娘一路暗自感叹,从门前到书案短短的十几米竟然走成了漫漫长路。

直到,喜娘的眼睛下一秒蓦地望入一个中年男子含笑的眸子里,喜娘方才羞红了脸颊,款款福身施礼。

中年男子却一径静静地微笑,"如果没看够,再多看看也无妨。这么深的夜里把你惊扰来,就算是对你小小的补偿吧。"

不知为何,男子的话让喜娘本来惴惴的心,暖暖地一宽,"小女不敢。不知大人深夜招小女前来,有何吩咐?"并不知道该如何称呼这中年男子,只是从这宅院与书房的规模,以及男子的雍容气度揣度,这男子非富即贵,所以称呼"大人"也算是恰当的了。

中年男子有小小的走神,喜娘的话将他游走的心思拽了回来,"听说,你在番坊开了一间铺子,专门为中原人与胡人保定姻缘?"

喜娘点头,眼睛里闪着亮晶晶的问号。

中年男子微笑,"不用好奇,这一遭不是烦劳你保媒的。只是想来,你该颇为通晓西域人的心思,于是请你来当个听客,听我唠唠叨叨说一些陈年的往事。可能也只有你,才能听得懂我的话,听得懂她的心思吧……今天,是她的生辰,我实在想找个人说说话,可是他们都听不懂,于是才请了你来……"

喜娘明白,这世间太多太多的人,习惯把自己最在意、最珍惜的人和事,深深、深深地埋在自己心底,从来不拿出来与人分享。或是因为没有机缘,或是因为事关隐私。可是一旦埋藏得太久了,那份对于那人那事的追忆,便会化为噬骨的思念,不停咬啮着自己的心。于是,总会在一个适当的时间和地点,找一个完全不相干的人,说将出来,才能给自己的心一个疗伤的空间,好以后继续背负着那段往事,踽踽独行……

在中年男子的示意下,喜娘坐下来,捧一盏青如碧玉、薄如纸张的茶盏,静静地听到了一个关于爱情的故事。

故事里有一个青年男子,偶然在朋友府中见到一位来自西域的女子。她的姣美令他倾倒,她的机智令他赞赏,她的舞姿更是让他心醉神迷……

不知道讲了多久,喜娘只记得朦胧中听见那男子温厚的嗓音,"呵呵,都睡着了还抓住这茶盏不放么?既然这般喜欢,就带回去吧……"

醒来,已然在自己的房间里,天光早已大亮。

唯一属于昨夜记忆的,是手里的茶盏。青如碧玉,薄如纸张,隔着望向金色的阳光,竟似透明,更有琉璃之光氤氲闪耀……

该是,南柯一梦吧?

3. 何处得觅伊人影？

长安街市，人声如沸。

与喜娘生于斯长于斯的扬州，大有不同。

就如扬州的绿杨青柳一般，扬州的景色永远是淡淡的、精致的，行走于扬州景色中的各色人物也都是柔和婉约的。

长安则处处浓墨重彩。菊花如金，泼洒洒铺满了整座都城；就连那芙蓉，也都把那片绯红开得风情万种，肥美丰腴。

长安的女子，都是以崇尚西域为美，衣装、发饰、妆容全都带有浓重的胡貌，浓烈激滟得仿佛敦煌千佛洞中那一幅幅极尽鲜艳奢华的飞天壁画。

街市间行走的女子们，几乎个个高高梳起发髻，上面或是簪着大朵的牡丹，或是插满耀眼的金钗。她们布料轻盈的襦衣上，或穿着榴红滚金的半臂(一种半袖的外衣，里长外短倒很像是如今的混搭，嘿嘿)，或缠绕着翩飞的披帛(缠在胳膊上用以装饰的长带状布料，仙女的形象上常戴的那种啦~~)，宽大的襦裙高高地系在胸前，上面都刺绣满了各式艳丽的纹饰。

街市上的各色吃食也多是来自西域。洒满芝麻的胡饼，香气诱人；各式各样的毕罗(一种胡饼，面粉做皮，里面有馅儿)，有蟹黄毕罗、羊肾毕罗、猪肉毕罗等，让人们不由得食指大动。更为勾引人们口水的，是铺子里冒着腾腾热气的"羌煮貊炙"(简单地说就是如今的涮羊肉和烤全羊之类的涮烤类食品)，食客们吃得热火朝天，全然不顾了所谓的斯文形象，纷纷撸胳膊挽袖子，吃的那叫一个爽！

穿梭于酒店食肆中的胡姬们，闪着湛蓝或碧绿的眸子，婀娜的腰肢款摆生姿，神秘的笑容写满致命的诱惑，惹得街市间的男人们频频回首，笑声连连。

****

头戴帷帽(一种在帽子檐上垂下轻纱，可以遮盖住面貌不被人看到的帽子)行走于街市的喜娘，"水土不服"地发现，自己一不小心又成为了长安城中的一个异类。

在扬州时，自己之所以成为异类，是因了自己层层叠叠的红衣和浓墨重彩的妆容，与周围淡如水墨的精致和婉约的女子们显得格格不入；而此时在长安，个个女子身上都是光艳灿然，个个女子的脸上都是五色俱全。而且，长安的女子更是大方地裸露出自己的手臂，甚至是颈下的一片眩白肌肤，反倒头戴帷帽的喜娘，显得那般低调保守得扎眼了。

喜娘淡淡地笑，难道自己真的不该属于那婉约的江南，而合该属于这华丽的长安……或者，应该说，属于那西域的风俗？

****

喜娘正垂首思忖间，前方忽地起了一阵喧哗。人们都向前拥挤着去看热闹，喜娘也被人群裹挟着向前拥去。

原来是一个白衣的男子，努力地躲过摩肩接踵的人群，想要接近前方的一个女子。窈窕淑女，君子好逑，这在风俗开化的长安，早已经是官府民间默许的事情了。人们于是想看看，到底是什么样的女子，能够在街市间一瞥之下便吸引了这般出色的男子前去追寻。

好奇的人们从不同的方向，向男子涌来。本来只需绕开几个行人便能捉住女子手臂的，可是倏忽间就又被不断涌来的人流推远了距离。白衣男子不禁懊恼，忽地旋身凌空而起，如一根洁白的羽毛，轻巧飘飞于碧蓝的天际。金色的阳光轻巧地为他白色的身影勾勒出了灿然的轮廓，更衬得白衣男子俊逸飘然。

喜娘只能看到那男子的背影，但她仍能断定这个男子一定相貌不凡。她的职业本能也不断鼓噪着催促她，快点去看看这一对璧人是否相衬，如果的确是有情之人，自己好早早帮助他们缔结良缘……

****

说时迟那时快，男子腾入碧空，忽地一个回旋，身子已经倒转下来，如一只白色的大鸟，直直飞向他追寻的那个女子，眨眼间依然握住了女子的手臂！

人群中"哗——"发出一阵惊叹。既是惊叹男子快如闪电的身法，又是高兴男子终于握住了女子。人们都乐见其成，看来一段浪漫的爱情故事就要展开了呢！

在大家期盼的注视中，女子缓缓地转过身来，首先映入人们眼帘的是她绯红得宛如她身上一袭红衣的脸颊。女子盈盈一双妙目如秋水微波，闪着欣喜与羞涩望向捉住自己手臂的白衣男子——

那一刻，长安寂静。这世间果然有君子如玉，白衣的他在极尽奢华的长安众人当中，宛如光华独放的绝世美玉，盈满朗月一般内敛却又不可忽视的精芒。

女子的脸更是羞红，她心里默默感谢上苍，居然遇到这样优秀的男子，并且还是他主动递来青丝……

男子却被电到一般突然扔开了女子的手臂。他燃烧着思念与欣喜的眼神也瞬间熄灭。他摇摇头，一声不响地转身离开，空留下那个女子不知所措地愣在了当场。

****

男子转身，正好面向喜娘的方向。隔着青色的纱幕，喜娘一眼就看到了他的面容——云开……

这个世间，除了云开，还会有哪一个男子，能够拥有这般如玉的光华？

喜娘心底不禁一阵热浪翻腾。幸好此刻自己没有如往日般穿着一身的红衣，并且戴着挡住面容的帷帽，否则自己该如何面对云开，如何再能继续躲开？

云开脚步沉重地迎面而来，在经过喜娘身边的刹那，宛若心有灵犀，忽然停下脚步！

喜娘紧张得全身的骨骼都紧缩了起来，心脏更是早已跳到了喉咙。她隔着纱幕偷偷望着云开探寻的目光，不敢动、不敢说话、不敢呼吸。

良久，仿佛一辈子那么长，云开或许是发觉自己这般于街市上窥视头戴帷帽的女子颇为不妥，这才不甘地移开自己的眼神。

喜娘僵硬着步子，仿若不相干的路人一般，努力维持自己原有的身形和步伐，一步一步，从云开身边走开……

脊背上，恍惚还留有云开直直射来的灼热的眼神，喜娘紧紧捏住裙摆的手指也早已骨节苍白。既然是注定的无缘，就算有情，也会这般地擦肩而过吧……

****

街市里不明就里的人群中渐渐生出了议论，议论声嗡嗡如蚊蝇直刺云开的耳鼓，"这男人是怎么了？看上去那么英俊飘逸，身法又是不凡，怎的犯了花痴之症啊？拉住一个姑娘还不够，再去盯着别个姑娘看个不停……真真可惜啊！"

闻言，云开不禁悚然变色。刚才那一刻，他浑然忘记了自己的身份，忘记了这里是都城长安繁闹的街市，忘了街市间摩肩接踵的万千行人。只瞥见一袭红衣，便如扑火的飞蛾，纵身寻去！

是啊，怎么可能是她呢？

她既然是有意离去，又怎么可能出现在这长安的街市之中？

他该去扬州，该去西域，该去她曾经走过的每一个地方去找寻。

没有了那抹红色，他的身体仿佛流干了血液，他的生命一片苍白！

就算天涯海角，哪怕一生一世，他都一定要找到她！

4. 画角西楼翦翦风

为了逃开心碎的思念，也为了逃开云开灼热眼光的追索，喜娘急匆匆远离了繁闹的街市，在皇城门前拐入了街边的一条窄巷。

小巷清幽，与之前街市间的繁闹恍如两个世界。小巷两边的各个宅院，各自门扉紧锁，只从那墙上一角，筛出一抹花之殷红，或飘散一茎幽香。难怪久居长安数十载的阿比列克老爹说，这里隐居着的人，都是胸有大学识的能人，只不过不喜政治纷扰，于是拣了这幽静的小巷，关起门扉小楼一统了。

喜娘在一家黑漆大门前停下脚步，郑重地将一封阿布列克老爹帮她写就的拜帖递与前来应门的小厮模样的人。小厮前去禀报，喜娘不由得心底惴惴地捏紧了手里由一方绢帕包裹起来的物件儿。那物件儿骨性十足的手感，让喜娘的神色一再怔忡。

跟随着小厮的指引，喜娘穿过植满花草的重重院落，来到一座四周垂着青丝竹帘的凉亭中。九月的长安，已然见了秋凉，可是此间宅院的主人，依然跣着双足，只穿一件过夏时的轻薄袍子，躺在一张高脚的胡床上面，枕着一卷书，呼呼睡得正香，微微开合的口中隐隐传来轻轻的鼾声。

　　将喜娘带来凉亭,小厮便转身离开了。偌大个院落中,除了喜娘与熟睡的主人,再无旁人。

　　喜娘尴尬地站在亭中,顿感手足无措。

　　去叫醒他?显然不妥。进门是客,总要客随主便。更何况,自己此来乃是有事相求,对于人家已然是叨扰了,怎可孟浪地搅人清梦呢?

　　可是——就这样站着么?就算此时的长安,风俗开化,但是自己毕竟是云英未嫁的姑娘家,这般地与男子同处一座无人的凉亭,再加上他又是衣冠不整,这无论如何也是于礼不合的呢……

　　喜娘怔忡,再次下意识地用手指捏一捏绢帕之中骨骼清奇的物件儿。忽地——灵光乍现,一抹轻笑点亮了喜娘清丽的面庞。

　　一阵微风吹来,盈盈吹动凉亭外荷塘中开得极尽激滟的芙蓉,那些芙蓉如同绯红着面颊的舞女,随风起舞,惹动缕缕花香。当芙蓉的香气随着清风吹入凉亭的刹那,喜娘也带着甜美的笑缓缓出声,"先生不必如此辛苦了。此番秋日美景,闭紧了眼睛不去欣赏,难道先生心中不觉遗憾吗?更何况,空自闭紧了双目,还要压抑眼睑的些微跳动,这看似简单,实则比扛夫的劳作还要辛苦。小女子不过是烦劳先生看一个物件儿,以先生学识,想必三言两语就可让小女子茅塞顿开,欣然离去;又何苦先生要如此佯作身入半死之境呢?"

　　如果这主人真的已然酣睡,那么先前那个小厮又是如何通传的呢?倘若不知主人亲自发话,小厮怎敢轻易引她进来?想来——该是这隐居惯了的人,不喜再受凡尘俗事的叨挠了吧……

　　喜娘的话,柔柔的,就仿如那吹入凉亭的带着荷香的微风,可是却让躺在胡床上的人不觉惊起了一身鸡皮疙瘩。

　　那主人想来无趣,索性睁大了眼睛,翻身坐了起来,边收拾身上的衣带,边朗声嚷嚷,"是啊是啊,真的累死我了。谁知道,装个睡要这么辛苦哪?不但眼皮酸痛得不行,还要被个伶牙俐齿的小丫头你讽刺我'半死不活'的啦!"

　　没想到此间的主人竟然是如此性情爽朗之人,喜娘也觉得自己刚刚的确言语有过,也红着脸颊,羞赧地笑了。

　　待那主人终于啰啰唆唆地收拾完了自己的衣带,穿上了麻鞋,正姿坐好,喜娘才发现此人其实比想象中要年轻许多,不但不是花甲老人,甚至那保养得宜的皮肤看上去就仿佛二十岁上下一般!如果不是事先听阿布列克老爹说过此人已经年过半百,否则喜娘真的会以为自己找错了人呢!

　　那主人闪着一双孩童般顽皮的眼睛,大刺刺伸出白胖的手来,"拿来吧丫头,让我看看你到底带了个什么玩意儿来!"

　　喜娘忙将手中的绢帕包儿送上前去。那主人一打开绢帕,第一眼望到那物件儿,便愣在了当场……

****

喜娘巴巴地拿来询问的物件儿，正是当日那个青如碧玉，薄如纸张的茶盏。不知为何，那夜的奇遇总是一再出现在喜娘的心头，那个中年男子讲述的爱情故事也总是让喜娘挥之不去。

他到底是谁？那段故事后来怎么样了？唯一的线索只剩下这茶盏，于是喜娘拜托番坊内经营珠宝古董生意的阿布列克老爹帮助参详。可是阿布列克老爹毕竟来自西域，他更擅长的是辨识珠宝，对于中原的瓷器倒是知之不多了。于是阿布列克老爹给喜娘推荐了这间宅院的主人，只说但凡天下之事，无此人不知的。

那主人再抬头望向喜娘的时候，闪着孩童般顽皮的眼神里已经更换为了郑重之色，"阿布列克那个老家伙在拜帖里说的是真的？这真的只是一个前去找你缔结姻缘的、普通客人落在你那里的？"

因为那夜的经历太多奇异，喜娘又怕自己一时说不清楚，索性告诉阿布列克老爹，这是一位普通客人前来保媒时，遗落在自己那里的。因为忘记了询问客人的身份，所以要想将这茶盏的来头查清，好将茶盏归还主人。

虽然只是一件瓷器茶盏，即便对于瓷器茫然无知的喜娘也知道，它的胎、它的釉、它身上隐隐断裂的纹理，它优雅完美的身形，定然不是普通民家的用品，说不定它是一件价值不菲的宝物呢。

听得那主人有此一问，喜娘知道自己的掩饰在这位大方之家的眼里，显得过于幼稚和孟浪了。于是清盘托出那夜的奇遇，只是隐晦了那段爱情故事没有讲出。

那主人听了，便是一皱眉，"按说，以你的身份和职业，是断断不可能见到这个人的啊……这该是什么样的机缘，才能发生这样的事情呢？"说完，便是仰头望向长空，呆呆不语，像是陷入了深刻的思考中。

喜娘一急，一双小手禁不住扯住那主人宽大的衣袖轻轻摇动。

喜娘不经意流露出的小女孩的可爱让那主人回过神来，暖暖一笑，"告诉你也是不打紧的，但是只恐让你胡思乱想了去。既然你想知道，那你要保证，只听我告诉你的，别再跟我追问，也别再四处打听。就当这事情从来没有发生过，你还是好好地过你自己的日子。"

喜娘郑重地点头。

那主人悠然一叹，"这茶盏的确身价不菲。除了这胎、这釉、这纹理、这工艺，更为关键的是它出身之处。它该是来自官窑。官窑烧制的瓷器绝非普通百姓能够见识和使用，它们都是专为皇家烧制，每一件都是皇室的禁脔。曾有一两件流落民间，早已价值连城，是所有喜好收藏之人梦寐以求的物件儿。"

什么？官窑？皇家？喜娘定定瞪着那主人的脸发呆，这老人家是不是又在拿自己消遣呢啊？

主人的话却依然还没说完，老人用手指轻轻地搓着那茶盏的釉面，"而这个颜色，据说是当今万岁爷最为喜爱的颜色，除了万岁爷自己，天下再无第二个人使得……"

5. 夜枭声动寒欺骨

捧着青瓷茶盏出得门来，喜娘怔忡回望。同样的朱漆大门，同样的应门小厮，同样的深街幽巷，一进一出不过半个时辰的光景，可是整个世界，怎么仿似全然地不同了呢？

谁会想到，如此一个小小的茶盏，竟然惹出惊天的干系。儒家先哲崇尚"大同世界"，说这世界上任何两个人之间都会由于一个因缘而彼此联系。只是，就算想破了头，喜娘也绝对不敢想象，借由这小小的茶盏，与自己牵上联系的那个人，竟然是——皇上……

这世上，任何的事情，都不会来得全无缘由；不知道，此番与皇上的不期而遇，会给自己的未来，带来何样的变数？

带着头重脚轻一般的恍惚，喜娘缓缓走出了深巷。

她都没有回头望望。

如果她回了头，一定会发现背后的异动。一双狼一般贪婪碧蓝的眼睛一直盯着她的背影。而当应门的小厮送了喜娘出门，刚想回身关上大门的当儿，一双黧黑而嶙峋的手蓦地扼住了小厮的喉咙！

****

是夜，月色清淡，一弯下弦月浮于天际，摇摇荡荡着仿佛天河中一只莹白的船儿。

喜娘托着腮，披衣坐在院落里，仰望那弯下弦月，呆呆出神。

她不禁又望到了西域戈壁，望到了月光下一个黑衣的身影，端坐在浅金色的汗血宝马上，远远地守护着她，不去打扰她的忧伤……他以为她不知道他的存在，其实她早已知道他的到来。她悲伤得蜷缩成一片秋日的落叶，却在心痛得弯下腰去的瞬间，远远地瞥见他幽蓝的眸子里，被月之银辉荡漾成潋滟一片的浓情……雅丹，那个说着与她五百年后再见的男子，此时此刻，是否在天国，用他那幽蓝的眸子，深情地凝望着她？

西域，大漠，月华如银。喜娘的思绪又被扯得更加遥远。

那是一棵黄叶满天的胡杨树吗？还是，也该是同样这般一弯下弦之月？总之，喜娘这会子就是望见了这弯下弦之月上，坐着一个锦袍如玉的男子。他的背靠着下弦月翘起的一边，一条腿弯着踏着下弦月的下弧之处，另一条腿悠闲地垂落下来。他的目光深邃而辽远，望向更广阔的苍穹。他悠然地吹响羌笛，苍茫戈壁鼓起猎猎的风，没有惊动飞沙走石，却让闻者之心若悲又若喜。隐隐约约，下弦月之银色光华，化作瓣瓣白玉般的白色莲花，随着羌笛的旋律，在浩渺长空间飘然起舞，柔柔环护起他的身子，让他整个人看起来莹如美玉，飘逸若仙。恍惚间，那男子投来深情的凝望，似柔柔的诉说，是魂牵梦萦的思念，直直嵌入喜娘的心魂，再难拔除……

此情何计得消除？才下眉头，却上心头！

明明知道，这是自己臆想出来的世界，怎地会这般地真实？真实得，宛如嗅到了那瓣瓣莲花惹起的清香，就好像天山上最为圣洁的雪莲，纵然等待了千年，终于盛情绽放……

那夜的西域，也是这般的雪莲清香啊……

眼睑沉沉，喜娘软软地坠入了梦乡。浑然不见天幕中撒下一张黑色的大网，无声而又坚韧，环绕起喜娘小小的身子，在下弦月的隐隐光华中，向天空的方向上升。这一切，屋子里睡着的尼雅，丝毫不觉……

****

咳咳咳——

一股似有甜香，又浓烈呛人的烟尘冲入口鼻，喜娘剧烈地咳嗽着睁开了眼睛——

这是哪里？

黑，只有地上燃起的一堆火照亮周围五步之内的一小段范围。该是松木，松香燃烧后滴入火焰，才会挥发出那般甜香的气味；而松树的松油经过燃烧而挥发出了浓重的烟尘，才会呛醒了喜娘。本来，喜娘还应该再昏迷几个时辰的，以她丝毫没有武功根基的身子，受这般剂量的迷香，至少要昏迷十二个时辰以上。

察觉喜娘醒来，火堆另一侧一个青衣的身影倏然将眼光狠狠地投射了过来。隔着火光，那眸子简直就是来自于狼，孤独的、残忍的、饥饿的狼！被这样的眼光盯住，喜娘的身子不禁一个寒战。

那声音嘶哑着说，"既然提前醒了，我们就也不必刻意瞒你了。你现在已经没有了当初在西域时候能够召唤牢兰海水的神秘力量，所以你只是我们手里的一个诱饵。只要你乖乖地配合，我们不会杀你，你对我们毫无价值，我们想要的，是那个人……"说话者，正是当日以乌孙使者的身份前往鄯善拜望雅丹的努鲁！没想到被牢兰海水滔滔淹没的乌孙，竟然让努鲁得以逃脱！

松木燃烧的浓烟呛得喜娘几乎说不出话来，"你们用我，想要诱捕的，到底是谁？"

"哈哈，哈哈，哈哈——"努鲁不禁仰天狞笑，"你这不是明知故问嘛！我乌孙的仇人，除了已死的雅丹，还有谁？能够为了你而不顾自己性命前来的，还有谁？"虽然努鲁实际上是月氏人士，乌孙不过是他的一个政治赌注，但是侵吞中原半壁江山的图谋功败垂成，他自己苦苦经营了十几年的野心便也一夜间化为泡影，所以他的心中怎么可能不熊熊燃烧起同样的仇恨火焰呢！

一股寒意沿着喜娘的脊梁丝丝爬上，喜娘咬着牙关一字一顿地问，"你、们、说、的，难、道、是、云、开？"

努鲁又是一阵仰天狂笑，"哈哈哈哈哈，他还应该感激我帮他找到了你的下落呢！茫茫中原，他撒下多少人马去找你啊，谁能想到你竟然就躲在京城的番坊，躲在他的眼皮子底下呢！"

喜娘不禁悚然变色，"你们怎么知道我的下落的？"

努鲁碧色的眼睛眨着寒光，"这个世界上，只要你做了的事，就总会有人知道的，不是吗？云开他是被情迷了心窍，才会看不清眼前的世界；而我，则是清明的旁观者，想要找你，自然易如反掌！"

"而且，"努鲁不觉自得地狞笑，"我们知道的事情，又何止此一桩！就连你那青瓷杯子的秘密，也早已在我们掌握之中！"

"而你，"努鲁又是狞笑，"你就不想知道，为什么你会掌握有能让牢兰海水盈满的秘密，为什么你当日在西域会自然而然听得懂我们的语言么？"

叮——心上，宛如落下一枚闪着光华的铜钱，敲击在喜娘心头，宛如敲醒冥冥中的一段记忆……却又朦朦胧胧地，看不清楚。

是啊，为什么我在西域，从来没有被语言交流困住过呢？这个问题如果不是努鲁此时问出，喜娘自己根本都未察觉！

"还有，"忽然一个柔媚的女人声线插入话题，"还有你都不想知道，为什么当日在雅丹面前与我比试舞技之时，本不会跳舞的你，怎么会赢得了我呢！"火堆后的阴影里，又转出了另一个人，白色的肌肤赛过冰雪，长长的金色鬈发漫过膝弯，猫咪一般慵懒的眸子碧绿若翡翠……这，不正是当日悄然消失了的北国女子——婀旎！

****

他们，怎么会聚合在一起？

他们，来到长安究竟是为了什么？

他们，到底在谋划着一个什么样的阴谋？

……

不知方向的远处，忽地扑棱棱响起翅膀拍动的声音，紧接着几声夜枭的鸣声传来，森冷、寒凉，让人毛骨耸立……

6. 鸳帐飞红心智蒙

迷迷蒙蒙中，也不知过了多久，喜娘睁开酸涩又沉重的眼帘，才蓦地惊觉自己此时置身的又已经不是上次的那个所在了。只是，依然是一片视野混沌不明的昏暗。

没有浓重的烟尘味儿，却依然有甜香气息直扑鼻翼，隐隐地远处传来阵阵丝竹的奏响，还有放浪的笑声。

口中，被塞入了巾帕，满满地禁锢住口腔，说不出话来。

手腕和脚踝上，依然被粗粗的绳子层层地绑缚住。

喜娘尝试着挣扎了一下，却动不得分毫；努力喊叫，也只是呜呜的闷声。

这，是哪里？

云开他还好吗？

喜娘暗暗祈祷上苍，千万不要让云开陷入危险，千万不要让云开为了救自己而甘愿涉险……自己这条命，已经足矣，从来就没抱有任何的奢望，自然也不会有偷生的恋恋。如果，能够归去，便能够见到母亲，见到雅丹，这于喜娘而言，也该是一种幸福了呢……

****

忽然，隐隐听得扑通声响，仿佛一个巨大的包袱被重重地摔落在地。

紧接着，又有几声裂帛一般的声音凌空而来，眼前豁然开朗——

这是一间布置精美的房间。大致有三进，每一进之间都悬垂有绿色丝绒镶嵌金色流苏的幔帐。地上是绣着大朵金色花朵的红色地毯，厚厚的地毯把人们的脚步声不费吹灰之力地淹没。

墙上，也挂满了各式的画卷——却又不是水墨山水，而是跟地上一样的羊毛挂毯！挂毯上是摆首弄姿的各色美女，或浅鬓低笑，或风情万种，随姿态各异，但是那写满眼角眉梢的刻意诱惑却是明烛煌煌。

房间一角，有一座雕刻成祥云瑞兽形状的纯金的香炉。一股奇异的香气，化身袅袅香烟，从香炉中逶迤升腾。嗅得久了，喜娘忽觉胸臆烦闷，仿佛总有隐隐的小兽，在冲荡着想要破门而出！

空气里，除了那奇异的香气，还袅袅回荡着胡笛暧昧的音调，让人不由得想起西域那来自天竺的耍蛇人，吹动胡笛，便惹得竹篓里的毒蛇，随着节奏曼妙地起舞。致命的毒蛇，却以那般曼妙得不可思议的身姿起舞，这种感觉那般地奇异地矛盾着又和谐着，让人体会到一种致命的诱惑力。明知有毒，却依然要定睛观看；明知毒蛇随时可能扑来，却依然舍不得转身而去……不由得，喜娘忽地想起了婀旎，那个美得让所有男人心跳，却又闪烁着碧绿的眸子声言要将自己和云开引入死径的女子，不正像一条曼妙而舞的毒蛇吗？

仿佛为了验证喜娘的思绪，房间尽头，将最后一条丝绒窗帘扯开，放阳光进来，而后款摆着腰肢走到喜娘身前的女子，不是婀旎是谁！

****

"哈哈哈哈，委屈你了，不过你不用着急，好戏马上就要上演了……"婀旎绝美的面容泛起微微的红润，仿佛三月的桃花，艳得晃了人的眼睛。只是她碧绿的眸子，依然冷得没有温度。

顺着婀旎的眼神望去，房间尽头，拉着从屋顶直垂而下的红色纱帐的床铺里，隐隐传来了几声破碎的闷哼。那声音很轻，却如一记重锤砸在了喜娘的心头！

喜娘猛然甩头，她不相信云开真的已经落入了努鲁和婀旎的手中！凭云开的智慧和武功，努鲁和婀旎怎么可能抓得住他？

看见喜娘满脸的不可置信，婀旎笑得更加妩媚而又张狂，"哈哈哈哈，这个世上啊，不论多么聪明的人，总归难以逃过一个情字去。关心则乱心神，乱了心神就如同夜晚飞行的鸟儿，只知道乱飞乱撞。喜娘，有你在我们手里，捉住云开，你以为还可能会是什么困难的事情吗？"

急怒的泪，从喜娘眸子里滚滚而落。她无法叫出声音，所以她只能呜咽着，想尽量近一点地去看看云开，看看他是否安好。

****

咯吱——门声响起。青衣的努鲁，阔步走入。

他没管喜娘，首先走到香炉边上看了看，再走到床帐处看了看昏睡的云开。努鲁青黑的脸颊挂上了满意的笑容，他闪着狼一般阴狠的眼神，对婀旎说，"哼哼，看来你们北国这'意乱情迷香'还真的好用啊！他现在早就满脸通红了，估计半个时辰不到就会受不了地醒来了……"

意乱情迷香？喜娘脑中警铃大作，她瞪着愤怒又不解的眼睛逼视着婀旎。

婀旎继续逗弄着老鼠的猫儿一般地媚笑着，"别急，我会告诉你的。'意乱情迷'啊，是产自我们北国的一种迷香，对普通人无害，只是一般的薰香。可是，对于那些情根深种，又久久得不到纾解的人来说，就有点小小的麻烦啦……尤其，如果这个人武功高强，又总想刻意运功来抵抗迷香的话嘛，哈哈，那这香就更会植入四肢百骸，想逃都逃不掉啦……"

说着，婀旎又摆动着腰肢，将一截线香投入香炉里，仿佛心醉一般地故意凑近香炉，深深吸入香炉中袅袅的香气，"自发作起，若十二个时辰内不解，那受了迷的人，便会一寸一寸地从血脉深处溃烂掉，直到——化为一摊血水，在这个世界上无声无息地消融掉……"

惊恸如一个个惊雷，接连不断地在喜娘耳边炸响。喜娘的眼前时而涌起浓重的乌云，时而却又有金色的星光流窜而过……

婀旎满意地享受着喜娘面上的痛楚，"放心，我不会让他死的。这么俊俏的男子，我哪儿舍得他那么早地就死了呢！"婀旎说着，脸上忽然泛起寒霜，"当日，你在我眼前抢走雅丹的心；今天，我也要让你尝尝眼睁睁看着爱人被抢走的滋味儿！"

****

言语间，红色床帐一阵抖动，床中的云开似乎醒来，只是神志反倒似乎跌入了更加深幽的梦境里。他的脸颊奇异地绯红，像是喝醉了酒，又像是满脸害羞。他用手指刨着自己的胸口，想借此扯开胸衣，释放身体内突然飙升而起的热度。他的喉结上下滚动，嘴唇不停地翕张，仿佛一个久困沙漠中的人，渴望着甘霖的滋润。

仿佛，身体内关着凶猛的兽，云开的动作越来越大，他终于霍地坐起身来，睁开了眼睛——怎么会那么陌生，怎么会那般可怖？这不是云开的眼睛，这是潜藏于他身体里的那头野兽！

云开沙哑着嗓音，喃喃地叫着，"给我，我要；给我呀，我要啊……"

7. 春波碧草合欢处

就在此时,窗外,或者就是近在身边的隔壁,忽地传来一阵木头吱嘎吱嘎扶摇的声音。接着,一阵奇异的呻吟声,带着说不出的韵律和魅惑,传入喜娘一干人的耳鼓。

那声音越来越激昂,那叫声也越来越露骨,仿佛极致的痛苦,却又有极致的享乐……

听到那声音,床帐中的云开再也按捺不住,他猛然跃起,扯开自己身上素锦的白袍,将整副昂藏的身躯裸露在众人眼前!

喜娘惊喘着慌忙压低眼帘,努鲁和婀旎则笑得更加得意,"呵呵呵呵,受不了了吧?别着急,一会儿才更带劲儿!"

****

急痛的哭泣,让奔涌的泪水涌上喉咙,被塞住口腔的喜娘,突地剧烈咳嗽!但是因为口中的那方丝帕死死地阻住了空气的流通,喜娘剧烈的咳嗽几乎让她窒息!

婀旎与努鲁快速地交换了一下眼神后,伸手扯出了喜娘口里的丝帕,"你死了,会破坏我们的计划。再说,让你出声也无妨。要知道这里是什么地方,你就算喊破了嗓子也不会有人来管的,人们反而会期待你喊得更大声才高兴!"

终于可以说话的喜娘马上问,"这到底是哪里?"

婀旎与努鲁相继大笑,"别告诉我当了这么多时日的喜娘的你,都听不懂隔壁传来的声音。男女之欢、床笫乐事,这般地销魂蚀骨,其中的滋味儿你该不会没有尝过吧……"婀旎说着,凌空抛给困兽犹斗的云开一个香吻,灵活的舌看似不经意地滑过润泽的唇,引得云开再度嘶吼,几欲飞身扑来,却被努鲁死死地定住了身子。

喜娘不放弃地追问,"告诉我,这到底是哪里?"

婀旎迷蒙着碧绿的眸子,无辜地笑,"这里啊,醉红院咯!长安最负盛名的风月场,达官贵人最爱的销金窟啊……"

****

醉、红、院!喜娘不觉大惊,"你们为什么把我们带来这里!你们就不怕官府前来拿你吗?"

婀旎闪着碧绿的眸子,佯作惊怕,"可是,可是人家,本来就在这里啊。不带你们来这里,我还能带你们去哪儿呢?"婀旎的眼神忽地一转,深沉如茂密的丛林,步步杀机,"官府,来这里的没有官府,只有男人。哪个男人进得醉红院,眼睛还顾得上拿人呢,他们恨不得多长几个眼睛好看遍这里的姑娘呢,哪儿还有心思去思考和警觉?偌大个长安,还有哪里会比这儿更安全?"

喜娘不禁重重扼腕,最后的一丝希望,在婀旎丝丝入扣的分析中,化为泡影。除了他们自己，没人会来搭救他们。不，其实更准确地说不是他们二人，云开已经失去了反抗的能力，只能靠她喜娘一人来谋划逃脱了！

****

云开沙哑的嘶吼再次传来，此番更掺杂了绝望与野蛮，甚至还有一丝丝痛苦的哀求，"给我，我要！给我啊，我要啊……"

喜娘破碎地望着那个曾经温润如玉的男子，如今闪着红色的眸光，赤裸了身体，身上紧凑的肌肉块块纠结，仿佛正在遭受着极大的痛苦！喜娘痛得无法呼吸……

望着满脸得意的婀旎，喜娘泪意盈盈，"婀旎，求你，他到底怎么了，他到底在要什么？求求你，给他，求求你，不要再让他痛苦了……"

婀旎不可置信般地侧目定定望向喜娘，"呵呵呵呵，你真的确定你想让我给他？你都不问问他要的是什么，你就这般轻易地让我给他？"

喜娘重重点头，"是的，求求你给他。无论他要的是什么。如果那个东西很贵重，我愿意用我的生命来交换！如果，你们嫌我这条命不值钱，那么我甘愿给你们当奴隶，当牛做马，用我余生的劳作去换取！"

婀旎的眼中也不觉一震！她幽深的眸子不觉放柔，"女人啊，都是这般傻。为了一个男人可以舍得下自己的一切。只是，那些男人还未必领情……"说着，婀旎款摆着腰肢走向云开，用自己纤若春葱的手指，缓缓从云开胸前裸露的肌肤上滑过，云开立时一阵战栗，面上的表情满是享用……

婀旎回身来望着喜娘，神色又恢复了猫儿一般的慵懒和妩媚，"看到了吗？他要的是女人！他需要女人身体与他纠缠，他需要深深地埋入女人的身体里释放热量……这么英俊的男人，这么有力的身躯，一定会让女人快乐得飞上天堂！"

****

婀旎究竟在说些什么？

她为什么说云开需要的是女人？

她为什么说云开需要女人的身体与他纠缠？

他为什么需要深深地埋入女人的身体里释放热量？

喜娘的眸子里不禁涌起水雾，望着婀旎和努鲁那得意又别有意味的神色，仿佛便隔了浩渺的水波，迷蒙得仿若梦境。如果，此时真的是梦境，该有多好……

如果，只有女人的身体，才能够解救此时陷入魔障的云开；如果，这样能够让云开恢复神志，那么就算自己心中是被钢针一下一下穿凿着的疼痛，那又有什么呢？云开的性命，该是这个天地间，最为重要的东西。

看着喜娘脸上流走的游疑之色，婀旎与努鲁再次目光交换，"怎么，舍不得了？那就只好看着他眼睁睁地化成血水好了。"

喜娘霍地抬起脸孔，窗外投射进来的金色的阳光，映照在她苍白的脸颊上，忽地泛起神圣的光，"只要能救他。婀旎，请你，给他……"

婀旎满意地长笑，手指在云开口颊边逡巡，惹得云开想用口捉住婀旎的纤纤手指，喉咙里滚过干哑的嘶吼。

****

婀旎像哄着一个小孩子般地将云开扶正在床沿上，正对着云开，随着胡笛魅惑的旋律，款摆腰肢。极慢极慢地，婀旎将身上的衣裳一点点地挑起、扯开、欲语还羞、犹抱琵琶，然后缓缓坠地。若一片碧绿的叶，又恍然一个碧色的梦。就连同为女子的喜娘，都不禁呆了眼神。

婀旎重新扯下零落的床帐，透明的红色纱帐将云开与婀旎包围其中，无尽绮丽，无限春光。已经衣衫尽褪了的婀旎，回头再次看了一眼喜娘脸颊上绝望的苍白，闪着碧绿的眸子笑着，抬腿坐上云开的身体，双腿紧紧环住了云开坚实有力的腰际！

两个绝美的裸裎身体，一袭透明的红色纱帐，鼻翼间意乱情迷的点点薰香，空气中蚀骨销魂的胡笛旋律……

****

仿佛桃花开处，绯红起舞，艳色无边，满眼的红粉，无边的春情。

仿佛秋水深处，微波荡漾，涟漪阵阵，望不尽的缱绻，舍不下的缠绵！

……

只是，作为看客，怎会全然体会不到一丝一毫的快乐，反倒如堕冰窟，恨不得自己马上死掉呢？

这个世上，真的有比死更加痛苦的事情吗？

8. 艳阳破空情已非

千钧一发之际！

忽听得窗外凌空有人说话。那声音并不重，却暖，暖得像江南三月的春日阳光，耀得人心底懒洋洋的。这声音本来听的人心里那叫一个舒服，就像躺在温软的沙滩上晒太阳，让你心里舒坦得能放得下一切的防备。可是这温如暖阳的声音，说出来的话，却是带着冷冷的寒芒，"你们只知道这世间能为喜娘赴汤蹈火、不顾性命而来的，只有云开一人吗？所以，你们便更不知晓我们中原的一句话了吧：螳螂捕蝉，黄雀在后啊！"

话音未落，已然有一人轻轻拨开纸窗，从窗外那棵参天的树上，跃入了房中。

房中各人均是一怔。婀旎也出于自保，放开了几乎得手的云开。

魏远却一丝心思都没留给努鲁和婀旎，他们警觉之下拉开的架势，魏远压根儿就没放在心上。

仿佛房中全无一物，他只是望定了喜娘，眼角眉梢挂满暖暖的笑意。此时已是长安秋日的九月,可此刻偌大个房中便仿似阳春三月、艳阳暖人。

喜娘不由得落下泪来,"魏远,你的身子是否全然康复?"

来人,正是那个艳如夏花的男子,魏远。

****

魏远暖暖而笑,眼底却因喜娘的问话而笼上了淡淡轻雾,"是啊,我的身子早就完全好了的。多亏了皇上恩赐千年雪莲,我这身子骨不但毫无妨碍,甚至比当日还要硬朗百倍!只是,我的心,依然有一块大大的伤疤,一直淌着血,在见到你之前,已经无药可救……"

喜娘泪盈于睫,她想起当日在西域之时,因张阁老派出的军队乔装商旅放走了雅丹城邦所有的牲畜,烧光了雅丹城邦赖以过冬的粮食储备。被蒙蔽的雅丹邪恶如魔鬼,将魏远关在地牢里,伤到体无完肤……喜娘一直对魏远心存歉疚。如果当日魏远不是为了前去西域寻找她的音讯,那么也不会落入了张阁老借刀杀人的陷阱,而成了雅丹的仇人!

还有,再往前推,那时甫入西域之境,遭到张阁老买通的乌孙高手的嗜血劫杀时,自己的一颗心始终悬在云开身上,都差点忘记了,乌孙真正劫杀的目标是魏远,魏远事实上承受的压力和危险比云开还要大……

那么,再往前呢,再往前便会想起他们的初识。自己为了躲避云开,为了成全姐姐张曼瑶的心愿,便草率地应诺了魏远的感情,成了他定了婚约的未婚妻子。而即便婚约已定,自己的心却从来没有停留在这个俊美的男子身上过,她依然还是偷偷注视着云开,留心云开的一举一动。这一切,相信聪明如魏远,又怎么逃得过他的眼光呢?可是魏远却从未计较,依然把满心的珍爱与信任送到自己手上……

这个艳如夏花的男子,贵为朝廷的震远将军,这世间的女子,哪个不是任凭魏远拣选?自己一个在市井间以保媒为生的普通女子,现在又因了张阁老的缘故成了罪臣之女,有什么资格能够视魏远的真情为常物,毫不珍惜,不懂感恩呢?如今,自己哪里还有资格承受魏远那深情的凝望,哪里还有颜面接受魏远"不顾性命而来"的言论呢?

喜娘挂着满脸的泪,不敢迎向魏远,只能摇头,再摇头。

目睹此情此景,魏远的眸子里,仿若艳阳般明媚的眸子里,亮晶晶地闪着破碎。

****

努鲁趁着魏远分神之际,已然将自己的武器——两只玄铁铸就的利爪戴了手上,只待魏远走向喜娘,将后背的空当露出,便将突袭而上!

可是魏远身后却像长了眼睛,尽管自己的心已经被喜娘的摇首而乱成一团,却依然没有放松对于敌人的警觉。努鲁那边厢的动静,早已在魏远的控制之中。

魏远依然并未正视努鲁,只偏过脸颊,淡淡地说,"既然我是螳螂之后的黄雀,那么我自然早已经把你们之前发生的事看在了眼里。既然我此刻现身,便已经是做好了十足的准备。你信不信,只要你那两只爪子往上动一个指头,就立时会有万支弩箭把你射成刺猬?!"

魏远的声音笑眯眯、懒洋洋的，就像是朋友之间的插科打诨，全然不像是在发出一个关乎生命的警告。

****

努鲁那两只青黑色的眸子，愤恨地瞪住魏远，却终于没敢尝试着抬起他的两只玄铁利爪。最后只能颓败地卸下利爪，撒在地上，做出缴械投降的姿势。

魏远满意地微笑，依然没有正眼看向努鲁。他知道此刻的努鲁，已经失去了任何反抗的力量。

只有婀旎，那依然在床帐之中光裸着身子的、丝毫不会武功的婀旎，瞥见了努鲁青灰色的眸子里闪过的一丝眼神——婀旎忽然将自己颈间悬垂的一个小小香包拽落下来，拼尽全力抛向喜娘！

该怎么来形容那一刻的场景——刚刚还在昏沉中的云开，忽然嗅到了那个香包从鼻前划过的气息，忽然像一只饥饿的狼一样，腾身而起，扑向那个香包飞去的方向——那个香包恰好落入了喜娘的怀中！

是闪电吗？可是此时的天空分明是万里无云。可是，怎么会有一道闪电从床帐中弹射而出，香包落入怀中的同时，喜娘已经被那道闪电腾空捞起，再以同样的速度从魏远打开的窗棂间疾射而出！

****

到底发生了什么？就连魏远和窗外埋伏下的弓箭手都没能看清。等他们回过神来，房间内已经找不见了云开与喜娘的身影。

魏远惊怒地转身，正望见努鲁与婀旎之间交换的叵测眼神！

虽然知道云开带走喜娘，也算是解了此番的危机了。但是努鲁与婀旎之间那个神秘的眼神，却让魏远心底不禁窜起一股莫名的凉意……

难道，这一切都只是一个表面的局，而更大的阴谋和危机便在随后到来？

9. 清风幽谷，芙蓉摇红，醉相拥

不知道飞奔了有多远，也不知道走了有多久。只知道，当云开停下脚步，将自己放下来时，喜娘才发现，月早已经直挂中天。

虽是一弯如眉之月，却依然能够看清，他们二人此时置身的地方，早已经不是长安城中。这是一处宁谧的幽谷，有潺潺的水静静地流，水上一枝枝摇曳的粉红芙蓉如含羞带怯的女子，嫣然凝立于水波中央。

两旁的山壁上，开着不知名的小花儿，不算惊艳，却有着奇异的幽香。更妙的是，每当有微风吹过，那些五颜六色的小小花朵，便投身风中，旋舞成虹霓一般绚丽的花瓣雨，缤纷杂娜，让这一方小小山谷顷刻间变成了人间仙境一般。

地上，松软而温暖。是山壁上的树木，多年来落下的叶子层层集聚起来，被微风吹干，被阳光晒暖，淡淡的黄色，仿佛带着太阳的味道。

喜娘仔细地侧耳听着，除了淡淡的微风从幽谷间穿过，除了不知名的虫儿在月色下清亮地鸣叫，再无人声，就连那些常常与人为伴的猫儿狗儿的鸣叫都无一声。显然，已经距离长安远了。

远离人烟，只见天光水色，只闻秋虫呢喃，喜娘的心忽地宁静，仿佛之前所有那些的惊心动魄，都只是噩梦一场。

悠然天地，仅有彼此二人，喜娘只觉自己的心与云开靠得很近。她不由得放下心底的矜持，偷偷地望着云开。

****

云开此时，情况已经比之前好了许多，只是面颊依然有灼热的红，呼吸依然浊重。他飞身而出的刹那勉强抓在身上的那件素袍，松松地挂在他昂藏的身躯之上。因了居高不下的体温，胸前的衣襟凌乱地散开，露出起伏的胸膛上光洁的皮肤。

拥着喜娘一路飞奔而来，清凉的空气摩擦着云开的身体，让他的神志回转了不少。当他带着喜娘来到幽谷之后，便努力地压抑着自己身体中腾腾燃烧着的火焰，尽力不去看喜娘，尽力压抑想将喜娘拥入怀中的欲念。

天人交战，云开不知道自己究竟能够坚持多久。面对自己心爱的姑娘，这个总是千方百计逃开自己的人儿，如今终于近在身边，云开心底怎能不痴爱成狂！

扬州——西域——长安，每一个地方，每一次，都曾近在咫尺，却都是一眨眼便失去了她的踪迹，看不清了她的心。终于西域战事平定，终于张曼瑶也早已经婚嫁他人，本以为自己终于能够拥有她，可是却没想到她竟然能一夜之间逃得无影无踪！

迢迢天涯，漫漫长路，云开寻找喜娘的身影印满了大江南北，却杳无音信。正待他几乎要发疯的时候，忽然传来喜娘的讯息，却是命在危难，落入了西域的仇敌之手！

不知道老天是不是特地派这个丫头来折磨自己的，只知道每一次跟她在一起，都会让自己遭受一次肝胆俱裂……

终于，远离了那些人间是非；终于暂时逃开了所有性命的担忧。悠然天地，只有彼此相依相伴，云开如何还能压抑自己心底熔岩般奔涌的爱，如何还能再让喜娘轻易逃开？

当喜娘那不经意的眼神，如芙蓉花儿一般带着粉红的羞怯飘来，云开再也无法控制自己，他飞身而起，素白的衣摆在风中旋飞如轻盈的羽毛，不容喜娘抗拒地紧紧环住了喜娘小小的身子！

****

很热啊……

喜娘感受着自己身体里奇异的灼热，仿佛漫流入四肢百骸的熔岩，快要将自己每一块骨头、每一根神经融化成水。云开灼热的唇更促使喜娘皮肤的温度一路上扬，喜娘只觉云开那灼热而湿润的唇贴着自己的肌肤一寸一寸地移动着,那唇下的自己的肌肤也在一寸一寸地燃起火花,一寸一寸地烧成熊熊的火。恍惚之间,自己仿佛化身为一只鸟儿,一只披了满身火红与金色交织的羽毛,欢快地在升腾的火焰中欢叫的鸟儿!她爱上了这种灼热,爱上了这份燃烧的感觉。她的自制力被这火焰一点点烧光,她现在已经在不知不觉中紧紧贴住了同样灼热的云开,柔柔扭动着身子,让两个身体之间缓缓地摩擦,擦出更多的火焰,绽放更加美丽的火花!

可是,又很冷啊……

随着云开用牙齿将喜娘身上的衣衫一寸一寸地褪掉,灼热的皮肤乍遇清凉的空气,喜娘不由得微微轻颤!还有,身体里涌起的一股无名的快感,从身体不知名的某处电光一般窜至头顶、手指、脚尖,一股一股,让喜娘不由得一阵阵激灵的轻颤,喉中也被轻颤震荡出了柔柔的吟哦……

喜娘那生涩又纯真的反应,让云开更加疯狂如饥饿的猛兽!他只想把自己的爱毫无保留地告诉给她听,他只想完完全全地拥有她,让整个天地见证他的爱,让日月星光都记住他们的真情!

当喜娘身上最后一件红色的小衣跌落,她玉白的身子便投入了落叶的怀抱,软软、暖暖,身上有微微的风,带来绚丽飞舞的花瓣儿,如五彩花雨柔柔地向她幼滑的肌肤飘落……云开却不许,他在花雨落下的前一秒钟抢先而来,用自己强壮而温暖的胸膛柔柔地覆住了喜娘的肌肤……那份奇异的熨帖与触感,让二人无法自制地同时轻吟出声。他们就像是两半分割而开的玉佩,终于找到了彼此,终于两相嵌合!

云开的汗一滴一滴从额角滑落,在喜娘幼嫩的肌肤上飞溅起小小的水花;云开浊重的呼吸,热热地喷在喜娘脸颊。喜娘羞涩至极地闭住了眼睛,她知道此时此刻云开已经不可能抽身而退,她除了绽放自己迎接他的加入,已经再无逃脱的可能。

云开却停住了,呼吸声表达着异常的痛苦,他沙哑着呢喃,"喜,我要你听完两件事:第一,刚才,我虽然碰了那个女人的身子,但是却没有成真,而且我在迷乱之中一直只把她当成了你……"

喜娘羞得不敢睁眼,咬着唇瓣低低地说:"我知道,何况你是因了救我才受了迷药……"

云开又是一声压抑不住的闷哼,身子再度向前递进,"还有,我一直没来得及告诉你的是,张曼瑶成亲的对象并不是我,而是一路上救了她又殷勤照顾了她的马夫……"

喜娘忽然惊讶得张大了嘴巴,刚想仔细询问,却已经被云开剥夺了询问的资格——云开猛地挺身,同时侵入了她张开的嘴和身体……

山无棱。

天地合。

乃敢与君绝……

****

混混沌沌，奔来此生，原来都只是为了与你相遇；

千辛万苦，委曲求全，其实都只是掩藏对你的爱；

问世间，情为何物，抛却一切，只因红尘有你；

看人间，花开花落，万般缱绻，都在此刻相拥……

10. 天赐恩宠，皇命指婚，却迟疑

就在云开与喜娘终于在飞花山谷拥有了彼此的那夜，就在魏远带领众多弓箭手围住了醉红院的那时，婀旎所居的房中忽地飞出了一只鹞鹰，在众多埋伏好的弓箭手眼前扑棱棱几个翻飞便没了踪影。

埋伏好的弓箭手纵然人多，却没有一人知道该如何应对这只突然破窗而出的鹞鹰。

魏远只是说，对破窗而出的人杀无赦；却没说，要对一只鹞鹰生擒抑或格杀勿论。

一只鹞鹰而已，或许不必那般紧张吧？

即便看到鹞鹰的足踝上绑缚着一卷纸张，看上去颇像中原的信鸽，但是此时的努鲁与婀旎早已是束手就擒的人犯，纵然那只鹞鹰传递出去什么信息，又有什么打紧呢？

弓箭手们的心思还没有转完，鹞鹰早已经飞得不见了踪影。

没人想到，鹞鹰此去，那是一个无人猜想得到的去处，那是一条金碧辉煌的路线……

****

长安。京城。城中又有城，共有三重。

最外是廓城，向北是皇城，再向北则是宫城了。

廓城是一干子民居住的地方，三教九流、店铺市集大多集中于此。

皇城则集中了三省六部大小的衙门，还有各色京官的府邸，以及供外来使节、进京述职的地方官员居住的官驿等。

宫城，则是皇上以及众多的嫔妃居住的地方了。大明、未央、掖庭、长生，这些著名的宫殿，在长安民众口中演绎着绚丽而又神秘的传奇。

鹞鹰飞抵的地方正是长安最北的宫城。

未央宫，恰是夜未央，通明灯烛之中，一黄袍男子独坐书案，眼望苍天之月，呆呆出神。

吧嗒——细如蚊蚋的轻喃，却依然招来了一个劲装的男子，谨慎地拾起跌落在庭前的纸卷儿，疾步呈给黄袍男子。

不消说，诸位看官也必定知道，这位身着黄袍，正位未央宫的男子，就是那当今皇上，神宗李睿了。

纸卷展开，只得两幅画卷。皆是长不及五寸，高不及三寸，均以工笔画就，极尽细致，

纤毫毕见。每一幅画，又分为两半，每半各有一个女子。

第一幅画，只是一幅静态，是两个女子的正面描摹。虽然眼睛、头发、皮肤的颜色略有不同，乍看上去也不会觉得相似；但是将两个女子紧紧地放在一起来比对，则会发现两个女子无论是脸型、五官轮廓、那一抹浅笑的模样儿，全都如出一辙……

第二幅画，则是一幅动态，两个女子都是长袖而舞。肩膊上缠绕的披帛衣带当风，衬得画中的两个女子皆是飘飘欲仙。看那身段、步伐、神态，几乎几可判定为一人！如果不是那颜料和纸张中透露出来的时代不同的讯息，那么除非画者自己，旁人绝对看不出这其实是不同的两人……

而图画中那个年轻的女子，神宗不觉眼熟，下意识地捧起案几上的青瓷茶盏，心下突地剧跳！

再看向两幅画的下方，还有一行蝇头小楷："西域女艾依古丽诞女于汉曰喜"。

神宗李睿执卷大惊，旋而疾声呼喝卫士，"快宣云开，宣魏远！"

****

是夜，时近三更，整个长安都已陷入了宁谧的梦境。宫城中却一片躁动。侍卫、内侍不断在宫墙内外穿梭传递着消息。掖庭宫中的嫔妃们纷纷遣人打探到底是发生了什么事情。待得听说是皇上传召震远将军云开以及抚远将军魏远即刻入宫之时，各宫嫔妃方各自放下了惴惴不安的心——只要不是宣召女子入宫，那么天大的事对于她们便也都无所谓了。

即便刚刚内侍们传到宫中的消息是：震远将军云开已神秘失踪数日，目前下落不明。

抚远将军魏远数个时辰前调集兵营内二百弓箭手离开营帐，也是去向不明！

神宗李睿在未央宫中圈圈踱步，一边等待着云开与魏远的进一步消息，脑海中回忆电转，曾经青春年少时旖旎的种种全都鲜活在眼前。

是两个女子。一个白肤鬈发、眸如清波，一颦一笑都仿佛摇曳的芙蓉，让天下男子无不心旌随之飘摆，神魂为之颠倒。另一个则端庄秀丽，淡定如枝头三月的桃花儿，绯红而不妖冶，绚丽而不可把玩，明知遥不可及偏又引得人不由自主想要靠近……她们，都是那般绝色的女子啊；她们都是他心心念念想要拥有的女子啊……可是天意却要弄人，偌大后宫三千却独独没有这样的女子；她们都是股肱大臣的女人啊……

两个女人，又引出了两个孩子，一个男孩、一个女孩。那两个孩子都继承了母亲的音容笑貌，能够让这两个孩子围绕在自己身边，便宛如拥有了那两个遥不可及的梦想啊……尤其是那个男孩子，不仅仅是拥有他母亲的音容笑貌，更是在身体里流淌着自己的血脉啊！那个绯红如三月桃花的女子，那场命妇入宫为太后祝寿的酒宴，成全了他身为一个男子的心意……虽然贵为天子，在拥抱自己心仪女子的一刻，其实与这天下所有的普通男人，并无两样的吧……

****

"启奏万岁，抚远将军魏远已在宫外候旨。"内侍宦官轻轻的禀告打断了神宗飘远的思绪。

神宗的眼睛不禁一亮，"宣！"

宦官忙朗声开腔，"抚远将军魏远听旨觐见——"传报之声一层层穿越了宫殿的飞檐，在万籁无声的夜里，显得格外清晰。

"吾皇万岁，万岁，万万岁。抚远将军魏远领旨见驾……"魏远抬头，那张酷似母亲的脸，再次将神宗深深地推回曾经的记忆。

望着魏远那张美丽的脸，神宗忽然心思电转：如果，能够让我的儿子魏远与艾依古丽的女儿结为百年之好，那么是不是也是一种思慕的延续，也是对我多年所愿的一个完满呢！这两个人的孩子，又该是多么地出色……想到这里，神宗几乎迫不及待想看到魏远与喜娘拜天地的一刻，迫不及待想看到他们二人生出的麟儿的一刻！

神宗的眼睛因了这美好的盼望而灼灼明亮，他几乎是笑着对魏远下旨，"远儿，朕听说过张阁老曾经做主将喜娘许配给你……不过他如今早已是戴罪而亡了，不过你与喜娘的这段姻缘倒是不必受到影响。朕此时就正式给你们二人指婚！朕希望你们二人能早早成婚！"

神宗一声"远儿"已经让魏远心头如震雷滚过。虽然，母亲病故当日，已经悄悄地将自己的身世告知了自己，但是自己从来没有想过要凭借这皇家的血脉而攀龙附凤。他只想着以自己的一己之力，为这个国家，为这个朝廷，也为了皇上，尽自己的一份忠孝。而此时，皇上竟然这般亲热地称呼自己为"远儿"，魏远的眼底蓦然温热。

可是，这还远没有神宗后来说出的话让魏远惊诧。魏远实在是无法想象，皇上怎的会突然生出为自己和喜娘指婚的念头！即便，之前在西域之时，喜娘的确是对于朝廷平定乌孙反叛居功至伟，但是皇上似乎也并不清楚喜娘的名字，更不至于三更半夜地急急召来自己，宣布这样的一件事啊！

要知道，皇上指婚，该是多么郑重的一件大事，怎的会在这样的夜里，宣布得如此急促？

****

更何况，又有谁知道，此时的喜娘身在何处？

更何况，日间在醉红楼，魏远亲见是云开带走了喜娘。既然喜娘是跟云开在一起，她怎么可能还会听从皇命下嫁于自己？

可是，如今，皇命已出。如果喜娘有拒皇命，这又将意味着什么！

魏远的心底，阴霾层层涌起——这一切，难道真的只是一个纯粹的巧合？

耳边，不由得回响起日间捉住努鲁与婀旎之时，婀旎那冷如寒冰的碧绿眸子，还有努鲁嘴边一丝不但毫不惊慌，反而还正中下怀一般的得意微笑……

这一切，难道正好落入了努鲁与婀旎设好的局？

11. 玉祥门外，高宣喜旨，心彷徨

黄昏。

西望长安。

落日西斜，余晖如金，映照得长安西面的玉祥门，宛若金塑。

在夕阳金色的光辉中，有两人执着彼此的手，款款行来。每走几步，两人总是会不约而同地对望一眼，纵然这里是城门外熙熙攘攘的街市，但是在二人深情凝望的眼神中，仿佛天地之间只余彼此，再无他人。

那是一男一女。男子身着素白长袍，风姿俊雅，袍袖衣锦随风起处，仿若有瓣瓣白色莲花曼妙轻舞。男子眼中那化不去的浓情，仿若长天朗月，柔而氤氲，牢牢锁住身畔那红衣的女子。女子的妆容稍显凌乱，长发未及梳成高髻，只是松松地绾在耳畔，斜插一枝娇艳的芙蓉，恰与她含羞带怯的粉颊相映成趣。

这两人，正是云开与喜娘。

昨夜飞花山谷一夜春光，二人终于拥有了彼此，曾经那些心结也随之全部解开，再不必痛苦地逃避、猜疑。执子之手，与子偕老，二人牵手回归长安，彼此心内早已有了默契。

来到玉祥门外，两人不禁望着城门，相视而笑。玉祥，多好的名字啊，冥冥之中似有天意吧，这一段由玉佩结缘而来的情，终于得以龙凤呈祥，于是以这"玉祥"二字作为一个终点的注脚，自然是最完美不过的了。

想到玉佩，喜娘的颊红得更甚。因为昨夜激情一刻，云开便是解下了自己腰间的玉佩，悬在了喜娘胸前。那一刻的喜娘，肌肤如玉，玉润如脂，云开一遍遍用自己灼热如火的唇舌逡巡在喜娘胸前的肌肤与玉佩之间……此时，玉佩仍温热地垂在喜娘心口处，仿佛一再诉说着昨夜让人耳热心跳的记忆。

喜娘脸上的娇羞，云开又岂会不知。他更紧地握住喜娘的柔荑，不容她害羞地想从他掌中逃跑。

玉祥门外，熙熙攘攘，因面向西方，故西来的商旅、行人多是自此门进入长安。一时间，人流、车马，掺杂着人们的言谈笑语、商贩的吆喝叫卖，还有西来商旅驼队的驼铃滴零滴零的低吟，烘托起玉祥门内外一派繁荣祥和之气。

忽地，城门上有洪亮的铜锣声响起，让城墙下一切的声音都安静了下来。只见城墙上一名宣旨官高擎黄绫圣旨，朗声诵读，"奉天承运，皇帝诏曰，抚远将军天资神勇，战功卓著，实乃朝廷肱股良臣。民女喜娘，娴淑颖慧。朕特赐二人成婚，赐宅三进，田百顷，银万两……"下面还有林林总总许多御赐的钱物，宣旨官的嗓音也是足够清亮，可是城墙之下的喜娘却是双耳之中空空鸣响——

他们说的抚远将军是魏远吗？他们说的那个喜娘，该是另有其人吧？

金色的夕阳金晃晃地照着城墙上黄绫的圣旨，就连朱红托盘上那朵硕大的红花仿佛都变成了镀金之色。如此隆重的城门宣喜旨，昭告天下，本朝自开国以来都没有过几次的隆重之事，就连皇亲国戚都梦寐以求的恩宠，怎么可能发生在自己身上？

他们一定弄错了。一定是还有同名的女子。皇上怎么可能如此唐突地下旨命自己嫁给魏远呢，自己的手现在明明还被紧紧地握在云开的掌中，自己昨夜刚刚跟云开拥抱了彼此啊……

可是，云开，他眼中为什么会涌起那般苍白的冰雾，他那宽厚而有力的手掌为什么会微微地轻颤？

这一切，是不是，都只是一个误会呢？

****

"哎哟，这可是天大的圣恩呐……了不得啊，看来这位抚远将军未来可是前途无量啊！"

"是啊，听说这位抚远将军啊，长得比女孩子家还要俊俏几分呢！战功又高，又是一品人才，能够攀附上这样的乘龙快婿，这女孩儿家可是祖坟冒青烟了啊……"

"嘿嘿，我可听说啊，这位抚远将军来历不俗呢！他父亲曾官拜尚书省的尚书令哎，母亲又是京城出了名的美人儿。嘿嘿，还听说啊，这位抚远将军可能是当今圣上的血脉呢……"

"呸呸呸，别乱说话啊，小心被官兵听了去，活剐了你……"

"就是不知道这个喜娘啊，到底是何来历，竟然能够以平民之身嫁给抚远将军，而且还能够破天荒地得到皇上的宣旨指婚，真是光耀门楣啊……"

……

一干民众私下里的议论，如蚊蝇之声，嗡嗡地在喜娘耳边聒噪。喜娘却只能看见云开脸上，越来越凝重的神情。

****

这一切，如果想知道答案，最好的办法，就是去找魏远，听听他的解释。

云开扯住心神无主的喜娘，直奔长安城中魏远的府邸而去。却不巧，魏远被皇上宣召入宫，尚未归来。下人指引二人入厅堂，送上茶点，请二人稍作等候。

怔忡间，忽然厅堂外有喧哗之声，在管家的陪同下，有几个宦官模样的人带领着几十担箱笼，登堂入室。那为首的年纪略长的宦官，一边走还一边嘱咐管家，"皇上吩咐了，喜娘小主幼年坎坷，家里没什么人了，自然也少了些嫁妆衣冠水粉等物。皇上他老人家动了恻隐之心，亲自从宫里进贡而来的东西里拣选出来这么几十个箱子，里面都是她们女孩儿家用得上的东西。你好好儿地给收着，等喜娘小主她一回来，就好生伺候她查看了，看喜不喜欢。皇上可下了旨意了，如果不喜欢，就直接告诉给咱家，皇上另外再拣选几十担送来……"几句话不温不火的，却惊得管家一个劲轻颤——这是何等的恩宠啊！即便是皇上亲生的公主殿下,恐怕也没有这般的恩遇吧! 看来这位未来的夫人,的确是怠慢不得啊!

这般言语,云开和喜娘自然也听到了。二人的脸上都是不解之色,云开的表情更加凝重。

先前,云开并未告知魏府家人喜娘的身份,魏家上下又俱未见过喜娘,所以大家只道喜娘是云开随身带来的丫鬟之类。可是那位为首的宦官,猛然抬头看见已然在厅堂中落座的喜娘时,却惊讶得张大了嘴巴,"太,太像了,真是太像了,您实在是太像您的母亲艾依古丽了……喜娘小主,内廷总管高太炎给您请安了。刚刚咱家还不知喜娘小主已至府上,还絮絮叨叨地嘱咐给管家,这下子可好了,喜娘小主您可以亲自查看皇上赏赐的物件儿了。不喜欢的,咱家立刻吩咐人从宫里再拿来其他的给您挑选! "

内廷总管高太炎! 此人,云开自然认得。他从小便陪伴在那时还是皇子的皇上的身边,皇上登基之后,他便荣升大内总管,在朝廷中几乎说一不二,能够让他这么殷勤小心伺候的,除了当今圣上,多年来未见他人啊! 他如今怎的会被皇上派来,只为给喜娘送些衣装之物?

而喜娘,则是被高太炎下意识喃喃而出的话语惊住——我的母亲,艾依古丽? 我的母亲是叫这个名字吗? 这名字,怎么不像中原人的名字?

"高,高公公,"喜娘不习惯地用牙咬了一下自己因为惊讶而干涩的嘴唇,"喜娘不知,您所说为何,也不知道这一切到底是怎么回事情。万望高公公告知。"

高太炎不禁犹豫地看看喜娘,本想不说,可是又碍于喜娘如今特殊的身份,深恐自己的怠慢让喜娘不高兴,于是迟疑着压低了嗓音说:"喜娘小主,皇上当年曾经对令堂颇为心仪,多年来未曾忘情,每当令堂生辰、忌日,都要对月凭吊一番。如今得知了您的身份,皇上便想给您指一桩美满的婚事,也算是对令堂的一个交代……"

街市上人们传说魏远是皇上的骨血……

高太炎说皇上对喜娘的母亲从未忘情……

忽然而至的指婚……

一切的一切,宛若三个本来毫无联系的圆环,此刻倏然对接,接合成一条锁链,答案已经朦胧间在云开和喜娘心头渐渐现出了轮廓。

12. 我愿与你,亡命天涯,情不移

皇命已下。

不论喜娘与魏远二人是否相爱,不论喜娘是否已经成了云开的人,也不论喜娘的母亲到底是不是那个西域女子艾依古丽,更不论魏远是否真的如坊间民众议论为皇家的血

脉……都不会改变眼前的事实。

皇命便是天意。除了服从,便不可抗拒。

除非,你舍得下这条性命。皇命终究是拿死人无奈的。

喜娘与云开,在抬眼望向彼此的刹那,从对方的眸子里都读出了寒凉的决绝——

没有了你,生命还有什么意义?……

****

高太炎带着大小宦官告辞离去,魏府管家殷勤地亲自开了箱笼,准备一一给喜娘过目。数十担的箱笼,每开一箱都是光华夺目,引得厅上的各色人等纷纷引头去看。人影穿行的忙碌中,喜娘忽觉被云开握住了手。那手,温热而坚定,"喜,我们走!"

二人悄然走出厅堂,没有从大门离去,云开拥住喜娘小小的身躯,腾空而起,跃入了魏府背向的幽巷。

寂静小巷,只听得见两人急促的呼吸声。云开急不可耐地吻上了喜娘的唇,微颤、薄凉。云开的舌毫不温柔地攻入了喜娘的檀口,强迫喜娘与之缠绵,直到喜娘放弃疑虑,融化在云开的热情里,微微发出娇吟……

良久,云开才终于放开喜娘,眼睛直直望进喜娘闪躲的眼神里,"答应我,这次不要一个人承受,不要偷偷从我身边跑开。你如今已经是我的妻子,不论是刀山油锅,我都不会放开你的手……"

****

喜娘的心默然碎裂——

他怎么会知道我此时想的是从他身边躲开?他怎么会知道我想好好地把他推离这个苦海?这是皇上指给我的婚事,倘若我一条性命去了,那么便再与他人无干了……反正我也只有一个人,最大的代价也不过就是我这一条性命;可是他不同啊,他还有自己的功名前程,他还有他的双亲家族。我不该让他卷进这场祸事,我不能眼睁睁看着他陪我赴死……

如今自己已非黄花之身,即便可以委屈魏远迎娶,可是这本身早已经是欺君的罪了!更何况,这桩婚事是由皇上主婚,那么一切礼制便定会按照皇家的礼仪进行,所以新娘拜天地之前必由喜婆验身;洞房之后也必有喜婆以落红的床单来报喜……到时不但会连累魏远蒙羞,更是无法饶恕自己如此明目张胆的欺君罔上之罪啊!

魏远,那个俊美如夏花,温柔而多情的男子啊。自己今生注定要负了他的情,又怎么忍心让他成为天下人的笑柄!

这一切,合该由自己一个人承受才是……

可是云开,他却竟然猜到!他说不论是刀山油锅,他都不会放开自己的手……

****

喜娘的泪扑簌而下,"不,不要,我要你好好地活着,我不要你陪我赴死……"自己刚刚与云开拥有了彼此,尚来不及一晌贪欢便兜头砸下这般的祸事!难道,自己来尘世这一遭,就注定无法享受一丝一毫人间的温暖与欢乐吗?

云开再次拥紧了喜娘小小的身体,"傻瓜,谁说我们要赴死,我们都会好好地活着!你的唇我还没有吻够,你的身体我还没有要够,你都不知道昨夜你在我怀中有多美……我们都要长长久久地活到一百岁,我要做你一百年的新郎,而你则是我一百年的新娘!"

云开的话让喜娘青云迷蒙的眼睛里忽然绽放希望的光彩,她的脸颊也被云开露骨的言语羞出了红晕。

****

幽深晦暗的巷子里,红衣的喜娘,闪亮的眸子,绯红的脸颊,宛若一朵忽然绽放的艳丽的花朵,从灰色的背景间跳脱而出,点亮了整个巷子,更让云开神为之夺。

褪去少女的青涩,喜娘的艳丽如尘沙乍去的明珠,光华灼灼!

尤其,云开不知道是不是自己的错觉,他觉得昨夜激情之后的喜娘,眼角眉梢,甚至是瞳仁的颜色都起了微妙的变化——一种异域女子的风情跃然而上,一颦一笑间瞳仁的颜色渐至变淡……

难道,高太炎所说都是真的,喜娘的母亲真的是那个名唤"艾依古丽"的西域女子?

****

隐隐然,高墙之内的魏府人声嘈杂起来。云开和喜娘知道,一定是魏府总管发现二人不见,开始在府中四处寻找了。

云开眼神郑重,光如朗月,"喜,我们走。离开长安,离开中原,离开这道皇命所能控制的地方。只有你和我,即便颠沛流离,即便食不果腹……"

"你,可愿意?"

喜娘的泪再次汹涌,"我还有什么资格不愿意?我只有这一条性命而已,没有什么放不下的。倒是你,要为了我放弃你大好的前程,放弃你的家人,甚至要放弃自己的身份、姓名……只要和你在一起,还有什么颠沛流离,还有什么食不果腹!和你在一起就是最大的幸福,我哪里还能有多余的心思去在意那些不重要的事情?"

云开感动得屏息,再次情不自禁地深深吻下去,身体同时凌空跃起,"好,我们走!"

****

那年那月,如果诸位看官的祖上也有人正从陕西向西,取道甘肃直奔西域的话,一定会在官道之上邂逅两个人。他们是一男一女,皆着翻领窄袖胡服,典型的商旅打扮。与一般身着胡服的人稍有不同的是,男子的衣着服色并非胡服中常见的黄、紫等艳丽颜色,而是素白的月牙缎,掐白边儿,就连腰间的丝绦带子俱是白色。看男子的面貌,大概有四十岁,眼角额头有淡淡的皱纹,颌下五绺长髯垂落胸际。都说五绺长髯是"美人须",能够拥有那般齐整而又飘逸的胡须,是那个年代的男子们由衷的梦想,(传说狄仁杰便是五绺长髯,只不过被梁冠华演得让人们忽视了狄仁杰的相貌;据说,狄仁杰是个美男,呵呵。)此时人们见到这位面如美玉的男子,更是感叹,真是相得益彰啊!

男子身边的女子,更是奇特。大红的胡服倒也罢了,女子头上更是顶了大红的软缎小帽,帽边斜插一朵艳丽欲滴的芙蓉。通常,中原的女子簪花便不戴帽,西域女子戴帽便不簪花,而这名上下皆红装的女子,硬是将帽子与簪花结合起来,别有一番奇特的风韵。

女子的相貌,也与她的头饰有异曲同工的风格。看上去明明是中原女子,可是那气质、那眼角眉梢的风情、那转动时时而变成淡色的瞳仁,无不闪烁着西域女子的特色。虽说那个开明的年代里,中原与西域通婚比比皆是,但是子女的相貌或是倾向汉人,或是倾向胡人,很少能够将汉人与胡人的优点集于一身的! 这样的女子,想不引人注目,都是不可能的了。

更何况,这样的女子,身边陪着那般英伟的男子。二人紧紧握在一起的手,还有彼此眼中浓到化不开的深情,更是引得同路之人心生艳羡。

云开与喜娘,便是这般堂皇地行走于官道之上。

除了,云开稍作易容;而喜娘,外貌的变化愈益显著,即便是认识喜娘的人,此时恐怕都不敢轻易以为那便是当初那个浓墨重彩到五官模糊的喜娘了。沙砾中掩埋的明珠,终于,在浓情蜜爱中,绽放出自己独特的光芒!

云开想到,按照常理推论,如果官兵会来缉拿,那么便一定会以为自己会凭借着轻功走那些偏僻的小路。贤人说得好,"大隐隐于市",越危险的地方就是越安全的地方,所以二人干脆堂而皇之地走官道、衣着光鲜。

他们此去的目的是西域。因为那里埋藏着一个名叫"艾依古丽"的女子,埋藏着一个关于喜娘身世的秘密。

****

再往前一天的路程,便可到达玉门关,喜娘的脑海中又鼓荡起了戈壁上猎猎的风,眼前,又是戈壁如银的月色,一双湛蓝的眼睛,穿过月色,穿过岁月,柔柔地,遥望着她……

七

重回西域

1. 艾依古丽:草原上的月亮花儿

重新踏上西域的土地,喜娘的心便像那塞外居民吹响的羌笛,高亢辽远,而又百转千回。

喜的是,终于顺利地离开了中原的领土,可以不被那一道圣旨所拘,可以自由自在地与自己心爱的人,长相厮守。

却又难过。故土难离,那里毕竟是自己的祖国,自己所有的欢乐与记忆都留在了那片土地上,无法带走。

还有,西域,这片上次离开时以为再也不会回来的土地,这片陌生又奇异的土地,曾经在自己的生命中书写下一段传奇。更重要的是,那段过往总是因为对一个人的思念而格外鲜活,那双如海一般幽蓝的眸子多少次萦回在夜晚的梦中;那个俊美如神却又怒如魔鬼的男子总是隔着缥缈的轻雾对着喜娘，温柔地笑，笑的刹那却又带着忧伤的眼神……

西域，我回来了！雅丹，我回来了！

还有，那位被称为我母亲的"艾依古丽"，我回来了！

请你们帮助我，保佑我，尽速找到母亲曾经的过往，揭开我的身世之谜吧！

茫茫戈壁，夕阳斜照，一捧金色的光芒毫无阻隔地映照在云开与喜娘脚下的戈壁上。两个人牵着手，迎向夕阳，朔风鼓起了他们的衣袂，夕阳为他们脸上那抹坚定的微笑镀上金晖。

从此开始，未来的人生，崭新的岁月，都将要两个人携手共同面对。有忐忑，更多的是历尽艰辛终于彼此拥有的——幸福。

****

"艾依古丽？哦，那你要去问问阿萨族人咯！这个名字应该是阿萨族的名字呢！"云开和喜娘找了一间店住下，安顿好了就跟店主回鹘人（今维吾尔族）马特大叔打听起来。

在西域，许多的民族，习惯上并不像汉人一般会以姓氏家族来区分身份，这些民族的人们或者只有名而没有姓，或者只以父亲的名称作为姓氏。而同一个民族中，叫完全相同的名字的人，也是非常的众多。

"阿萨族人？"喜娘惊讶地望着马特大叔。在西域的那段日子里，各个民族的名字，喜娘也大致都听说过了，可是从没听说过西域有这样一个叫做"阿萨"的民族啊！

马特大叔叹息着摇了摇头，"其实他们就是过去的乌孙啊！那一场跟中原的战争过后，偌大个乌孙国被忽然涨起的牢兰海水冲成一片汪洋，乌孙族人十之八九都葬身水底或是死在战场上了。侥幸活下来的乌孙族人，再也不愿回忆起那段锥心刺骨的往事了，于是他们给自己的民族改名叫作'阿萨'了。"（注，这就是现在的哈萨克族前身了。"阿萨"的意思是"避难者"、"逃离者"。）

还有谁比云开和喜娘更加了解那场乌孙的浩劫吗？他们一个掌控着牢兰海水涨潮的秘密，一个是中原百万雄师的指挥官。却，无论如何也没办法想象，他们合力击败，甚至可以说毁灭的那个民族，竟然是喜娘母亲的亲族！

这，难道又是上天跟他们开的一个玩笑吗？

怎的会，如此残酷！

****

天山北麓。

视野晴朗，空气寒凉。

湛蓝的天空澄澈高远，远处的高山白雪皑皑，脚下的草原上却依然碧草茵茵，成群的马和牛羊宛若白色的珍珠散布在草地间。

虽然只是九月的天气，天山北麓却早一步迎接了冬的寒凉。喜娘的脸颊早已被旷野吹来的风，冻得通红。云开体贴地给喜娘披上事先准备好的狐裘，将领子高高地系在喜娘颈下，又将衣襟严丝合缝地掖好，方才放手。

喜娘的脸颊更红。她局促地抬头看着云开，"如果我真的是乌孙族的孩子，你会不会，介意？"

云开笑着刮喜娘通红的鼻尖，"我当然介意啊！我介意没能像乌孙男子那般，骑着马直接将自己心爱的姑娘抢上马背，却要在中原，被那么多的礼教束缚着，一次次眼睁睁看着你从我身边跑开，只能无助地伸开手，却始终无法留住你……"

云开的一个玩笑，却惹出了喜娘的眼泪。明知道那只是云开的说笑，可是喜娘却怎么也抑制不住自己的心情了，眼泪一串串流下腮边，被冻得通红的脸颊上顿时一片刺痛。云开心疼地将喜娘的脸颊捧在嘴边，用自己呵出的热气来温暖喜娘。

忽然，不知从哪里快速地跑来一支马队，马队上的小伙子们都穿着高领刺绣的衬衣，外加深色坎肩，头戴白色翻边毡帽。云开与喜娘所站的位置正好是马队前进的方向，眼看着四蹄飞奔的马匹就要撞上正深情地四目相对的两人！

说时迟那时快，云开的手还依然捧着喜娘的脸颊，另一手已经托住喜娘的腰肢，旋转纵身而起，轻巧如两片羽毛，飘然降落在马队前进方向的侧边，引得马背上几个刚刚还紧张得大呼的小伙子连叫："好身法！"

马队瞬间从云开与喜娘身边冲过，未几又有几人勒住了缰绳后掉转马头回来。为首一个身形高大的小伙子面对云开和喜娘，右手放于左胸，施以一礼，"远来的英雄和姐妹，今天恰好是我古迪江成亲的日子。相逢自是有缘，古迪江钦佩这位英雄的身手，想好好结识一番。如果不嫌弃，就请跟我们一同去迎亲，参加我的婚礼吧！"

这份对于陌生人的豪爽与热情，感染了云开与喜娘二人。云开抱拳回礼，"承蒙古兄盛情，在下焉敢不从！"

古迪江与云开二人相视大笑。旋即云开揽住喜娘纵身上马，云开的大宛名驹"追月"加入古迪江的马队，如一道白色的闪电，向天山脚下的一个部落疾驰而去……

****

天山脚下，一座座平顶木房，还有白色的毡房，如一颗颗星星，散布在碧幽幽的草地上。最中央一座高大气派的三层木砌楼房上，挂满彩色的旗子。楼前的空地上站满了人，每个人都穿戴上最为隆重的服饰，黧红的脸上开心地笑着，远远地望着古迪江的马队奔来的方向。

古迪江的枣红马第一个到达。新娘族人中一位身形高大、胸前飘满胡须的长者，朗笑着拥住古迪江的臂膀，"古迪江，好孩子，我们的艾依古丽已经准备好了，她从三年前就等着当你的新娘！"

古迪江红着脸颊也放声大笑。喜娘却听不见古迪江说的话，她只听到了那位长者说的一个名字——艾依古丽……

古迪江迎亲马队中的小伙子们已经齐声高唱起来：

"艾依古丽，草原上的月亮花儿，

再没有花朵比得上你的姣美,

再没有姑娘如你一般美丽。

除非那天山上的雪莲啊,

千年一次的盛放,

才能与你媲美。

艾依古丽,天山脚下的月亮花儿,

如月光一般轻柔,如花朵一般盛放,

只有草原上最勇敢的战士哟,

才能将你凝望,

才能伴你身旁……"

　　喜娘知道,西域各民族的名字,都有各自美好的含义。原来,"艾依古丽"的含义,竟然是月亮花儿……月光下盛放的花儿! 好美啊,真的是只有天山上千年一次盛放的雪莲才能与之并论。

　　母亲,原来,你竟然是西域草原上的月亮花儿吗?

2.那是西域最美的姑娘

　　古迪江带来的迎亲队伍,被新娘部族的人们热情地请入木屋。云开和喜娘更因为是远来的宾客,而被作为贵宾请入了上座。

　　喜筵先于婚礼开始了。欢乐的人们一边尽情地品尝着马奶子、奶疙瘩、手把羊肉,一边热烈地谈论着新人相识相恋的故事。

　　新娘艾依古丽的父亲米尔扎克力大叔,将喜筵上最为隆重的羊头献给远来的贵宾云开。云开拱手称谢,并按照阿萨族人的习俗,郑重地用银色腰刀将羊头左耳边最鲜嫩的一块肉切下来,重新奉还给米尔扎克力大叔。

　　喜娘也沉浸在这欢乐的气氛当中,这种热烈的场景不同于中原的婚宴,虽然喜庆的气氛相似,但是洋溢在人们之间的那种快乐更加由衷、更为直白。没有过多的繁文缛节,没有所谓的禁忌介蒂,人们酒到酣处便可随口唱出歌声,听众也会侧耳倾听,或者干脆跟着唱和起来。

　　木屋墙壁上挂满了红色主调的织毡,餐桌上也铺着织满喜庆纹饰的桌布,喜娘用好奇的眼睛静静地打量着周遭的一切,陌生,却又觉得奇异的亲切,全然没有民族之间的隔阂,仿佛若干年前,自己曾经也如他们一般地这样生活过……

　　醇香的马奶子、微酸略硬却越嚼越香的奶疙瘩、鲜嫩爽滑的烤羊、泛着金色光泽的油饼……眼前盘盏相叠的美食,带着一种异常的温暖,熨帖了喜娘因了天山北麓的寒凉空气而微微瑟瑟的胃。

这里，就是母亲曾经生活过的地方吗？

眼前的一切，就是母亲当年的生活吗？

****

少顷，新娘的母亲一边给宾客呈上醇香的马奶子，一边放声高歌起来，歌声嘹亮，音色淳厚。在座的宾客便都肃穆了下来，因为大家都知道，新娘母亲的歌唱意味着新娘即将到来。

喜娘听得懂这位大婶唱的正是新娘从小到大的那些故事。她5岁就帮父兄训练驯鹰，8岁又独自驯服了草原上的一匹烈马……15岁参加草原上的"姑娘追"，亲自用皮鞭和超强的马术驯服了古迪江的心……喜娘细细地听着，心底里不由得再次为自己居然能够听懂阿萨族人的语言而诧异。

当年的牢兰海一役中，自己被乌孙杀手劫持时，因为性命攸关而全然没有注意到自己竟然能够听懂他们的语言；如果不是努鲁那次的"提醒"，喜娘可能永远无法相信，自己竟然真的能够听懂他们的语言……而这，无疑可以直接说明，自己的母亲真的可能是那位乌孙的女子——艾侬古丽，那个如月亮花儿一般美丽的西域女子。

在大婶高亢的歌声中，新娘艾侬古丽在几个嫂子和姐妹的簇拥下来到了木屋大堂。只见她头戴高高的尖顶红毡帽，毡帽顶端飘摇着白色羽毛状装饰；身穿长长的红色马甲，马甲长长的衣襟直垂过膝，马甲以白色皮毛滚边，上绣精美而繁复的花纹。新娘在红毡的马甲里面，穿着白色的纱衣，袖口处轻纱层叠，飘然若舞。最吸引喜娘的，是新娘悬垂在身前的两根粗黑油亮的麻花辫子，简约、粗犷而又平添了一份婉约的女子韵致，虽然没有中原的女子头髻那般的精致，却也十分地契合草原女儿豪爽好动的个性。

艾侬古丽，那个与喜娘母亲有着相同名字的姑娘，满面娇羞地走向古迪江，当年"姑娘追"时刻的飒爽英姿全都化作了春水一般的绕指柔。古迪江的眼睛里也闪动着喜悦的光芒，他紧紧地握住艾侬古丽的手，仿佛握住了这个世界上最为瑰丽的珍宝。

一对新人相偕坐下来，接受族人的祝贺。族人们或放声高歌，或载歌载舞，或献上自己精心准备的珍贵礼物……木屋里一时间欢腾一片。

****

喜娘的手，也被云开暖暖握住。一股柔柔的暖意从指尖缓缓升起，直直萦绕满整个心怀。喜娘不敢看向云开，只垂低了蛾首，害羞得一如新娘。恍惚间，仿佛这木屋里所有的歌声与祝福也是送给自己的……

****

新娘好客的父亲米尔扎克力大叔并不知晓喜娘其实能够听得懂他们的语言，他还一径热情地为云开和喜娘解说着现场的一切。云开仔细地听着，不停地微笑颔首；喜娘却已经放飞心思飘摇得好远。可是米尔扎克力大叔不经意间的一句话却让喜娘勃然变色！

"我的女儿艾侬古丽，其实小时候的名字是嘉娜。虽然我们族人中选用同一个名字的非常非常多，但是艾侬古丽在过去却只有一个。'艾侬'在我们语言中的意思是月亮，'古丽'则是花儿的意思，所以'艾侬古丽'合在一起便代表了'月亮花儿'。在我们阿萨族心中，月亮花儿从来只有一种，那就是天山上千年才会盛放一次的雪莲。而在族人中，能够以艾侬古丽作为名字的，只能是在族人中公认的最美的姑娘……二十多年前，我们家族的姑娘第一个拥有了艾侬古丽这个名字，其后这么多年来，都再没有任何的姑娘能够取代那位艾侬古丽在人们心目中的地位，所以艾侬古丽的名字再没有人叫。直到——我的嘉娜三年前在整个部族举行的赛马大会上，击败了许多优秀的小伙子而赢得了第一名，并且在'姑娘追'中收服了古迪江的心，于是大家才把艾侬古丽这个名字加冠在她的头上……"

艾侬古丽曾经只有一人……

二十多年前她第一个拥有了这个名字……

喜娘的面色因为紧张而忽地惨白。她紧紧攥住自己冰凉的手指，压抑着心脏的狂跳，眼神狂热却又似乎遥望着远方，"米尔扎克力大叔，请问，您说的那位二十多年前的艾侬古丽，她现在在哪里？"

也许一切都只是一个巧合。也许那位艾侬古丽尚在人间，她也会一如刚才高歌的大婶一般，欢欢喜喜地送自己的女儿出嫁。也许……艾侬古丽这个名字跟自己的身世全无瓜葛。

希望是这样吗？

不希望是这样吗？

谜题即将揭晓的热切，与不敢望向那答案遥指的未来的紧张感，一冷一热，反复纠缠着激荡在喜娘的心中，喜娘只感觉到自己的脸颊滚烫，手指却如天山上千年不化的积雪一般彻骨寒凉。

3. 一舞惊阿萨

米尔扎克力大叔显然是非常惊愕喜娘会有这么一问。毕竟对于远来的汉人，单纯听一听当年的艾侬古丽的故事也就是了，很少有人还会去打听她现在究竟会在哪里。毕竟，时间早已经过去二十多个年头了啊，即便当年是绝美得不可方物的女子，此时恐怕也早已经鸡皮鹤发，全然找不见当年的风采了吧。

人类本身都是会把心思更多地集中在关于美好的想象中，极少人会冒着打破美好幻梦的风险，去用眼睛真实地查看一张被岁月雕刻得扭曲了模样的苍老的面孔。

米尔扎克力大叔仿佛极尽踌躇，低头思忖着该如何回答喜娘的问题。就在这个当儿，旁边的阿萨族人们，却并不知道喜娘与米尔扎克力大叔之间正在谈论着严肃而敏感的话题,几个姑娘像欢快的黄羊般蹦跳着跑到喜娘和云开身边,拉起他们融入到了木屋中央的舞蹈人群当中。

这会儿集中在木屋中央跳舞的人群,一部分是新娘族人中年轻的姑娘,另一部分是古迪江前来迎亲队伍中的小伙子们。年轻的人们热烈地舞动着身体,微微酡红的脸颊上跃动着青春的光焰,深邃的褐色眸子里闪烁着快乐的星芒。喜娘和云开被众人围在中央,由起初的拘谨,渐至放松肢体融入了舞蹈当中。即便是此刻依然被身世的谜题扰乱了心思的喜娘,都不由得被年轻人们的热烈所感染,暂时抛却心头的疑问,伸展开手臂,袅娜起腰肢,随着他们的节奏和呼喝,一起舞动起来!

毕竟,那个谜题事关一个长长的、走过了二十年岁月的故事,即便距离答案已经这样近,但是却也该不急于一时。更何况,喜娘已经有多久没有这样地敞开心灵、无所顾忌地融入人群、随兴快乐了?这样的气氛,这般的场景,之于喜娘,真不啻是饥饿的旅人找到温热的美餐。喜娘仰起因为兴奋而飘起微微红霞的脸颊,目光如水荡漾在云开的脸上。此时,能够拉着云开的手,一起加入快乐的舞蹈,这份幸福,几凡只有梦中才有啊!

云开也感受到了喜娘的快乐,他也放下了过往身为三军统帅的严肃,抛开了汉人男子曾经奉为圭臬的那些繁文缛节,放松了身体,柔柔地拉住喜娘的手,跟随着喜娘舞步的牵引,融入了人群的欢乐之中。能够让喜娘如此快乐,能够看到她眼里可以直达心底的喜悦光芒,这是云开最大的梦想了啊!

执子之手,纵身欢乐,此景若梦,此情若恒……

纵情舞动着的喜娘,忽地发现周围安静了下来,那些刚才还在身边舞蹈着的阿萨族青年男女们不约而同地停下了自己的舞蹈,围绕在自己身边,眼神专注而惊艳地望着自己。而云开,也定下了身形,站在阿萨族男女自发团成的圆圈中央,凝立于自己身畔,一袭白衣,眸子里仿佛镶嵌着精光四射的宝石,吟吟笑着,向自己投来专注的凝眸……

喜娘讶异地止住了自己的身形,闪着不解的眼睛,望向一片肃穆的众人。

半晌,谁都没有说话。还是座中的长者米尔扎克力大叔首先起身来,一双宽厚的大掌用力地拍响。米尔扎克力大叔的掌声犹如被投掷进水面的石子,引发了串串涟漪,人们仿佛大梦初醒,紧接一个掌声、两个掌声、三个掌声……无数掌声在木屋中次第响起,直至汇成一片掌声的海洋。

米尔扎克力大叔走到喜娘身边,那写满沧桑与睿智的眼睛里流露出无限的惊喜,"孩子,难怪你刚才会跟我问起当年的艾侬古丽!看了你的舞蹈,那每一个身姿,每一个神情,分明就是艾侬古丽当年的翻版啊!纵览整个草原,遍数西域三十六国,都找不到第二个如此相似的姑娘!我刚刚碍于礼节,没有仔细地端详你的五官,刚才你的舞姿提醒了我,我仔细地看了你的五官神态,才知道,你竟然与当年的艾侬古丽,那般地相像啊!倘若你换上了我们阿萨族姑娘的衣裙,我相信没人再看得出你是来自中原的汉家姑娘!孩子,快告诉我,你与艾侬古丽,到底有着怎样的缘分?"

米尔扎克力大叔满含真挚情感的语言,如层层氤氲而起的暖,妥帖地包围了喜娘的心。原来,自己的舞姿真的与艾侬古丽一样,原来自己的长相真的与艾侬古丽酷似! 尽管心中还闪动着不敢相信的问号,但是喜娘几乎已经可以确认,当年那位艾侬古丽,那位被称为月亮花儿的、草原上公认的最美的姑娘,果然——就是——自己的——母亲!

喜娘的眼睛里涌满了泪花。从来都只道,这个世间自己子然一身,三岁便眼睁睁看着娘亲纵身跃入水中,从此自己一夕长大,所有的一切都要自己面对,所有的一切都只能自己承当。即便,后来,听说自己有了张阁老这样一位父亲,有张曼瑶这样一位姐姐,但是那种亲情的暖从来没有直达过自己心底,总像是水月镜花一般,明明似乎就在身边,伸出手去却永不可及。而如今,眼前忽然站满了一大群热情而真挚的人们。他们都是母亲的族人,他们的血管里都流淌着跟母亲相似,甚至相同的血液……喜娘那颗在孤寂的冰冷中颤抖了太久的心,终于找到了一份真实的温暖。

看见喜娘眼中的泪花,米尔扎克力大叔动情地一把握住喜娘因为激动而冰冷着微微颤抖的手,"孩子,别哭,大叔看了都要心疼。艾侬古丽,她不但是整个阿萨族最美的姑娘,更是我们家族的荣耀。孩子,你可能不知道,两个艾侬古丽都是来自我们家族呢! 二十年前的艾侬古丽,是我一奶同胞的妹妹啊! "

原来,这不但是母亲的族人,更是母亲的骨肉至亲啊! 喜娘的泪再也控制不住,她扑进了米尔扎克力大叔的怀抱。这个怀抱,那么宽厚,那般温暖,从来没有初次见面的陌生感,没有中原与西域间因为地域差异而造成的隔阂,"大叔——艾侬古丽,他们都说,艾侬古丽是我的母亲! ……"

米尔扎克力大叔闻言,一双轻抚在喜娘脊背上的大手也不禁颤抖起来,他那张写满风霜的脸颊上止不住地老泪纵横,"孩子,其实我刚才就有这个直觉,除了艾侬古丽的孩子,还有谁能够拥有与她那么酷似的五官与身姿! 可是在求证之前,我不敢轻易下了判定啊,我怕我弄错了,我怕自己是空欢喜一场。我的好孩子,你带着艾侬古丽的血脉,辗转了近二十个年头,终于又回到了草原,回到了天山脚下,回到了我们的族人中间啊……"

米尔扎克力大叔努力压抑着激动的心情,擦干脸上的泪水。毕竟这还是自己女儿的婚宴,"孩子,他们只告诉我说你母亲在中原水土不服,早早病逝了。他们却从没告诉过我,她还生下了你这个女儿。孩子,这些年你受苦了吧? "

喜娘的心甜蜜透着凄苦。

甜蜜的是,终于确定了母亲的身份,终于找到了母亲的亲人,同时他们也是自己的亲人。凄苦的却是,自己心底那点残存着的希望尽数化为了泡影。

在喜娘那颗幼小的心灵当中,只当自己的母亲如全天下所有的母亲一般,从来没有特别铭记过母亲与众不同之处。

母亲的头发是不是天然丰厚的波浪鬈发?

母亲的眸子是不是淡淡的颜色?

母亲的脸颊是否立体如雕刻?

这些在喜娘那短短的记忆中都并不重要。喜娘只记得那是自己最爱的母亲,轻轻地哄着自己入睡，望着自己温柔地微笑的母亲。

所以，喜娘心底有小小的侥幸，希冀着或许那个自己亲眼目睹跃入水中的女子并不是一个西域的女子，而只是一个普通的汉人女子；而自己真正的母亲是西域的艾依古丽，她还好好地活在这个世间，好好地就在天山脚下放牧着牛羊，会在自己奔过去时，站在辽远的天空下，隔着茵茵的草地，带着满满的慈爱，向自己柔柔地笑……

可是，这一切，不过是自己自私的想象。自己的母亲，早已在中原故去。那个自己目睹的，冷硬地抛弃了自己，纵身跃入水中的母亲，根本就正是自己的生身母亲，正是那个曾经是西域最美丽的姑娘的、被称作草原上的月亮花儿的——艾依古丽。

十三年后，重新确认母亲的死讯，即便自己已经长大成人，即便自认已经足够坚强地去面对人世间所有的凄风苦雨，喜娘仍不由得心痛如裂，宛如再次被母亲抛弃，一眨眼便是永远的阴阳两隔！

娘，你还没有好好地看看我。我的眼睛，我的脸颊，我跳舞的姿势……他们都说像极了你。

娘，你为什么那么忍心抛下我？为什么不能看着我一路长大？我不会给你添任何的麻烦……我有足够的能力能够奉养娘亲啊，即便那个男人他惹你伤心，那么你只需要再忍耐几年，等我长大了便可以只跟我在一起，永远地离开那些人和事了啊……

娘，你还不知道，那年我眼睁睁看着你再也没有从水里上来，那时候我便对你许了一个承诺。我会拼尽全力去保定天下一百桩男女的姻缘！

娘，我知道你也许是无法面对自己并非张阁老独爱的妻子的缘故吧，你定然面对他身为当朝郡主的正妻心中悲伤吧，你一直骄傲地认定自己不该成为插入他们婚姻的女人而暗暗自责吧？

所以，娘，你的悲伤，你的自责，我来替你赎回！我会去保定一百桩婚姻，都是专情的男子，只有一个专爱的妻子，我要用这样的方式来告慰你的亡灵，我希望用这样的方式能帮你投胎转世时得到上天的垂怜……

娘——娘——

过度的伤心与疲乏，让喜娘无法再支撑住自己的身体，她像一只断了线的木偶，从米尔扎克力大叔怀中软软地滑倒，跌入一片无边的黑暗之中。

心，好累……

4. 谜掩南诏国

朦胧中，喜娘仿佛又回到了中原，回到了满城柳烟轻罩的扬州城。

是谁在说话？

一把苍老的嗓音，牵出了面颊上的红，宛若洒满襟的花白长须都已不见，那一年正是纶巾年少，郎本情深——

——"那一年我领了皇命，行八府巡按之职，代天子巡视江南。为了揭发一桩舞弊案件，不得不微服私访。途中巧遇喜娘的母亲，心生爱慕，于是私定终身，生下了喜娘。"张阁老的眼睛，仿佛隔着重重屋檐，回望进幽幽的岁月里。脸上带着温暖的笑，宛若当年初见。

——"说来，都是老夫的错。为了完成案件，老夫始终没有在案件终结之前，将自己的真实身份告诉喜娘的母亲。待得终于可以功成返京，喜娘的母亲才发现我早已有了妻室。烈性如火的她，认定是我刻意隐瞒，于是在喜娘未满两岁的时候，便投江自尽了……"张阁老老泪纵横。

——"更加让老夫难过的是，她临去之前还给老夫留书一封，严词要求老夫不许将喜娘认祖归宗，她不希望喜娘成为我的女儿。所以，我只能将喜娘送出去抚养，每个月定时给了钱粮，只说是在佛前收养的孤儿……"

是耶？非耶？

情与爱，是否真的，在那个被政治野心湮灭神志的男人生命中，扮演过如他所言一般的重要角色？还是，女子、情爱都只不过是他政治生命背后的一抹配饰，只待权倾天下时，偶尔翻出，寻一脉心痛的感觉以冲淡生活的无聊？

母亲，艾依古丽，那个被称为月亮花儿的、西域最美的女子，为什么不安适地在大草原上绽放她独具的美丽，却会沦落中原，最终成了一个权臣把玩的一朵花儿？

为什么？为什么！

为什么偏偏是那样的男人？为什么偏偏是那样的命运！

眼前，场景又是变幻；无边无际的黑暗中，腾起一团纯白的轻雾，娉婷窈窕，韵致玲珑……渐至集束成为一个人形。纵是一个背影，已是风情万种。心中若有所动，喜娘忽地挺身向前，拼命想要看清眼前之人。那身形仿佛感知到了喜娘的心意，缓缓、缓缓转过身来，面目依旧笼罩在层层轻雾之中，只露出一双妙目，碧漪盈盈，直朝喜娘望来，"我的孩子，不是你以为的样子。你是被真挚的爱带来的孩子，与他无关……无论何时何地，永远记得，你是烙印着爱来到人间的孩子……"那人的嗓音，遥远缥缈如团团的白雾，言毕，身形渐渐涣散，重新弥漫成为轻雾，再不可见。喜娘又是不明了那言语中的含义，又是心痛母亲的迅即离去，她禁不住大声喊出，"不要走，娘——"

"喜，醒醒，醒醒！别哭，有我在，万事都有我，别哭……"云开焦虑而干哑的嗓音传入耳鼓，喜娘才发觉刚才的一切，不过是南柯一梦。

入眼，白色的毡房顶，圆润而腾高；身边并无中原习用的床帐，宽阔的榻上铺着厚厚的毛毡，自己身上压着一张轻暖的小羊羔皮。

见喜娘醒来，早在床边守候多时的米尔扎克力大叔趋步上前，"孩子，你终于醒了！别难过，从此后你再也不是孤身一人。这里就是你的家，阿萨族人都是你的家人！"喜娘昏晕之时，云开已经将喜娘的身世粗略地告知了米尔扎克力大叔。

喜娘抓住米尔扎克力大叔宽厚的手掌，"舅舅，米尔扎克力舅舅！"

米尔扎克力大叔一把将喜娘搂入怀中，"孩子，我的小艾依古丽，你们终于回来了！"

良久，喜娘才红着脸颊从米尔扎克力大叔宽厚温暖的臂弯中抬起头来。经过了这一场痛快的哭泣，喜娘心中郁结的大喜大悲终于悄然释放。从来没曾跟亲人这般地撒娇过，喜娘这一番也是放纵了自己，让自己的脆弱在亲人怀抱中找到了寄托的地方。

喜娘身畔的云开，终于宽心微笑，心下不禁暗忖：这一回她的情怀也是直白了好多呢，不知道是受了阿萨族人的影响，还是自己血脉中深藏的阿萨族人的特质终于显现出来了呢？

喜娘娇俏着一张绯红的小脸，"舅舅，既然我娘是草原的月亮花儿，是整个西域最美的姑娘，那么她怎么会流落到中原去呢？"

米尔扎克力大叔闻言正色，鹫红的脸颊上挂上几分凝重，"其实，你娘她本来不该流落到中原去的。我们的月亮花儿在中原，根本找不到尽情绽放的土壤，找不到自由呼吸的空气。她本来是嫁给了南诏国皇孙异牟寻，如果她还活着，她现在应该贵为南诏国母才是！"

南诏国！云开不禁微微眯起了眼睛。这个西南国家，本分为六诏，后来被蒙舍诏的首领皮罗阁统一。目下，西北刚安，但是朝堂之上早已涌来了这样的消息：南诏国与吐蕃之间往来密切，疑有异动……身为将领的本能，促使云开对这个名字格外地敏感。

可是，南诏国对于喜娘而言，却只是一个巨大的问号，"那么，我娘她为什么没有好好地待在南诏国，却会到了中原呢？"

米尔扎克力大叔悠悠叹气，"这个答案，就不是舅舅我能回答你的了。我不知道，当年乌孙王将你娘送去南诏国成亲的过程中发生了什么事情，只是从乌孙王后来的勃然大怒中知道，你娘她竟然抗命，在成婚的前夜逃走！是后来，才听得去中原经商的人偶然提起，说是在中原邂逅过你的母亲……这一切，究竟是怎么回事，也正是我想知道的啊！我一直等着她能够回到草原来，却没想到只等到她的死讯……感谢上苍，我终于等到了孩子你的到来，我的等待也算没有落空吧……"

喜娘刚想继续追问，毡房外有人通禀，说可汗下赐了牛羊和金刀给一对新人，米尔扎克力大叔忙起身向外走去。在临出毡房门口的刹那，老人忽然想起来什么似的停下脚步，却并未回头，自言自语一般，"如果她不愿意留在南诏，那也尽可以回来啊，何必要去那么遥远又陌生的中原……"

南诏国，遥远的异族之邦，在那里究竟发生了什么事情，才会让母亲抛弃了即将拥有的皇妃之尊，抛弃了她熟悉的所有的一切，流落到了中原？喜娘伸颈遥望西南的方向，眸子里流过片片浮云。听说，那个地方，远在彩云之南啊……

如果想知道母亲在那里到底曾经发生过什么，那么只有远赴彩云之南，亲身去南诏国一探究竟了。

喜娘仰首望入云开深邃的眸子，并不意外地找到了栖息于那眸子深处的包容与准许。尽管，此行有重重关山，要穿越吐蕃之地，艰难险阻必定无可避免；但是云开知道，只有解开喜娘心底那个关于身世的谜团，才能够释放她的心，让她能够坦然拥抱尘世的幸福。

只要能给喜娘幸福，就算再多的艰难险阻又有何惧！

5. 梦徊木卡姆

天山脚下的阿萨族婚宴还在热烈地进行中，欢声笑语不时从各个毡房和木屋中传出。喜娘留恋地回眸凝望着那渐渐从视野中远去的部落，心下丝丝缕缕缠绕起伤感的薄凉。

感受到怀中喜娘的异样，云开勒住马，掉转马头，让喜娘再仔仔细细地回望一眼那片洋溢着欢乐的地方。

那里，已然不再是来时的陌生；那里，已然是喜娘的亲族之乡。

刚刚与米尔扎克力舅舅相认，喜娘却又这般急匆匆地决定起身，就算没有问出口，云开也自是知晓喜娘的心意。

亲情，尤其是盼望了多年而终于得到的亲情，真的是会让人不舍再次失去的；甚至，为了赢得这片真情的久远，人们会不惜放弃自己的许多梦想——甘愿不再去远行，甘愿放弃远方曾经恋慕多时的风景。可是，喜娘却不可以容许自己这般贪恋温暖，不能容许自己现在就在亲情中沉沦。她的母亲，那位被称为月亮花儿的草原上最美丽的姑娘，在二十年前，把一个谜题留在了遥远的彩云之南，留在了那神秘而又危机四伏的南诏国，如今成为了解开喜娘心中疑惑的关键。远行，势在必行，所以喜娘只能硬下心肠来扬起利剑，斩断自己心中对于红尘亲情的贪恋。

另外，还有一层原因。喜娘母亲的族人，今日的阿萨族，正是当时的乌孙，几乎可以说是被喜娘亲手毁掉了的民族……尽管情有可原，尽管事关国家，但是喜娘心底里，怎么可能没有万般挣扎与无法摆脱的迷惘？在这一切还无法顺利地梳理清晰之前，在更深厚的感情还没有生根发芽之前，远远地逃离，只留下一个寒凉的背影，该是所有人遇到困难时都会选择的方式吧……

云开垂下眼帘，深深地凝望自己身前，缩起肩胛以抵御寒凉的喜娘，心里涌起万般的疼——她还是一个年轻的姑娘啊，同年龄的女子都被养在深闺不识人间愁苦之时，她却要用自己瘦弱的双肩扛起这么多的苦难与责任！她总是挺直了脊背，独自强撑，从来没有在云开面前展示过自己的软弱。软弱，其实该是女子天赋的权利啊……

云开长长地吸进天山脚下寒凉的空气，莫名而深沉的情感鼓荡在胸臆之间，他伸出自己的双臂暖暖地拥住了喜娘，没有说话，只是用自己坚定的下颌，缓缓在喜娘发顶摩擦。

此时此境，千言万语都已经化为了心意的相通，即便无言，两人心下已然是有汩汩暖流涌动。

身无彩凤双飞翼，心有灵犀一点通……

****

喜娘仰头，眸子里已经恢复了天空一般的清朗，"在去南诏之前，我还想去一个地方。"

云开的眸子里漾着暖暖的清波，并未开言问喜娘去哪里，只是微微颔首，提缰纵马踏着草原的辽阔，飞驰而去！

****

云开胯下的大宛名驹"追月"，像一道白色的闪电，闪耀在西域的碧草蓝天之间。日上三竿之时，已然来到了一片浩渺水波之前。

云开闪身下马，用手托住喜娘的腰肢，下得马来。

此时的喜娘，面对着汤汤水波，早已经深深陷入自己的思绪，行动宛如木雕的人偶。

喜娘强自压抑着眼眶里滚烫的泪水，一步一步，走向那浩渺水波。

不忍打扰喜娘，云开轻轻拍着追月，带着它安静地在一边吃草，只用眼睛柔柔地跟随着喜娘的身影。

水面千顷，一望无际，水边不知名的芦苇荻花已经高高地摇曳在风中。谁能想到，这里，数月之前，还曾经只是一片干涸的戈壁？

就是在这片戈壁上，曾经险险将喜娘和云开二人化为风干的骷髅。

就是在这片戈壁上，喜娘睁开眼，第一次看到了西域的天空。

就是在这片戈壁上，喜娘第一次见到了那个如神祇般俊美的男子。

就是在这片戈壁上，喜娘被大声地宣布为他人的奴隶！

时光悠悠，瞬间流转。那已经远去的时空，宛然重来，就围绕在自己身边，喜娘甚至忍不住轻轻微笑。

这片戈壁啊，喜娘曾经以为这是荒芜的天堂。

那个白衣鬓发的男子啊，喜娘曾经冒冒失失地称呼他为"上仙"。

那男子冲口而出的爆笑仿佛刚刚在耳畔炸响，他蔚蓝的眸子远比天空更加漂亮。

可是……喜娘凝望着那烟波千里的浩渺水面——可是这水，怎么可以、怎么忍心就那般生生地夺走了那双蓝宝石一般的眼睛，空余下冷冷的悔恨，在自己胸膛间游荡！

该如何，幽蓝忆从头？那段撕心裂肺的场景，一直一直鲜活在自己的梦境中，垂眸便是锥心刺骨的痛！

那双蔚蓝的眼睛，隔着浩渺的水波，仿佛藏着千年的等待与留恋，缓缓、缓缓，沉入烟波，那温柔的嗓音却一直在空气中娓娓诉说：

"这次五百年的相见，我们相处的时间太短暂了。"

"都怪你，总是躲着我，总是不了解我的心意。"

"下一次,下一个五百年,你可不许再淘气了,乖乖地守在我身边,心里再也不许藏着别的男人了……"

那幽蓝的,如月光下潋滟湖水的眸子,终于,终于,淹入水波,滔滔而去。

远方,晨星升起。

黎明已经到来。

只是这世界,还会是,从前的模样吗?

****

喜娘终于压抑不住心底喷发而出的情感,匍匐于牢兰海之畔,遥望浩渺水波,放声地哭出来,"雅丹,雅丹——对不起,对不起——"

空荡而酸涩的嗓音如西域上空寒凉的风,云开也不禁仰首努力抑制住眼里的泪。他知道,喜娘的这声哭喊已经整整压抑了数百个日夜,如果不让她发泄出来,喜娘将永远无法走出那道幽蓝的阴影。看着她这样地哭泣,总比看着她强自地压抑要好上太多。

云开心底默念,"雅丹,你放心,今生今世我一定会拼尽自己的性命,保护好她,给她所有的幸福。来生,如果有缘,我愿意亲自将她托付给你。我只要此生,我只要一生一世拼尽我的爱。未来的生生世世,我愿意做你们的挚友、亲族,亲眼看着你们重聚,看着你们得到幸福……"

****

水波涟涟,秋风呜咽,白色的荻花在寒凉的风中萧索地摆动。喜娘止住了哭声,抬手从襦衣领子处拉出一串红色的珠串。

天空异常地晴朗,那晶亮的湛蓝宛若纯粹而又透明的蓝宝石,金色的阳光挥洒而下,映着涟涟水波,一同辉映在那红色的珠串之上。

那一瞬,仿佛日月天光、山灵水色,都被集结起来,独独只为了照亮喜娘手中的红色珠串——

那珠串,正是当日雅丹送给喜娘的血胆玛瑙;

那珠串,每一颗里都藏着一滴颜色妖艳的血;

那珠串,便是唤醒牢兰海水的密钥……

喜娘凝眸望着艳光潋滟的血胆玛瑙,手指细细地从每一颗玛瑙上婆娑而过,那一颗颗红得耀眼的玛瑙,仿佛都是雅丹那片毫不遮拦、红到潋滟的心。

喜娘转眸凝望水波,仿似低低呓语,"为什么?为什么你把它给了我?为什么,你会说我们五百年会有一次的相见?你究竟是谁?而我,又该是谁?"

****

忽地,水波深处忽然传来人语声。喜娘不觉一惊,紧紧将血胆玛瑙按压在心口,站起身来,极力向远方眺望——来人,难道说,可能是……?

喜娘的心嘣嘣紧跳,她霍地起身,蓦然回首——

远远地,远远地,在涟涟水波与湛蓝的天空交汇的地方,缓缓地驶来一艘小船,悠悠荡荡，一直漂进了喜娘的视野。那是一只白色的羊皮伴以支撑的木骨搭建而成的小舟，船头立着一个三岁大小的男孩儿，船尾是一位须发皆白的老者，缓缓地摇动着木橹。

看清眼前的一舟二人，喜娘的眸子不禁一黯，她悄然地收起了血胆玛瑙，转身准备向云开走去。

那男孩儿操着稚嫩的童音，舌尖打着柔柔的卷儿，满含疑惑地问老者，"爷爷，您说为什么我的眼睛会是蓝色的？"

老者依然慢条斯理地摇动着木橹，"因为，这是上天给你的使命啊……"

男孩不解，重复着老者的话，"上天的使命？爷爷，什么是上天的使命啊？"

老者仿佛压根儿就没有看到岸边的喜娘和云开二人，一径暖暖地望着自己眼前的男孩儿，"上天给我们的使命，就是要……"一阵风吹来，吹散了老者后边的话语。

喜娘却忽地转过头来！冥冥之中似有牵引，那陌生的一老一小的谈话，似乎与自己有着莫大的干系！

男孩儿又问，"爷爷，那我什么时候才可以完成上天给我的使命呢？"

老者悠悠仰首，眼光遥遥地望进湛蓝的天际，"孩子，等你长大成人，比爷爷还要高大的时候，你就会遇到你心爱的姑娘。当你的蓝色终于与她的红色重逢，那么上天交给你的使命就将达成……"

喜娘闻言，心下忽然激跳！她拼命地向小舟上的一老一小挥手，"老人家，老人家，请停下船，我有很重要的事情想要请教！"

老人与孩子却浑然不觉。仿似在喜娘与小舟之间隔着一层帷幕，透明，却永远可望不可即。

孩子依然在问着老者，"爷爷，那么为什么上天会选中我，让我去完成这个使命呢？"

老人微笑，"因为，你是你妈妈、爸爸的孩子啊……"

又是一阵清风吹过，岸边的芦苇荻花沙沙地摇动，它们摇摆着长长的身子，一直一直欺满喜娘的整个视野，遮住了小舟上的一老一小……

良久，终于风定，芦苇荻花静静地肃立一边，宛若含羞的处子。可是喜娘却已经找不见了刚刚波上的那一叶轻舟，找不见了刚刚还在耳边言语的一老一小。

刚刚，真的有小舟在波上划过吗？

刚刚，真的有人曾经说了什么听得不是十分分明，却又是十分重要的话了吗？

喜娘茫然回望，身后只有云开，静静地喂着追月，似乎对于刚才的一切毫无察觉。

****

喜娘喃喃地念着那老者说的最后一句话，"因为，你是你妈妈、爸爸的孩子啊……"心中蓦地一动！

自己的身世，宛若层层迷雾包裹着的谜团，一切的一切都紧紧缠绕在母亲曾经的过往之上。如果，能够揭开母亲身上那一道道的谜题，是不是，为什么自己会拥有唤醒牢兰海之水的秘密，自然也就会迎刃而解呢？

血胆玛瑙中包藏着的血滴,正是由自己的鲜血所唤醒,而自己的血,正是来自于自己的父母双亲!

而一旦揭开了自己的身世之谜,那是不是也意味着将有可能实现雅丹所说的"五百年之后的再见"? ……

喜娘心中腾起闪亮的热望,赶走了所有的悲伤,她的脸颊也瞬间被天光水波照亮,一丝微笑绽开在喜娘嘴角——云开抬头望去时,恰好看到这样的场景,一身红衣的喜娘,盈盈立于水波之滨,面如春花盛放,眸似星辰闪亮!

喜娘姗姗走来,主动将自己的柔荑放入云开掌中,"云,请你,带我,去,南诏!"

****

云开欣喜地看到喜娘颊边绯红的笑容,他拥住喜娘,倾身一吻,旋即飞身上马,追月白色的身影在湛蓝的天空、碧绿的草原和激滟的水波之间,宛若白色的闪电。

远方,随着风儿,传来了鄯善国中居住的回鹘歌手吟唱的《十二木卡姆》,灵动酣畅的歌声,随着清风,宛若跳跃着的快乐,陪伴着喜娘和云开二人,跃马驰骋在辽阔的西域大草原上——

你给我的安慰如同爹娘,
你是玫瑰酿成的蜜糖;
我要遨游,我要飞翔,
你就是我心灵的翅膀。

如果我的父母还在世上,
我也不会如此孤独彷徨;
可惜父母早早弃我而去,
我的生活从此像枯萎的花儿一样。

我的情人好像鲜花一样鲜艳,
这美好的感觉就像我的爹娘;
情人是我心中最大的快乐,
她的爱情使从此幸福安详。

……

向南,策马彩云之南,那里有苍山洱海的旖旎,那里有香格里拉的圣洁。
那里,流传着数不清的神奇故事;那里埋藏着艾依古丽——草原上的月亮花儿的秘密。
追月凌空,南方以南……
(重回西域卷,完。)

八
康藏香巴拉

1. 莲花生大师

天空,澄澈至透明,高而辽远。抬头仰望进这片炫目的蓝,真的有纵身跃入那片碧蓝的冲动。

金色的阳光从万里无云的碧蓝天空中毫无遮拦地泼洒而下,丝丝金线照耀在远处的雪山之巅,反射出五彩的光芒。仿佛那里有万千神佛,浴着斑斓佛光,俯视着茫茫众生。

头顶的天空中,在那片耀目的蓝色背景下,红、黄、绿、蓝、白五色经幡密密地交织在视野中,随着清风,悠然摆动。佛说,经幡每一次被风飘动,便是虔诚的信徒们在心中默念了一遍经文。五彩的祈愿,随着清风飘向蔚蓝的天际,心便随着一同,飘远飞升……

低头,脚边处处,到处是白色的石头堆叠而起的嘛呢堆。石片上面用彩色的颜料,庄严而虔诚地雕刻着几个巨大的字符,那是佛家的"六字真言"——"唵嘛呢叭咪吽"合佛法四部心而成清净不染的莲花、如意宝，概括了大乘佛教全部的价值观和奋斗目标。这里的人们在六字真言的诵生中降生、成长直至离世，一生从不间断。

远处，寺庙里的喇嘛吹响法器，浑厚而悠长的声响，伴随着喇嘛们诵经的梵音，缭绕回旋，应和着山间奔突激流的江水，一起回荡在这片绮丽的世界。

这里，是一片神奇的土地，它介于中原、西域、吐蕃与南诏之间。四方文明与习俗在此处碰撞融合、交相辉映，在这片奇山丽水之间拱卫出一朵风情无限的瑰丽奇葩。

居住在这里的人们，称这片土地为"康巴"。

信仰佛、跟随佛、礼佛、诵佛成为这片土地上至上的旋律。

****

一处康巴院落。

二层的平顶小楼。一楼的外墙涂成白色，二楼的房檐处则是艳丽的棕红色。小楼的一层养着牛羊牲畜，通过一根独木雕刻而成的木梯，二层才是诵经的经堂和主人家居住的地方。

院落里，一个红衣的身影正在一个一人多高的巨大的木桶前努力地压动着一根粗壮的木杆，哗啦啦的水流声响不断从木桶中传出。一个满面微笑的康巴大妈，围着木桶走着，不时用手里的木勺从木桶里舀出淡黄色的东西……

大妈边忙边慈祥地微笑，"孩子，你的酥油是打得越来越好了呢。今晚，阿妈就用你亲手打的新鲜酥油，给你做一壶最香最美的酥油茶！"

大妈的话音被一个从院外飞奔而来的年轻姑娘打断，"喜，快，快来，莲花生大师他，他要亲自见你！"

"莲花生大师？要见我？"喜娘停下手中的活儿，不明所以地望向脸上一片红云的康巴姑娘梅朵，未待问出口，身边的尼玛大妈已经匍匐于地，向苍天高举双手，磕起了等身长头。

喜娘知道，这是康巴人最为隆重的礼节，只有对诸天神佛与寺庙中的高僧大德才会如此。

梅朵是尼玛大妈的孙女儿。梅朵的脸上绽放着喜悦的光，"喜，你还记不记得前日献给寺庙里的面饼？还以为只是供奉给小喇嘛们食用的，怎想到莲花生大师他就亲自品尝到了呢！大师一尝到，就立即遣人来问是谁做的那个饼，待得听说是从西域来的一位姑娘后，便高声嘱咐人快快召你觐见！"

前日做的面饼？喜娘不禁莞尔。

原来，康巴的百姓，家家户户都要供奉着各个寺庙的衣食，为了能够得到神佛和活佛们的垂青，家家户户都对自己奉献的吃食下足了工夫，力求能够让更高一级的喇嘛、活佛品尝到，以得到他们的赐福。尼玛大妈一家这么多年来，还没有一次得到垂青的机会，于是求助于喜娘。喜娘将从西域随身带来的"小茴香"（注：今孜然）用到了面饼的制作里，没想到真的就得到了高僧的垂青……

喜娘微微笑着简单地收拾了一下自己就打算跟着梅朵出门，却被尼玛大妈一把拦住，"孩子，面见莲花生大师，可是怠慢不得啊！莲花生大师是我们的'古如仁波切'，是我们的'宝上师'啊，他是阿弥陀佛、观音菩萨和释迦牟尼佛在人间三位合一的代言啊！就连你们汉人的皇帝，见了莲花生大师都要以国师之礼相待呢！"

喜娘微笑。她虽然来到康巴才不过短短的月余，但是已经能够体会到康巴的人民对于神佛与神佛在人间的代言人——喇嘛们的崇敬与礼遇。虽然自己不是礼佛的信女，但是自己对于高僧大德的崇敬之心还是有的。

喜娘轻柔却有力地按住尼玛大妈的手，"大妈您放心。我会带上最好的哈达，还有我亲手制作的好吃的面饼前去觐见莲花生大师。尼玛大妈，我会为您向莲花生大师请赐一个他开光过的护身符！"说罢，喜娘回屋收拾了一个小包裹，跟梅朵二人手拉着手，像两只快乐的小黄羊，向莲花生大师驻锡的寺庙跑去。

喜娘身后，白墙红檐的院落里，尼玛大妈合掌遥望着喜娘远去的背影，脑海中回荡起第一眼看见喜娘时的错觉——碧绿的草原上，一匹神骏的白马四蹄飞奔，马背上坐着白衣的"神将"。白马与白衣神将共同护卫着的，是一朵姣美的绯色莲花……及至神马奔至眼前，才发现，那白衣神将倾身揽护住的，是一个满身红衣的姑娘，她娇憨地睡得正香，她甜美娇羞的笑靥，比莲花更美……尼玛大妈当时便已匍匐在地，她相信，这样的神马与白衣神将合力护卫而来的，定然是佛陀驾前的妙法莲花！莲花现世，乃是生之再生，即可印证康巴之地乃是净土世界，康巴信众将得到神佛的庇佑……

虽然，白衣神将和妙法莲花都说自己不是神佛派来康巴的使者，他们说自己只是从西域而来，往南诏而去，途经康巴而已。但是笃信神佛的尼玛大妈相信，这个姑娘定然就是妙法莲花的真身！

此番，喜娘第一次亲手做的面饼，便有幸被莲花生大师亲口品尝到，更要召见喜娘，可见，这个姑娘佛缘之深，福缘之甚啊！

****

塔公寺，上顶青翠蓝天，背倚圣洁雪山，足下则是一望无际、风光秀美的塔公草原。塔公，梅朵曾经告诉过喜娘，"塔公"的意思是"菩萨都舍不得离开"之意。相传，当年文成公主入藏，途经塔公草原时，她带来的一尊释迦牟尼十二岁等身相突然变得极为沉重，再也搬抬不走，似是释迦牟尼舍不得离开这片美丽的地方。无奈，文成公主只好派人修筑了一尊同样的佛像，供奉在寺庙中，方才顺利地走过了塔公，入藏成婚。而这座供奉了释迦牟尼的寺庙，正是塔公寺。

喜娘抬头望向塔公寺纯金打造的宝顶和重重斗檐，在纯净的阳光照耀下，发出耀眼的光芒，在背后雪山的映衬下，宛若一朵盛开于雪域草原的金色莲花，清灈神圣。喜娘的心，不禁肃穆起来。

禀明来意，应客喇嘛并没有将喜娘带入寻常僧众谒见大师时所入的大殿，而是指引着喜娘来到了大师日常修行所居的后堂。

莲花生大师正端坐在案边，细心翻译从天竺带来的经文。喜娘面对莲花生大师虔诚地合掌、弯腰九十度，正欲托袖跪拜之际，莲花生大师已经站起身来，轻轻托住了喜娘的手肘，"孩子，起来吧。"

喜娘遂垂手，聚足，屏息，鞠躬，走上前去，接受莲花生大师摸顶赐福。

大师温热且宽厚的手掌轻轻拂在喜娘头顶，一股暖流从头顶缓缓而下，刚刚的紧张与对莲花生大师的敬畏渐渐退去，随之而来的是一种莫名的亲近感，身心更有如碧波涤荡，仿佛脱了之前的浊重，而变得轻盈、洁净起来。

喜娘奉上哈达，又从带来的包袱里取出带来的面饼呈给莲花生大师。同来的梅朵也向莲花生大师敬献了哈达，并将事先准备好的酥油花敬献在了佛前。

看到梅朵敬献在佛前的那刻精美的酥油花，喜娘微微有些愣怔。此来，她只想到要对莲花生大师有所敬献，却忘记了更为重要的、在佛前的献礼。毕竟不是礼佛的信女啊，自己的礼数总没有康巴子民来得周全。

想了片刻，喜娘忽地从贴身的荷包里，拿出几片干枯了的花瓣和黑色的种子敬献在了佛前。相对于佛前众多精美而华丽的酥油花，喜娘敬献的东西实在是太过简陋。专事礼佛的喇嘛似也有此意，沉吟着用征询的目光望向喜娘。莲花生大师也被喜娘的举动吸引，他走过来，微微笑着问，"孩子，你敬献的是什么？"

喜娘合掌一礼，"禀大师，这是，莲、花。"喜娘说着将数瓣花瓣对接，围绕着中心的黑色种子，一朵曾经盛放过的莲花，以一种经历过繁华之后的淡然姿态，映入所有人的眼帘。

梅朵一惊，悄悄拉着喜娘的衣袖，"喜妹妹，你怎么敢拿一朵干枯凋谢了的莲花敬献在佛前呢，这岂不是对佛的不敬？"

喜娘淡定地对梅朵微笑，"梅朵，正因为是这样，所以才是更加适合敬献在佛前的莲花呢。"说着，喜娘随手将干枯的花瓣捏在掌心，微微用力，花瓣全部变成了碎片，全然看不到了初时的花瓣形状。喜娘抬头望向释迦牟尼佛，又转头望了一眼微微而笑的莲花生大师，似对梅朵说，又似喃喃自语，"这样，才更加是莲花……"

梅朵惊得脸颊变色。

"哈哈，说得好，孩子，你说得太好了，这样才更加是莲花！"莲花生大师拊掌而笑，眉宇间尽是舒展。

喜娘弯腰合十，"世间万物，本无色无相，我心如莲，我佛自知。"一句话说完，殿内的大小喇嘛俱皆变色，莲花生大师含笑望住喜娘，"孩子，你竟不是信佛之人，可是你的慧根佛缘却不知要高于这世间多少的比丘啊！"

喜娘淡笑颔首，"小女贪恋红尘，贪恋红尘中的人，贪恋红尘中的情，抛不开红尘中的恩恩怨怨。能够做个幸福的俗世中人，便是小女此生之愿了。"

莲花生大师点头，"是啊，初次尝到你的面饼，老衲便知道了。不是贪恋红尘，又怎会在一团小小的面饼中煞费那么多的心思。你的面饼，让老衲想起了多年前在西域邂逅的一位故人啊，他也曾随身带着这般口味的面饼，当时还请老衲一同享用。不知，如今那位故人，是否安好啊……"

喜娘心下不禁一动！喜娘亲手做的面饼，看来似乎简单，与平常面饼无异，实则是喜娘在揉面的时候加入了从西域带来的小茴香(今孜然)。虽然，在西域，小茴香也被西域之人广泛地运用到各种食物的制作之中，但是喜娘的做法又有不同。

康巴之地，山高路陡，水流湍急，无论是陆路还是水路，交通和运输都极为不便。因此，历来，盐巴都是非常紧俏之物。活佛高僧和各级贵族还好，普通民众的饮食中，一般都很少舍得加入足够的盐巴，这样就使食物吃起来清淡寡味。喜娘放入小茴香，正是想给面饼增加味道。但是小茴香本身口味浓重，奉献给寺庙中的喇嘛食用又有所不妥，于是喜娘将小茴香泡水，待数个时辰后，小茴香的滋味大半已经浸入水中，然后将满含了小茴香滋味的水用来和面。这种取其味而舍其重的方法，是喜娘冥思苦想了之后才得到的法子，就算当初在西域，也无半个人使用的。(西域人皆重味，食物里唯恐清淡，各种香料均有放入，所以他们断然不会费心思地用小茴香泡出来的水来调味。)

而此时，莲花生大师却说，当年曾在西域品尝过同样滋味的面饼，而且大师还知道喜娘在这面饼之中煞费了苦心，想来定然是知道喜娘绝非简单地将小茴香加入面团中那么简单。那么，当年，又是谁跟喜娘有着同样的心思，做出了同样滋味的面饼呢？

****

喜娘躬身向莲花生大师请教，"大师，小女唐突，敢问当年是何人与小女有着同样的心思呢？"

大师微微笑着，"老衲召你前来，正是为了此事。想来孩子你与老衲那位故人，冥冥之中定有缘分，于是老衲才想见见你，说说当年的事情……"

莲花生大师缓缓仰首，他看不出年龄的脸颊上隐隐现出沧桑之感，这在平日里克制悲喜、无忧无怒的大师身上极少出现。喜娘郑重合十，她此刻宁愿将莲花生大师看做一位普通的老人家，而不是一位至高无上的尊上师。

"那一年，我佛遭遇重创。中原汉人的皇帝武宗和吐蕃赞普朗达玛相继灭佛，毁我佛像、拆我寺庙、逼迫僧尼还俗、烧我佛经典籍……对我佛信仰不坚的僧众渐渐背离我佛，只有那些信仰坚贞的高僧大德们，不畏世俗权势，始终坚持着自己的信念。无奈，这些坚定追随我佛的高僧们只有背井离乡，纷纷涌入了西域、康巴，以至再向南方的南诏国。老衲当年正是在这样的情形下遇到了那位故人。那位故人也是一位来自中原的高僧，佛法造诣精深，老衲与故人坐在敦煌的月牙泉边，谈论佛法、辩论心得，饿了就吃一口他带来的面饼，渴了便掬一捧月牙泉水，日升月落，不知不觉间整整过去了三个昼夜！"

"老衲自从在天竺皈依我佛以来，自认在中土之地，亦算得对佛法通晓之人，却未料到，天外有天。"

"第三日的黄昏，当老衲谈及中原与吐蕃的灭佛之事，老衲说这世界处处皆是佛，一切众生人人皆是佛，正所谓'莲生僧舍，一花一世界，一叶一如来'……"

"老衲说到得意处，急切地盼望听到那故人的辩论之时，却见他敛眉不语，只是站在金色的夕阳中目视老衲，淡淡而笑……老衲愣怔了片刻之后，忽然顿悟，这一场论辩，老衲已然是输了，输得毫无转圜，输得心服口服！"

莲花生大师说到这里，殿中一众喇嘛均是正色合十，轻喃佛偈，似是从中收获了大教诲。

喜娘和梅朵却一派愣怔。

莲花生大师微笑，"我佛曾在灵鹫山召集听宣佛众。我佛拿起一枝金婆罗花向大家示意。千万僧众均不解其意，只有我佛弟子摩诃迦叶心领神会地微微一笑。我佛当场宣布说，'我所创造的普照宇宙、包含万有的佛法，以及修习它所要达到的最高理想境界——涅巢，以及入道的门径，这一切，都是通过与信奉者心心相印来传播的。最终则是靠他们在顿悟中接受和领会的，而不是靠任何文字的或语言的方式完成的。'"

莲花生大师悠悠一叹，"佛难当前，老衲只想到我佛依然存于世间；而那位故人却说出了更高的境界：寺庙可以被拆掉、佛像可以被摧毁、僧众可以被迫还俗、经文典籍可以被焚毁……但是众生与我佛之间的心心相印却不可毁灭，不需那些外在的色与相，佛法真义依然能够通过虔诚的信徒们的心，得以流传与弘扬……"

莲花生大师脸颊上泛起因回忆而来的微微红晕，"那刻，老衲纳头便拜，希望能够成为那位故人的弟子。可是却被故人拒绝了，因为那年的故人只有二十七岁，而我那年已然是百岁之龄了……"

"临分别之际，那位故人将衲衣中所余的面饼尽数送给了老衲。老衲不解，那故人却说，'贫僧实则也有自己的放不下。今日，佛兄接了我的面饼，自然也便是帮贫僧放下了……'老衲不解其意，但是那位故人却不肯再说。他仰天朗声而笑，说既然放下了曾经放不下的东西，便生而无忧、死而无惧了。老衲追问他要去哪里，他说要从何而来，往何而去……"

莲花生大师缓缓仰头，合上双目，"自此，老衲与那故人，再无相见。"

莲花生大师的讲述，戛然而止。他悠悠的语音，与那故事中绵长的回味仍萦回在殿堂之间，萦回在每个听者的心里。这清雅、纯净的故事与情谊，仿若雪山上盛开的莲花，于缥缈月光之下，散发幽幽芬芳……对于信佛之心，对于僧众之敬，在喜娘的心内，又有了一层全新的了悟。

2. 月映莲花湖

当年，那个跟喜娘一样，用了心思取小茴香泡过的水和入面饼中，取其味而舍其浊重的人，究竟是谁？

莲花生大师并未言明，莲花生大师只说这面饼并非故人亲手所做，制作者另有其人，只是他那故人佛讳莫如深，丝毫不肯透露。于是当莲花生大师品尝到同样滋味的面饼时，才激动地要见喜娘一面。莲花生大师以为，见到喜娘，说不定便能得知当年那位故人的消息一二……

喜娘自然不知。却又不能说全然不知。喜娘只是觉得冥冥之中，自己与莲花生大师当年邂逅的那位故人，该有着丝丝缕缕的缘系。似乎很亲近，却又邈远不可及；本该是彼此不相识的陌生人，却隔着时空而有奇异的亲近之感。

这，竟是缘何？

心事惴惴，喜娘拜别了莲花生大师，一边垂首想着心事，一边缓缓走向尼玛大妈家。

****

还差一箭之地的距离，喜娘心下，蓦地一动，仰首抬眸，映着金色的夕阳，望见尼玛大妈家院落门口，一人一骑，浴着金光迎风而立！

心，突地跳脱如悸动的兔，喜娘轻抚脸颊，想用自己指尖的清凉压住脸颊上腾然而起的热度。丹心一片，赤如烟霞，纵然万般羞涩，那片思慕的情却是怎么挡也挡不住的了。

那马上之人也望见了披着一身金色夕阳归来的人儿。胯下的白色神骏用前蹄轻轻踏地，他知道就连马儿也思念她了，想要放足飞奔至她的身边。

夕阳如醉，彩霞满天，此时的心早已疯长了快乐，于是他干脆放开缰绳，任由胯下的马儿欢快地跳跃奔腾……眨眼之间，白色的骏马已然奔到了喜娘身边，却飞奔之势不减，马上之人借势伸开双臂将喜娘娇小的身子横抱上马，一提缰绳，两人合骑向夕阳的方向奔去。

这马正是大宛名驹"追月"，这人正是锦袍如玉的云开。

****

不知过了多久，追月停下脚步之时，已是月色阑珊。

云开轻拥着喜娘下马，放追月在林间吃草，自己牵了喜娘的手，绕过一片树丛。山重水复，柳暗花明，待得眼前视野豁然开朗，云开暖暖地用眼神包围住喜娘，带着她的视线投向前方——"哇！！！"当眼前的景色投入喜娘的眼帘，喜娘情不自禁地欢叫出声！

眼前，草木扶疏，一大片潋滟的波光，映着银色的月，缓缓荡漾。远远看去，仿佛一匹银色的锦缎，无风而舞，微波起伏。更让喜娘惊喜的是，波上袅袅立着茎茎莲花，宛若月光下的凌波仙子，清逸幽雅，娉婷含羞。

这莲，并不同于幼时江南所见一般的艳丽，也没有长安芙蓉的丰腴，巴掌大小的荷叶之上，只有茶盏般团团的一朵娇妍。纤细的花瓣、洁白的色泽、婉约的芬芳，在这片神圣的雪域草原之上，在皑皑雪山的映衬下，却益发显得圣洁而清濯。

喜娘惊喜地握住云开的手，"云，你是怎么找到这里的？"

云开淡笑，"是听马帮里的伙计扎次偶然提起，说康巴有一处圣洁的湖泊，湖中开满了清雅的莲花，纵然寒冬飘雪，依然含苞怒放。传说这是菩萨曾经降临过的地方，菩萨凌波而行，步步莲花，莲花象征了菩萨的圣迹，于是即便朔冬严寒都不会凋零。于是，这个地方虽然几乎整个藏区的人都听说过，却没有几个人真正地到达过。扎次说，这莲花湖是菩萨的圣洁之地，只有有缘之人方能到达。于是，回来的途中，我便着力地向几位老人家请教，终于找到了这里。我知道，你一定会喜欢……"

喜娘抽了抽鼻子，雪域草原夜晚清凉的空气，和着清雅的莲香扑鼻而来，喜娘羽扇一般的睫毛上,已经挂了晶晶的泪珠。她在心底暗暗感谢菩萨,感谢诸天神佛,能够派来这样一位温柔钟情的男子陪伴自己此生,这定然是上天的眷顾。

喜娘柔柔地走进云开的怀中,将自己的脸颊埋进云开的胸膛,嗅着那胸膛里久违了的温暖和熟悉的男性气息,悠悠地低喃,"云,你这次走了好久哦。我,好想你……"

云开拉过身上的白狐裘衣,将喜娘小小的身子紧紧地拥入怀中,力度大得仿佛要将那副身子骨揉碎进自己的身体里。唇细细密密地落下,带着颤抖的欲念,诉说着刻骨的相思,缓缓描摹着喜娘的眉、眼睑、睫、润泽的脸颊、娇俏的鼻……终于虏获了那枚粉嫩樱桃一般的双唇,连同喜娘娇羞的吟哦全部纳入其中。

谁说冬已经来了?银色月下,莲花湖畔,无限春光正旖旎……

诸天神佛,如果你们正在雪山之巅俯视众生,那么就请赐福给这对相恋的人,庇佑他们,长情缱绻,再无波澜……

****

云开,这一趟是跟了马帮,走了一遭险峻的茶马古道。

一个多月之前,云开与喜娘来到了位于川北的康巴地区。这里是从西域直达南诏国的必经之路。本想尽速赶往南诏,只是云开与喜娘发现自己身上所带的盘缠已经不多,所余不足支撑两人在南诏的花销了。于是,云开只好暂时将喜娘安顿在尼玛大妈家,自己跟着在康巴地区经商的各路商人,观察和学习经营之道。

这一趟走下来,云开得以知悉康巴与中原,以及吐蕃之间的通商门道。康巴的商旅通常在康巴当地或者吐蕃收集了珠宝、毛皮、马匹等,运输到康巴的锅庄,与中原客商交换茶叶和盐巴。

因为康巴地区山高路陡,水流湍急,将中原的茶叶运进来是非常困难的事,于是茶叶的身价也是飞涨。通常,几斤茶叶便可以换得一匹牦牛,甚至一匹上好的马!

尤其,近来显然中原朝廷对南诏国的忌惮加剧,为了准备战争中所需的马匹,大量的中原茶叶经由茶马古道被运来藏区,以便换得藏区的马匹。这样一来,从事藏区与中原地区的运输生意的马帮,生意便格外繁忙起来。

珠宝、毛皮、马匹等藏区的货物,云开自然所知不多,但是来自中原的茶叶,云开当然烂熟于胸。

云开正是看好了这桩生意。几乎不用什么资本投入,只要胆大心细,一人一马也可加入马帮,走一趟下来,月余时日便可获利颇丰!

两日之后,云开便将再度离开,加入康巴最大的马帮——世隆。云开说,他这一去,月余即可归来,到那时定然筹措到了足够的盘缠,云开便会带着喜娘离开康巴,前往南诏国,去追寻埋藏在那里的艾依古丽的谜题。

****

喜娘俯卧在云开温暖宽厚的胸膛上,枕着云开韵律起伏的心跳,睡得好香。迷蒙之中,她做了一个梦:碧蓝的天空中,太阳已经升起,但是天边的月还未退去,忽然有一颗耀眼明亮的星子，倏然从天边跌落，向下，向下，一直落入莲花湖中，激荡起巨大的水花，使得波面的莲花如无依的稗草扶摇飘摆……

似有人在凄凄婉婉地唱念，声如风中飘摆的丝线，辗转、颠簸：
"星落，烟波破，白莲哀凌弱。
拟把梦境看破，却只落得空将心儿淹没。
堕，堕，堕，
明朝梦醒别过……"

一阵愀然的疼，狠狠地绞住了喜娘的心房，喜娘猛然从梦境中醒来，鬈发早已被汗水濡湿，紧紧贴在了云开胸膛上温热的皮肤上。

喜娘一动，云开便醒了，他扯住白狐裘遮住喜娘露在寒凉空气中的肩膊，用手指一点点拭去喜娘额上的汗珠，"喜，怎么了？"

喜娘怔怔望向云开，想当做不经意般讲述刚才的那个梦境，却是无论如何也张不开口。尤其是心底那股毫无来由的寒凉，当看到云开温暖的笑容时，不但没有退去，反倒直透肌骨，四肢止不住地瑟瑟抖如秋风中的叶。

两日之后，云开就将离开，这一去路途险恶，道宽只容匹马，身畔便是万丈悬崖；就算盘过了山路，金沙江、澜沧江等湍急的江河又将是无法通越的天堑。只能在两岸之间悬了浸泡过桐油的山藤，一人一马悬垂而过，波浪狂拍巨石的广阔江面之上，渺小得全靠天意来定夺死活！

云开，这一去，便是将性命赌博！

她怎能，她怎么舍得，在这样的时候，将一个小小梦境中的担忧说将出来，再去烦扰即将起程的云开呢？

喜娘静静地摇了摇头，"没事，做了个梦，不过醒了就忘记了。"
****
回到尼玛大妈家，已经是第二天的正午时分。喜娘将从莲花生大师那里求得的护身符送给尼玛大妈，云开也将此次走商带回来的茶叶送给尼玛大妈。尼玛大妈开心得不知说什么才好，一定要亲手打一壶醇香的酥油茶来感谢喜娘和云开。尼玛大妈还特别说，这酥油茶里的酥油是喜娘亲手打出来的，而酥油茶中的茶叶自然就是云开带回来的茶叶了。

稍事休息后，尼玛大妈准备的午餐已经上桌，酥香四溢的糌粑、浓香扑鼻的酥油茶、鲜香嫩滑的烤羊肉、清香飘逸的青稞酒、回味无穷的酸奶酪……喜娘娇羞着脸颊，亲自走到桌前，捧起云开身前分别装着青稞炒面、酥油、糖的碗，在空碗中倒入热水，用手指将酥油、糖、炒面糅合起来，用中指搅拌着，捏成一个个窝窝的形状，捧给云开。

尼玛大妈笑着对云开说，"孩子，看看，喜娘自己都会做糌粑了呢！快尝尝，看看这糌粑是不是比往常更加香甜！"

云开就着喜娘的手品尝了一块糌粑,他的眸子里迸射出喜悦的光芒。这糌粑中,竟然还奇异地糅合了一丝清甜的味道,似有荷香在口,掩去了酥油的浊重,真是别有一番滋味,恍然之中好似有如江南的点心一般轻巧的口味。

云开询问地望着喜娘,喜娘的脸颊又是一红,"我带了些莲花湖的莲叶回来。做糌粑的青稞炒面,事先用莲叶包裹着温热过……"

一声"莲花湖",把云开和喜娘都带回了昨夜的两情旖旎,两个人互望的眼神里,浓情流转。

****

那边厢的尼玛大妈却惊讶地猛然站起身来,"喜,你刚才说什么?你说你去过莲花湖?还带了莲花湖的莲叶回来?"

喜娘羞赧地点头。

尼玛大妈脸上忽然露出奇异的表情,似极大的欢喜,又似极大的悲伤,"孩子啊,孩子!你好幸运,可是你又好糊涂啊!"

喜娘和云开惊异地望向尼玛大妈。

大妈长叹一声,"莲花湖是菩萨显灵的圣地,万千信徒想要去朝拜却永远无法到达,而你们竟然轻易地就找到了,这说明你们都是有慧根的孩子,注定受神佛庇护……但是,你们又太轻率了,莲花湖的一草一木都是菩萨的圣迹,都牵引着一段前因后果,是不能擅动的啊!你们带回了莲叶,那就启动了莲叶背后的一段因缘,这一切的前因后果就都要你们自己来承当了!只能祈愿,这是一段善始善终的因缘,而不是一个谶语……"

喜娘的脑海中不禁又回想起昨夜的那个梦。

日月交替,星子陨落。
水波惊扰,莲花寥破……

难道这一切,真的不是一个偶然,而是冥冥之中注定的因缘际会?

只是,这对于即将远行的云开,这又将意味着什么呢?

3. 白玛达瓦

云开走了。

这一走,已有半月,迟迟还未传回一星半点有关世隆马帮的消息。

喜娘的心一直惴惴着。

思念云开的时候,喜娘便会一个人,借着月光,来到莲花湖边,静静地凝望月光下的莲花,回味两人从相识到相爱的一路艰辛。

这日,草原上又有一队马帮经过,是来自逻些(今拉萨)的马帮。他们说在经过大渡河的时候遭遇了大雨,雨水冲击山土造成了山体滑坡,河水上涨把大渡河上的渡桥都冲断了。途经的马帮人仰马翻,几乎无一幸免都有不同程度的财物损失。据说,有的马帮还死了人⋯⋯

喜娘听到这话,心下咯噔了一声。梅朵安慰她,说云开跟从的世隆马帮刚刚出发半月,按照茶马古道的艰难程度,半月还不及走到大渡河呢。

喜娘也暗自安慰自己,云开毕竟曾经是中原的镇远将军啊,且不说他身怀绝技,单就胯下那匹神骏"追月"也是通了灵性的啊,纵然是遇到什么险阻,他们也断断不至于危及性命⋯⋯

尽管不断地自我安慰着,喜娘依然觉得到自己的一颗心颤抖得不成样子,即便坐在月光下的莲花湖畔,满眼清幽,身心圣洁,却依然无法阻挡那一股从心底攀爬而起的寒意。

那年流行于民间的一首曲子词,悠然浮上耳畔,记忆里听得见那素衣的歌女,独坐在二十四桥明月夜中,凄凄望住水中月光茕茕的倒影,映照着岸上的自己的形单影只,只有一管玉箫为伴⋯⋯真是笛声如泣,惹人神伤:

菡萏香销翠叶残,西风愁起绿波间。
还与韶光共憔悴,
不堪看。
细雨梦回鸡塞远,小楼吹彻玉笙寒。
多少泪珠何限恨,
倚阑干。

正在黯然神伤之际,喜娘忽听得背后有树木草丛摩擦而出的窸窣之声,渐渐有人的脚步与马蹄声交叠杂沓着传来。喜娘想要闪避已经迟了,只能疾步向尼玛大妈家的方向走去。

身后忽然传来一个男子淳厚的嗓音,"白玛达瓦,白玛达瓦,不要跑,白玛达瓦!"

他在叫谁?

喜娘一边疾步走着,一边快速地回望了一眼——银色月光下,一个身着黄、红、蓝、白、绿"五彩天衣"的康巴汉子,牵着一匹白马,凝立在莲花湖畔。

见喜娘回望,那康巴汉子的叫声更大了起来,"白玛达瓦,不要跑!"说着更放开了手中的马缰绳,几个大步便纵到了喜娘身后,一伸手便拉住了喜娘的胳臂!

喜娘被迫顿住身形,紧张地回身仰望那康巴汉子——

月光如水,静静在莲花湖面流淌,波光如银,轻波荡漾着映在两个人的脸上。

康巴汉子额侧垂下的红色丝穗的"英雄结",被微风轻轻吹动,缓缓摇荡;正像康巴汉子此时正凝望着喜娘的温柔眼神。

——他有着一双狭长的眸子,薄薄的眼睑掩不住眼眸中的微波荡漾。

喜娘被彼此近距离的凝视困扰，遂垂下眼帘，只看向那康巴汉子悬挂在左侧胸膛与手臂之间的白银"嘎乌"，不解地问，"你，是不是认错了人？我不是你要找的白玛达瓦。"

康巴汉子笑了，"呵呵，姑娘，我刚刚叫的人就是你。我并不知道你的名字，白玛达瓦只是我见到静静地站在月光下、莲花湖畔的你，心里涌起的一个名字，所以我就用这个名字来称呼你了。"

白玛达瓦？喜娘重新抬起眼帘望向那康巴汉子的眼睛，热情、真诚、勇敢，还有一丝丝的惊艳与羞涩，"为什么叫我白玛达瓦？"

康巴汉子羞赧地笑，"姑娘你不是康巴当地人吧！在康巴，白玛代表着莲花，达瓦则是月亮的意思。刚刚我乍见你之时，还以为是月光下的莲花仙子，于是便称你为白玛达瓦了……"

喜娘的脸颊腾地热了起来，她不自在地再凝望了一眼那汉子，忽然感觉这汉子虽然穿着康巴的五彩天衣，眼睛里有着康巴汉子特有的热情、真诚与勇敢，却，又多了一丝难以言表的气质，或许那该叫儒雅，又或许那应该叫高贵……喜娘格外注意到，这汉子的眼睛竟然有着狭长的形状与薄薄的眼睑，他的面色也并非康巴汉子常见的黧黑……如果，除去这身藏袍，换上汉人的锦袍玉带纸扇纶巾，这男子分明是一个翩翩贵公子的模样！

一阵微风吹来，满池莲香扑面，喜娘惊觉自己的心思扯得过于远了，自己刚刚竟然就盯着这陌生的男子定定想着自己的心事！实在是太唐突了……喜娘急忙从男子的掌中抽回自己的胳膊，"对不起，天色太晚了，我们这般孤男寡女地说话太不方便，我要回去了……"

男子的神色也似是从梦境中恍然醒来一般，他灼手一般地松开了握住喜娘胳膊的手指，尴尬地笑着，"是啊，白玛达瓦说的是。或者这样，天色也晚了，这里丛林细密，路途不易，如果白玛达瓦你不嫌弃，我愿意送白玛达瓦回去！"

喜娘急忙摆手，"不劳了，我家住得不远，这里的路途我也很熟悉，我自己回去就好！"

男子的手指紧张地握成空拳，又放开，"那好吧，白玛达瓦。只是，我想知道，以后，我是不是还有见到白玛达瓦的机会？"

喜娘友善地笑，"佛说有缘之人自会相见。说不定很快我们就会再见了呢！"言毕，喜娘提起裙裾，敏捷地跑过树林，几个转身便失去了踪迹。

男子张着手，仿佛手中还有刚刚喜娘留下的体温，他狭长的眼睛凝望银波潋滟的湖面，微微地笑，"白玛达瓦，我一定会，找到你的……"

****

回到尼玛大妈家的喜娘，一颗心儿依然扑通扑通地跳个不停，喜娘用手抚住胸口，强自藏住这莫名的心悸。

学着康巴姑娘结成满头细长发辫的发梢，传来重重的垂坠之感，喜娘顺手一捋——一枚雕刻精美的象牙扳指圈于其上。

这，应该是刚刚那个康巴男子偷偷留下的。

不知怎的，这枚隐敛光华的象牙扳指，蓦地让喜娘忆起了一对眼睛，狭长的有着薄薄眼睑的眼睛,望住人时总是似笑非笑,却总拢住一汪浓情,望得深沉而又专注……喜娘的心又是忽地一跳!

这双眼睛,喜娘总觉曾经是在哪里见过,隔着缥缈的烟雾,隔着浩瀚的水波,隔着悠远的时空,遥遥地望来……可是喜娘确认,自己真的真的从来没有见过刚刚那个康巴男子,也真的真的没有对哪个男子的眼睛如此的记忆深刻过。

到底在哪里,

到底是谁,

曾经用着这么一双眸子,

悠悠荡荡地深情凝望?

喜娘用力甩甩头,想甩开那康巴男子在自己心上种下的奇异的蛊惑。

此刻,她更应该去想念的,是那一人一骑独入崇山烟波的云开才是。

云,你此时,可安好?

喜娘情不自禁学着尼玛大妈,凝神摇动黄铜打造的转经筒。经筒悠悠,每一个旋转,便似默念了一遍佛经,纵然是不懂得佛法佛理的俗人,此时的那颗充满虔诚敬畏的心,也一定能够被诸天神佛查知,许自己一个吉祥如意的心愿吧……

****

"喜,你快醒醒,不好了,大事不好了!"捧着转经筒和衣而卧的喜娘,被梅朵惊惶尖利的嗓音吵醒。

喜娘惊跳起身问,"怎么了,梅朵?"

梅朵郑重地看了一眼喜娘,像是没有准备好如何开口,又像是想确认喜娘有足够的坚强,"喜,刚刚从中原回来的马帮说,世隆马帮在大渡河遭遇了洪水,财物损失三分之一不算,还有一个新入帮的汉人,为了救人,被河水冲走,找了三天依然不见踪影……"

喜娘怀中的转经筒怆然落地,叮啷啷——蓦然响起的金属撞击之声,寒凉地回荡在雪域高原早晨清冷的空气中,宛若悲戚长吟。

喜娘颤抖着手抓住梅朵的胳膊,"梅朵,世隆马帮这次走商,有几个新加入的汉人?"

梅朵的泪已经先流了下来,"喜,我们康巴的马帮向来是不收汉人的。马帮的人都说,只有康巴的汉子才有足够的体力和勇气,走过万般艰险的茶马古道。云开大哥,是第一个凭自己的身手得以被破格纳入马帮的汉人呐!"

喜娘整个身子都颤抖了起来。她蹲下身子,想拾起跌落尘埃的转经筒,可是一只手扑在地上摸索了良久也无法将转经筒握住手中!喜娘茫然地喃喃,"转经筒呢,我怎么可以把转经筒跌落地上,这可是对神佛的不敬呐,我要把它捡起来……"

梅朵大哭着握住喜娘已经颤抖不像样子的手,将转经筒塞入其中,摇晃着强自挺直腰杆的喜娘,"喜,别这样,想哭就哭吧,别憋着……"

喜娘用两只手颤抖着捧住转经筒,将它紧紧贴在胸前,"不,梅朵,我干吗要哭。云开他只是不见了不是吗?他不会有事的,不会的。我昨晚还转着经筒祈求他安康呢,神佛不会听不见的,他们不会弃我于不顾的!"

顾不得梅朵和随后赶来的尼玛大妈哭着拉扯,喜娘兀自抱住转经筒一步步走出尼玛大妈家,"我要去找他。我要亲自去把他找回来。我们已经分离过太多次,我们已经分离得太久了,我们好不容易才能好好地在一起——他不会丢下我的,我也绝不会丢下他!"

"我去找他,我会把他好好地带回来的。我们说好了,要一起去南诏;我们说好了,要彼此陪伴着好好过完此生……"

碧蓝如醉的天空中,有黑色的兀鹫展开巨大的翅膀盘旋飞过。远处的山巅,定然又有家族正在为死去的亲人执行神圣的天葬。

山巅传来的诵经之声,伴着兀鹫的嘶鸣,在浩渺的空中盘旋萦回,仿似上天降下的空空哀哭……

4. 茶马古道

这世上,还有没有一条路能有如此艰辛?

宽不足五尺的小路,宽仅容匹马,傍依着山壁,身旁便是陡峭的悬崖,耳畔时时鸣响着湍急的河水拍打在山壁之上的轰鸣……

喜娘完全不敢侧身向下望,深恐就这样一个侧身,便失却了身体的平衡而一头栽落山崖,葬身洪流。

想来,心下便是惴惴,只好极目向前眺望——青翠的山崖间,一条狭长小路宛如羊肠蜿蜒盘旋,遥遥望不见尽头。小路上走满了各个马帮的队伍,马匹两侧都挂满了大大的货物包裹,马匹项下的驼铃悠悠而鸣。

蜀道难,难于上青天,说的也正是此时此地的景象吧。

****

"伏低身子,脑袋不想要了吗?"正限于沉思中的喜娘,冷不防头上挨了一记,谨慎地回身望,世隆马帮的大头领罗布顿珠正凝眉立目、状极凶恶地瞪着她。

原来,身前不足五米处的头顶上方横出一块山崖,茶马古道上很多的路段就是在山壁之中穿凿而出的。山崖之下容得通过的高度只有肩膊高低,马匹还好,人必须要伏低身子小心地通过才可。

喜娘冲着挂住满脸凶恶的罗布顿珠淘气地吐了吐舌,看到罗布顿珠脸上强撑起来的凶恶于瞬间土崩瓦解,她这才笑着乖乖地伏低身子,小心地通过了前方的路段。

身后的罗布顿珠则是打起了十二分的精神,亲眼见着喜娘毫无差池地顺利通过,方才放下自己的一颗心,紧随着也迅速地走过了。

喜娘再次微微地回首,望着身后那双狭长而又有着薄薄眼睑的眸子,红着脸颊点头表示感谢。

罗布顿珠,这个虽然有着康巴汉子的勇敢与豪情,面貌上却有着汉人男子一般的儒雅与斯文的男子,正是那日喜娘在莲花湖边邂逅的人。

只是,喜娘没有想到,自己能这么快再次遇到这个男子,甚而至于是自己送上门去的……

****

那日闻听云开遭遇不测的消息,喜娘不顾尼玛大妈与梅朵的阻拦,执意要自己去寻找云开的下落。喜娘的心底里只有一个意念:活要见人,死要见尸,她不要这么不明不白地便放弃。

而要走茶马古道,必须要跟随马帮同行;找到世隆马帮的头领,得到他的允许加入马帮,才能够实现自己的愿望。

几经周折终于见到了世隆马帮的大头领,却没想到,这个在康巴鼎鼎有名的实力最为雄厚的马帮,头领居然就是罗布顿珠,这个看上去过于年轻又过于斯文的康巴汉子。

喜娘想加入马帮的要求,着实把罗布顿珠吓了一大跳。世隆马帮里各个大队、小队的头领也是一片哗然。要知道,马帮的生意可以用命去换的生意,都是康巴汉子里都能称得上翘楚的男人才能获选其中,既要有强健的体魄,又要有娴熟的马技,更要有临危不乱的气魄和随机应变的智慧……而一个弱质女流,不但自身难保,很可能还会牵累整个马帮的弟兄!

在一片拒绝的声浪之中,喜娘兀自挺直小小的脊梁,虽然面色已经窘迫到几乎要与身上的红衣一般的颜色,但是眸子里清冽的光芒依然明白地写满了自己的坚持。

罗布顿珠的心底,忽的一疼,"白玛达瓦,什么事情我都可以答应你,只有这一桩不行。我必须要对整个马帮几百号兄弟的性命负责,不能因为加入了一个女子而威胁到他们一路的安全……"

罗布顿珠的话,是尽量地放柔了嗓音来说,却依然惹出了喜娘隐忍不住的泪水,"大头领,我不会给你们添麻烦的,真的。我只是想去找回我的'矜巴葛布'(藏语,白云)。就算,就算路上我真的遇到了什么危险,你们扔下我就是,我不会拖累马帮的……"

"你的'矜巴葛布'?"罗布顿珠忽然欺上前来,狭长的眸子里闪着奇异的光,"他,是你的什么人?"

不待喜娘回答,身旁的一位大队头领洛桑先一步说,"大头领,您忘了吗,矜巴葛布是我们上个月新收的那个汉人啊!他说他的名字,在咱们藏语里就应该叫做'矜巴葛布'的。"

罗布顿珠只是用眼角轻瞥了一眼那位大队的头领洛桑,眼神严厉而又执著地逼视着喜娘的眼睛,"白玛达瓦,他到底是你的什么人?"

喜娘心底没来由地微微一颤,"他,他是我即将拜堂的夫婿……"

一阵寒凉的风无情地刮上喜娘的脸颊,喜娘紧张地闭上了双眸,心惊胆战地感受着罗布顿珠冷冷的凝视。喜娘无从猜测,自己到底是那句话,或者是哪个动作,惹恼了这位康巴最有实力的马帮首领。

　　良久，罗布顿珠一卷袍袖，快步走到数步开外，冷淡了神情，带着全然陌生的口气对喜娘说，"你要去寻找你的夫婿，那是你个人的事儿。我们世隆马帮没有义务要陪你涉险，马帮历来是没有收女人入帮的先例的。你还是死了这条心吧！"

　　**********

　　像一扇黝黑的大门，毫无情面地在自己面前锵然闭拢，喜娘的心如堕冰窟。

　　刚才那个还对自己温柔说话的男子，此刻俨然遥不可及的马帮大头领，这一转瞬之间，为什么竟会有这么大的变化？

　　喜娘情急，"大头领，求求你，只要你同意，我愿意答应任何条件！"

　　罗布顿珠微微冷笑，"任何条件？就凭你这弱质女子，又能为我们马帮做什么有利的事呢？"

　　一股逆气冲入咽喉，呛得喜娘紧闭双眸几乎窒息。涔涔的汗沿着鬓发缓缓而下——真的是，自己的话真的是太无半点公信力啊，就凭自己一介女流，手不能提，肩不能担，能给以生命相搏的马帮，做什么呢！

　　真是笑话，自己听了都知道这不过是虚妄的笑话……

　　手按住胸口，那里颤抖着疼，蹦跳着不甘……掌下一个硬物，忽地提醒了喜娘，一股重生般的热望重新燃起。

　　喜娘从随身的小荷包里拿出了一枚象牙扳指，隐隐的光华，精细的雕刻，是那夜偶遇时，罗布顿珠留在喜娘发辫上的。喜娘将象牙扳指托在掌上呈给罗布顿珠，她知道，如果要想跟从世隆马帮去茶马古道寻找云开的下落，这扳指便是最后的赌注了……

　　喜娘微颤着嗓音，"大头领，如果你能够允许我走这一趟，我便会接受这枚扳指的心意，永远戴着它……"

　　这话说得毫无来由，马帮各大队、小队的头领都是听得云里雾里；可是上首的罗布顿珠，却是悚然变色。

　　即便再驽钝的人，面对着自己心仪的人儿，听她说要接受自己的信物，并且终身相随，这，该是天下最大的诱惑了吧？

　　罗布顿珠那狭长的眸子，晶光轻闪，他权衡良久，方才出声儿，"好吧，成交！"

　　世隆马帮的各个队长均惊讶地大呼，"大头领，您要三思啊！一旦途中出现了什么问题，我们没多余的精力去保护她的周全啊！"

　　罗布顿珠狭长的眸子笑意盈然，"不用担心，她的安危我来顾全……"

　　洛桑大惊，"大头领！您的意思是——难道您要亲自跟我们走上这一遭？"

　　罗布顿珠微笑，促狭地看洛桑，"我说什么也是世隆马帮的大头领啊，难道我不该走一遭吗？"

　　洛桑又要说，"可是……"，话至舌边却遭遇了罗布顿珠一个颇含深意的眼神，于是这话便凝在了舌尖，化作了一声叹息。

罗布顿珠笑着望住喜娘，"白玛达瓦，三天后我们起程，你可以回去做准备了。"

喜娘终于舒了一口气，松开攥住象牙扳指的掌心，掌心里已然满是涔涔的汗。

却有一个疑问盘踞在喜娘心头，难道说这位世隆马帮的大头领，平时竟是没有跟着马帮走过商的吗？怎么会这样？没有走过商的人又怎么会成为世隆马帮的大头领？

****

就这样，三天后，喜娘着了男装，出现在了罗布顿珠的眼前。

罗布顿珠抬眸望着眼前的人儿——一件红呢藏袍，内衬白色高领刺绣衬衣，发辫高卷，额侧垂下五色丝绦的"英雄结"。胸前，垂着一只白银打造的"嘎乌"（类似小盒子的佛龛）；指上戴着那枚纯白的象牙扳指。一双小牛皮的藏靴，紧致地包裹住藏袍之下的小腿……

罗布顿珠心下忽如春水荡漾，眼前这丫头不知道，自己扮作男装不但一点没有康巴汉子的形貌，反倒给自己更增风情，让罗布顿珠恨不得能够马上将她纳入自己的怀中……

罗布顿珠永远都无法忘记，他相信直到自己死去的那刻，闭上眼睛之前的瞬间，眼前一定还会回忆起莲花湖畔的乍见。

那夜，月光如银，湖水如缎，莲花盈盈，万籁俱寂……可是这一切记载了神迹的景物，那一刻却都黯然失色，它们退身为背景，只为了烘托此情此景中的主角儿——一袭红衣的她，娉婷立于湖畔，天光水色月华星辉全都映射在她的身上。那抹红衣，被氤氲的夜色浮托成为一朵绯色的云，仿佛她随时可能乘风而去……

莲花湖，纵有清灈莲花，却仿佛它们不过只是陪衬的叶子，真正的艳丽，真正的姣美，都只集中在那一抹红衣的身影之中，临波而立，眼波盈盈……

"白玛达瓦"，藏语中"月光下的莲花"，这名字从心底倏然跃上，还来不及细想，便已经脱口而出……

白玛达瓦，月光下圣洁的莲，此刻已然绮丽盛开，盛开在他的心湖之上……

这个世界上，许许多多的事情，我们都可以慢下节奏来层层地铺垫，细细地描摹，用一切可能出现的前兆作为开端，让旁人的思绪能够有条不紊地跟上——可是只有两件事容不得这般细致地过渡，正像有人曾经比喻的那般：爱与喷嚏，不可阻挡。

罗布顿珠对喜娘的感情，就在那一刻，山呼海啸着，来了……

****

思绪悠悠，前方转过一个山坡，已经可以看得到雪山了。喜娘尽管记不得每座雪山的名字，却也知道，每座雪山都代表一个神明，每一座雪山在康巴子民的心中都是神圣的象征。

前方的马匹纷纷慢下脚步，马帮里的康巴汉子们不约而同地向雪山行礼。喜娘偷望身后的罗布顿珠，他依然一副万事不关己般地轻松随意，就连对雪山的敬礼都显得似乎漫不经心。

这一路来，罗布顿珠的表现就是这般，仿佛马帮的生意全然与己无干，他每天唯一要做的事儿就是跟在喜娘身后,遇到危险的时候发声提醒一下,剩下的时间里便静默得仿佛不存在。

难道,他这一遭,真的只是为了陪同自己?

喜娘不可置信地甩甩头,怎么可能啊,与这趟生意几十万两银子的货物相比,自己简直微末如路边枯黄的草芥。

****

马帮里,每个康巴汉子都是极其谨慎从事的人,如果没有找到一个足够宽旷的路段,他们宁愿继续饿着肚子赶路,也决不轻易停下脚步来吃饭。今日亦是如此,直到日头西斜,大队首领洛桑才发出信号,整个马帮方才停顿下来。

这是一处宽广的缓坡。马匹各自挨着自己的主人,三五个康巴汉子聚成一小队,纷纷坐下来吃饭。一捧青稞炒面,几块酸奶疙瘩,往往便是马帮里的汉子们一天的食粮。只有到达各地的锅庄,康巴汉子们才会好酒好肉地吃上一顿。

虽然马帮里的汉子们对于喜娘的加入都颇有微词,但是当喜娘真的加入了,大家也并未像之前所说的那般冷漠,甚至还会主动在路途中关照喜娘。

喜娘感念大家伙儿的照应,而自己也没别的能力回报一二,于是便想尽了办法帮着大家改善吃食。每到一个锅庄,喜娘忙活得最多的就是跑遍各家调料铺,各式各样的调料装满身。

康巴人的饮食中,对于调料的运用和讲究远没有中原那般细致,许多的调料康巴人并不懂得可以运用入吃食,大多数只被作为贩卖的香料来对待。当喜娘经常拿着各种各样的"树皮"、"种子"、"干枯了的叶子"磨粉掺入他们的青稞炒面时,初时还小心翼翼深恐中毒的大家,渐渐地便被征服了味蕾,也知道了原来这树皮叫做"陈皮",种子叫做"胡椒",干枯了的叶子叫做"香叶"……

看着喜娘像一只欢快的小鸟,捧着自己稀罕宝贝的布袋子,挨个小队给人家加入调料,然后收获了大家的感谢而满面春风的模样儿,罗布顿珠的快乐从眼睛一直绵延到了心底。

初时那个乍见之下圣洁如莲的白玛达瓦,此时又添了一重人间烟火的可爱,更为真实,更为亲近了。

前方,再有半天的路程,就要到达大渡河畔的贡嘎锅庄了,想着白玛达瓦很可能在这里找到她的矜巴葛布,罗布顿珠的眸子里便涌起了浩浩荡荡的乌云。

****

贡嘎锅庄。

人头攒动。

数不清的马匹挤挤挨挨地拥堵着。

这些马匹,一部分是各个马帮用来运输货物的,但是更多的则是等待交易的商品。

虽然,康巴与外界交易的商品有很多,药材、珠宝、茶叶、盐巴、糖、毛皮、香料等都是每个马帮都少不了的货物，但是茶叶与马匹却永远是最为重要的两种。

尤其是近来，中原方面运输来的大量的茶叶，一改过去多数用来交换毛皮、珠宝等的惯例，而是点名只要上好的马匹，一时间贡嘎锅庄里马嘶阵阵，马匹成了贡嘎锅庄里交易的主角。

洛桑带领着世隆马帮的康巴汉子们交付了这一趟从康巴运送出来的货物，准备好了盐巴、糖、茶叶等准备运回康巴去。

罗布顿珠则一直闲闲地站在一边，用眼睛瞄着远处声音扰攘的马匹交易。中原负责锅庄交易的商队，几乎是对马匹来者不拒，只要是健康的马匹一律买下，竹篾包住的茶叶如流水一般流入康藏来的马帮手里。

中原，怎的会这般需要马匹？

难道，又有战事近了？

正思忖间，一个头缠白色包巾的男子凑到罗布顿珠身边，状似陌生人之间的闲聊般地低声说了几句话便离开了，忙着整理调料袋子的喜娘，恰好不经意间抬头望见了这一幕，她看见罗布顿珠的脸上渐渐笼起了阴暗的雾霭……

不知怎的，喜娘只觉心下一沉，她刚刚挂在脸上的欢快倏然消退，只垂首望着自己手里的调料袋子愣愣发呆。

就连罗布顿珠走到了自己身畔，喜娘都未察觉。

****

"白玛达瓦，你在发什么呆？这些调料真的有那么好看吗？"罗布顿珠轻笑着问。

喜娘慌忙掩饰自己的异样，"哦，没有。我只是在想，等你忙过了今天，就该能腾出时间来陪我去大渡河畔走走了。我只是对大渡河之行，有点担忧……"

罗布顿珠闻言，面色一黯，"其实你心里从来没真正地想过接受我的扳指吧？你现在满心想的都是找到你的矜巴葛布，想的都是以后你们两个如何幸福甜蜜地过日子吧？"

喜娘抬眸望向罗布顿珠的眸子。那双狭长的眸子，尽管已经在极力地克制，却仍泄露了太多失意与伤感。

想起一路上罗布顿珠对自己悉心的照拂，喜娘实在不忍心再对他有所欺骗，她只是悄悄地点了点头，"因为，我们还有一个约定没有完成。我们约好，等他走完这次商，筹够了足够的盘缠，我们要一起去南诏国的……"

"你要去南诏？"罗布顿珠忽然提高了嗓音，惹来喜娘不解的眼神。

罗布顿珠语气一顿，似在反复权衡着自己的说辞，"其实，如果你想去南诏的话，我也可以带你去的……"

喜娘无法揣度罗布顿珠此言中的真义为何，她只是不想将自己置身于这种微妙的三角关系当中，于是急着将话题扯开，"罗顿，你说，落入大渡河的人，生存的几率会有几分？"

罗布顿珠自然感知到了喜娘语气中的闪躲，他悠悠地叹了口气，"这要看个人的造化了。你的矜巴葛布是为了救人而落水的，那么说不定也会有人从水中救了他的。我佛讲究因果,他种下了这为善积德的因,也自然会收获延续生命的果……"

罗布顿珠这一串听来似乎漫不经心,但是却明明掩藏真义的话,让喜娘悚然变色!

喜娘突地站起身来,紧紧握住罗布顿珠的袍袖,"罗顿!你知道了什么是吗?你告诉我,求求你告诉我!"

罗布顿珠避开眼神,"那你要告诉我,为什么你要千里迢迢地去南诏国?"

喜娘沉吟,"罗顿,这件事说来话长。我只能简单地告诉你,南诏国藏着一个答案,事关我死去的母亲。"

罗布顿珠用他那狭长的眸子,静静地望着喜娘,看着喜娘的颊边因为执著的感情而涌起的两朵红云,"你是一定要去南诏的对吗?而我,也是一定要得到你!所以,尽管我曾经想过再也不回南诏,但是我愿意为了你,赌一次……"

喜娘敏感地捕捉到了罗布顿珠的那个说法"回南诏","罗顿,你的意思是,你曾经去过南诏?"

罗布顿珠的瞳仁在薄薄的眼睑下轻轻一转,顷刻他的脸上已经回复了初时的漫不经心,"是吗?我不记得我刚刚说过什么了啊。不过,呵呵,既然你这么关心我的过往,那么干吗不自己去寻找一下答案呢?"

说着,他那狭长的眸子抬高望向天边的流云,"一起去南诏吧,你不但能找到你母亲的那个答案,更有我的过往作为奖品送上哦!说不定,那里还藏着更多,你想要知道的事情呐……"

喜娘为难,"可是,我还要留在这里,寻找矜巴葛布的下落!"

罗布顿珠的眸子忽然精光暴涨,"谁说,他跌入大渡河,就一定还在大渡河畔呢!"

罗布顿珠突然而来的话,让喜娘忽地仿佛悟到了什么,就仿佛隔着轻纱望到了前路的出口,却——不明晰,无法直接踏足,只能隔着纱幕左右踯躅。

罗布顿珠促狭地用指节刮过喜娘的鼻子,"白玛达瓦,想知道的话,就跟我去南诏吧!"

"只是,哈哈,"罗布顿珠笑意粲然,"只是,如果你要跟我一起去南诏,总得有个名分才行。说是我的侍女呢,委屈了你;说是普通的女性朋友呢,鬼才相信……所以,我就暂时把我未婚妻子的身份,借给你吧!"

喜娘面上一红,正想辩驳,却遇上罗布顿珠那双忽然变得凝肃的狭长眸子,"这不是玩笑,而是必须。别忘了南诏现在与中原时有摩擦,你一个乍然闯入南诏的汉人,如果没有恰当的身份来自保,那么你刚入南诏国境,就会被当做奸细,投入大狱了!"

罗布顿珠这突来的严肃,让喜娘不禁一惊。一次仅仅是个人私事的南诏之旅,没想到其背后还要镶嵌着那么庞大而莫测的政治背景。

喜娘肃然望着罗布顿珠,看着他把目光投到辽远,望向贡嘎锅庄中,成队被汉人商队收购的马匹。马蹄踏起的烟尘,在夕阳的映射下,盘旋蒸腾,渐渐隆起一层烟幕,笼罩着那看不清的未来……

九

南 诏

1.风波骤起

山川凛冽,大河鼓荡,火红的夕阳映红了整片天地,悠悠的梵音缥缈于九重天上。

南诏,藏着谜题答案的神秘国度。

一直以为会有关山之遥,一直以为远在彩云之南。

不想,它其实早已近在咫尺。

罗布顿珠只轻轻地一扬袍袖,指向大渡河之南,"渡过这条河,南岸之上所有的土地就已经是南诏国了!"

喜娘不禁万般惊诧!

云开曾经说过,走过康巴,渡过大渡河,还需三天的路程方能到达南诏国境。何时,何时南诏国已经将北方边境推进到了大渡河南岸?

大渡河南岸，历来是中原之地。普天之下，莫非王土；率土之滨，莫非王臣，以南诏国本为中原属国的身份，他们怎么可以，怎么敢，随意向北方掠夺土地？

喜娘的眼睛冥冥之中似被牵引，重新将目光投回那夕阳下尘烟蒸腾的马匹交易，一丝不祥的预感，如氤氲而起的乌云，重重地压在了心头。

南诏之旅，看来定会是一段不能平静的旅程……

****

大渡河水，巨浪滔天，无数礁石藏在水面之下，被激荡的河水撞击着，形成回旋的暗流，容不得船只安然行过。河面横宽百米，纵然架桥亦是登天难事，再加上经常爆发的洪水，即便架起桥来也被频频冲毁。如今，大渡河上空，只悬了一根比拳头还粗的山藤，事先浸过了桐油，想要通行过对岸，必须要用厚厚的牛皮绳索绑在腰间，顺势滑过江面才行！

即便只是望一望那根飘摇在水面上的山藤，喜娘也觉得惊心动魄！

即便那根山藤比拳头还要粗，但是映衬在滔天的巨浪间，远远望去，只有发丝般纤细。要将身家性命全然托付给这山藤，对于任何人而言，都会是绝大的考验！

扶着山藤拴坠的坚固山壁，喜娘压住胸口，紧紧闭住了眼睛。山风水气将悬空的山藤悠悠摇荡，耳边巨浪拍击山壁的轰鸣如雷滚动。

前方，一条河的距离，便是自己心心念念的南诏国；却也是莫测的前路。

还有——云开……没有到大渡河之前，喜娘一直坚信云开一定会安然生还；如今，面对着如虎狼般咆哮的河水，喜娘心底的笃定一点点土崩瓦解，化作空中扬起的齑粉，无根飘荡……

故土。

云开。

这一去，是不是将是永诀？

因为，那曾经的白衣彩云之国，如今已成了所有汉人的梦魇，成了杀戮掠夺的修罗场！

****

背后，一个阴柔而森冷的嗓音，笼着山谷间的回音，骤然传来，"再往前方，就是南诏国境了。本官也不是无情之人，允许你们就在河岸边，拜别你们的故国吧！"

一时间，天地间哭声一片。

喜娘蓦然睁开眼睛，才醒觉，自己此时绝非仅仅该为自己的前路担忧；环顾四周，黑压压的一片人，痛哭着仆倒在大渡河畔……

回首望去，山冈之上，一顶红色篷伞下，一个气质阴柔的男子，径自抚弄着怀抱中的一只白色长毛猫咪，仿似身前万千人的痛苦，都与自己无干。

这时一个马帮汉子突然转过身来，冲那阴柔男子猛磕头，"大人，求求您，放我们回去吧！我老婆刚刚生了孩子，一家老小还等着我回去呀！！！"

马帮汉子的哀声恳求，一下子激起了所有人的共鸣，一时间大渡河畔，人声的嘶喊竟然盖过了轰鸣的河水之声,"大人,放我们回去吧——"人声此起彼伏,一波一波在空气中涌动,哀声如潮,天地间悲恸失色!

那阴柔男子轻轻抬眸,撮起妖艳的红唇淡淡一笑,"放你们回去?笑话!本官倾全国之力,攻打蜀地,要的就是你们这帮子有手艺、有技术的匠人!岂能因了你们的心思,就前功尽弃!"

"摆在你们面前的就两条路:要么乖乖跟着我回南诏,好好地摆弄你们自己各自的手艺;要么——前面就是大渡河,你们不妨用性命跟老天爷赌一赌看看啊,如果老天要放你们一条生路,本官也绝不拦着!"说罢,那妖艳的双唇忽然迸出寒冷的光!

哀哭之声再次铺天盖地响起,哭声比之前更加惨烈,女子呼天抢地,男子则是干脆以头撞地!更有数千人,试图与身后堵住去路的士兵争抢一条逃路,却被那一根根长愈十数尺的长矛灭掉了最后的一点生机……走投无路的人们,有的,就那么直挺挺地站起身来,宛若行尸走肉,不顾身旁人的拦阻,几个箭步冲到大渡河边——一个纵身,便被湍急的河水吞没,再也看不见了身影……

哭嚎声在山谷间空空回荡,喜娘麻木地看着更多的人,僵硬如木杆一般,纷纷跃入河水——河水之上,宛如烧开的沸水,跃入的人就像投入水中的饺子,噼哩噗噜,鲜活的节奏却是在演奏着惨绝人寰的地狱之歌!

****

三天前,就在喜娘与罗布顿珠约好了要共赴南诏的那天晚上,贡嘎锅庄突然遭袭,锅庄中所有的人——无论是当地居民,还是过往的客商,还有那些货物、商品,全都被一举虏获!被推搡进俘虏的队伍,本还想着找到罗布顿珠的喜娘,顷刻间便被眼前的一切吓坏——茫茫汤汤,数万人的队伍,数不清的马匹,堆积如山的货物,被士兵们的兵器寒光笼罩着,完全不可能随心所欲地去找人!

听那些士兵训话才知道,他们原来就是南诏国的军队!此番在南诏国弄栋节度使蒙嵯巅的率领下,攻打中原,直至打到了成都!此番他们掠夺了大批工匠、财物而归,闻听贡嘎锅庄里有大批汉人购买马匹,于是蒙嵯巅下令荡平贡嘎锅庄,虏获所有人员和货物!

中原、吐蕃、南诏,三国鼎立之中,实力最小的南诏,反倒善于利用中原与吐蕃的矛盾,频频偷袭中原,烧杀掳掠,夺得了大量的土地和财产!

可是,国力日渐衰微的中原,军镇割据、朋党相争,再加上连年与西域和吐蕃的征战削弱了国力,为了南部边疆稳定着想,便只好一力忍让南诏的行径,忍了心置被掳子民哀号于不顾,完全不肯派兵帮他们重返家园!

****

南诏,永远想不到,自己竟然这般地,来到……

浑浑噩噩地被士兵在腰间绑上牛皮绳索,看不清前路,只感觉到大渡河水腾起的水花打得身上阵阵寒凉,自己悬吊在空中随着山藤摇摆,就仿似自己未来的命运,只能,随波逐流。

脚尖踏上地面，方知道，自己还留得这条命在。喜娘心底求生的热望熊熊燃烧起来，不为自己，为了揭开母亲身上的谜团，为了留下这条命好去追寻云开的下落……喜娘停止了心底颤抖的恐惧，擦干了眼角冰冷的泪水，她仰头看天，心底腾起坚定的信念：不论怎样，我都一定要活下去！

大渡河南岸，八百余里，虽然已经都被纳入了南诏国境，但是杳无人烟，荒村处处。这些当年都是中原国土的地方，在蒙嵯巅率兵攻来之时，早已被夷为平地。

所有被掳来的人们，无论是汉人，还是康巴藏人，本来已经是满心的绝望，再加上满目的苍凉，一个个都早已被抽离了灵魂，即便数天没有水米沾牙，但是依然能在士兵的驱赶之下，麻木地赶路。

喜娘一次次用指甲深深抠入掌中的皮肉，提醒自己不要昏倒，恐惧、饥饿、绝望，都比不上活下去的信念。必须要活着走过这片无人的疮痍，必须要活着到达南诏国！

2. 羊苴咩城

****

终于，远远地望见了城郭的轮廓。士兵们下令就地休整，每个人分到了一点吃食，喜娘抓住手里的青稞面，狼吞虎咽地吃下肚。

前面有士兵三五人分成一个小队，将掳获来的人群百人为组分成无数人丛，逐个盘查登录该人的年龄、手艺、专长。铁匠、木匠、篾匠、织工、绣工、金石工……这个人群里，几乎囊括了三教九流三百六十行！

待盘查到喜娘，喜娘不禁万般怔忡——该说自己擅长什么呢？保媒么？南诏国是否也通行汉俗，需要媒妁之言呢？就算南诏国也需要媒婆保媒，可是自己可能还有当初的热情与心气儿去为那些沾满汉人鲜血的刽子手们去保定姻缘吗？

抬眼望天，天幕已经一片漆黑，却在天与地的交合之处，还留下一线妖艳的红色云霞。近处的火光映红了每个人的脸颊，苍白麻木的神色在艳红的火光下，交织出诡异的表情。

喜娘的嗫嚅惹恼了为首的一个士兵，那士兵劈手便给了喜娘肩膊一掌，"爷爷问你，你倒说是不说！爷爷们要的可是有手艺的奴才，你要是没什么技能，那就别想混到南诏国去浪费粮食！听着没，这荒野里的狼都饿了好久了，留下你正好给它们填肚子！"

城外，整片黑压压的人群都是肃然无声，人们早已经全然麻木，只是机械地回答士兵提出的问题，全无半点情绪。喜娘这边传出的高声吼骂，在这黯然的天色里，在这一片寂静的旷野之上便显得格外刺耳。远处的人丛一阵涌动，一群士兵簇拥着几匹马上坐着的人向这边走过来。

逼问喜娘的士兵本以为自己的几声叫骂会吓得住这个红衣的姑娘，让她乖乖地回答自己的问题，却没成想，这红衣的丫头不但没有害怕，反倒用一双黑白分明的眸子，透明如水晶一般地瞪视着他，一股凛然不可侵的气场，氤氲地笼罩在周围。

那士兵的心，反倒恐惧地一颤。

那士兵不禁恼了，抽过马鞭子兜头便向喜娘挥去，喜娘下意识地举起手臂护住头脸——

****

本以为会是烈火烧灼一般的疼，可是那鞭子却未最终落下。恍若一生之久，喜娘才睁开眼睛，朝鞭子挥来的方向望去——只见一条以牛皮和金丝绞缠而成的马鞭，卷住了正向自己砸来的鞭梢。顺着马鞭望去，一朵恍然轻笑的妖艳红唇，绽开在一张极尽阴柔的男子脸上。

这张脸，喜娘认得，他正是率军攻打蜀地，烧杀掳掠强夺工匠的南诏国弄栋节度使——蒙嵯巅！

喜娘完全无法想象，这个杀人不眨眼的刽子手，为何会在此时救了自己。那双阴柔的狭长眸子，此时正若有所思地将冰冷的目光投射在自己脸上。

娇柔却阴森的嗓音轻轻扬起，"你手上的扳指儿，是哪儿来的？"

扳指儿？喜娘方才想到原来自己手上还一直戴着罗布顿珠送给自己的那个象牙扳指。

这个扳指，难道是世隆马帮大头领的信物？是不是借由这个扳指就能找到罗布顿珠？

这样一来，是不是如果自己说出了扳指的来历，蒙嵯巅他们便会联想到罗布顿珠可能也在被虏获人群中，从而可能对罗布顿珠不利？

喜娘忙按住自己手上的扳指，"这是我捡到的！"

完全不似男子的柔美笑声寒凉地响起，"咯咯咯咯，你说你捡的？你当本官是三岁的孩童吗？这可是我们南诏国乌蛮蒙氏的白牙信物，是为南诏至宝，怎么可能随意丢失而被你一个汉人丫头给捡到呢？"

蒙嵯巅的话宛若一记重拳将喜娘定在了当场——罗布顿珠，一个康巴的马帮首领，怎么会拥有南诏国乌蛮蒙氏的白牙信物？

喜娘的反应显然让蒙嵯巅非常得意，他翘着指尖收回马鞭，嘴角始终噙着一朵若有若无的阴柔笑意，"如果你说出来，本官倒是乐意放你一个自由，无论是去南诏，或是回去中原，都悉听尊便。反正，一个没什么手艺的汉女，对于本官也是毫无价值，还不如做一个交换……"

这个提议真的是绝大的诱惑。喜娘知道，这数万被掳的工匠，到达南诏国之后都会成为各个贵族的奴隶，终其一生只能在奴隶营中埋头做工；而若想追寻母亲身上的谜题，若想未来能够有机会再去寻找云开的下落，拥有一个自由之身，该是多么的重要！

可是，一双狭长的眼睛，不期然浮现脑海，那薄薄的眼睑藏不住眸底流动的情感……

喜娘甩一甩头，"我说过，这扳指只是我捡到的。"

"咯咯咯咯咯……"黑色的天幕下，寒凉的空气中，忽然响起阴柔妩媚的笑声，闻者无不侧目，可是那些南诏国的士兵们却仿佛未闻般神色如常，"难得，你这丫头还真是个忠心的。也罢，既然他能把这个扳指儿给你，证明你在他心中是个有位置的，那就索性将你送还了给他，说不定也能哄他一笑呢！"

蒙嵯巅的话让喜娘一阵心惊！原来他早已知道这扳指的来历，之前对自己软硬兼施的那些话，不过是一个试探，或该说是考验，一旦自己刚才的应对稍有差池，那便很可能惹来杀身大祸！

更让喜娘心惊的是，这能够率领南诏国倾国兵力的蒙嵯巅，竟然也要想着去哄那个人一笑，那个人的身份自然还要在蒙嵯巅之上才是！

送给自己扳指儿的人是康巴马帮首领罗布顿珠，可是蒙嵯巅意有所指的合该是另一南诏贵族才是！究竟是蒙嵯巅弄错了，还是自己弄错了？

****

喜娘的命运因一个象牙扳指而瞬间改变。

有头缠白色长巾的侍女，将喜娘扶到一辆马车之上。四壁织锦刺绣的车厢，将喜娘与外面那些麻木不知所终的工匠隔离开来。尽管不再有身体上的劳顿和饥饿，也暂时不用再担心性命之虞，但是喜娘仍然觉得这豪华的车厢，无非是另一个锦绣华丽的牢房。

前路，会有什么在等待着自己？一枚从未留心察看过的象牙扳指，却令自己在南诏的未来，更为莫测……

****

马蹄声一夜踢踏，当晨光熹微从车厢帘边悄然筛入之时，一直陪护在车厢帘外的头缠白色包巾的侍女轻声禀告，"小姐，前面就是都城了。"

都城？

喜娘掀开车帘，愕然发现，马车前后竟然围着百十名全副武装的骑兵！仅为看守她这样一个手无缚鸡之力的弱女子吗？是不是也太大费周章了？别说百十名骑兵，纵然车上的一名车夫加上一名侍女，就已经完全可以确保自己无力逃脱……蒙嵯巅这样，又是何必？

甩甩头，抛开满心的疑问，喜娘顺着侍女的手指望向前方——晨光初绽，晨雾缥缈，灵动的轻雾在微风中如曼妙起舞的纱衣。一丝丝隐隐的金红色阳光，层层照射在晨雾之上，宛若透明的纱衣上，绮丽的刺绣金丝。一阵清风吹过，金缕纱衣衣袂轻扬，一座斗拱飞檐的城楼，如一抹玄色的海市蜃楼，从晨雾中渐渐浮凸而出——清风漫卷，晨雾飘荡，初生的太阳将金色的光线投射在城门上四个镏金大字：羊、苴、咩、城。

****

为什么要来京城？

为什么一路上侍女、马夫都对自己恭敬有加？

为什么那般狂妄凶残的蒙嵯巅都对自己另眼相看？

一串串问号，从喜娘心底，不可遏止地蹦跳而出。

喜娘不禁抓住白巾侍女的袖子，"姑娘，为什么要带我来京城？我究竟是要来见谁？"

那白巾的侍女却不作答，只给了一个神秘的微笑。

马蹄声踏踏，穿门入城。

喜娘好奇地掀开车厢两侧权作窗子的软帘，望向车外。城中，街市俨然，青石板铺作的路面，宽广平整。一条通衢大道直通南北，道路两旁楼阁院落错落有致。城中多见门楼，门楼上各悬挂气宇轩昂的牌匾。喜娘记得其中一块匾上书"魁伟六诏"，另一块上书"万里瞻天"。

曾经以为的西南小国，蛮夷民族，却在眼前的现实中全盘推翻。整座城市俨然有中原之风，那两块匾额更是言明了这个民族的壮志雄心。

有志者，事竟成，怪不得南诏国能够在中原和吐蕃两个大国的夹缝中迅速崛起，与中原和吐蕃势成鼎立，几可分庭抗礼了呢！

****

马车，载着喜娘的一路心事，一直来到了一座壮丽巍峨的楼阁之前。车停，白巾侍女却未出言，只是默默搀扶喜娘下车。

喜娘抬头，忽觉耀目晕眩，仿似久居于黑暗之中的人乍见正午阳光。

这是一座什么样的楼阁啊！

飞檐之下，一块黑底金漆的匾额上书三个大字：五华楼。

****

远在长安之时，尽管在黑夜懵懂之中，但是喜娘毕竟也曾经走入过皇家宫廷；江南历来富庶，生于斯长于斯的扬州也无尽楼台烟雨中，可是，却从没见过一座如此庞大、占地如此广阔的单体楼阁！

白巾的侍女看到喜娘满面的惊讶，轻轻一笑，"这座五华楼，是丰佑王修建的客馆。周长五里，高逾百尺，馆中大堂可树立起五丈高的旗杆，同时可以容纳万人居住！"白巾侍女的语气中充满了自豪，喜娘则不禁惊讶得掩住了口。

白巾侍女将喜娘引入一间靠边的清幽客房，安顿下喜娘，将一个黑色挑金丝织锦的包裹郑重地捧给喜娘，"小姐你先住下，过几日自然有人来迎接。这包裹是蒙嵯巅大人拜托你暂时保管的，到时候交给象牙扳指的主人即可。"说完顿了顿，又凝重了神色嘱托，"小姐，这包裹请你万万不可擅自查看。这包裹只有象牙扳指的主人有权查看。所有擅自打开了的人，会受到诅咒，会给你和你的家人带来不祥……"

****

时令，已是冬日，但是南诏国都城中，依然温暖如春。喜娘穿上客馆杂役送来的白兔毛滚边的圆襟收腰黑缎马甲，倚在窗边，望向街市中的熙熙攘攘。

城中亭台楼阁、街市交易，比之中原，极其相似。各个店铺的匾额，也一律用汉字书写;街市中的叫卖声,也俱为汉语。这恐怕与南诏国多年来一直臣属中原有关吧。

　　街市上人们的服饰,与中原则有所不同了。街上往来的人们,服色主要为黑白两色。黑衣者,衣长至踝;白衣者,衣长仅至膝盖以上。就连人们头上用来束发的头巾,也主要是黑白两色。尽管所有人的服饰之上,都极尽精致地压满了刺绣、滚边,但是依然能够看出其或黑或白的基调来。

　　街上,不时有僧人走过。这里的僧人化缘与中原又略有不同,几乎不用僧人主动开言,街边贩卖吃食的小贩已经抢先冲上前去,施礼殷勤着将各色的食物放入僧人的钵盂中。远观那些僧人的神色,除了出家人清修的气质之外,甚至——还有一丝丝不易察觉的——贵气。喜娘心下纳罕,出家人本应戒骄戒嗔,怎的南诏国的僧人,却似有官吏之气?

　　见到僧人,喜娘的心思不禁又飞回康巴,飞回那日拜见莲花生大师之时,莲花生大师所提及的那位在西域邂逅的佛友,那位高僧的身上带着的面饼一如喜娘独创的手法制作,冥冥之中,总似有缘分牵连,却看不清,说不明,就像熠熠璀璨在夜色中的黑色水晶,尽管可见星芒点点,却永远分辨不出它的形状和轮廓。

　　喜娘凭栏的窗,是在高达百尺的五华楼的顶层,于是整个羊苴咩城便可尽览眼底。羊苴咩城西倚苍山,东临洱海,从喜娘的方向恰好能看到碧波千顷的洱海,悠悠洱海水,仿佛荡漾着喜娘的脉脉心事。

　　喜娘的思绪,被一阵宛如凌空而降的乐音打断。钟磬叮当,丝竹曼妙,这乐声既有民间音乐的婉转悠扬,又多了些寺庙法器一般的隆重庄严。

　　喜娘闻得五华楼中一片骚动,门外传来女子惊喜的嗓音,"呀,这乐音是咱《南诏奉圣乐》里的《元皇赞》吧?是不是佑世隆王子回来了啊?听说,他很可能继承王位,成为下一位南诏王呢!"

　　喜娘轻笑:看来,这妮子心动了呢!公侯将相、王子皇孙,都是天下女子们梦寐以求的情郎呢!呵呵,说不定,南诏国,也有我的用武之地呢!只是,不知,这位佑世隆王子又是个怎样的男子呢?

　　思忖间,五华楼外的街市上,《元皇赞》清扬曼妙的乐音愈益响亮,喜娘伸头向窗外望去——但见漫天花雨悠悠轻荡在碧蓝天幕下,花雨中款款走来一众马队,皆是神骏白马,上坐铠甲锃亮的戎装卫兵。

　　随着马队款款走来,喜娘惊讶地看到,在数十匹白马之后,更是走来了几头大象!大象全然盛装,头顶覆有织锦绣花的菱形彩巾,彩巾上压绚烂的花篮;大象背上披着大红掐金丝滚边儿的锦缎,锦缎上是高高的象座,象座中各坐着两位白裙裹身的美丽女子。原来,满天的花雨,便是来自这些女子的手中,她们将怀中巨大花篮中的花瓣,随着大象悠悠的步伐,款款地扬在空中。白色、粉色、嫩黄……五彩的花瓣交织成缤纷的花雨,随着《元皇赞》那神圣空灵的乐音,在羊苴咩城上空,洋洋洒洒勾勒出一片绚烂绮丽的雨中彩虹!

　　"白象,是白象!"忽然,楼下街市上的人丛一阵骚动,人丛中爆发出惊讶的呼声。

喜娘也不禁随着人们翘首仰望的方向，向马队的后方望去——漫天缤纷花雨中，一头高大的白象，头顶金冠，身披霞锦，宛若足踏莲花般，信步而来。

喜娘揉一揉眼睛，这难道是真的吗？喜娘仿佛看到了当日在莲花生大师暂时驻锡的塔公寺中，曾经见过的一张悬挂在墙壁上的唐卡——画面中，释迦牟尼佛正位其中，左侧是驾狮的文殊菩萨，右侧是普贤菩萨，而普贤菩萨的坐骑正是一头宛如玉雕的白象！

白象，在笃信佛教的善男信女中，一直是佛陀与菩萨的化身。

喜娘记得，每年的四月初八，扬州城中的男男女女都会赶至大明寺中，庆祝佛诞日。那时候便听得寺庙中的僧人讲述："释迦牟尼本是天上的菩萨，下凡降生到迦毗罗卫国净饭王处。净饭王的王妃摩耶夫人，长得像天仙一样美丽，性情温和贤淑，与国王情深似海。摩耶夫人回忆新婚之夜，她朦胧中看到远处有一个人骑着一头白象向她走来并且逐渐变小，从她的右肋处钻入她的腹中。她心中模模糊糊地预感到菩萨化作一头白象入胎。日后，身怀有孕的摩耶夫人脸上，微微泛着红晕，那色彩鲜艳的绿色领口花边像一片莲叶，她的脸儿像一朵绽开的莲花。后来摩耶夫人在娑罗树下降生佛祖时，百鸟群集歌唱，天乐鸣空相和，四季里的花木都一同盛开，尤其是沼泽内突然开放出大得像车盖一样的莲花。佛祖一出世，便站在莲花上，一手指天，一手指地，并说：'天上地下，唯我独尊'。"……

白象，好像从来都不是人间得见的凡胎，而应是诸天神佛的圣迹！没有想到，在逃过了大渡河边的杀机，跌入前途叵测的境地之时，竟然能够亲眼，见到头顶金冠、足踏莲花的白象！

喜娘忽觉自己胸口一荡，眼眶中已然满是殷殷暖意。

3. 金瓶藏耳

白象悠悠，花雨缤纷，眼见着已经走到了五华楼下。

喜娘看清，原来白象之上还高搭有加盖金座，金盖形如殿阁，斗拱飞檐。金座之上，又有红色丝绒织就的华盖随风飘摇，华盖之上隐隐随风翻覆着金线刺绣的九瓣莲花。华盖之后又有两名白衣女子，各自擎住了一柄以孔雀尾翎编就的羽扇，轻轻摇荡间，羽扇忽如碧玉，忽若靛蓝，琉璃光闪，气象万端……

这等气势，别说是羊苴咩城中的普通子民，纵然是来自中原，见过皇家威仪的喜娘，都不禁心生敬意，神为之夺！

再看向白象之上金座之内的男子，他的眉目被掩藏在漫天花雨与冠盖罗伞之下，看不分明，只能看见他一袭无瑕白衣，腰缠金丝缠搅而成的金鳞游龙带，带端缚玉蕊金莲如意钩，腰侧佩一块翠绿欲滴的美玉，如一棵修身玉树，又似一缕淡定月光，悠游在花雨冠盖之中，听纳万民的叩拜与歌颂……

这样的男子，合该是集合了日月精魄的人物，尽管不见面目，但是那身上所淡淡散发出来的气韵，已经足以说明了他身份之显贵。

喜娘淡淡而笑，看来这位被众多南诏国女子心心念念着的佑世隆王子的确出色，只是不知，将来能够虏获他心的，究竟会是何样的女子？

喜娘不由得技痒，此一刻几乎全然忘记了自己的处境与疑虑，一心一意地以一个媒婆的身份开始揣度起佑世隆王子未来的亲事来……

****

不知，是不是喜娘的注视太多专注；也不知，是不是喜娘此时所倚的五华楼占尽地利，总之，一阵清风吹动间，拨开了漫天的花雨，落英缤纷中，喜娘似乎看到一双狭长的眸子不经意地向上瞥来……

那本是不经意的一瞥，却忽然在视线笼住了喜娘时，化为了专注的凝眸——如碧空之幽蓝，如梦境之黝深，如古潭之恬静，如水晶之摄魂……

喜娘脚下一个轻微的踉跄，眼睛却被牢牢地吸入那份凝视，再也无法拔除……

佑世隆王子，康巴世隆马帮，如果不是天地之遥、身份之隔，喜娘又怎么会全然没有想到，此世隆即为彼世隆，彼世隆重归此世隆！

怪不得，当年莲花湖边初见，尽管他身着五彩天衣，却依然觉得他与康巴汉子迥然不同；

怪不得，望着贡嘎锅庄里中原急于购买战马时，他满眼看不懂的神色；

怪不得，喜娘说来南诏国之时，他笃定地说可以带喜娘同来……

这里，根本就是他的土地；他，竟然是这里的王子，更可能是未来的南诏之王！

怎么会，怎么会有这样的事情发生？

怎么会，怎么会自己竟然有这般的境遇？

****

愣怔间，白象之上的佑世隆已经站起身来，足踏白象，身披花雨，张开双臂，朝向喜娘，眸如点墨，"白玛达瓦——"

佑世隆的举动，牵引了城中万民的视线，男女老幼一同举首望来，纵有百尺高楼，喜娘依然感觉得到那数万双视线中蕴藏的好奇与灼灼的热度！

喜娘呆在当场。

从来没有过这般的万众瞩目，面对着陌生的国度、陌生的人民、陌生的习俗，她无法揣度，佑世隆向他伸开双臂的含义，更无法判定自己该做何样的回应。

看喜娘久久没有反应，城中的子民开始了善意的催促，声音从一个、两个，渐至汇集成喧嚣的人浪，"白玛达瓦，白玛达瓦，白玛达瓦……"

声浪涌动之间，只见佑世隆足尖轻点象背，白衣的身影从漫天花雨间激越而出，如一道白光，在五华楼十数层斗檐之间闪转腾挪，几个纵身已然轻轻飘落至喜娘所立窗棂外宽逾五尺的屋檐之上。

佑世隆的眸子宛如阳光下熠熠闪光的黑色水晶，光华流转，深情氤氲，他面对着喜娘再次伸开了自己的双臂,柔声却坚定地说,"来,白玛达瓦!"

纵然喜娘再为驽钝,也已经明了佑世隆的含义。他是想当着天下万民,将自己拥入他的怀抱!

他在昭告天下,他在申明心迹!

****

喜娘呆呆地望着眼前的一切。

窗外清歌悠扬,钟磬铿锵。

漫天花雨飘散,飞花如梦。

万民举首仰望,呼声如浪;

眼前人如玉树,深情凝眸……

只需要踏出一步,自己便会成为南诏国最幸福的女子了吧!

可是,可是……

可是心湖中那白衣飘摇,风姿如玉的人,却并不是眼前这一个。

纵然眼前的所有,都无法代替自己想见他的心情!

喜娘含泪悠悠闭上眼睛,她知道自己的这次拒绝,对于皇子之尊的佑世隆来说,该有多么的残酷!

可是,对不起……

因为,你不是他……

喜娘狠了狠心,正欲摇头之际,忽听得通衢大街的远处传来轰如雷鸣的马蹄之声。青石板上马蹄踢踏,听声音便知道来的定然是千军万马。

果然,远处有通传之声,"蒙嵯巅将军奏凯班师,闲杂人等让开道路——"

****

远处,有佑世隆的王室卫队的叱责之声,"佑世隆殿下在此,休得喧哗!"

不多时,随着一阵清越的马蹄声,蒙嵯巅单人独骑来到五华楼下。

只一抬眸,蒙嵯巅便看懂了眼前的情势,他妖艳的红唇微微绽开,阴柔的嗓音凉凉地传入众人耳鼓,"殿下,楼上的女子是微臣从蜀地带回来的。她身份卑微,被微臣赏了口饭吃,不值得殿下为了她,耽搁了迎奉金瓶的时辰!"

金瓶??? ——楼下万民顿时大哗:难道劝丰佑国王他……

蒙嵯巅软硬兼施的话,让佑世隆从初见到喜娘的狂喜中刹那惊醒。

他几乎忘记了,他此行究竟是为何而来!

他是来五华楼迎奉先王藏耳的金瓶,他是来接受蒙嵯巅施舍给他的王位!

南诏国,历来王室皆为火葬,仅留下双耳,藏入金瓶。金瓶只传承给下一位王位继承人,由王位继承人将金瓶藏于王族秘密的洞室,这个洞室的位置,只有王位继承人才能知晓……

佑世隆之前只是得到蒙嵯巅家人的禀告,通知他去五华楼迎奉金瓶,却根本没有想到,那个保管金瓶的人,竟然是自己以为失散于马蹄之下的、心心念念的白玛达瓦!

****

喜娘并不知道这一瞬间究竟发生了什么,她只是很庆幸蒙嵯巅的突然赶到,解了自己刚刚的焚心之困。喜娘默然返身,取出那个侍女交给她的包裹,轻托着交与佑世隆。

佑世隆面色沉肃,全然看不出喜怒哀乐,喜娘只觉他瞳孔幽深,一瞬间便吸走了刚刚所有飞扬的神采。

佑世隆郑重地捧过织锦包裹的金瓶,一送一接过程中,全然没看喜娘一眼,仿若刚才急欲拥入怀中的人儿,此时才发现本是陌路……佑世隆在飞檐之上站稳身形,手指坚定地挑开包裹的织锦,将金瓶捧在掌中,高高地举过头顶,直刺蓝天——金瓶在澄澈的碧蓝天幕下,被明媚的阳光折射出万道金光,一霎间夺人二目!

街上的万民也恍如乍然苏醒,仰望长天,目视金瓶,心悦诚服地片片跪倒,"佑世隆王,佑世隆王……"

喜娘如堕梦中,没想到,一个陌生国度的王位承接就在自己的眼前这般上演了!

长天之下,飞檐之上,与佑世隆平齐高度的只有喜娘,只有她真真切切地看到了佑世隆举起金瓶那刻,身躯四肢的微微颤动……

那仿佛是压抑了太久的豪情,终于得以一朝迸发!

这个在康巴叫做罗布顿珠的马帮大首领,这个此时在南诏国身为佑世隆王子、此时更是晋身为佑世隆王的男子,他身上,究竟还藏着什么样的谜团?

为什么堂堂南诏国王子会成为康巴的马帮首领?

为什么他刚刚回国便成为万众瞩目的王?

为什么王子之尊却被蒙嵯巅一个臣子的话语打灭了先前的火花?

为什么他既然是南诏国王子,却在之前遭遇南诏国军队之时,连自己一个女子都无力保全?

这一切,究竟是怎么回事?……

4. 镜面之舞

在护送新王佑世隆返回王宫的路上,蒙嵯巅与佑世隆的白象并辔而行。

喜娘被蒙嵯巅远远地安置在队伍后侧的军队之中。

佑世隆忍住了频频回首的欲望,状似不经心地询问蒙嵯巅,"不知嵯巅大人,要将那个汉人女子如何安置?"

蒙嵯巅妖异一笑,"自然是,带回我的府邸,留在我的身边啊!"

佑世隆的眉微微一跳!

蒙嵯巅转开头去望着满天花雨,并未看见佑世隆面色的变化,可是他嘴角那抹殷红的笑,却仿佛证明他早已对佑世隆的反应了若指掌。

佑世隆轻嗬,"嵯巅大人府中并无女眷,难道还需要这般刻意收一个丫鬟进府么？"

蒙嵯巅笑得更加妖艳,阴柔的嗓音袅若三月莺啼,"呵呵,王,您说对了,正是因为为臣府中尚无女眷,所以现才应该多收一个丫鬟入府了呀……"

佑世隆不禁大震,手掌紧紧地握住了金座的扶手,手背上青筋顿现,"嵯巅大人,你！……"佑世隆咬紧牙关硬生生吞下了已然奔突到了舌尖的话。

蒙嵯巅不以为意,"王,为臣想,您也一定不愿见为臣孤老终身吧……"

佑世隆轻哼,"如果嵯巅大人想要,本王乐意将王室公主嫁入嵯巅大人府中。大人又何必这般抬举一个普通的汉女呢？"

蒙嵯巅阴阴而笑,"王,您说着了！正是因为她是汉女,所以为臣才会高看她一眼。中原华夏,物华天宝,尤其这饮食之味,流传数千年,断非我南诏国中可比。为臣正是想,留她在身边,一来有个陪伴,再来还能换换口味……"

佑世隆的眼前,不禁又浮现起,当时在茶马古道上,喜娘拿着自己亲手配好的调料,蹦蹦跳跳地穿行于三五成群的马帮汉子中间,为他们的午餐添味时的情景……那时的白玛达瓦,那么生动,那般鲜活。

却不知,从此后,落入蒙嵯巅掌心的喜娘,还会不会再露出她那,由衷的微笑？

****

一时间,佑世隆与蒙嵯巅之间的气氛变得微妙起来。佑世隆望住远方呆呆出神,而蒙嵯巅则似乎万事尽在掌握,嘴角噙着妖艳而自得的笑。

看佑世隆发呆已经够久了,蒙嵯巅笑意殷殷地禀告,"王,前日大军将段大人上奏章请求告老返乡,因为王您当日还没有正式接受金瓶,不便理政,于是微臣就斗胆替您准了……"

佑世隆心下一惊,却不好直接发作,"嵯巅爱卿真是孤王的股肱良臣啊,今日刚刚班师还朝,却在尚未回到都城之前就已经帮孤王料理朝政了啊……"

佑世隆软中带硬的话,却几乎没对蒙嵯巅产生丝毫的影响,蒙嵯巅笑得更加妖艳,"蒙氏一族得以统一六诏,凌驾白蛮,靠的都是咱乌蛮族人团结一致的力量。臣目下是蒙氏大鬼主,又是清平官之首,自然有责任为王家排忧解愁！"

南诏国,子民分为乌蛮、白蛮两大部族。乌蛮称王,白蛮为臣。但是因为白蛮历来居住地靠近中原,汉化程度较高,所以经济实力较为雄厚,文化水平较高,于是整个南诏国朝堂之上,真正掌握实权的反而更多的是白蛮。久而久之,白蛮的势力潜移默化中对于蒙氏乌蛮的统治权产生了潜在的钳制和威胁。于是,将清平官与大军将这一政一军两大重位交给蒙氏乌蛮,已经成了南诏王室不得已而为之的策略。

南诏国中,乌蛮与白蛮的生活习俗虽有所区别,但是在崇巫拜教习俗上又完全相同,每个部落的主祭,称为"鬼主"。每一百户有小鬼主,每部落有大鬼主。鬼主掌握主祭之则,又掌首领之权,拥有政教合一的绝对权威。

蒙嵯巅即为蒙氏乌蛮的大鬼主,手上握有蒙氏一族的财富和军队;同时又是朝廷拥有宰相权责的清平官之首,政事无不经他之手。除此之外,蒙嵯巅又世袭了弄栋节度使的官职,因为弄栋地方靠近南诏国的西方边境,于是弄栋节度使便自然而然地被赋予了管理西南诸多臣服于南诏的部族的权力,可以说那些洞府之中的部族只知有弄栋节度使而不知有南诏朝廷……煌煌南诏朝堂,真正的统治者却不是南诏王,而是这个阴柔妖艳的蒙嵯巅。就连中原与吐蕃赏赐给南诏的财物,都要按照南诏王的规格同式同样地给蒙嵯巅准备一份……甚至,南诏前两代王——劝利、劝丰佑,就是蒙嵯巅一手扶上王位的……

而佑世隆的伯父、先王劝利之死,就更是被民间相传与蒙嵯巅有关。据说就是因为劝利想要摆脱蒙嵯巅的钳制,变得不再"听话",才在登基不足五载、正当盛年之时,神秘暴亡……

佑世隆强迫自己不要再去想这些看不清说不破的前尘往事,他现在宁愿将蒙嵯巅仅仅当成蒙氏的助力,当成朝堂间的股肱之臣,愿意——暂时放弃自己的王位之尊,愿意把自己当成无用的小儿,事无巨细均要与之商量,"嵯巅大人,世隆听说当年先王皮罗阁统一六诏时,段家先人曾为南诏建国立下赫赫战功,于是皮罗阁王赏赐给段家世袭罔替的铁券。既然段大人告老返乡,那么大军将一职也应该由段家公子承袭才对吧……"

耿耿忠心、战功赫赫的段家,凭借世代占据大军将一职,成为王室唯一可以制衡蒙嵯巅的砝码,这一点,佑世隆时刻铭记于心。

似乎没有料到刚刚归来南诏的佑世隆竟然知晓段家的世袭铁券,蒙嵯巅阴柔的眸子忽然寒光一闪,看向佑世隆的目光多了几分深意,"王有所不知,段大人膝下并无子嗣,仅有一女,不堪大任!倒不如,刚刚随臣攻入中原成都的笼戴牟……"

佑世隆忽地轻笑,状似不经意地打断了蒙嵯巅的如意算盘,"只是,本王听说,段大人刚刚寻回了自己流落在外的一脉骨血啊,尤其——还是僧王他老人家亲自寻访而归,如今已经正式认祖归宗了呢!按照南诏国律令,段大人的这位子嗣,一样可以继任成为下一任的大军将吧?"

佑世隆这话看似在与蒙嵯巅商量,但是任谁都听得出这言语之中的笃定之气,蒙嵯巅只得咬牙佯作赞同,心下暗生悔意,"本以为这个被扔在康巴长大的小子能够更易控制,未成想反倒是个有主见的!哼,一切刚刚开始啊,好戏还在后头……"

蒙嵯巅淡淡地回眸,望向后侧喜娘所在的方向,勾起妖艳的红唇,绽出一朵诡异的笑。

漫天花雨的南诏街头,忽地如堕冰窟……

一年四季温暖如春的彩云之南,冬天也来了吗?

****

翌日,甫接南诏王位的佑世隆首次登朝理政,第一条颁布的旨意,不是改年号,不是大赦天下,而是——赐封清平官、弄栋节度使、王爵蒙嵯巅为南诏国摄政王!"嵯巅之言即为本王之言,本王天下便是嵯巅之天下!"

旨意一下,朝堂哗然,却,没有一个人敢于站出来,说出一个不字。蒙嵯巅阴柔的眼神淡淡扫过朝堂,全然没有注视过任何一位官员,而是仰首望向天棚藻井中极尽繁复华美的彩画,嘴角是不屑一顾的冷冷笑意。

这一切,是新王对自己的示好,空前绝后的恩宠,位极人臣的尊贵……可是,又有什么呢?即便是没有这个名号上的认定,自己手里不是同样也拿捏着整个南诏的命运?又何必,用这样一个众矢之的的名号,反倒予人口实,徒增麻烦!

气氛微妙之际,殿下武士高声禀报:"启奏吾王,前任大军将段洪明大人义子段宗膀领旨觐见——"

蒙嵯巅猛地回转眼神,目含娇笑,斜斜瞥向殿门的方向,心道,"这佑世隆的确让我惊喜无限啊,这么快就要出招了!刚刚用一个摄政王的名号堵住我的嘴,接下来就急着把段家的子孙推到台前来了……"

腾腾腾,几声轻快的脚步,一个白衣的身影逆着门外金色的光,走入群臣的视野。群臣俱是细眯了眼睛,好奇又防备地打量着门外走来的这个年轻男子。

门外的金光在段宗膀的白衣上跳跃闪耀,人们一时全看不清楚来人的长相,只看到一个身形的轮廓,瘦高却又昂藏,飘逸的白衣挡不住骨骼行动之间的隐隐英气……

殿上都是什么人呐,数十年打滚于官场,做的是与人的交道,只一眼,尽管还看不清轮廓,便能对一个人看出七七八八。这个年轻人——绝非等闲啊……

随着段宗膀腾腾的脚步,披在身上的金光渐渐淡去,那袭白衣渐渐清晰,他的脸,带着他的笑从光晕中悠悠析出,只见白玉紫金冠下一双剑眉斜插入鬓,淡淡而笑的眸子恍如晨星光华闪耀——

本就是一片肃穆的朝堂之上,忽地静得听不见半丝声响……

"啊!怎么——是你?"朝堂之上最为尊贵的两个人,佑世隆与蒙嵯巅却几乎同时失去矜持地惊呼出声!

群臣不禁惊讶万分,用探寻的眸子在佑世隆、蒙嵯巅与段宗膀之间游弋逡巡,继而三三两两面面相觑,窸窸窣窣私语阵阵。

身在王座之上的佑世隆,眼神深沉而复杂,既有疑问,又有惊讶,甚至还有——隐隐的防备,更有读不懂的一抹逃避……

身居百官之首的蒙嵯巅则是一脸惊喜,有不可置信,有掩不住的喜悦,甚至还有一丝小小的狼狈,甚至——任哪个大臣都疑心是不是自己人老眼花,否则怎么能在权倾朝野的蒙嵯巅眼中,望见仿似少女般的隐隐娇羞!

可是段宗膀却神色自在,毫无拘泥。先给佑世隆行过跪拜大礼,继而团身向朝堂之上的诸位大臣抱拳,格外歉意地望了望面色忽地绯红的蒙嵯巅,"王上,摄政王大人,草民惊惶,实在是有负二位的盛意……僧王他老人家告诉草民,草民之前曾有过颠沛流离,业障颇重,于是僧王他老人家以大慈悲为怀,将草民之前的记忆封印,希望草民从此能够再世为人……因此上,草民与二位何时、因何种机缘曾经识,草民已经全然不记得了……"

段宗膀话音刚落,平日里最难捉摸的蒙嵯巅竟然惊讶地"啊!"了一声,眼神之中满是忧疼之色，甚至失神地用手掩住了自己的嘴巴。

而佑世隆，则似乎长出一口气，先前绷直向前的身子软软地向后靠回王座，神色之间还隐隐有了笑意。

佑世隆眼神轻松地瞟了一眼身旁的殿值宦官，那宦官得到王上示意，立即正色高声宣告，"前任大军将段洪明之子上前听封——段氏一族忠廉秉正，深得民望，三代辅弼我南诏，实乃南诏股肱良臣。今段洪明告老返乡，特将大军将之位赐封段宗牓，位列十二位大军将之首，与清平官同执议政之则！——"

哇——朝堂之间不禁大哗！大军将乃南诏国武官之首，十二位大军将同掌南诏国兵权，与执宰相职责的文官之首清平官一起，共同参与南诏国各项决策。如今一个不知从何而来，没有功劳的年轻人，轻易竟能得到如此荣宠！

议论纷纷之中，蒙嵯巅忽然出班施礼，有言上禀。

堂上大臣纷纷噤声，心下却也都揣度到了蒙嵯巅的意思：南诏朝堂，历来只有一个段氏，凭着三代扶保，凭着耿耿忠心，凭着世袭罔替的大军将之位，得以与蒙嵯巅分庭抗礼，成为王室制衡蒙嵯巅的唯一力量。此刻，一个来历不明的暧昧骨血，一个全无功绩的段家人，便被赐封大军将之位，这理由薄弱得禁不起任何的推敲，狡如蒙嵯巅，又怎会轻易放过清除碍脚石的机会！

"禀王上，"蒙嵯巅恬淡开口，嗓音一如往常地阴柔而缓慢，丝丝的冷意从他唇齿间点点飘散，"为臣斗胆，臣窃以为王上对于段宗牓的赐封，有所不妥……"

来了，来了……众臣毫不意外地听到蒙嵯巅的反对之意，心下猜度着这位刚刚继位的新王会如何应对。

可是还没等佑世隆说话，蒙嵯巅已然按照自己的步调继续说了下去，"臣以为，段宗牓不但应该承袭段氏一族的大军将之位，更应该身兼兵曹，执掌我南诏军队调动之权！"

"啊！——"朝堂之上惊讶的嘶声四起！这蒙嵯巅竟然举荐段宗牓同时身兼兵曹之职，难道——难道这是以退为进，心下在酝酿更深的阴谋吗？

佑世隆都是微微一震，用深沉的目光，上下打量蒙嵯巅，一时间猜不出蒙嵯巅究竟何意。

而蒙嵯巅，却根本没有看向佑世隆，甚至视全堂朝臣如无物，只用一双妖艳的眸子紧紧锁住了那一袭白衣，临风而立的段宗牓，柔媚而笑……

围绕着佑世隆、蒙嵯巅与段宗牓之间的微妙气氛，更见神秘……

5. 潋滟曼陀罗

深宵夜半，星月静寂。

红绡暖帐，春色无边。

长发披散的男子,挺起上身,仰高下颌,紧闭着双眸,妖艳的红唇如沁血的玫瑰,娇艳欲滴。伴随着绵长而阴柔的几声呻吟,他的身躯猛地耸动了几下后——颓然向前倾倒在了身下的女子身上。

女子的长发倾覆于红色的锦褥之上,眼神朦胧如水,额发之上香汗滴滴。她伸出两条嫩白的膀子,柔柔地拥住了倾覆而来的男人身子,体贴地将红缎锦被拉高,遮住了男子赤裸的身体。

待男子呼吸平稳下来,将身子躺平在榻上后,女子悄然起身,随手拎起散落一地的衣裳,来不及穿戴整齐,便急急又安静地退下床去,恭顺地准备离开。

榻上,那看似睡熟的男子,忽然出声,"今晚,就在这吧……"

神色寂寥地捧着衣裳的女子,闻言难以置信地回过身去——榻上的男子依然紧闭双眸,刚才的话竟像是梦中的呓语。女子愣怔,不知自己该继续退身离去,还是重返红绡帐内。

犹豫良久,女子紧紧咬住了自己的下唇,眼神中凝聚出一抹坚决之色,依然静静却更为利落地爬回榻上,依住男子身侧躺下,将脸颊轻轻地贴在男子的胳膊外侧。

红绡帐外,红烛泪落;暖香帐内,依着男子的女子,缓缓合上双眸,也有一滴清泪从腮边悄悄滑下……

五年了。

自己跟在他身边整整五年,没有名分,甚至——从来都是欢好之后便须离去,身子尚在滚烫,可是心却蓦地冰冷。今天,他却破天荒地允许自己留下来!

诡异。

就像他今天从朝堂上归来一直噙在嘴角的那抹微笑。

从来都是慎如惊鸿,不许外人亲近;从来都是笑中结冰,眼波流转间人头落地……他今日的那抹微笑,怎会如许温柔,牵连着眼神,都跟着如梦,似幻!

这,可曾还是自己跟随了整整五个年头的南诏国幕后真正的统治者——蒙嵯巅?

他,究竟怎么了?

****

当新的一天来到,蒙嵯巅仿佛又回复了原来的自己。披衣起床之间,伺候他穿戴的碧蝉已经全然看不到了他昨夜的异样。

终究是自己,眼花了吧?

蒙嵯巅一边更衣净面,一边吩咐下人,"去段军将府请段宗牓大人过府一趟。就说——身为摄政王,本官有责任尽快帮助段军将了解南诏军政之务。"

下人犹疑,想要问什么,终究没有出口,只躬身施礼后疾步退出。

少顷,碧蝉已经帮蒙嵯巅穿戴整齐,最后拿起平日里闲适在府时的包发襆头,准备将蒙嵯巅的长发包缚其中,却被蒙嵯巅伸手挡住了。

蒙嵯巅将襆头挥开,指了指梳妆台上的鎏金象牙盒子,示意碧蝉。

碧蝉不解地望望蒙嵯巅,走上前去打开那盒子——一柄白玉簪静静地躺卧在翠碧丝绒之上。

碧蝉迟疑地将白玉簪擎出,蒙嵯巅柔媚一笑,指了指头上的发髻。

白玉为骨,灵秀为魂,当这柄白玉簪从蒙嵯巅的发丝间穿过,碧蝉的手不禁一抖——她看见了蒙嵯巅此刻的眼神——那般娇媚,带着一丝迫不及待,却又满满地装着忧色。

这眼神,这眼神!这眼神,碧蝉自己也曾有过!每当夜色降临,听闻蒙嵯巅回府,碧蝉便会紧张地端坐在梳妆台前精心妆扮,菱花镜中,错眼之间,望到的正是这般含羞带怯的眼神!

虽然,男子发间配簪,在贵族男子之中颇为常见;但是,那玉簪之下的眼神,却不一样!

轰——说不清为什么,碧蝉只觉自己心下的某个角落天塌地陷……

再无法修复,再——无法重来……

****

灵魂仿佛已经被抽离,这副肉骨的身子已经不再属于自己,碧蝉只能呆呆地站在厅堂一角,与所有面无表情、立若廊柱的下人一起,看着蒙嵯巅与段宗牓寒暄、饮茶、交谈、拊掌大笑。

时光易过,转眼已是午时。

蒙嵯巅阴柔的嗓音里难得地夹了丝丝的暖意,"段军将想来应该是汉人吧。尽管段军将之前的记忆都湮灭,但是段军将的民族,本官却还是看得出来的。恰好,本官此次从蜀地归来,带进府来一个汉女,做的一手好菜,今天中午段军将就莫走了,咱们尝尝这个汉女的手艺……"

段宗牓笑道,"那宗牓可就有口福了,不过不要太过叨扰才是……"

蒙嵯巅交代下去,"去,告诉喜娘,准备点素净的吃食来。不要寻常的七碟八碗,只我与段大人,吃得酣畅才是要紧。"

不知为何,碧蝉只感觉到那神色自若的段宗牓忽然上身微微一震。等再看过去时,已然恢复了常态。

未几,一套白底青花瓷的餐具被下人端了上来。摆放停当,二人看去,只见桌上只得两只海碗,旁各配一匙一箸。海碗内一汪清汤之中,是宛若透明的白色条状物,状似面条,却有着清白的颜色和几近透明的光泽。面条间隐隐洒了各式菜蔬,嫩黄、微绿盈盈于清汤之间,衬得那"面条"格外纯白爽滑。

桌上另有一白地青花的盈握胆瓶,外加两只浅口小碟中盛了紫红中轻泛金色油泽的酱料。

青花白瓷配清汤素面,放在偌大的餐桌之上,显得那般地孤单与——清寒。

蒙嵯巅一挑眉,妖艳柔媚的眼色中泛起隐隐寒光,"说清爽简单,没想到竟然简单到一碗一碟了。"

段宗膀倒是不以为意，也没客套，卷起袍袖拿起筷子便吃了起来。端餐食进来的下人赶忙提醒，"段大人，且慢！喜娘嘱咐过小人，一定要提醒二位爷，这面该是这样吃的——"

说着，下人亲自执筷，将浅口小碟之中的酱料拨入海碗，再将青花小胆瓶打开，从中倾倒出一些油掺入海碗，最后将面条、菜蔬、酱料、油用筷子搅和在一起，方示意段宗膀享用。

段宗膀初尝之下微微皱眉。

带着疑虑又吃了一口后，眼神中似有一亮。

第三次入口，段宗膀已经不急着咀嚼，却将食物留在舌尖品味一番，方才仔细咀嚼……

又是一大口之后，海碗中已经空了大半，段宗膀龇着牙齿吸一口清凉的空气，边吞咽下口中的食物，"摄政王，这餐饭，下官吃得——爽！"

见蒙嵯巅不解其意，段宗膀解释，"这面劲道爽滑，绝非寻常面粉所制；这酱有肉香油味，填补了汤面的过于寡素；最绝的该是这胆瓶之中的油，虽然看似普通，但是吃起来确实麻香辛辣，初尝刺激难咽，忍过头调之后盈满口中的竟是格外的爽口开胃！"

"真是——鲜香绝味！"段宗膀击案而赞。

望着段宗膀的赞美，蒙嵯巅的眼神，妖异中泛着红色的波，嗓音更是格外的阴柔轻软，"难得，段军将，如此喜欢这餐食，看来本官，该，好好地奖赏喜娘……"

又是一声"喜娘"，段宗膀的眼神忽然蒙起了一层迷惘，仿佛仔细在记忆中搜索，却一无所获，"摄政王，下官有个不情之请，能否让下官见一见这位姑娘？"

蒙嵯巅面色一寒，却不好发作，"好。叫喜娘过来，见过段军将！"

****

厅堂之外，是种满曼陀罗的花园。南诏人素喜白色曼陀罗，而蒙嵯巅却独爱红色曼陀罗。

清风起处，红色曼陀罗迎风招展，越发显得那茶碗口大小的层叠花瓣，红得妖冶艳丽。

花园三面围廊，雕梁画栋全被掩映在花木间，影影绰绰，只见得廊柱在姹紫嫣红间跳跃。

段宗膀悄悄地深深吸了口气——遥见围廊深处，绯花廊柱之间，一抹红色的身影，姗姗而来。

花影扶疏，艳阳高照，层层叠叠的绯色曼陀罗妖冶艳丽——却都挡不住，那穿过花丛而来的红衣身影。恍如穿云而来，仿佛揭开层层梦境，那抹红一点点欺入视野，染红了观者的心。

待到，那抹红色终于穿过花丛，踏尽围廊，聚合成一个完整的身形——才发现，万千世界早已独余这一抹红，而那些艳丽妖冶的绯色曼陀罗不过是一个前调、一个陪衬。

段宗膀忽然觉得自己无法呼吸！

不知道为什么。

不知道从何说起。

只知道不住地吸气，胸腔被无限膨胀，却不知吐纳，一股异样的情绪就如那空气，霸道地占满了胸臆！

****

乍抬眸……

喜娘也呆呆地望住上座的段宗膀，一霎间变成木雕泥塑。

晴朗的白昼，也会有电闪雷鸣吗？

小小的一颗心脏，是不是其实藏得下万马的奔腾？

人这一生，千百个日日夜夜的虚度，是不是都只是为了一朝的相逢？

极致的喜乐，却分明是宁愿自己此时魂飞魄散，四处飘摇，无限漫游，让自己的魂魄飞升至九天云外……

座上之人——不是那朝朝暮暮冥思苦想，心心念念梦中得见的人，又该是谁！

两个人就这般呆呆地相对而望，咫尺之近，却又仿佛天涯之遥——直到，所有的人都看出了异样。直到——蒙嵯巅妖媚的眸子忽然闪过一缕寒光，冷冷地哼了一声，那阴柔的嗓音宛如艳阳下妖冶的曼陀罗："喜娘，还不来见过段军将！"

段……军……将……？

喜娘蓦地抬高眼帘，怔怔望着对面的人，久久不敢置信。

就算，喜娘刚刚来南诏国不足盈月，但是喜娘也听说过，大军将乃是南诏国武官之首，拥有这个官职的人，不是战功卓著，便是门阀世袭。

那么说，这位上座的段军将，断断不可能是，自己心心念念的那个人啊……

再说，那人的眼中除了惊讶，却不见其他神色，如果真的是他，他怎么可能就这么陌生地眼睁睁地看着自己！

这世界，怎会有如此相像的两个人啊！

这世界，怎会有这般残酷的事情！

****

喜娘垂首，用力眨去眸子里涌起的霜花，向上首万福一礼，淡声说，"小女喜娘，见过段大人。"声音无异，只有喜娘自己知道，施礼之时又在左腰侧的手指，冰冷着瑟瑟发抖。

段宗膀怔愣着望着喜娘，心头有如阵阵雷声滚过，震撼与惊恸接踵而来，却——找不到这份心情所来的缘由。望着，望着，只能这般紧紧地望住眼前红衣的女子，满身红衣怎的却无法掩盖她脸颊上的刺目苍白！

****

蒙嵯巅的目光，在喜娘与段宗膀之间缓缓流动，先是冷冷的刺探，继而仿佛忽然发现了什么有趣的地方，妖艳红唇一抿，眼神中顿时趣味盎然。他轻轻翘起手指，端起茶盏，抿一口茶，一边品味着茶在口中的余香，一边缓缓开口，"喜娘，段大人尝了你的手艺，很是赞赏,所以特地要你过来一见,这可是段大人给你的抬举哦。还不快将你那吃食的做法,向段大人一一道来?"

原来,是为了那吃食……并非,是要见我的人……

喜娘木然抬头,悠悠开言,"那吃食,并非寻常面条,是喜娘用稻米制成。先将稻米洗净、发酵,继而磨浆,过滤后蒸粉,然后压成条状,晾干……南诏盛产稻米,但是食用的方式无非是做成米饭,喜娘便想着用中原制作面条的方式来料理稻米。而且,虽然南诏四季如春,但是冬天因为室内缺少了取暖的设施,所以反倒是更显得阴冷,于是小女便加入了花椒——将花椒泡水后加入油中,让普通的油加上了花椒的辛味,可以帮助御寒……"

段宗膀不由击掌,"聪明!"

"咯咯,咯咯——"不理会段宗膀接下来似乎还要说的话,蒙嵯巅娇媚的笑声响彻厅堂,"段大人,好眼力,一眼就看出了本官挑选的这名女子的聪慧。段大人看,如果本官将这女子送入宫中,以她的聪慧,该有个不错的前程吧?"

段宗膀不觉失声,"送她入宫?"

蒙嵯巅柔媚的眼神漫不经心地从喜娘身上掠过,不过眨眼之间,喜娘却忽觉那眼神宛如霜刀雪剑在脸上辗转刺割!

"咯咯——段大人,你误会了,我送她进宫,不是指望她来谋什么的。只不过,新王既然已经登基,又正值壮年,怎好让后宫闲置,令王室膝下久虚呢……于是,本官已经物色好了蒙氏宗室、清平官蒙闪阁的女儿,待新王为先王守孝期满,便可举行大婚!而这个丫头嘛,段大人,你也听到啦,她的名字竟然叫喜娘……段大人,本官想,段大人不会不知道喜娘一词在我们南诏国该担当什么样的责任吧……"

****

段宗膀的心内,轰然鸣响。

南诏国虽然努力学习中原文化,但是毕竟是少数民族转化而来,许多的习俗尚未开化。在南诏国,所有担任媒婆的喜娘,除了要为青年男女保定姻缘之外,更有责任教导男性的初夜,以保证男女新婚之夜便可孕育后代……

在南诏,喜娘都是凄凉的女子,用心保定他人的姻缘,用身体开启懵懂男子的初夜,而自己——却要终身不嫁,孤独终老……

段宗膀忽觉一阵锥心的痛铺天盖地而来,他支起拳头重重地压在了自己的左胸,胸臆中翻涌的疼痛和恐惧,加上无法探知的不解,让段宗膀阵阵头昏。

为什么,对她会有这般熟悉的感觉?

为什么,听到她可能履行的黯淡前路,自己会痛彻心肺?

难道,她也是,被自己遗忘的记忆的一部分?

一念及此,段宗膀忽地从座位上站立起来,向蒙嵯巅叉手施礼,"摄政王,下官有一个不情之请。既然她只是一个小小的喜娘,既然摄政王并不指望她在宫中有所作为,那么,宗膀可否请求摄政王就将此女赏给下官?下官一定会好好地待她……"

****

"啊，咯咯咯咯咯咯——"厅堂间忽地漫天娇媚笑声，如绯色的曼陀罗迎风而舞，却——又如其突然来到般地——戛然而止。蒙嵯巅寒着一张脸，却依然嗓音柔美，"段大人，不过就是一个丫头嘛，还值得段大人你起身来求我？男儿一世，该求的事儿太多了，单只为了一个丫头，就不值得了！"

见段宗膀面上一白，蒙嵯巅又是娇笑，"不过，既然是段大人相求，本官也自然不好拂逆了段大人的面子……不然，这样吧，本官也想个两全其美的法子。"

蒙嵯巅略作迟疑，"既然新王还要为先王守孝，一年之内还不会举行大婚，这样一来，喜娘还可以留在本官府中一年……段大人，不如就利用这一年多往本官府中来往往，本官会特别为段大人和喜娘归置出雅致的院子，只要段大人愿意，便可随时与喜娘为伴……"

蒙嵯巅一边说，那妖艳的眸子一边在段宗膀与喜娘之间逡巡，满意地看着喜娘面如死灰，段宗膀神色之间既是无限渴望又是抵死挣扎。

"一年之后"，蒙嵯巅悠然地说，"料想段大人对这丫头的兴头儿也就该过了，这样本官依然可以按照前言送喜娘入宫。段大人，你说，这样可好啊？"

****

喜娘的眸子，灰暗如重重浓雾遮掩之下的湖水，死气沉沉，无波无澜。

她不知道，为何对于自己，天堂与地狱，永远都要挤在一念之间。

进宫，是一定要去的。不论是蒙嵯巅是否这般安排，喜娘自己也终究会想办法这样做。毕竟，手里还握有佑世隆的象牙扳指，她相信自己一定能够有办法找到机会进入宫中。

自然不是为了宫中的荣华富贵，也不是仅仅为了佑世隆，更多的原因还是自己远来南诏的初衷——母亲，那位被称作草原上最美丽的月亮花儿的艾侬古丽，那位当年被乌孙王许配给南诏王孙的西域女子，为何会抛下自己的王妃之尊，万里迢迢去了中原，并在那里诞育下自己，又决绝地抛却了性命？

还有，为何自己身上的血液，那来自于父母双亲的血液，会拥有血胆玛瑙的力量，会操纵了牢兰海水丰盈的秘密！

谜题，那些缠绕在自己身上的谜题，只有探究清楚母亲在南诏的一切，才能一一解开！

可是——却无法想到，自己那般坚定的入宫愿望，却在这个男子，这个被叫做段宗膀的男人眼前，土崩瓦解……

她宁愿，她宁愿抛开所有的一切，只希望时光倒流，回到云开落水之前的时光，哪怕就跟着他，在康巴做一对普通的夫妻，喝酥油茶、吃糌粑，夜夜枕着诵经入睡，天天听着悠悠的梵音醒来……

而不要，这般地面对着如此酷似的一个人，却有着陌生的名字和身份……

可是,他毕竟不是他。

即便有着如此酷似的外貌,但终究不是他!

****

喜娘毅然仰首,"摄政王大人,喜娘不愿!喜娘愿早日入宫!"

本来蒙嵯巅的话是问向段宗牓的,却没想被喜娘抢先截住了话茬儿。蒙嵯巅不禁柔媚一笑,"本官问过你吗?"轻蔑的嗓音仿佛寒凉的风,从喜娘颊上无情地刮过。

喜娘的话,却让段宗牓深深一恸,"为什么,你宁愿入宫,也不愿跟我在一起?"

喜娘望向段宗牓,眼睛闪过星碎的光,"如果段大人不肯谅解喜娘,那么喜娘愿斩去这没用的三千青丝,削发为尼!"

蒙嵯巅神色一变,嗓音依然柔媚,可是声线之间已经满是霜刀雪剑,"哼哼,真是坚贞啊,想不到你个小小喜娘,倒真的是有几分节烈呢……"

段宗牓无言望着喜娘,眼睛里是深深的震撼与不得不割舍的遗憾。

蒙嵯巅望了望段宗牓,又瞥了瞥喜娘,玩味的笑意冶艳如光影之下的红色曼陀罗,"好吧,既然你不识抬举,那本官就安排你早日进宫!不过,大婚还早,所以你连好好当个喜娘的机会都没有了,只能进宫当个粗使的丫头,去伺候宫女们吧!"

喜娘默然颔首,她自然知道此举将意味着什么。虽然如蒙嵯巅之前的安排,她能够随着国王的大婚而入宫成为喜娘的话,虽然终生不得再嫁,但是毕竟能够有机会得到国王的恩宠,即便无法得到名号,但是至少也能谋得一个还算富足的未来。可是,如果现如今早早进宫,却只能当个粗使的丫头,因为南诏宫廷中的宫女,都是南诏国内乌蛮、白蛮贵族之家的女儿,这些贵族出身的宫女虽然在皇子皇孙面前是伺候的奴才,但是她们每人都拥有自己的粗使丫头,在粗使丫头的面前,她们又都是高高在上的主人了。平日里,在皇子皇孙面前受了委屈的宫女们,便会将自己的委屈千倍万倍地发泄到粗使丫头身上……跟喜娘相处久了的厨房里的厨娘,自己的女儿便在宫中做粗使丫头,最后就是忍受不了白蛮宫女大小姐的欺负,一头撞死在宫墙上!

6. 缥缈迷迭香

喜娘刚刚被送入宫中,南诏国便出了一件惊天的大事!

中原发兵三十万,陈兵大渡河北岸,长矛直指南诏国!

虽然,之前南诏国与中原之间几番兵戎相见,但是那些胜利无不是建立在南诏与吐蕃合兵,或者中原国内有内乱发生,而无暇顾及西南之时。此次中原刚刚平定了西北的乌孙之叛,绞杀了以张阁老为首的通敌集团,又接连收回陇西、渤海两个军事藩镇的兵权,正是兵强马壮、四海一心之时。如果南诏此刻与中原兵刃相向,绝不敢保证自己能够全身而退。

南诏国朝堂上下，无不一片人心惶惶。有白蛮大臣于是趁机提出，一定是蒙嵯巅前度率兵侵扰蜀地，兵围成都，又劫掠蜀地手工匠人之举，惹怒了中原。

永远高高在上的蒙嵯巅，终于落人口实。佑世隆便也顺水推舟，准了白蛮大臣的奏议，削除蒙嵯巅部分兵权，转而将这部分权力转归大军将兼兵曹的段宗牓。

乌蛮、白蛮两大部族之间，身为汉人的段氏始终是一股平衡的力量。即便削了蒙嵯巅的部分权力，佑世隆却也不想将这部分权力划归另一大集团的白蛮，造成另一个未来的蒙嵯巅……

段宗牓一时间成为南诏国朝堂新贵，各个部族、诸位臣工，均绞尽脑汁着意拉拢。

这些朝堂间的波诡云谲，时时被传入内廷，宫廷内眷们也都因应时势，调整着自己的小算盘。

乌蛮蒙氏的几位宫女，这日早早地凑在一起商量对策，身为粗使丫头的喜娘早已对此习以为常。

给各位宫女奉过了茶，喜娘退到外间，一边等候主子们的随时传唤，一边将小茴香研磨成粉。

只听得蒙嵯巅的侄女儿蒙黛萝语气不平地说，"哼，这就以为叔叔不得志了么？他们的得意算盘打得太早了！叔叔这多年来的经营，岂是他们几个白蛮一朝一夕间便能撼动！不过是叔叔审时度势，觉得没有必要因了自己一时的短长而去与中原大动干戈，毕竟南诏的王室可是咱们蒙氏乌蛮坐的！不管佑世隆王他怎么想，叔叔也要想办法保着咱蒙氏的王继续稳稳地坐在朝堂之上啊！"说话的这位蒙黛萝，正是喜娘的主子，蒙嵯巅将喜娘送进宫来，便是打着给自己侄女儿找个使唤丫头的旗号。既然是蒙嵯巅送进来的丫头，蒙黛萝虽不见得喜欢，但是毕竟不用费心思去提防着了，所以很多时候与宫女们之间的密议也并不刻意避讳着喜娘。

蒙氏另一宫女蒙闪娥附和，"那是。再说了，等佑世隆王为先王戴孝期满，黛萝姐姐的亲姐姐绮萝便会入宫成为咱们南诏王后呢！到时候，看谁还敢在王面前说三道四！"

本来蒙闪娥是想拍蒙黛萝一个马屁的，结果却没想到反倒让蒙黛萝柳眉倒竖，"哼，不说这个我还不生气，说了这个我便气不打一处来了！在这件事上，我就不得不埋怨叔叔了。叔叔也不想想，当初是谁早早进宫来守在王身边，为他打探宫中的消息；是谁忍气吞声、逆来顺受地，放着好好的大小姐不当，而跑到宫里来当个宫女？结果哦，叔叔倒好，反倒安排姐姐进宫来便可登上王后大位；而我，就算未来也能封个贵妃，但是也必须得生下王子才行啊……"

小姐脾气一来，其他几位蒙氏的宫女都噤若寒蝉，不敢随便附和了。蒙嵯巅的家事，岂是她们几个旁支的女儿家敢随便插言的！

气氛冷了半晌，大小姐蒙黛萝又是一声闷哼，"我不甘心！就算是姐姐，我也不甘心！"

她的声音顿了顿，仿佛极为审慎地揣度了一下方才开口，"南诏朝堂，除了我叔叔，还有谁能左右王的意愿？"

另一蒙氏宫女蒙蓓缬出言道，"那就是两个人了，王自己，再有就是段宗膀大人了！"

蒙黛萝却将信将疑，"虽说段宗膀现在正是得宠的时候，但是别忘了他不过是承袭了祖荫，他自己究竟能有几分实力，目下还是个未知数呢！"

蒙蓓缬咯咯一笑，"姐姐，你平日里白白冰雪聪明了，怎的这会子就忘了呢！段宗膀就算再不济，大军将之位就算不足以说明什么，但是你别忘了，咱们崇圣寺里的僧王，可是段宗膀的叔叔啊！谁的话，王都可能不听，但是僧王的话，王怎会不依从！"

蒙黛萝的嗓音里顿时跳跃起来快乐的火花，"是啊是啊，怎么忘了僧王他老人家！这段宗膀，正是僧王他老人家亲自带入段家的呢。如果不是他老人家早已是我佛弟子，不然段宗膀很可能成为他老人家名下的儿子！这样一来，取悦了段宗膀，自然便是取悦了僧王他老人家呢！咯咯，咯咯——如果僧王他老人家希望我蒙黛萝成为南诏国王后，试想我们的佑世隆王又怎么会拒绝呢！"

南诏历来崇佛，这一点喜娘自然知晓。就连先王劝丰佑的母亲都出家，劝丰佑王还专门为母亲修建了崇圣寺三塔。整个南诏国内，大寺三千，小寺不计其数，僧人成为南诏国内一支举足轻重的力量。贵为南诏国寺的崇圣寺，住持更是得到了无上的荣光，历代拥有"僧王"爵禄，可直接上朝左右南诏王的政令！

僧王？是僧王将段宗膀带入段家？

这究竟，又是一段怎样的故事？

神思缥缈间，恍惚听得室内的几人刻意压低了嗓音，隐隐传来了暧昧的笑，"……是啊，妹妹说的极有道理！……英雄难过美人关嘛……咯咯，真的吗？段大人真的当着叔叔的面要她？……"只有片段的碎语，喜娘听不清晰，却也没有放在心上，毕竟这些话的内容想来也不过是事关蒙氏宫女大小姐们钩心斗角争宠的小伎俩，与自己这个形同奴隶的粗使丫头又有何关！

****

夜，幽幽长长，无边的梦境仿佛这无边的夜色一般，伸展、蔓延，看不清来路，望不见尽头。身子益发地沉溺了，肌骨全都透着甜蜜的酸软，深深沉入无垠的沉睡，跟着灵魂飘摇在氤氲的夜色中，载浮载沉。多久了，自从抗婚离开中原，自己有多久没有这般深沉地坠入过梦乡，不再惊悸醒来，不再夜半流泪？

鼻息之间，仿佛有隐隐的花香，飘散在银色的月光中，如轻纱浮动，丝丝点点直入心脾。这花香，熟悉得仿似另一个梦境，在那个梦境中曾经见枝叶参天的胡杨树，金色的胡杨叶子飘散在墨蓝色的夜空中，恍若金色的蝴蝶。蝶舞翩翩中，一个白衣的身影腾空而起，轻如飞羽，矫若游龙，背后大如磨盘的银色圆月，成了那身影最佳的背景。就在那白衣身影腾入空中即将下落之际，仿佛忽然发现了这情境中还有喜娘的存在，于是将那如水的目光，隔着浩渺长空，悠悠望来——

这目光，啊，这白衣的身影——

一阵排山倒海而来的剧痛,倏地击中了喜娘,让她情不自禁地缩紧身子,用双臂紧紧抱住自己,泪水如倾泻的瀑,潺潺而下……

是梦,是真?

如果是梦,怎会自己的神志如此清晰? 看得到无边的夜色,闻得见淡淡的花香,感受得到那如水的凝视,疼得宛若万箭穿心……

如果是真,却又怎么可能! 明明已然身在南诏国王宫,明明已然是微如尘芥的粗使丫头,怎么可能还能看得到那西域巨大的胡杨,怎么可能还会收获生死未卜的他如水的凝望?

"喜,不要走,不要离开我……"耳边,忽然传来熟悉的嗓音,一双胳膊也将自己紧紧锁在一副温暖而有力的臂弯之中!

是谁!

巨大的惊吓,把喜娘从悲伤的梦境中拉回,蓦地睁开双眼——一室清幽,只有一缕银色的月光穿过纱帐,投射在喜娘脸上。

眼前,盈寸之间,共同沐浴在月光下的另一双眸子也于此时睁开——

啊!!! 两人均是巨震!

床铺中的两人正是裸裎相对的喜娘与段宗膀!

段宗膀率先反应过来,他一抚额角,痛得嘶声,却顾不上自己的尴尬与疼痛,倾身将喜娘揽入怀中,体贴地用自己的体温给喜娘取暖。一抹温柔的笑,如月光之下的曼陀罗,悠悠地绽放在段宗膀嘴角,他柔柔地收紧双臂,仿佛拥住了地久天长的幸福。

喜娘则在那一瞬间,几乎死去!

尽管是酷似的身形与面容,但是他不是他! 他是段宗膀,他是南诏国的大军将! 难道真是相思成狂,于是便放纵了自己的身体,贪婪地去享受了这荒唐的温柔! 裸露的胸前,自己都能看得见那欢好的印迹……即便可以骗过世间所有人,又该如何对自己交代!

喜娘的冰冷与沉默让段宗膀心疼不已,他将下颌轻轻抵在喜娘的发顶,"对不起,卿卿,一定是我昨夜饮酒过量,才会这般把持不住自己,唐突了你。不过我不后悔,这一刻也是我梦寐以求的! 我只是为没有给你足够的准备和更多的温柔而道歉,本来我该等到洞房花烛的……"

一些片段的记忆,此时片片闪回,喜娘记得自己本来是被蒙黛萝派往段宗膀府邸,送一坛蒙氏土酿的美酒。蒙黛萝说要喜娘亲自待段大人饮过再归,以禀报段大人是否喜欢这坛酒……段宗膀当着喜娘的面启封而饮,一股曼妙的花香从泥封中飘散而出……之后,喜娘就什么都不记得了……

段宗膀倒是依稀还留有昨夜的丝缕记忆。他记得,酒坛泥封开启的刹那,他仿佛是嗅到了一缕异香,似花非花,甜香醉人,像足了传说中来自天竺的迷迭之香……而当酒香飘散的瞬间,喜娘的眼神忽然柔得宛若潋滟的春水,一波一波,一直蔓延到他的心上。他的身体仿佛自有意志,不等他回神,自己的身体已然拥住喜娘,置身纱帐之内。

那一刻，段宗膀的神志并非毫无警醒，可是他却无法控制自己的身体，那般的——熟悉，那般地——动情，望着喜娘柔柔眼波如醉，段宗膀那片刻的警醒也被身体拽入沉溺，越堕越深……

每一寸皮肤都是这般的熟悉，每一波曲线都是这般完美的配合，段宗膀无法驾驭自己，只能沉醉得，更深，更深……这种感觉仿佛曾经有过，这缕花香也似乎并不陌生——可是究竟在哪里，究竟何时，曾经与怀中的人儿，这般地深情相拥？

一时情迷，段宗膀情不自禁地将唇又一次印在喜娘颊边、唇畔，带着浓重的需索，催促喜娘的回应——昨夜，喜娘热烈的回应，让段宗膀一再痴迷，那份狂喜的记忆依然留在脑海中，无法挥去——

"放开我"，一声清冷如宝剑锋刃的轻喝毫不留情地斩断了段宗膀的热情。

突来的冷硬让段宗膀一滞，臂膀却依然圈着佳人。

"我说了，放开我！"清冷的嗓音再次响起，更多了一丝冷硬的威胁意味。

段宗膀下意识地松开了臂膀，喜娘背对着他纵身而起，捡拾起散落榻边的衣裙，自顾穿戴好，便直步离去！自始至终，喜娘根本连回头看都没看过依然裸着身子愣怔在纱帐之内的段宗膀一眼。

人去，门空，忽然的风鼓荡得门扇呜咽而鸣，段宗膀守着床帐之内还留下的软玉温香，却无法拦阻伊人离去的绝然脚步。

这一切，竟然只是迷迭之香营造出来的春梦一场吗？

****

回到宫中，蒙黛萝眼含深意吃吃笑着问前来回禀的喜娘，"段大人他说那坛酒，可还合意？"

喜娘垂首，悄然隐去悲伤，"是——"

蒙黛萝大喜，"好！叔叔他果然没看错你，你在我身边果然能帮得上忙。你下去歇着吧，昨晚定会累坏了。今天就不用来伺候了……"

喜娘施礼退出，脚步颓然踉跄。

躺在榻上浑浑噩噩，忽见大渡河水呼啸而来，忽见莲花湖边水波激滟，一会儿是云开白衣如玉的身影，一会儿却换成段宗膀若惊若喜的凝望……昨夜的疲累，一再地提醒喜娘，绝不可能只是段宗膀一人的缘故，自己的身体一定也在恍惚朦胧之间出卖了自己……

为什么，身形、外貌酷似也就罢了，就连身体，就连那温柔都会这般地相似！都能够骗过自己的身体，让自己的身体以为重归他的怀抱！

云开，云开……

你究竟在哪里啊？

你是否尚在人间？还是——

****

半睡半醒之际,忽然听得同住的其他几个粗使丫头轻声耳语,虽刻意压低了声音,却依然藏不住那声音里跃动着的惊喜,"真的? 世隆王他真的说明天会来主子这边? "

"是啊,那还有错! 是殿前当值的侍卫告诉我的。说这几日世隆王忧心中原屯兵于边,连续几日食不下咽,于是段大人劝王,说最合口的一定还是家乡的味道,不如来宫里几位同为蒙氏乌蛮的宫女处,品尝一点祖上流传下来的吃食,说不定能帮世隆王恢复胃口呢! "

"啊,太好了,说不定世隆王这一高兴就能宠幸了主子呐,那咱们就也能跟着享享福了……"

那两个丫头的话,让喜娘的心"咚"的一跳:世隆要来……

纵然同在宫内,但是喜娘不过是伺候宫女们的粗使丫头,平日里只能待在粗使丫头们的院子里,非主子派遣,不得随意踏出院门半步。所以,世隆绝不可能想到,喜娘现在其实就在自己身边不远处!

可是,即便世隆王要来蒙黛萝这里,自己的身份所限,粗使丫头是无论如何也不可能见到王的!

世隆来这里,是为了吃食……一抹灵光闪过,喜娘忽地从榻上坐起身来,收敛起昨夜的心伤,催动心思为明天筹划起来。

想改变自己的际遇,想获得在宫中自由走动的权力,想——揭开母亲当年的秘密,这一切必须要寄望于现在身为南诏国王的佑世隆!

7. 香回重见

隔日朝会已毕,佑世隆一脸怒气地踏入了蒙黛萝所居的宫苑。

为了迎接世隆王的到来,蒙黛萝极尽心思地梳妆打扮。身着玄色云波纹织锦的掐腰圆襟五彩绣花半臂小襦,腰系五彩绣花鲛绡百褶裙,足踏崎头履,满身飞花,更见得人比花娇。头上,蒙黛萝刻意高高地挽起了发髻,没有如往常一般以白巾包头,而是刻意裸露出满头青丝,蓬如青云,更加映衬得她肌肤赛雪,颈项修长。南诏国人尚白色,于是蒙黛萝特地在发间配白银打造的簪子,簪子上的花样儿是凤戏牡丹,凤的眼睛上各自镶嵌了一枚晶莹的绿松石,显得那只凤格外活灵活现。更让人叫绝的,是那牡丹的花蕊与花瓣,全都是由薄如发丝的银叶子手工打造成形,层层叠叠,颤颤而动,随着蒙黛萝的头颈摆动,沙沙而鸣,风情万种,仪态多端,活似中原女子头上的金步摇!

可是,这般用心的妆扮,却半点没有引起世隆王的注目! 世隆落座之后,只嘱咐蒙黛萝准备吃食,仍然自顾自与陪在身旁的段世牓说话。

原来,刚刚在朝堂之上,段宗牓接见了中原的使者。中原雄兵,果然是兴师问罪而来,却并非是为了南诏国朝堂都以为的蒙嵯巅率军攻陷蜀地一事,而是——责备世隆继承了王位,却执意不改姓名,依然沿用原名,冒犯了中原太宗、玄宗的庙讳！这在中原,乃是大逆之罪！故而,中原威胁收回曾经颁赐给南诏先王的"云南王"之位,除非世隆愿改名为"酋龙",否则中原便不予册封！

世隆怒气未消地对段宗牓说,"中原不是也有一句话吗:行不更名,坐不改姓;况我堂堂南诏国之王,岂能因为冲撞了他们的庙讳便可任意修改名字！不册封本王也罢,本王还正想令南诏国正位,不再去做他中原的臣属之国！"

段宗牓微微陪笑,"王且息怒。国政之事,宜从长计议。今日来此,本为美食而来,食则动气,易使气串两胁,对身体恐是大害。"

佑世隆深深吸气,暂时压下了心头的怒意,这才回头瞟了一眼蒙黛萝,"准备了什么好吃的,还不快端上来！"

南诏王室所出身的蒙氏乌蛮,擅长畜牧而不擅农耕,于是饮食结构中主要以肉食为主。虽然后来南诏国日渐强盛,乌蛮与擅长农耕的白蛮共同生活、彼此影响,再加上中原文化的强势渗透,南诏王室的饮食结构已然发生了重大的转变。但是既然世隆王想吃的是蒙氏乌蛮的传统饮食,于是蒙黛萝还是指挥着几个粗使丫头,准备了一桌"全牛宴"。

一见满桌各式各样以牛肉烹调的美味上桌,佑世隆不禁皱眉。正是食火大盛、胃口不开的时候,满眼都是油啊肉啊的,让他怎么可能产生食欲！

见佑世隆皱眉,蒙黛萝的心咯噔一声,忙低声嘱咐下人想办法。少时,粗使丫头又端上来一个三彩瓷盘,盘上依然是普通切成条状的牛肉。蒙黛萝不解其意,只得看着粗使丫头特地将这个瓷盘放置在佑世隆面前。

佑世隆又是一个皱眉,想起身离去,又看了看蒙黛萝眼里殷切的神情,略加犹豫,终于举箸尝了一口放在面前的肉条。肉条入口,佑世隆忽地一愣,停住咀嚼环视了一眼身边众人。然后又夹了一根放在嘴里,细细、细细地咀嚼起来,眉目间的神情,如梦似幻,像是沉浸于一个美好的回忆之中⋯⋯

见此状,蒙黛萝长舒一口气,望着下人,展颜而笑。下人们也都隐隐露出了微笑。

佑世隆又吃了几口,望着肉条之间点点芝麻大小的黑色粒状物,和颜悦色地问蒙黛萝,"黛萝,不知何时,你也学会了用这西域的小茴香做烤肉的调料了？"

"西域？小茴香？"蒙黛萝一脸惊诧,茫然不知所云。

刚刚端着肉条进来的粗使丫头凑近蒙黛萝耳边低声说,"喜娘说,这烤炙肉条中正是加入了来自西域的小茴香,能去腻止膻,开胃提味儿⋯⋯"

尽管那粗使丫头是尽量压低了嗓音对蒙黛萝禀报,但是已经对这吃食留了心的佑世隆怎么可能放过这么重要的耳语去！果然,略过所有的词汇不谈,单就一个"喜娘",便已经是佑世隆要找的答案了！身在康巴之时,还叫做罗布顿珠的他就已经知道,他的"白玛达瓦",还有一个汉族名字叫做"喜娘"！

佑世隆耸然动容,眸子瞬间迸发出闪亮的光芒,"黛萝,难道喜娘在你这边伺候？"

蒙黛萝自是并不知晓佑世隆与喜娘之间的过往，听得佑世隆垂问，自然照实回答，"是，叔叔日前给我送进来一个粗使的丫头，就是叫做喜娘。这烤炙肉条里所加入的西域的调料，也是她亲手烹制的……"

蒙黛萝不解地望着佑世隆。这还是那个平日在宫里对所有的宫女都不屑一顾的男人吗？听说喜娘就在自己这边当值，佑世隆的面颊竟然微微绯红，如果不是置身在这煌煌王宫，此时的佑世隆真的就是一个羞涩的毛头小子！难道，这喜娘与佑世隆王之间，真的有什么故事发生过！

蒙黛萝不禁微微心惊！之前不过是心下对姐姐入宫即能登上王后宝座，心有不甘；但是不管怎样那毕竟都是自己一奶同胞的亲姐姐！而如果喜娘真的是与佑世隆之间有过感情瓜葛的女子，眼见着佑世隆又是如此动情，那么很可能，姐姐与自己都将败在这个女子手里！

蓦地，心头忽有星碎的光芒闪过，蒙黛萝一下子明白了当初蒙嵯巅将喜娘送到自己身边的目的！——最近的地方其实又是最远的地方，最危险的地方其实就是最安全的地方！佑世隆一定想不到这个女子就在宫内，就在自己的身边，所以如果不是此次凑巧，佑世隆可能终其一生也不会再有机会与这女子重逢！蒙嵯巅要的，便是让这女子活活地消失在佑世隆的眼皮底下！

啊！——只是可惜，此时醒悟却已然晚了。都是自己愚蠢，为了那个王后宝座，为了讨好段宗牓，竟然在阴差阳错中，由自己穿针引线将喜娘的消息送回了佑世隆的身边！

蒙黛萝心脏绞痛，却无计可施，只能眼睁睁看着佑世隆遣身边近侍将喜娘带走，并下旨让喜娘此后去佑世隆王所居住的玄极殿伺候。

同样惊讶的，还有陪伴佑世隆而来的段宗牓。应该说，他是这件事情的另一个主导者，尽管他心下不屑蒙黛萝派遣喜娘去拉拢他的这一做法，但是不论如何，段宗牓倒是的确感念自己由此终于拥有了喜娘。蒙黛萝的心思，段宗牓自然猜得泰半，宫内的女子所有的心机，除了得到王上的宠爱，又为哪般呢？于是段宗牓利用佑世隆近来胃口欠佳一事，将佑世隆引来蒙黛萝所居之地，也算还了蒙黛萝一个人情——只是，他无论如何也不会想到，佑世隆与喜娘之间又是相识的！而且，佑世隆仅凭一道菜的调料便立时认出了喜娘，听到喜娘就在这里时更是双眼闪耀出喜悦的光芒！这般的佑世隆，是段宗牓从未见过的！凭直觉段宗牓便获知，这个世间真心爱着喜娘的男人，绝非只有他段宗牓一个！

更让段宗牓惊讶的是，喜娘被佑世隆完全忘我地牵着手离去时，竟无半分惊讶，嘴边反倒噙着一抹了然的微笑，仿佛这一切全在她的掌握之中！难道——她知道佑世隆会来，难道她知道佑世隆一定会认出她……

最最心痛的，不是这个女子竟然被高高在上的南诏王纳入羽翼，而是——整个过程中，明明看到他就在王的身边，而她连一个注视都不曾给过他，仿佛他是世间所有不相干的陌生人，仿佛——昨夜她没有在他的怀中，辗转娇哦！

这叫他，情，何以堪！

8. 不为人知

玄极殿。

案几上，各地官员上的奏折几乎堆成小山。身旁，两位主管奏议的清平官垂手肃立，正等着佑世隆将批阅好的奏章，好根据其内容发布政令。

一派国事为重的肃穆。

可是佑世隆的眼睛却时不时便从眼前的奏折上偷溜出来，瞄一瞄案前捧着暖手炉肃立一旁的喜娘，然后痴痴地微笑片刻，方才把眼神再调回奏折中去。装作对这一切一无所知的两位清平官，趁着佑世隆终于将视线收回去的当儿，心照不宣地彼此交换一下眼神，悄然叹息。

可是未几，佑世隆便又将眼神挑起，呵气搓着双手，可怜兮兮地望着喜娘。喜娘只好将暖手炉送上，躬身伺候佑世隆将双手焙热。

拖沓许久，大半个时辰过去了，竟是连两封折子都没批完。

清平官郑回正色道，"王，如今中原的三十万兵马尚在大渡河北岸陈兵不动，西南方的洞蛮又受吐蕃挑唆屡有异动。目下，正是王上励精图治，以解内外交困之时。王上，切不可为杂务分心啊！"

佑世隆却是不以为然地轻笑，"郑爱卿，不用多虑。本王现下绝无分心，虚活这二十多年来，本王近日才真正地定下心来。"

佑世隆望了望身边的喜娘，眼神温柔，"本王身为南诏国子民之首领，自然要为百姓安居乐业用心。更何况，"佑世隆语气轻顿，"更何况，本王自己亦有希望倾心守护之人。不是身为南诏之王，仅仅是把自己当做普通子民的一员，把自己当做一个普通的男人……"

佑世隆一番肺腑真言，颇令两位清平官感动。为官这多年来，何曾见过历代王上能这般推心置腹与自己交代过心声？更有哪一位王上能将自己当做普通子民一员，当成一个普通的男人！

不再是高高在上的王，仅仅是一个想要守护自己心爱之人的普通男子；不是虚张声势地以天下为己任，只是推己及人地想要守护自己重要的人……不是豪言壮语，却来得更为真实而动人。

君臣正说着话儿，段宗牓门前施礼，缓步走进来，"王，臣刚刚接获大渡河防线战报。"

佑世隆面上神色一凛，"说吧。"

段宗牓略一沉吟，"王，中原带兵之将，新任的剑南节度使兼西南兵马大元帅，已经下令将出使大渡河之北的清平官皮细罗斩首！"

啪——突地一声巨响，恍若亮瓦晴天中劈开的一声惊雷！

喜娘忙蹲下身去，收拾地上散落的木屑——佑世隆惊怒之下，竟然单掌击碎了紫檀木雕镂而成的桌案！

"本王敬重中原，愿意追随先王，继续屈尊为其臣属，年年去朝，岁岁纳贡。本王特地派去清平官皮细罗正是表明本王的示好之意，不过是请求他们不要过于计较本王的姓名，再三申明并非刻意冲撞中原皇帝的庙讳！可是没想到，他们敬酒不吃倒也罢了，竟然将南诏国使臣斩首，这岂不是将南诏国全然不放在眼里，这不是公开地挑衅本王嘛！"

言辞激烈间，佑世隆忽然悠悠一笑，望向肃立在旁的清平官郑回，"郑老，您是我南诏国年纪最长的清平官。您，可还记得，当年本王为何被先王送往康巴长大？"

郑回一惊，望着世隆的眼神闪着犹豫，却最终被佑世隆眸子中的坚决征服，"老臣自然记得。当年，王甫出生之时，拳头紧握，掰开后方见掌心皮肤之上印着四个字——'通蕃打汉'！彼时，先王刚刚摆脱了吐蕃重新归为中原臣属，接受了中原册封的'云南王'尊号，于是不得不将您送往康巴暗养……"

佑世隆高举起自己的右掌，掌心光洁的皮肤已然不见了当年的四个字，但是佑世隆依然郑重其事地高高擎起，"通蕃打汉！这就是本王出生而来的天赋大任！天意如此，人力岂可违拗！"

佑世隆整衣正色，"本王在此宣告，百年来为中原臣属的南诏国从此不再！从此时此地始，南诏国更名为大礼！本王亦不再仅仅是臣属于中原的'云南王'，佑世隆从此后将是大礼国皇帝！"

此言一出，举座皆惊！

自立为帝，这将是捅破天的事件！

喜娘不禁双手一抖，一根锋利的木刺直直插入了指尖，殷红的血滴滴落下地面。

就站在案几旁边的段宗牓再顾不得君臣之仪，一下子冲了过来，从贴身的衣衽处扯出一条帕子，包覆住了喜娘的手指。段宗牓指尖的颤抖泄露了他的紧张，喜娘几乎要以为真正手指受伤的是段宗牓了……

佑世隆也是神色大变，正欲抢身奔来之时，却已然被段宗牓抢去了先机，佑世隆只能呆呆地看着段宗牓刷白的脸色和手指的微微颤抖。

佑世隆的心，没来由地被狠狠撞痛，就连刚刚得知南诏国使臣被中原斩首、自己的王威被踏于脚下时，都没有这般地痛……

段宗牓……喜娘……如此郑重的时刻，这两个人竟然浑然忘却了身外的一切，只在各自的眼神里倒映着对方的心疼！

天地之大，难道，皇威、礼仪，都比不上眼中的彼此吗？

愤怒，熊熊燃起，佑世隆说不清自己心底腾腾的火，到底是因了两人的藐视王权，还是为了自己囿于身份的限制而没有段宗牓这般抛得下所有的勇气！

****

此时此地，更加震惊的反倒不是佑世隆，而是——喜娘。

讶然地看着段宗膀极尽呵护地为自己包扎着伤口，指间感受得到他的微微颤抖，抬眼便能看到他满眼的心疼……但是，但是这一切都没有正包在自己手指上的帕子来得震撼！这帕子，这帕子，就算自己垂垂老去、双眼昏花之时，依然能够一眼认出！这帕子，正是那年在扬州，瘦西湖边的街市偶遇之时——

……喜娘环视了一下周围人们注视云开的眼光，顾不得害羞，忙拧身走进茶店，摸出自己掖在衣襟里的汗巾，给云开细细擦去脸上的茶叶和茶水，又把怀里抱着的一笼包子塞进云开手中……

……喜娘忙垂下头，慌乱地想把汗巾收好，借以掩饰刚刚的尴尬。云开凝神回望喜娘藏在颈间的那一抹娇羞，脚步不觉迟疑。云府仆人催促，云开只得离开，他望着喜娘欲言又止，只把喜娘慌乱中落在地上的汗巾拾起，纳入自己袖中，环顾了一下周围人的围观，沉声说，"脏了。我补一块新的给你。"说罢起身，绝尘而去。……

如今，云开生死未卜，可是这方帕子，竟然出现在段宗膀手中！

这方帕子——天下再无第二块，因为上面歪歪斜斜地绣着一朵含苞待放的莲花，这根本是喜娘真品独家、绝无分号的作品！

再顾不得这里是南诏国王处理政务的玄极殿，再顾不得南诏国王佑世隆正在凝神望来，再顾不得片刻之前南诏国政局刚刚发生了惊天的变化——喜娘一把抓住段宗膀的手指，"告诉我，这帕子，是哪里来的！"抓得紧了，刚刚包扎好的手指，又殷殷透出血迹来，帕子瞬间斑驳。

还没等段宗膀回答，上首的佑世隆忽然阴晴难测地开口，"段将军，我南诏既已决定与中原决裂，那么大渡河一战，便是难免了。身为大军将兼兵曹，段将军恐怕是责无旁贷了，不知道段将军是否愿意代替朕行天子之事，率军夺取我们大礼帝国的首场用兵胜利啊？"佑世隆的自称俨然已经是身为皇帝的"朕"，看来，一切，已无转圜。

听得佑世隆如此正颜以问，段宗膀只得暂时丢下喜娘的问给自己心头扰攘起的迷惘，起身，叉手施礼，"臣愿往！定不有辱使命！"

佑世隆拊掌，"好！真不愧是我大礼国第一将军！好，事不宜迟，立即整装待发，三日后，朕亲自为你誓师送行！"

"王！——"清平官郑回着急地奔上前来，却被佑世隆严厉的眼神阻止。

惊悸、怀疑、急欲争辩，数种表情在郑回神色间变换，佑世隆自然猜得到他想说的话：段宗膀来历不清，又从未显示过军事指挥的才能，如此贸然令宗膀领兵出征，恐怕前途莫测、凶多吉少……

但是，佑世隆更加相信自己的眼睛！没人知道，其实早在康巴之时，佑世隆作为那时的马帮大首领，就早已经对这个人审核过了！只是，那段经历，就如同自己曾处心积虑培植起康巴最大的马帮一样，只能被自己悄悄地藏在心底，对谁都不可提起……

不过，佑世隆绝对自信的是，段宗膀——他的身手，他的头脑，他的军事才能，他的处乱不惊……这样一个人，合该是他佑世隆称帝之后的股肱良臣！

更为难得的,是这个段宗牓居然能够得到蒙嵯巅的另眼相看,原本的敌对之情神奇地化为欣赏之意——这个人,无论他的真实身份究竟为何,佑世隆都不在意,他只在意这个人能够辅助他成为南诏国——大礼帝国开启时代的第一位皇帝!

9. 兵戈凛冽

三天后,段宗牓在苍山洱海之间誓师出征。佑世隆刻意将自己的称帝大典,同时作为誓师大会。

昭告天地,遵奉太庙,分封诸侯,大赦天下之后,佑世隆便不再是从前的南诏国王,而是——大礼帝国的景庄皇帝!

景庄皇帝庄严立于苍山洱海之间,面对万民郑重明示脱离中原的"八大状":

其一:沉苛重赋,累年逼供;

其二:巧使南诏,令攻吐蕃;

其三:承诺不兑,不遵盟约;

其四:云南太守张虔陀侮辱先王女眷;

其五:前建南节度使鲜于仲通进军西洱河,劫掠南诏子民;

其六:安南经略使李琢昏庸贪婪,屡扰南诏边民;

其七:不敬南诏王威,强令更名;

其八:斩杀南诏使臣,切断南诏往来之诚……

景庄皇帝佑世隆清朗的嗓音在苍山洱海之间格外明净,"这般的不仁不义、不恭不诚,我南诏何必还臣属于他!朕改国号大礼,正是寓意礼仪之邦,不再行中原那般满口仁义道德、实则苟且猥琐之事,重建我大礼国礼仪之邦!"

众将士高举兵戈,振臂而呼,"礼仪为邦,龙兴大礼!……"

喜娘怔怔地看着高台之上的佑世隆。他已经不再是那个莲花湖边初遇的康巴汉子,他已经不再是那个小心呵护着自己走过茶马古道的马帮大首领,他已经不再是那个叫着自己"白玛达瓦"的罗布顿珠——甚至,他都已不再是一个偏安西南的小小南诏国王——从此后,他将是大礼帝国的景庄皇帝!

就像石雕匠人雕石,本来一块平平无奇的石头,在刻刀和流水的雕琢下,内里的龙形终会破石而出!不是能工巧匠之功,而是那龙形本来就隐藏于顽石之中,只不过假以人手,将那龙形释放出来!

抚摸着指上的象牙扳指,喜娘心潮澎湃;却又为了那遮天蔽日的旌旗,忧心忡忡。

从此后,大礼国就要公开与中原为敌了呀!

茫茫迢迢的关山之外,中原,故国,是否从此便只能远在旧梦中?

****

佑世隆昭告已毕,捧起金盘之上的主帅印信。

全场鸦雀无声。

忽见一匹白马从满天招展的旌旗与如林的人丛中闪身而出,宛若晴空中劈开的一道白色电光,吸引了所有的视线,每个人的心里都是凛然起敬!

马上端坐一人,月白长袍,银盔银甲,白色斗篷飘扬在身后,仿若身披苍山洱海间的清风而来。

喜娘的心,怦然而动。

段宗膀风姿如玉,光华清雅,眉目间集拢起山光水色,眼神里弹射出利刃的锋芒!他催马踏上高台,单膝跪地接过佑世隆赐予的印信,站起身来,环视苍山洱海,面对大礼国万民,将黄绫包裹的印信高高举过头顶——

顿时台下万马欢腾,人声如沸,千军万马同一个声音呐喊,"必胜,必胜!——"呐喊之声在苍山洱海间,纵横鼓荡,回声嘹亮。

段宗膀脸上挂着淡定的笑,静静地环视众位将士,仿佛在用自己的眼睛阅读他们每个人的心。少顷,段宗膀举起手臂,直向蓝天,"众将官,出——征——"

刹那间,旌旗涌动遮天蔽日,兵戈整齐寒光森森,十万兵马攘攘如云从眼前呼啸而过,喜娘踮高了脚尖,却也再看不清段宗膀。人影幢幢之间,影影绰绰只望见段宗膀飞身上马,勒动马缰,即将振蹄出发!

却——就在那白马即将奋蹄飞奔的刹那,电光火石之间,忽见段宗膀转过身来,直直向自己所站立的方向深深望来——

该是,错觉吧?他本不知道自己身在何处。

该是,徒劳吧,万千人中自己不过是沧海一粟。

可是!可是喜娘却端端正正地撞上了段宗膀的视线——毫无怀疑,绝无偏差,即便隔着万千人,即便只会是错身的刹那——

一股热流从喜娘心底沸腾涌起,直冲到眼眶,于是便有泪,莫名地,直直落下……

****

泪眼婆娑间,只见段宗膀定住马身,将一条红色的绢帕紧紧束于自己右臂之上。振缰勒马之际,只见一抹轻红飞扬——带着那一抹红,白衣白马的段宗膀如闪电般飞射而去,瞬间便凝成了水天之际的一个白点,却,不知为何,那一抹红却在喜娘的心头越发放大,直至氤氲蔓延成无边无际,牢牢地遮覆住喜娘的全部身心……

那帕子,尽管无法看清,喜娘却知道,那根本就是当年自己送给云开的那条,日前又因裹了自己手指的伤而沾染了斑驳的血迹!原本一条普通的帕子,此时更是染着自己殷嫣的血,是不是,这份牵绊,愈发纠缠,再难解脱?

你到底是段宗膀,还是我的云开?

如果你只是段宗膀,你怎么会拥有这块帕子?

如果你是云开，那你究竟遇到了什么，怎么会变成了南诏国的大军将段宗膀？

为什么，身边所有的人都对你的一切讳莫如深？为什么每当我问起你的事情，所有的人都掩口不言？

喜娘的耳边一声一声飘满了这样的片段，"别再问了，段大人是僧王的家人。僧王决定的事儿，就算是皇上都不许再问起……"

****

愣怔之间，千军万马招摇而去，方才还在眼前的人欢马叫，此刻只留下空旷校场间，幽幽回荡的清风。

大礼帝国上下权贵，纷纷整肃仪容，只待景庄皇帝佑世隆一声令下，即可起身离去。

远处，响鞭扬起，青石路面上回声清亮。当值的内侍高声轻扬，"万岁有旨，龙辇起——"

喜娘混身于众多宫女丛中，缓缓跟从着龙辇而去，却——一步一回头，遥遥望向大军消失的天际。

忽听景庄皇帝身边的贴身侍从丹珠近前来宣，"万岁爷叫白玛达瓦姐姐去前边伺候呐，哪位姐姐叫白玛达瓦？"

喜娘蓦地一愣！来到南诏国后，自己已然恢复了本名喜娘，佑世隆也早已称呼自己本名多时，怎的忽然又称呼自己为"白玛达瓦"起来？

如今的佑世隆，已经绝非当日在康巴时初遇的男子，如今的他步步为营，心机巧设，此时更已经昭告过天地，登基为大礼帝国的景庄皇帝，他的每一个举动决不可能毫无缘由！

重新称呼自己为"白玛达瓦"，究竟在佑世隆所布下的政治棋局中，自己将充当怎样的棋子？

苍山无言，洱海脉脉，崇圣寺三塔昂首碧海蓝天，陌生的国度深藏起幽深的谜题。

****

段宗膀带兵离开后，大渡河前线并未如大礼国中部分官员所预期的那般战火纷飞，连日发回来的战报不过是两军依然各守大渡河一边，却是未动兵戈。

之前，蒙嵯巅带兵围袭蜀地，引得中原这般的大军压境，又是如此强硬地斩杀南诏国使臣，再加上佑世隆公然称帝，这些因素足以让朝堂上下认定，战斗一定一触即发……只有佑世隆安之若素，每日看着平静的战报，微微而笑。

没人猜得透佑世隆究竟在想些什么。

阴柔眼波潋滟的蒙嵯巅也不觉一惊！这个当初的康巴毛头小子，怎的被扶上王位之后，一转身的工夫，他的心思就已然脱离了自己的掌控！

猜不透他的心思，自己就无法掌握先机，无法预先做好应对和部署，只能盲目地因他动而动，反倒让自己被其所制……蒙嵯巅如水的眼波中，忽然寒光连闪！

蒙嵯巅妖媚笑着踏出班列，"万岁，为臣有一事上禀。"

佑世隆深深地望了一眼丹墀之下的蒙嵯巅，眼神灼灼，缓缓开口，"摄政王但说无妨。"

蒙嵯巅瞥一眼百官，妩媚轻笑，"皇上，为臣想提一件皇上的私事……本来，先王驾崩尚不足一年，皇上礼仪治国，定不会提及自己的大婚之事。但是如今形势已有不同，皇上初登龙位，如今与中原又正式兵戎相见，国中上下正需要一场天大的喜事来坚定信心，凝聚起万民的士气……可以说，皇上此时提及大婚之事，完全不是不识大体、罔顾忠孝，而是恰恰相反，皇上此时大婚正是为天下计，为大礼国计！"

蒙嵯巅此言一出，顿时便得到朝堂之上百官的应和。

佑世隆挑起眼帘，望一眼丹墀下跪拜一地的文武百官，再冷冷地凝望着笑得冶艳如红色曼陀罗的蒙嵯巅，忽地大笑，"哈哈，哈哈，知我者，嵯巅也！无论是大礼国，还是朕本人，现在的确是需要一位凤仪中宫的皇后了！摄政王此时不提，朕还在踟蹰该如何对众位爱卿提起呢！"

上意已明，蒙嵯巅的弟弟，大礼国主管钱粮的仓曹蒙屹巅顿时激动得满面通红，脚步蹒跚着扑通跪倒，向上叩首。

蒙屹巅此举，满堂朝臣都并不意外。因为早在佑世隆刚刚从康巴被秘密紧急召回之时，蒙嵯巅就早已放出话来，说南诏国未来的皇后将是自己的侄女儿，蒙屹巅的女儿——蒙绮萝！

眼见蒙屹巅激动得满面通红，叩首之间就将明言谢恩，佑世隆忽地轻轻一笑，"仓曹可是第一个给朕贺喜的啊！我大礼国的皇后一定不能是普通的女子，她既要拥有母仪天下的能力，更重要的，"佑世隆语气微微一顿，他冷飕飕的眼神在蒙屹巅面颊上扫过，引得蒙屹巅激灵灵打了个冷战，"更重要的是，我大礼国第一位皇后，必须要得到神佛的庇佑，必须要得到僧王的钦许！"

蒙嵯巅眼波轻荡，掩口笑着对跪在地上发呆的蒙屹巅说，"咯咯咯咯……，屹巅，别人不知也罢，我这个当伯父的自然知道，绮萝从小便跟随在太皇太后的身边长大。当年我南诏国上下谁人不知，太皇太后乃是精通佛法之人，实是我南诏国中佛缘深厚的奇女子！当年先王丰佑在位之时，太皇太后便决定出家，法号惠海。为此，丰佑王特拨国银五千两铸佛一堂，并命本王建崇圣寺给太皇太后，又请圣僧李贤者定崇圣寺三塔以纪太皇太后之功……深得太皇太后，亦即惠海大师真传的绮萝，岂不正是深得神佛保佑之人！对于深谙佛理的绮萝，相信僧王他老人家也会心有嘉许……"

蒙嵯巅的话虽然是冲着蒙屹巅说的，但是满朝文武都知道，这话其实是说给佑世隆听的。

蒙嵯巅说完，眼神轻飘飘瞟了一眼神色肃穆的佑世隆，眸子里冶艳如红色曼陀罗，绯红潋滟。

这一局，胜败已定。

蒙嵯巅缓缓扣下手指，将一只不识时务飞来他掌心栖息的飞虫，挤压得粉身碎骨。仿似全然漫不经心,蒙嵯巅摊开手掌,将掌心血肉模糊的飞虫展示给身边的人看,"本来想好好放它一条好路走的,怎奈它不听话……"

满堂朝臣,噤若寒蝉。

佑世隆颓然一叹,"大婚之事,就依摄政王所议。过些日子,朕会带蒙绮萝同去崇圣寺拜见僧王他老人家。"话毕青灰着脸,拂袖退朝。

蒙嵯巅斜斜瞥着佑世隆的背影,展颜媚笑,冶艳如花。

10. 妙香佛国

崇圣寺,南诏国亦即如今大礼国的最高寺院,同时也是皇家寺院。

大礼历来崇佛,皇室中人、贵族子弟,都有不少人出家修行。为了安置这些贵胄中人,当年的南诏国王室特别建筑此寺院。如今的崇圣寺住持,更是被极度崇佛的先王劝丰佑加封为僧王,拥有朝堂参政、监督国王的无上权力。

这一日,崇圣寺中忽然中门大开,法器悠扬,僧王率寺中所有僧人恭谨列队于大殿之前。此等阵势,即便南诏大礼国皇帝亲临,都未曾得享。可见,崇圣寺定会有极其尊贵的客人到访。

大礼国中,上至皇室贵族,下至贩夫走卒,无不对这位即将到来的贵客充满了好奇。

****

蒙嵯巅府上。

一张紫檀荷花床横卧堂中,床上一人身披绯红鲛绡长衫,散开长发平躺在一个绿衣女子的腿上。那绿衣女子低垂了螓首,用一柄白玉梳子细细地梳理着披散在自己腿上的长发。微风徐来,掀动了门楣上垂悬而下的艳紫丝绸挑金丝刺绣的门帘,透入厅堂外开得袅娜冶艳的红色曼陀罗。

那看似已经沉沉睡去的人忽地开口,"碧蝉,那边该有信儿来了吧?"

那绿衣女子手微微一抖,白玉梳子下的一缕发纠结成一团,微微扯痛了绯红长衫男子头顶的皮肤,惹得那男子蓦地起身坐起,全无半点留恋。

绿衣的女子正是蒙嵯巅的侍婢碧蝉,绯红长衫的男子正是蒙嵯巅。

碧蝉轻轻咬了一下唇,"不是婢子不尽心,实在是摸不透那边双方的打算。只知道他每天并不在帐中,反倒是带了人在四处的山林里打猎,全然不像用兵的意思。"

蒙嵯巅背过身去,将丰厚的长发拢到身前,"他,还好?"

碧蝉望着那绯红的背影。尽管刚才他的语气并无波澜,但是碧蝉又怎么可能忽略掉他拢过长发时,指节因为紧张而致的微微颤抖? 碧蝉垂下长睫,"是。"

碧蝉悠悠又道,"婢子还听说,曾经被奉为吐蕃国师,如今在康巴塔公寺驻锡的莲花生大师正往大渡河南岸而来……"

蒙嵯巅凛然一惊，"难道，崇圣寺今天大费周章要迎接的贵客就是莲花生？"

碧蝉神色依然，"当今之世，能够让僧王如此郑重亲迎的，恐怕也只有莲花生大师了。"

蒙嵯巅将拢在胸前的长发一把摔散，"莲花生，他来得未免也太巧了吧！"

碧蝉状似无意，"当今圣上与莲花生大师，倒是都与康巴有缘呢……"

蒙嵯巅眸光一闪，"更衣！叫绮萝来！"

****

崇圣寺前，恭候多时的僧众已然悄悄起了议论。此时，已是日暮时分，可是莲花生大师依然未见影踪。高僧大德，行事历来恭谨自律，怎的这位"宝上师"却如此随性？

早些时候，大礼国景庄皇帝佑世隆也于午时闻讯率领百官赶来，大礼国中的朝臣权贵们也纷纷携家带眷前来。一时间，几乎整个羊苴咩城的民众，都已经会聚在崇圣寺外，等待瞻仰这位在世的"古如仁波切"的妙香风采。

可是，久候不至，让信仰不坚之人渐渐对莲花生大师起了猜测之心。

夕阳，已经临近苍山之巅，不过半个时辰便会隐没在苍山背后，黑夜就将降临羊苴咩城。就在此时，西方天地一线交界之处，忽然出现一头高大的白象，缓步慢摇，可是却仿佛一瞬间，白象便已走到了人们眼前。只见白象之上，高搭千叶莲花座，莲花座上方有黄锦冠盖无风自摇。冠盖之下，一位高僧结跏趺坐于莲花座之上，双眸微阖，面带微笑，右臂施无畏印，宝相庄严。

僧王一见，微笑合十，崇圣寺顿时钟磬齐鸣，大家醒悟，千呼万唤的莲花生大师终于来了。只是纳罕，这位曾被吐蕃赞普奉为国师，一手创立了藏传佛教的宝上师，怎么会千里迢迢，独自一人而来？更奇的是，跋山涉水的一路旅程，可是这位大师浑身上下不沾一星尘土，面容神态不见半点疲惫。

听得崇圣寺钟磬齐鸣，莲花生大师笑意更深，他单掌向僧众还礼，悠悠缓缓——睁开了眼睛——

刹那间，夕阳一边恰已遁入苍山巅峰背面，金色的夕照与黧黑的山壁光影交合间，忽有一丝金光夺路而出，直直向崇圣寺方向照来！仿佛一支夺人双目的箭，金光蓦地射中了崇圣寺大殿宝顶之上的大鹏金翅鸟——那一瞬，天地皆暗，唯有大鹏金翅鸟独浴金光！一时间只觉那大鹏金翅鸟早已不是白银鎏金的雕塑，而是振翅腾空，灵光四射！

啊！——大礼国上下，俱皆敬畏！无数善男信女心悦诚服拜伏于地，先时对于莲花生大师的种种猜忌早已全然忘记。

大鹏金翅鸟，梵语称"迦楼罗"，乃是天龙八部之一，在佛教圣山须弥山下以龙为食。而南诏大礼，曾经是一片泽国，有龙作恶，于是佛祖派大鹏金翅鸟来此地，收复恶龙，得保一方平安，奠定了南诏大礼国的百年基业。历来，大鹏金翅鸟都被视为南诏大礼国的圣物。

此时，莲花生大师甫至大礼，双眸微张之际，竟能够让大鹏金翅鸟光华绽现，而这一奇景，大礼国中百年以来，从未得见！

莲花生不愧为阿弥陀佛、观音菩萨与释迦牟尼佛之化身！如果不是拥有无边的佛法，又怎会让大鹏金翅鸟显灵相迎！

****

僧王和佑世隆为首，一干僧众将莲花生大师迎入大殿。众人礼佛已毕，蒙嵯巅的眼神便定格在佑世隆身后的一干随从身上。

喜娘，这个乍看之下怎么也算不得惊艳的丫头，即便在这肃穆佛堂之上，即便身边是莺莺燕燕的众多宫女，却依然奇异地耀眼，让人一眼就会望见她满身的红色，让人无法忽视她的存在。本来以为，只要把她藏在蒙黛萝身边，只作为一个行动不得自由的粗使丫头，她便永无与佑世隆再见的机会……却不成想，那个自作聪明的蒙黛萝竟然给了她机会重现佑世隆眼前，坏了自己之前所有的计划……如今，虽然喜娘的身份还只是佑世隆身边普通的宫女，但是从佑世隆对于与蒙绮萝大婚一事的抗拒来看，难保佑世隆对于喜娘没有其他的想法……

南诏大礼国的王位与后位，必须要牢牢地掌握在自己手里才行，绝对不能容忍出现异数！

蒙嵯巅潋滟眼波向着对面女性班列的蒙绮萝一闪，蒙绮萝会意，姗姗出列。

蒙绮萝向莲花生大师合十跪拜，献上九十九朵红色曼陀罗。莲花生大师于莲花座上微笑着半跌而坐，赞许地望着蒙绮萝，"孩子，难得你如此有心。"言毕微笑召蒙绮萝近身来，将自己手腕上的一串蜜蜡念珠摘下来，放入蒙绮萝掌心。蒙绮萝惊喜得几乎落泪，匍匐在莲花生大师座前，接受大师的摸顶赐福。

一旁的僧王也是点头微笑，"此花乃是我大礼国盛产之橙花，又名茶花，因形状酷似密宗神坛曼陀罗而被大礼国民名之为曼陀罗。此花乃是我佛四大吉祥花之一，代表'悦意'，象征宁静安详、吉祥如意、佛光普照。蒙氏绮萝以此花敬献大师，真是再合适不过了。"

蒙嵯巅闻言，得意而笑，眼神斜斜瞥向上首的佑世隆，嘴角的笑艳如香花。

佑世隆却似乎全无察觉，只是淡淡地笑着，明黄的袍子映着大殿中的灯光，灼灼其华。他仰首凝望了一眼莲花生大师，继而望了望宫女队伍中一身红衣的喜娘，含笑开口，"是啊，大师，相信绮萝献上我大礼国的曼陀罗，一定是也想起了佛祖的那个故事——当年我佛曾在灵鹫山召集听宣佛众。我佛拿起一枝金婆罗花向大家示意。千万僧众均不解其意，只有我佛弟子摩诃迦叶心领神会地微微一笑。那一刻天空漫天飘落金婆罗花雨，便给世间流传下了这个'拈花一笑'的故事。想必，莲花生大师一定对这个故事记忆深刻，终身难忘吧！而那婆罗花，正是我大礼国中的曼陀罗……"

11. 莲开见佛

听到佑世隆的这个故事，莲花生大师倏地转过头来，眼神带着惊诧在佑世隆脸上逡巡！

佑世隆却没有迎向大师的眼神，反倒漫不经心一般地点手唤喜娘，"白玛达瓦，你说说看，如果此时要你为莲花生大师敬献鲜花，你是不是也会选曼陀罗？"

佑世隆的话，牵动了大家的眼神，使得努力将头低下的喜娘，不得不抬起头来，让自己处于众多视线交叉碰撞的旋涡中心。

莲花生大师惊讶地轻呼，"孩子，原来你也在这里！"

惊讶、好奇、难以置信……莲花生大师的话，引得各般眼神围着喜娘飞旋。一个普普通通的汉人宫女，竟然认识莲花生大师，而莲花生大师竟然毫不避嫌地以"孩子"称呼！这个红衣的女子，身上到底藏着怎样的经历？

喜娘上前合十，跪拜，抬起头来时，不觉已是泪水盈盈。

独自身处这陌生而叵测的异国，面对那钩心斗角的宫廷争斗，身边的每一个人都不敢轻信，即便身处人丛之中依然感到彻骨的孤独……尤其是，云开的生死不明，再加上段宗牓的影影绰绰，都令喜娘的心被苦楚浸泡，却无法对人言，也——无人可言。如今，终于得见故人，莲花生大师慈祥的面容，让喜娘仿佛见到了久别的亲人般，悲从中来。

"大师，当日一别，大师可好？"

莲花生大师微微动容，"老衲身体无恙。只是心底一直惦念着那位故人，久久萦怀不去……今日，又听得景庄皇帝陛下提起'拈花一笑'的典故，老衲对于故人的想念，便又多了三分……"

喜娘记得，当年莲花生大师在西域敦煌月牙湖畔，与那位故人曾有过一场佛法之辩，最后那位故人便是借用了"拈花一笑"典故中的顿悟，胜过了莲花生大师一筹……

"第三日的黄昏，当老衲谈及中原与吐蕃的灭佛之事，老衲说这世界处处皆是佛，一切众生人人皆是佛，正所谓'莲生僧舍，一花一世界，一叶一如来'……"

"老衲说到得意处，急切地盼望听到那故人的辩论之时，却见他敛眉不语，只是站在金色的夕阳中目视老衲，淡淡而笑……老衲愣怔了片刻之后，忽然顿悟，这一场论辩，老衲已然是输了，输得毫无转圜，输得心服口服！"

"我佛曾在灵鹫山召集听宣佛款。我佛拿起一枝金婆罗花向大家示意。千万僧众均不解其意，只有我佛弟子摩诃迦叶心领神会地微微一笑。我佛当场宣布说，'我所创造的普照宇宙、包含万有的佛法，以及修习它所要达到的最高理想境界——涅槃，以及入道的门径，这一切，都是通过与信奉者心心相印来传播的。最终则是靠他们在顿悟中接受和领会的,而不是靠任何文字的或语言的方式完成的。'"

"佛难当前,老衲只想到我佛依然存于世间;而那位故人却说出了更高的境界:寺庙可以被拆掉、佛像可以被摧毁、僧众可以被迫还俗、经文典籍可以被焚毁……但是众生与我佛之间的心心相印却不可毁灭,不需那些外在的色与相,佛法真义依然能够通过虔诚的信徒们的心,得以流传与弘扬……"

****

佑世隆微微一笑,一切仿佛尽在掌握般笃定,"大师见谅,是世隆引得大师不快了。"

莲花生大师轻轻摇头,"陛下你言过了。陛下一来无心,二来这并不是老衲的不快,那段记忆是老衲心底的珍藏,些许歉歔只是遗憾再无缘得见故人。"

佑世隆顺势轻謷喜娘,"白玛达瓦,请你替朕聊表歉意……"

喜娘不假思索,"回陛下,如果要奴婢敬献鲜花,那么奴婢不会选曼陀罗,而会选择莲花……"

僧王意兴盎然地望着喜娘,柔声问道,"为什么会舍曼陀罗而选择莲花呢?"

喜娘转身向僧王施礼,在僧王的手势示意之下,微微抬起头来——

啊! 喜娘险些惊呼出声……

第一次,喜娘亲眼见到了南诏大礼国中被奉若神明的僧王。结跏趺坐于蒲团之上的僧王,青灰色的僧袍平整地搭在昂藏的身躯之上,清瘦的肌骨隐隐罩着淡雅的光华,胸前悬垂一挂由一百零八颗菩提子连缀而成的佛珠,双手平放于膝上结禅定印(佛教印相之一)。

本以为,这位在南诏大礼国中拥有无上地位的僧王,会何等的容光焕发、气质若虹,却不想,此时撞入眼帘的他,只是一位青衣布鞋敛眉垂首的清瘦老人家。隐忍、孤寂,虽然此时身置灯光之下、人群之中,但是总让观者恍觉,他怆然独坐于幽渺夜色之中……

更让喜娘惊讶的是——僧王的面色含混不清,皮肤仿似曾被碾磨毁坏,而留下了一层灰紫色的伤痕之色!

面容五官,全都混沌不清,只剩下一双眼睛,依然看得见那如月色下清辉跃动的明珠,光华暗敛。

没来由的,喜娘的心,咯噔一动。

"回僧王,奴婢选择莲花,本无缘由。只是见到莲花生大师,心下便浮起一朵莲花,于是便这样想了。"

喜娘此言,引得一干朝臣子民大大哗然。一个身份低微的汉人宫女,怎能对高僧如此不敬!

可是高坐于上的莲花生大师与僧王,却并未介意,似乎喜娘的回答反倒勾动了他们眼角眉梢点点淡淡的笑意。

僧王状似无意地问佑世隆,"敢问陛下,何以称呼此女为'白玛达瓦'啊?"

佑世隆颔首以礼,"此名源于朕与此女的初次相遇。那是在康巴的莲花湖畔,朕第一次邂逅了她，那时月色清幽，湖水中央莲花娉婷，夜色迷离间，朕竟以为她是凝立于湖畔的莲花仙子，于是依照康巴语言称呼于她。'白玛'乃是莲花之意，'达瓦'则是月光，两者相和，便是'月光下的莲花'。"

僧王微微点头，面朝莲花生大师，"白玛炯涅，此女的确与你有缘啊……"

在吐蕃时，莲花生大师便被尊称为"白玛炯涅"，此时听得僧王道来，莲花生大师单掌合十，颔首还礼。

僧王转身对喜娘，"如果，一定要你说明原因，你可以试着说给老衲听听，究竟为何会选择莲花呢？"

喜娘微顿，神色间微现迷惘之色，"禀僧王，非奴婢有意怠慢，而是——好些意象乃是自行浮现于奴婢心海。奴婢本非礼佛之人，更从未诵读过佛经典籍，故而唯恐说出来的缘由亵渎了我佛……"

僧王轻笑，"我佛慈悲为怀，但说无妨。"

喜娘轻轻地合上双眼，"奴婢会看到一条巨大的河，河水浩浩汤汤。河岸上却有惊天动地的哭声，无数百姓肌骨羸弱，饿殍遍野。这时候忽然有一个男子纵身跃入河中，化作一条大鱼。大鱼开口告诉岸边的百姓，割取它身上的肉，以熬过饥荒。鱼身上的肉很快便被割光了，可是岸上饥饿的百姓依然如山如海。正在此时，忽然河水分流，河中心绽开一朵巨大的莲花，大鱼吃了莲花的花瓣和莲子，身上竟然又神奇地长出了新的肉……如此循环，竟然支撑着所有的灾民挺过了饥荒！"

喜娘说到这里，语气略一顿，抬头望向莲花生大师与僧王。两位高僧面色均无变化，反倒是大殿中的其余僧侣，面上俱皆变色！

喜娘横了横心，继续说，"奴婢还能看见一双眼睛，如莲花瓣一般清雅秀美；还能看到一朵大如巨轮的白莲，莲中有一个刚刚出生的孩童……"

僧王微微颔首，打断了喜娘，"孩子，我听懂了。"

僧王清矍的眸子映着大殿琉璃宝顶下的五彩长明灯，光华粲然，"如果你仅仅是对我说，选择莲花是因为佛座被称为'莲花座'或'莲台'；结跏趺坐的姿势，称为莲花坐势；西方极乐世界，比作清净不染的莲花境界，故称"莲邦"；袈裟称为'莲衣'，庙宇称为'莲刹'；念佛之人称为'莲胎'，佛眼称为'莲眼'；胸中之八叶心莲花称为'莲宫'，即心中的莲花般的境界；释迦牟尼的手称为'莲花手'；僧尼受戒称'莲花戒'；僧尼之袈裟称'莲花衣'；五智中的妙观察智称为'莲花智'；称善于说法者为'舌上生莲'；谓苦行而得乐为'归宅生莲'……那么我也只会称赞你的勤力修习，却不会如此时般，被你感动！"

"孩子，"僧王的语气悠长而慈祥，"经历过中原的会昌灭佛、吐蕃的朗达玛灭佛之后，我经书典籍损失泰半，即便是我佛弟子，除了高僧大德们，普通的僧众已经无从得知我佛诞生的故事了……可是你，一个俗家的女子，按照你自己的话来说，不礼佛、不诵经，却与生俱来与佛的善缘！——孩子，你脑海中所现的景象，正是我佛诞生的故事啊！"

****

僧王话语虽轻，却不啻于一颗惊雷炸响于大殿之上，众僧齐颂，"阿弥陀佛，善哉，善哉"，一干朝臣百姓也俱是双掌合十，捻动念珠。

僧王悠悠转向众人，掌心一转，由禅定印转为说法印，"如白玛达瓦所说，那纵身投河化为大鱼，以己身之肉饲饥民者，正是我佛之父亲——被敬称为莲花王的净饭王。正是由于他舍己度民，于是方被选为我佛降生人世的父亲。而那位拥有莲花一般清雅美丽的眼睛的女子，便是我佛之母，摩耶王后。那白莲中的婴孩，便是我佛释迦牟尼，也被称为'莲花王子'……"

僧王话音刚落，莲花生大师笑着对喜娘说，"孩子，还记得当日在康巴塔公寺中，你曾敬献于佛前的莲花吗？几片干枯的花瓣、几颗莲子，全无花朵形状，而你却说'这才更是莲花'？那一刻起，老衲便知晓你佛缘之深了……莲花，的确已经深入了你的骨髓与记忆，应该说不是你选择了它，而是它选择了你！"

莲花生大师望了望僧王，二人交换了一个别有深意的眼神，莲花生大师手结说法印，"无量佛如莲，无边佛如莲，而你，生而如莲。"

莲花生大师说着，从头颈上摘下一串由一千零八十颗莲子连缀而成的佛珠，招手叫喜娘上前，轻轻地戴在了喜娘身前，"这佛珠，终于找到它真正的主人了！"

****

喜娘愣怔地托住长长的佛珠，不知所措地环视大殿中的众人。微风，从苍山洱海间轻拂而起，袅袅自大殿正门吹过，大殿棚顶藻井周围悬挂的莲花琉璃长明灯，在风中飘摇曼舞，灯光彼此摇曳交织，构建起一片光影迷离……

殿中僧众遥遥望去，光影笼罩之中的喜娘，红衣轻舞，长珠款摆，光影迷离中，那胸前的佛珠，竟似颗颗绽放，朵朵如莲！

大殿中的众僧，不由自主跪拜合十，"花开见佛，南无阿弥陀佛……"

大殿中的朝臣与百姓，都被这奇异而神圣的一刻迷醉，痴痴地望着莲花轻舞的喜娘，心醉神驰……

一个清朗的嗓音突然横插进来，震醒了人们的迷梦，"众位臣工，我大礼国子民，既然上天将一位最为神圣、最为完美的女子降临到我国，试问，还会有别个女子比她，更有资格成为我大礼国的开朝皇后吗？"佑世隆颀长的身子立于喜娘身侧，明黄的锦袍在光影中熠熠夺目。

蒙嵯巅冷冷地望着佑世隆，知道这一切已经无可挽回，本以为能够以此计逼迫他就范，却没想到，他漂亮地反戈一击！莲花生大师的突然到来，绝非偶然；却独独没有想到，这平凡如草芥的喜娘，身上竟然藏着神奇的莲花心性！

难道真的，是老天都要帮着这个翅膀刚刚长硬，就要从自己掌心飞走的小子吗？

"白玛达瓦，皇后！白玛达瓦，皇后！"满殿臣民，高声朝贺。

就连僧王，那深潭般幽深无波的眸子，也星星点点闪烁起快乐的光芒，手捻菩提子佛珠，微笑点头……

佑世隆一把握住喜娘的手，紧紧贴在自己胸口，高声昂扬地宣布，"待得段军将凯旋归来，便是朕与白玛达瓦大婚之时！"

段宗牓。大婚……如梦初醒的喜娘，猛然一抖！

拼命地想挣回自己被佑世隆紧紧握住的手，却是徒劳，反倒陷入了更加紧致的桎梏！喜娘抬头，目光清冷地望着佑世隆，终于明白，自己成了佑世隆与蒙嵯巅争夺后位的绝杀之棋！

身体颤抖着无边的愤怒，喜娘张开口大声喊，"不！"却蓦地，所有的嗓音和抗拒都被突然压下来的唇——毫不留情地——尽数吞噬！

佑世隆的唇，带着强硬，带着期待，带着恐惧，带着恳求，却也带着——隐隐的威胁，铺天盖地而来，决绝地索求喜娘的回应！

神佛眼前，万民注视，山海静默，光影迷离。

唇齿厮磨的缠绵，却翻搅起无边的诡谲！

12. 椒花落时

三月。沉寂了数月的大渡河前线，终于传来了三百里加急战报。却不是中原军队终于决意进攻，而是一场诡异的自然之灾。

瘴烟。毫无预兆的瘴烟，一夜间从大渡河南岸的山林间氤氲而起，待得南诏大礼国的官兵清晨从睡梦中清醒来时，身周已然成为一片白茫茫的世界。穿衣起床，哀叫声便一浪一浪从各个营帐中传来——士兵们或是发现自己脚踝麻痹，连鞋袜都已经无法穿上；或是小腿水肿、头疼痰滞、头昏脑涨……不过一个时辰，段宗牓已经接获了两宗士兵死亡的报告！

段宗牓望着营地外直挺挺躺着的两具尸体，神色凝肃。两个死亡的士兵都是小腹肿胀，身上沾满了难闻的大小便，神情极为痛苦，尤其是腿脚下肢直挺挺地僵着，即便已经死亡，依然踵不能旋！

检查过尸体的军医面色苍白，"大军将，是——瘴烟。"

跟在段宗牓身后的副将腾赕大怒，"胡说！这方才三月，瘴烟要盛夏才起，你这分明是借瘴烟掩饰自己的失职！"

段宗牓也不觉沉吟，他记得自己曾经读过白乐天的诗句，描写的是当年中原与南诏之间的天宝战争，其中有一句曰，"闻道云南有泸水，椒花落时瘴烟起……"椒花春夏之交开花，盛夏开败，如此说来，这漫天迷蒙的白雾不该是瘴烟！

军医见段宗牓眸子里闪烁的疑问，满脸惊惧，疾步抢上前，抓住段宗牓的大腿，"大军将,您一定要相信下官啊!并非下官贪生怕死、推诿责任,而是一旦误判情势,那么瘴烟从足而入五内,毒气攻心,则全营兵士性命危矣!"

段宗牓垂首深深凝视军医,良久方说,"好,本帅就信你一次。试问你有何良方?"

军医叩头如捣蒜,"自古以来,我南诏一直为瘴烟所扰,无药可治!唯有,请大军将速速派人回京城求救,请求崇圣寺的神佛能够保佑啊!"

段宗牓皱眉,"传令下去,所有将士兵退三十里!"

片刻,刚跑走的传令兵便惊恐地返回,"禀军将,营中士兵,十之八九均已下肢麻痹,无法成行!"

段宗牓惊得睁圆了眼睛,"难道,真的要将满营十万大军的性命,抛掷在这茫茫的瘴烟之中,听凭上天的垂怜,祈求神佛的保佑吗?!"

军医再度叩首,"大军将!天下之事,确有人力不可为者!请大军将速速派人回京城,恐迟则断送十万性命啊!"

段宗牓仰首,隔着氤氲白雾,听得见军营中此起彼伏的哀痛之声,心痛如割,"传三百里加急战报,速将瘴烟一事传回京城!延请崇圣寺高僧前来援救!"

****

战报传至羊苴咩城,南诏大礼国朝堂上下均是一片凝重。

前日莲花生大师归返康巴,邀请僧王同去为刚刚建成的经院开光。莲花生大师盛情邀约将崇圣寺中所存手抄佛经付梓雕版印刷,于是崇圣寺中级别较高的僧侣都已经随同僧王,护送寺中经卷前往康巴了。面对这突如其来的瘴烟,即便是往日,高僧大德均不敢诳言一定可以奏效,更何况此番瘴烟,来得诡异,不在盛夏,而在三月……崇圣寺中留守的一般僧众,慎重地权衡了自己的修为与前线十万官兵的性命,均无奈摇首叹息,不敢担此大任。

羊苴咩城内外,闻得此讯的官兵家眷,聚集在皇宫之外,一片哀号……

****

玄极殿。夜漏更深。

喜娘冲守门的侍卫和内侍示意噤声,捧一方托盘,悄然入内。

书案上下,一片凌乱,到处堆满了书卷。

佑世隆整个人几乎被书卷堆成的小山淹没,远远只见得他戴着软金掐丝盘龙冠的头,埋在书卷间急速摆动。

喜娘轻轻摇头。在一片狼藉的书案一角,清理出方寸之地,将托盘之上的青瓷茶盏放好,"皇上,歇歇吧,喝碗菊花茶。"

佑世隆闻言抬头,眸子中闪过一串流光,手掌蓦地握住了喜娘的手腕,拉着她坐在自己膝上。喜娘想要抗拒,但一抬眸子望见佑世隆满眼的血丝和忧思,只好作罢,乖巧地轻轻倚在佑世隆的腿与香楠盘龙椅之间。

佑世隆微微合眼,"白玛达瓦,朕这些日子忙于查找击退瘴烟之法,冷落了你,不怪朕吧？"

喜娘微微一笑，"怎么会呢。此事攸关十万官兵的身家性命，喜娘又怎会不知此中利害。臣妾只是来送杯茶，皇上喝过，喜娘便走了。这是菊花茶，清翳明目的。"

佑世隆将鼻息深深地埋进喜娘的鬓发，"不要走，白玛达瓦，陪陪朕。朕此时，害怕孤单……"

温热的鼻息在头颈间游走，不待适应，佑世隆的唇又已经循路而下，灼热地印在喜娘耳后、颈侧。

喜娘本能地一抖，一种陌生的情愫从心底缠绕而起，一股迷乱的燥热在四肢百骸间肆意游走。

喜娘倏然变得柔软的身子，给了佑世隆莫大的鼓励，他情不自禁加紧了自己双臂的桎梏，将喜娘的身子扳转过来，毫不犹豫地攫取了那润泽如樱桃、微微娇喘的红唇……

唇舌纠缠间，喜娘神思飘远，一种似曾相识的感觉飘忽而来，仿佛一个幽远的梦境。梦中见得到瓣瓣白色莲花，环绕着一个白衣的身影，曼妙飞舞。梦中听得见高亢悠远的羌笛，如西域大漠猎猎鼓满的朔风，诉说着无穷无尽的悲凉……

喜娘的身子蓦地一震，鼓足全身的力气推开了呼吸灼热的佑世隆！

激情灼灼燃烧在佑世隆的脸颊，牢牢锁住喜娘的眼睛雾气氤氲，佑世隆狠命地吸了几口气，方平复下胸膛汹涌的起伏，"对不起，白玛达瓦。我该把这一切等到天灾兵祸了结之时，等到你心甘情愿嫁给我的大婚之夜……今夜，我只是，"佑世隆闭上眼睛，深深地叹气，"今夜我只是害怕，非常地害怕，怕自己没有办法解决目前的困境，怕自己断送了这十万将士的性命！"

无法逃避的恐惧，将高高在上的景庄皇帝佑世隆还原为脆弱、无助的孩子。望着他在自己眼前，毫无伪装的表露，喜娘的心充满悲悯。

伸手将佑世隆的头揽在自己肩头，喜娘坚定地说，"别怕，上天和神佛都会保佑你的……"

佑世隆紧紧拥住喜娘，声音破碎，"永远永远都不要离开我，好吗？这看似光鲜的朝堂，其实根本是豺狼环伺，稍有行差踏错，便是授人以柄……我谁都不敢相信……我真的好孤独，我需要你，白玛达瓦……"

****

隔日早朝，前线又传来战报，死亡将士又新增了数百……朝堂上下，一片哀戚。佑世隆急问群臣对策，众大臣均是摇头悲叹，黯然不语。

忽然，朝堂之外光影涌动，托病久已未上朝的蒙嵯巅紫衣款款，飘然而来。他向佑世隆深施一礼，又回头环视朝堂上诸臣，如花嘴角漾漾风华，"臣有一计，定可解我大礼国之忧！"

群臣顿时一片私语，"这样生命攸关的关键时刻，还得是嵯巅大人统领全局啊……"

佑世隆的眸子，黯然一函。

不等佑世隆准奏，蒙嵯巅已然开口，"臣以为，虽然僧王与崇圣寺中众位高僧均不在我大礼国中，但是皇上不应该忘记，我大礼国中现在正有一位佛缘深厚、身具异秉之人啊！"

一语惊醒梦中人，群臣纷纷出班上奏，"奏请我大礼国未来正宫皇后白玛达瓦前往大渡河前线相助！"

沉吟地望着蒙嵯巅嘴角那一抹如红色曼陀罗般张扬而又冶艳的笑，佑世隆心底咯噔一声，一种不祥的预感扶摇而起，"摄政王此言差矣。虽然白玛达瓦佛缘深厚，但是她毕竟是个女子，又从未善缘修行，将我大礼国十万将士的性命托付于她，是不是有嫌孟浪？"

蒙嵯巅又是晃眼一笑，"皇上，为臣斗胆提醒圣上，白玛达瓦的身上，可是具有莲花心性啊！莲花者，本体清净，在泥不染，可以荡涤污秽，使我大礼国兵士远离瘴烟尘垢，得法眼净……"

"是啊！"群臣纷纷赞同，"瘴烟之起，皆因我大礼之地多潮湿，春夏之际气毒弥散，又山水湿蒸，致使邪气侵入人体，损害人之元气……莲花心性正是身心清净，即便处五浊之中，依然能无染无著，恰是以清净之气荡涤瘴烟污秽。想来我佛降临白玛达瓦予我大礼，定是因应此劫，助我大礼祛除瘴烟而来！"

佑世隆眸子里，波浪滔滔。

蒙嵯巅嘴角边，微笑潋滟。

群臣壅壅攘攘如黑压压的蚁群。

南诏大礼国煌煌朝堂，暗流涌动。

****

壅塞逼仄之际，大殿之外忽有清风吹来，三月樱花瓣瓣旋舞（中国云南两千年前即有樱花，尤以滇樱著名），恍若深绯色流纱婀娜曼妙。风动衣袂，莲足轻踏，一袭红色榴衣伴随着那樱花的轻扬，缓步走入大殿。风旋飞舞的樱花，恰是来自那云鬟间斜插的一茎簪花……

殿堂之上，刹那间一派清明。众臣呆呆地望着榴衣衬托着绯红笑靥的喜娘盈盈跪倒在丹墀前，"陛下，小女已经想到了一个祛除瘴烟的法子，奏请万岁准我前往大渡河前线效力……"

佑世隆恍然一惊。

但是更为惊讶的，反倒是蒙嵯巅。

众臣则是一派欢欣鼓舞。

佑世隆眉尖轻抖，亲下丹墀牵起了喜娘的手，凝望着她的目光如天光海色一般绵长，"白玛达瓦，朕相信你具有莲花心性，定能牵动清净正气。但是，你毕竟是一介女子；而我云南的瘴气实已千百年为患，不容小觑……"

喜娘将另一只手柔柔搭在佑世隆手背上，让他感知自己的温暖与坚定，"陛下，臣妾既然来朝堂主动请缨，便是已经想好了因应的法子。就算臣妾这一条贱命廉价，却也不会拿着我大礼国十万将士的性命儿戏。"

佑世隆满面踌躇，抬眼望见之前站在丹墀下伺候的侍卫丹珠此时跟随在喜娘身后……佑世隆悄然用眼神询问喜娘，喜娘微笑点头。

原来，刚才大殿上的一幕争锋，丹珠担心无论佑世隆迫于情势如何决定，可能都会累及喜娘，于是先一步悄然前去通报。不过丹珠自己却也没有想到，喜娘听到消息后，并未如一般女子般忧心忡忡地逃避，反倒直来大殿。一路上，丹珠看得出其实喜娘起初并无稳妥之法，但是她的神色渐渐安定，到后来还隐隐浮起了一朵微笑，于是丹珠相信，喜娘在这瞬息万变间，已经想好了因应之策。看来，这位白玛达瓦娘娘，或许真的是上天派来，襄助皇上，襄助我南诏大礼国的……

牵着喜娘的手走上丹墀的佑世隆，旋身回来重新面对殿下群臣时，神色间早已经恢复了初时的凝肃，"朕意已决。准摄政王蒙嵯巅及众位爱卿所奏，着白玛达瓦即刻起程，辟除大渡河之瘴烟，解我前线之围！"

殿上众人均敛衽正冠跪倒于地，"万岁，万岁，万万岁……"

蒙嵯巅妖冶的唇边绽开绯红色的笑，眼角却凝结起亘古不化的寒冰。

13. 莲开清净

又一次来到大渡河畔……听着那惊涛拍击石壁的巨大声响，喜娘的心不禁也随之心潮澎湃。

当日一别，恍如隔世。

不敢再想，不敢再想云开是否真的沉睡在深深的河底；不敢再想，不敢再想那数千人跳入河中的惨烈……

喜娘压抑心绪，微掀轿帘，遥遥凝望驻扎大渡河南岸的南诏大礼国军营所在的方位。

山壁森森，怒涛凛凛，盘桓山水而生的丛林植物如虬结盘旋的蛇，墨绿似黑。

山水之间，藤蔓以内，一个白色雾气缠绕氤氲而成的球，煌煌其中。山风突来，吹动那白色的雾气缥缈摇摆，让这个巨大的白雾笼罩而成的球体，恍惚间仿似一枚巨大的颤动着的蚕茧！它在膨胀，它在颤动，它在宣示着自己的强大，它在向所有敢于挑战它的人示威！

山风寒冽，不一刻，已有丝丝缕缕的瘴烟托借着风势直奔喜娘一行人而来，还不等喜娘站稳阵脚，瘴烟已然张开了攻击的利爪！喜娘身边几个随侍而来的宫女都顿感头晕目眩。

喜娘皱眉，嘱咐身边被佑世隆特地派来的侍卫丹珠，"丹珠，先选一处地势高的平地安顿下来。烦劳你陪我去军营内走一趟。"

丹珠迟疑，"白玛达瓦，皇上派我前来，死命必须要保证您的安全。不如，让下官一人前去吧！"

喜娘的心悠然一颤，喃喃地，"不，我要去。这一次，无论生死，我都要亲眼看着……"

丹珠未明其意，只好叉手领命。

山水幽幽，迷雾昭昭，喜娘的眼前晃动着段宗膀那白衣的身影，晃动着那块曾与云开定情的帕子，耳边隐隐听得当日在康巴，梅朵惊慌的嗓音迷乱地说着，"喜，矜巴葛布他，落入了大渡河中……"

曾经的错失让我痛不欲生，所以才会拥有了今日的勇气。即便结果仍然是再一次的死亡，我也一定要亲眼看到，再不让无尽的悔恨将我缠绕！

****

军营中，一项白色金顶帅帐居中而立。白色挑金流云纹刺绣的帐帘呱嗒一声被撩开，一阵杂沓的脚步声串串传来。

背对着帐门的段宗膀并未回身，他怕泄露自己心底的惊跳——每一次帐门打开，总会传来一个死亡的消息。这次——又是多少人，这次——又将是谁？身为将领，死亡本是寻常事，宁愿金戈铁马血洗戎装，宁愿马革裹尸还，却无法忍受这般无力与软弱中默默地等死！尤其是，尤其是自己要眼睁睁地看着手下的士兵一个一个地离奇死去，却无法保护他们，无法延缓死亡，就算空有一身气力，却不知该向哪个方向，该向哪个人，挥出手中的利剑！

脚步声轻缓了下来，显然来人已经在帐门处停下脚步，只剩一串轻轻的细琐之声执著地悄然传来。紧接着，一只青葱玉手隔着红色的衣袖，柔柔地搭上了他的手腕……

段宗膀内心狂跳，他无法置信却又火热盼望地抬起头来——青纱帷帽掩不住美目顾盼流转，一袭红衣在缥缈的白色烟雾中飘飘若仙。段宗膀听得到自己心下轰然的崩塌，再顾不得许多，只知道牢牢握住那纤纤玉手，借势将喜娘牢牢地拥在了怀中！

喜娘她身子一僵，却没有反抗，反倒是之前在帐门处便停下了脚步的丹珠大声惊呼，"还请段军将慎行！白玛达瓦已经被万岁封为正宫皇后，只待您高奏凯歌归来便举行大婚册封！"

"正宫皇后！大婚！"段宗膀如被蛇啮，倏地收回了自己的手，不可置信地定定望着喜娘，"怎么会这样？怎么，会这样！"

喜娘轻笑，本想以此抚慰段宗膀，却不想，看到段宗膀眸子深处那飘摇的破碎，自己的视线中不禁也闪出泪花，"段军将，那些都不重要。小女此来，乃是为驱除瘴烟。闲话后叙，烦请段军将先指引小女看看军营四周的地形吧。"

段宗膀压抑住心绪，向喜娘正色施礼，再起身时，眸子中已不见了私己的情绪。

喜娘的心止不住愀然一痛，却无可，奈何。

****

大渡河畔，凄寒料峭。水气积聚于石壁处处，触手踏脚均是一片湿滑。喜娘小心翼翼地抓住山壁上蜿蜒垂下的山藤,却不想,山藤上已经滋生了许多苔藓类寄生物,手握上去便是一手的黏腻,根本无法帮助稳定身形。身子一个失去平衡,脚下便跟着一滑,山风乘机鼓荡起喜娘红色的衣裙,喜娘惊觉自己仿佛就像一只无依无凭的纸鸢,随时可能飞身高崖深壑,葬身滔滔水底!

一声惊呼已经涌到唇边,身后一双及时伸来的手牢牢地托住了她的腰肢,自己飘摇如风筝的身子蓦然间被拥进一个坚定厚实的怀抱。如此熟悉的气息,如此熟悉的怀抱,喜娘禁不住轻轻合上眼睛,放纵自己沉溺进恍惚的梦境。可是那怀抱,却瞬间离开,待得喜娘站稳身形,那熟悉的温暖和气息便倏然抽离。身后淡淡的嗓音传来,"娘娘,小心!"段宗膀的声音里,已然听不出一丝情绪的波动。

喜娘的心,凄然一颤。

终究,不是他……

喜娘整顿心神,咬咬牙,将长长的裙裾卷至膝弯,打结,方便脚下的行走。尴尬的静默缠绕在喜娘与段宗膀之间,两个人刻意谁都没再说话,只是听着山风的呼啸和大渡河水惊天动地的奔流,小心翼翼地稳住身形,踏稳脚下的路。

踏上一处高地,平整的石面难得地形成了一块十尺见方的平台。站在平台上,恰好可以看得到大渡河两岸,中原与南诏大礼两国军营尽收眼底。风,从背后呼啸而来,难得地已经超出了瘴烟的控制领域,带来了一丝久违的清冽。喜娘用手抹了下额头涔涔而下的汗,拊掌大笑,"太好了,就是这里了!"

段宗膀诧异地望着喜娘。喜娘侧首嫣然一笑,"段军将,你想不想既能解除我军的瘴烟之困,同时又能兵不血刃地击退对岸的中原军队呢?"

段宗膀的心,狠狠一震!喜娘这久违的开心笑容,鲜艳如怒放的樱花,含羞带俏,又满是明丽自信。这笑容,这微微侧首的模样儿,这眸子里灼灼闪耀着的光芒……这么迷人,这般熟悉!几回回梦中曾见!

段宗膀撇开眼神,装作极力望向大渡河北岸的中原军营,"娘娘的意思是,借助此地山势风力,将瘴烟吹过大渡河去?"

喜娘眼底满是激赏,"段军将果然心思过人!小女正是要借助此地山势之高、风向之顺,但是——小女的想法又与段大人有所不同!"

山水清寒,如果能够有花朵绽放,那一定是最为夺目的芳华;雾霭弥漫,如果能够有星光穿透迷雾,那一定是最为耀眼的星辰!段宗膀痴痴地从侧面望着喜娘那激滟如花的笑容、灼灼闪亮的眸子,心底无法压抑地,惊涛拍岸,"娘娘,宗膀愿闻其详!"

喜娘转过身来,闪闪的眸子盯住段宗膀,"段大人,一来此处地势已经超过了瘴烟之限,我们无法用风力来操控瘴烟;二来,虽然中原军队兵临城下,但是我相信,除非万不得已,我南诏大礼国决不应主动开战!所以,瘴烟不可用!但是,段大人,却有另一种烟气可用呢……"

段宗膀深深点头。虽然自己带兵前来大渡河畔,但是所有人都清楚,无论是国力还是兵力,大礼国都无法与中原抗衡,所以屯兵于此,防守的意味远远高于主动出击。一旦中原发现,己方将瘴烟渡过江去,这便是十足十的开战讯号!一旦开战,平时都不一定有十足的胜算,更何况此时大礼国兵营中,几乎已无可用兵力!

喜娘见段宗滂点头,凝眸一转,巧笑倩兮,"段大人,以您的学识,一定读过白乐天关于中原与南诏国之间的天宝战争的诗句吧?其中有一句是这样的,'闻道云南有泸水,椒花落时瘴烟起……'?"

段宗滂颔首,"宗滂读过。这是在描绘我云南之地,每年椒花开败后的盛夏便会有瘴烟形成……"

喜娘咯咯娇笑着打断了段宗滂的话,"段大人你真是老夫子!只知道这诗句里说了瘴烟生起的时令吗?怎么就没想到,这世间万事万物都是相生相克,瘴烟为何单单就在椒花开尽时候才起?"

望进段宗滂眼中的一片迷惑,"佛说万事因果循环,正因有椒花,所以瘴烟才起不来!"

段宗滂眸光一闪,却又瞬间归入迷惘,"娘娘所说极为有理!可是……这其中又似有不对。按照娘娘的说法,此时尚是早春,椒花并未结苞,所以瘴烟早起也属正常。那么往年三月呢?往年三月同样没有椒花开放,怎的就不见瘴烟呢?"

喜娘凝视大渡河,嘴角的甜笑随风飘散,"段将军你莫要忘记这一年曾经发生过什么事。去年冬天,摄政王蒙嵯巅大人率军攻打中原,将南诏国境推至大渡河。为了防止中原民变,更是将大渡河南岸原属于中原的八百里方圆之内的村镇夷为平地!曾经的人间烟火,曾经的邻里饭香,其中所包含的花椒之味,凝聚在大渡河边的水气之中,可以压制得住瘴烟的早起。而如今,人烟不再,瘴烟自然会乘虚而入!"喜娘的眼前,仿佛重见了当日大渡河畔的修罗场,在蒙嵯巅阴柔嗓音的逼迫下,数千中原匠人如下锅的饺子一般纷纷跳入大渡河,宁肯放弃生命,也不愿与中原故土和亲人背离!

段宗滂讶异地看着喜娘,那姣美如樱花的微笑,那眸子中璀璨流光的闪亮,都忽然消失不见,转瞬而来的是尖峭的冷硬。段宗滂的心,仿若被这份尖峭刺伤,一波一波寒凉的疼。

猜不到喜娘到底在想什么,却舍不得眼睁睁看着喜娘被抛掷在冷硬的思绪里无法自拔,于是段宗滂尽力转移开话题,"娘娘,那么您是想用花椒来治瘴烟?如何治法呢?"

喜娘面色一震,显见是从思绪中恢复了过来,"段大人,烦劳你准备五千斤花椒来,剩下的就请段军将看一场好戏吧!"

****

隔日,就在喜娘与段宗滂探得的高地平台上,三口大铁锅被锅下支起的柴火,烧得通红。一百名士兵,十人一班,分别负责加火、炮制、鼓风,每个人均戴了事先浸泡过陈醋的面纱,将五千斤花椒轮番加入滚热的铁锅!

一时间山谷间椒烟四起,借着风势,椒烟鼓荡,四散游走。开始,每班士兵尚能坚持半个时辰，不久，平台上就已经咳嗽声一片了。喜娘站在平台处的上风口，隔着弥漫而起的椒烟，眨着眼睛望着下方也止不住咳嗽的段宗牓娇俏地笑。

段宗牓仰首，隔着氤氲弥漫的椒烟，深深凝望喜娘那如花笑靥，心一沉再沉。顾不得自己阵阵的咳嗽，眼睛眨都舍不得眨——只有隔着这样的烟雾，只有置身于众人之中，才敢如此公然地，凝视着她啊……不知道何时起，不知道何因，这个乍看上去并无惊艳的红衣姑娘，如今已经如天上的星辰，散发出高远而耀眼的光芒！

太阳渐渐西斜，五千斤花椒已经全部下锅经过了炮制。喜娘遥望山下，浅棕色的椒烟已经渐渐与白色的瘴烟相互缠绕，军营中此起彼伏地响起了喷嚏、咳嗽之声。喜娘眨眼娇笑，"段大人，该你准备好的那五百名士兵登场了！"

段宗牓吩咐下去，只见大渡河南岸所有高坡之上，十米一人，人人手执巨大的"蒲扇"顺风而立。那蒲扇是采用了扎风筝的原理，用树枝为骨架，上面绷紧布料，伸展开宽、长各有数米。只见段宗牓身边的一名士兵右手红旗一展，山坡上的五百名士兵齐齐摇动手中的巨扇，顺着风向将淡棕色的椒烟驱赶向大渡河北岸！

刹那间只见得山水之间，巨翼翻飞，烟雾游走，遮天蔽日。

这时军营中忽有人来报，说营中许多受瘴烟荼毒的士兵，均在一阵剧烈的咳嗽或喷嚏之后，不见了之前的头晕气闷、小腹胀痛等症状，有的已经可以直起腰身来下地行走了！段宗牓狂喜地抓住来报的士兵，"当真？"

那士兵也流下泪来，"大军将，小人也是罹患晕厥气滞之症，今日几个喷嚏之后，忽然觉得胸膛中气息畅通，脑子也渐渐澄明了起来！好了，大家真的好起来了，瘴烟之毒正在慢慢消散！"

段宗牓的眼睛猛然湿润，他不顾一切地冲上高地，紧紧凝望着喜娘，"你听到了吗？真的，好了……"

喜娘心疼地看着这个坚强的男子，望着自己的眸子里泪花闪现，她想得到，这些日子以来他所背负的压力，他内心所承受的煎熬……

喜娘重重点头，"是啊，一定会好的！瘴烟之所以为患，都是因为毒气借助山水湿气侵入体内，阻塞了身体呼吸的窍孔，让正气不得运转，于是才会出现头晕气滞、四肢麻痹的症状。花椒之味辛辣，化而为烟更可以直入五内，再加上闻者无不喷嚏咳嗽，这样就疏通了身体的窍孔，得以让正气驱散体内的毒气！"

深深凝望着喜娘闪亮的笑容，段宗牓的心忽地一动，一串话仿佛全然不经大脑一般地自动流出，"我知道……你一定会来……我知道……最艰难的时刻……你一定会站在我身边……"段宗牓忽地从贴身的袍衽处取出一个物件儿，攥在手心里，不容拒绝地塞在了喜娘手中，"无以为报，这个，请你笑纳！"

触手，薄凉却又温润，喜娘展开手心——轰！仿佛山川倾塌，河水倒流，喜娘的眼前整个世界忽然飞速旋转，树木飞上天空，大地落满繁星，人影幢幢一闪而过，日月苍穹开满鲜花——整个人，整个人，就这样呆呆地变作化石吧，只要捧住手中的宝物，这颗颠沛的心便可享受宁静,这个世界的所有所有便都可以消失不见……

掌心,一块羊脂美玉静静无烟,玉佩被雕琢成游龙之形,光华流转,云气氤氲,此刻还带着某人的体热,仿佛穿越时空而来。恒久,宁静……

这是,当日,曾经佩戴于云开腰间的玉佩,曾经被喜娘巧言夺走,曾经被当做定亲的信物奉送给了张曼瑶……多少的心酸记忆,多少的心思纠缠,多少的痛苦挣扎,多少的如梦往事……就这般,毫无预兆地,忽然间跃入眼帘,成为眼前的现实!

若惊,若喜,若悲,若痛,喜娘一把紧紧攥住了段宗膀的胳膊,涕泪滂沱,"告诉我,你到底是谁!告诉我,你究竟是不是云开!"

喜娘激怒狂奔的泪,深深地灼痛了段宗膀,他眼神迷乱地望着喜娘百感交集的脸,"我不知道,我真的不知道。可是我知道,我想把它送给你,从第一眼看见你,就想把它送给你!只有你可以拥有它,只有你才会让我有这样的心绪,只有你才会夜夜进入我的梦中,只有你……"

喜娘顾不得满脸一塌糊涂的泪水,"你不知道,那么我来告诉你。你叫云开,你是中原人。只有云开才拥有这块玉佩,只有云开才拥有那条我亲手绣的帕子!"

段宗膀忽觉头痛欲裂,他用双手撑住了头,眼神迷乱,"云开,好熟悉,好熟悉……却想不起来,想不起来……"

就在此时,坡地下忽有士兵惊喜地狂呼,"中原退兵了!他们受不了我们的椒烟刺激,退兵了!"

段宗膀和喜娘暂时忘却私人的悲欢,抬头极目眺望大渡河北岸——果然,中原军营一片人叫马嘶,前方部队已经开始了向北撤退的移动!

段宗膀喜道,"太好了,中原军队终于开始后退!其实中原也并非真想攻打我南诏大礼国,否则他们何必只是屯兵于此而并不过河呢!他们定然是担心一旦轻易过河,与我们开战,吐蕃定会趁机而动,坐收渔翁之利!相对我南诏大礼国,吐蕃该是中原最大的敌人!不过,碍于脸面,中原总不能置我景庄皇帝称帝一事而不顾,所以必须要屯兵于此以示其威。这样一来,他们真是进退两难……他们,也是在等待一个合理的借口,好就势撤兵,而我们的椒烟恰好给了他们一个最好的理由。毕竟云南之地多烟瘴,中原人是最怕这个的了,只要把椒烟形容为烟瘴,一切便可顺理成章……"

喜娘的眸子,柔柔望来,段宗膀所说的这些,恰是她心中所想的一切。不必言明的两颗心,的确有灵犀相通?

感受到喜娘柔柔望来的目光,段宗膀只觉心神一荡,多想,就这样一步踏过去,将她小小的身骨,拥入自己的怀抱!

二人目光交缠,心醉神驰之际,却没听见山坡下的士兵惊慌的疾呼:"小心,青虫!"

14. 昙花一现

士兵惊慌的呼声还在山谷间飘荡，一条马鞭粗细、长不过盈米的绿色小蛇突然如闪电一般奔向红衣的喜娘而去！颈边忽来的风声让段宗膀本能地反应，却已经来不及环护住两个人的周全，只能本能地飞身旋转，牢牢地将喜娘拥在了自己怀中，而顾不得此举已经将自己的整个身体暴露在了那条竹叶青毒蛇的眼前！

喜娘惊呼，却已经无法推开段宗膀，用力推搡间，自己的身体忽地失去了平衡，直向崖边倾倒！段宗膀大惊，顾不得竹叶青已经狠狠地咬啮在了自己的大腿之上，一力向前一把将喜娘从崖边拖了回来！

待喜娘站稳了身形，段宗膀方才松开双手，攫住依然咬啮在大腿上的竹叶青，扭断了它的脖子！望着喜娘面上的苍白，段宗膀柔柔一笑，"有我在，便不会让你涉险……"话音未落，段宗膀大腿上忽然一阵刺骨的痛麻，他身子向前倏然倾倒，手臂向前本能地拥住喜娘，两个人的身子一起急速地向崖边跌落……

啊！——山坡下的士兵齐声惊呼，却已经，来不及，挽回他们滑出崖边的身形！

夜，蓦地降临。

夕阳最后的一缕光线投射在从山崖上向河水中跌落的一双人影。白衣如雪，红裙胜火，翻飞的衣袂，飘扬的长发，在夕阳最后一缕残红的光晕中，凄美得惊心动魄！宛如夏末跌落的花瓣，宛如孤寂中独飞的蝴蝶，宛如秋风吹过漫天飘散的黄叶，宛如情人间无边无涯爱恨缠绵的最后一抹凝视……缓缓，缓缓，与亿万年森然而立的山崖错身而过，那一双飘逸如飞的身影，向着那黝深如墨的大渡河水，悠然，坠落……无可挽回，无可救赎！

身子下坠的风声里，喜娘凝眸望着眼前那刻骨铭心的面容，此刻他虽然已经陷入昏迷而闭上了那双眼睛，可是这额头、这眉、这挺直的鼻、这温润的唇，一如扬州春巷初见，一如西域月夜重逢，一如康巴莲花湖边的缠绵，一如——无数个梦里，淹没于大渡河水刹那的深情回眸……

如果今生去到来世注定要忘掉所有的记忆，如果获得来世轮回便要以付出今生的记忆作为代价——那么我愿意，抛弃来世重生的机会，只握住今生的记忆，守着我记忆中的你，不让自己再入轮回！

又是，大渡河水啊；又是，这般的，生死相隔，但是我没有忧伤没有恐惧，因为这一次，是我与你同赴黄泉，我终于能够亲眼看着你，淹没于大渡河中……这于我，已是，足矣……

扑通——水花四溅……

人人都说……即便阳春三月……桃花春水依然透骨冰寒……这一刻……我才真的

相信了……带着微笑……放弃所有不必要的挣扎……体味着冷水亲吻皮肤的寒凉……再一次深深凝望爱人的容颜——谁说，死亡必定是一趟恐怖的旅程？

咕嘟嘟，耳畔是清澈的水泡串串飞舞，身体忽然变得轻盈而舒展，被水浪柔柔地缓推轻扶，喜娘忽然觉得自己仿佛化身为一朵莲，四肢轻舞恍若花瓣绽放……你也感觉到了，是么，云开？隔着层层水幕，我看见你悠然地睁开了眼睛，此时我们定然已经逃脱了前生的痛楚，所以你才会从蛇毒的钳制下苏醒过来的吧？可是，你的眼睛里为何满是痛苦与惊恐？难道你害怕死亡？难道你还对前世心怀留恋？难道，与我一同赴死，并不是你最深切的向往？

你的唇痉挛地颤抖，你要说话！让我听见，你要说什么？

"喜，等我，我一定会活着回到你身边！我要陪你去南诏，我要陪着你今生今世！喜，等我……"段宗膀破碎的话语伴随着水花咕噜噜地传来，可是喜娘竟然全数都听懂了！这话不是段宗膀此时说的，而应该是当初在茶马古道上为了救人而不慎落入大渡河的云开说的！

喜娘刚刚在水波中舒展开的四肢忽然变得僵硬，她用力地抓住段宗膀的身子，拼命地向上划动着自己的胳臂——他醒了，他记起来了！同样的大渡河水，同样的生死一线，段宗膀——不，应该重新称呼他为云开，他竟然在神志昏迷之中，重新找回了真正的自我！

云开，云开……既然一切可以重新接续，那么我们的生命就不该这般早早结束，还有那么多年的未来可以共同度过，我怎么舍得这般轻易便放手！喜娘拼尽全力地划动手臂，两个人的身体缓缓地向上浮升，恍惚中似有一朵硕大的莲闪着灵光悠然盛放，柔柔地托浮起两个人的身体，穿过层层水幕，朝着满天星斗，向上，向上……

****

月光幽然，万籁俱寂。山林一片无边无际的黝深，河水百无聊赖地游荡。鼻息间鲜活着春的气息，那是山林深处早生的绿芽，那时山壁高崖新开的樱花，和着泥土微微的温润，天地间隐隐蛰伏着崭新生机的涌动……一串清脆马蹄声踢踏而来，踏碎了一地如银的月光，踏碎了山谷林间亘古的宁谧。一队由康巴方向辗转而来的僧侣，人人面上俱是忧心的愁容，顾不得身上被茶马古道披满的征尘。这一行人正是南诏大礼国崇圣寺中的一干高僧，为首者便是至高无上的僧王。他们应莲花生大师之邀前往康巴共襄印经盛举，却惊闻大渡河边瘴烟诡异早生，于是急催坐骑昼夜疾行。

千难万阻中，终于顺利地走过了茶马古道，夜色又已深，一众僧侣俱是人困马乏。僧王看了看地势，已经来到了大渡河畔，于是吩咐众僧下马，简单休息一下。众僧各自饮马、打尖。

忽地，一个僧人大声呼叫起来，"僧王，河水之上似有白色巨物！"

僧王一愣，直起身来，朝着那个僧人所指的方向，翘首望去——果然，月光水色中，影影绰绰有一白色巨物顺流而来。近了，方才瞧得，那是一朵硕大的白色莲花，在月光之下，飘摇如浪上的小舟,稳稳地托浮住两个人,悠悠荡荡。

众僧皆动容,"是两个人!"

僧王却是淡淡一笑,手捻佛珠静待莲花靠至岸边。凝望莲花之中宛若熟睡的两个人,僧王自语,"笑指白莲心自得,世间烦恼是浮云……该抛下的都须抛下,该记起的总会记起……"

僧王命众僧将二人抬上岸来,用新发的柳枝蘸取净瓶中的清水,缓缓在二人眉间划过。半个时辰左右,段宗膀率先睁开了眼睛……

段宗膀抬眼便看到了望着他悠然微笑的僧王。段宗膀不禁一阵激动,"老人家,又是您救了我吗?大渡河边两度救命之恩,宗膀就算来世做牛做马也无法回报一二!"原来,当日云开在茶马古道上因救人而堕入大渡河水,正是被途经此地的僧王救起!

僧王微微摇头,"并非是老衲救了你,而是我佛救了你,我佛安排了这场因缘际会,只不过经由老衲的手,完成了这桩功德。"

段宗膀眼含热泪,"老人家,如果有需要宗膀之处,宗膀万死不辞!"

僧王微笑,"段军将已经依了老衲所愿,归宗段氏,除此,老衲别无所求。"

段宗膀犹豫地开口,"老人家,不知您为何执意希望我归宗段氏呢?"

僧王慈祥微笑,"段军将不必急躁,时机一到,一切自然揭晓……"

言谈间,段宗膀身边的喜娘也悠悠地睁开了眼睛。看到段宗膀安然无恙,喜娘的泪忽闪落下,"云开,我们还活着,是么?"

段宗膀悠然回望喜娘,明如朗月的眸子,也不禁笼起淡淡的水雾,"喜,让你,久等了……"

一句话说得喜娘悲从中来,紧紧握住了段宗膀的衣袖,"是啊,你让我等得好久,好久啊!久得……久得让我几乎以为再也等不到你,以为从此以后这个世间就剩下我孤身一人了呢……我好怕,我好怕啊……如果不是母亲之事未解,我多想放弃这个世界,追随你而去……"

段宗膀将喜娘紧紧压入怀中,力道之大,几入骨肉,"不会的,不会的,我永远不会抛下你一个人。有你的地方,无论多远,无论多难,我都会拼尽全力,回来……"

段宗膀激动之下,忽然扯动了腿上的蛇伤,再加上心潮澎湃加速了血液的流动,使得蛇毒更快蹿升!话音未落,段宗膀面色忽然苍白,额头汗珠涔涔而下,望住喜娘的目光散乱迷离,"喜,喜,我怎么忽然看不见你了?好冷,好冷,喜,让我看看你……"

喜娘惊得手足无措,用力扶住段宗膀的手臂已经抖成一片,她指着段宗膀蛇伤的位置,迷乱地开口,"僧王,求求你,救他,救他……"

僧王迅速用手指掐住段宗膀的伤口,努力向外挤压,甚至亲身以口吸吮,方排出数口黑紫的污血。僧王皱眉,"若早半个时辰就好了,此时恐已难救!"

正在此时,忽然从河水上游处,人声如沸,船舸呼啸。借着船上的灯光和岸上的火把,看得见,原来是南诏大礼国的军队!他们眼见着段宗膀与喜娘跌落河水,于是整顿舟车,沿河寻来。

船上,赫然一柄龙旗在月光掩映之下高高飘扬——原来听说了喜娘开始带人炮制花椒以解瘴烟的当日清早,佑世隆便亲自策马赶来,赶到大渡河畔时,未见伊人,却只得到了喜娘随段宗牓同落崖下的噩耗,于是佑世隆下令,沿河搜寻,就算蹚遍大渡河底,活要见人,死要见尸!

****

重新见到喜娘,佑世隆不禁狂喜,却被喜娘满脸破碎的泪水吓到。喜娘哀哀地望着佑世隆,嗓音嘶哑,"皇上,求求你,救他!如果……他死了,喜娘也绝不敢独活!"

佑世隆急召随行太医,幸好太医素知大渡河沿岸山高林密,易有蛇虫出没,于是随身带了蛇药。蛇药敷上,太医的神色却依然没有缓解,"皇上,请恕下官直言。因段大人中毒已深,而这蛇药并非专治竹叶青的,只能暂时用来延缓蛇毒攻心。所以,下官实在不敢保证段大人能够安然醒来……"

喜娘刚刚涌上一丝血色的脸颊,倏然再次变得纸一般苍白,"太医,您的意思是说,云开他再也醒不过来了,是吗?"

喜娘本能的一声"云开",旁人均未留意,可是佑世隆面上却是神色大变!他犹疑的目光缓缓在喜娘面颊上逡巡,一寸一寸搜索着喜娘神色间的变动。良久,佑世隆似乎下定决心一般地说,"太医,如果朕没有记错的话,在我大礼国,应该是还有一种办法可以解这种深入血脉的毒……"

太医一听之下大惊失色,"皇上,您说的可是洞蛮的蛊?"

佑世隆没有理会太医的神色剧变,只是一径望住喜娘,"白玛达瓦,只要他能够复生,你便愿意付出所有的代价,对么?"

喜娘含泪,郑重点头。

佑世隆仰头轻叹,"本来,朕不想用这种方式,可是,朕没有想到他竟然能够恢复记忆……朕,实在是太怕失去你,就算让你怨恨朕,朕也不想将你拱手让人!"

喜娘含泪的眸子里忽然闪过一丝坚硬,"皇上,你是说,你早知道段宗牓就是云开?你却,刻意隐瞒……不告诉我……?"

佑世隆面色一黯,"许多事情,其实也非朕的本意。只是,上天安排他来到康巴,这便注定他成为扶保朕开创全新大礼国的股肱之臣!就算没有他后来的失足落水,朕也会带着他来到南诏,同样会如今日一般,重用于他!只是,上天之意难测,朕也没有想到他会落入大渡河中,之后竟能被僧王所救,进而被僧王带入段氏,成了段家的继承人!看着他失去了记忆,朕不忍心看着你黯然神伤,所以便也没有直言这些背后的故事。想着,如果你只以为他是不相干的段宗牓,就不会让你面对他时心痛如绞了……"

喜娘的泪闪如星碎,"那么你这次,还要我怎样做才肯救他?"

佑世隆弯下腰来,用指腹细细地替喜娘擦干脸颊上的泪水,"白玛达瓦,做我的皇后,好吗?"

不等喜娘回答，佑世隆站直身子，目光遥望陌生的远方，"在我大礼国西南，有土著民以山洞为居，刀耕火种，崇拜巫蛊之术，南诏国世代称之为'洞蛮'。洞蛮尝以毒蛇、蝎子、蜈蚣、蜘蛛等诸毒物置于一坛，令其厮斗，至死方休，仅余一物。洞蛮之中每个部落皆有巫女，他们将那斗胜的毒物饲养于巫女体内。巫女以自己的血饲养之，以期利用它来控制洞蛮之民。此物称之为蛊。如果巫女将蛊放出，寄居于他人身上，便可吸干那人的血液……"

喜娘一凛，轻颤着接口，"皇上的意思是，以洞蛮巫女所下之蛊来吸食云开身上的毒血，以控制血液中的蛇毒？"

佑世隆点头，"只是，从此后，他的性命，他的感情，便都只能寄托于那巫女一人，否则便是自寻死路！"

喜娘凄惨一笑，"皇上，我懂了。您是说，即便他能够活下来，但是他从此后却只会爱着那个洞蛮的巫女，就会全然忘记了我们之间的过去？"

佑世隆沉沉点头，心痛地看着眼前的喜娘，悲伤得几乎通体透明。

喜娘又是楚楚轻笑，"都怪我，之前高兴得太早。我只道他终于寻回了记忆，却不想这不过是昙花一现……我与他之间的一切，真的就这般为上天所不容，几次三番地要将这段记忆埋葬吗？？？"说到后面，喜娘的嗓音已经变成干哑的嘶嚎……

佑世隆心痛地抱住喜娘，"白玛达瓦，还有我！做我的皇后，他能给你的爱，我定会十倍给你！"

15. 堕情蛊

南诏大礼国，素来崇尚白色，就连本该金碧辉煌、朱墙碧瓦的皇宫，都会难得地望得见数座墙壁纯白，仅以镏金漆顶的宫殿。高高地站在皇城地势最高的门楼——凌虚阁上，凭栏遥望，喜娘飘飘的红衣，几乎成了这方天地中，最为耀眼的一抹色彩。

喜娘的目光遥遥望着远处的苍缬宫，白顶白瓦垂挂着白色的纱帘。那里，佑世隆急召而来的洞蛮巫女正在为段宗牓施蛊。虽然心心念念，但是喜娘最终还是远远地躲了出来。她实在是无法面对，一旦段宗牓清醒过来时，再用一双蕴涵着全然陌生眼神的眸子，望着她……

甚至，明明知道，段宗牓醒来的一瞬间便会爱上那施蛊的巫女！他清朗如月的凝眸，他柔若春风的微笑，他温暖的怀抱，他缠绵的激情，从此后，便都会尽数归于他人……还要眼睁睁看着这样的一幕，还要装作自己不会心痛！这样的刑罚，不啻是心灵的凌迟！

爱一个人，究竟要爱到什么样的程度，才足够偿还今生的情债？爱到，眼睁睁将他亲手送入他人的怀抱；爱到，即便对面相逢却依然装作不曾相爱过吗？这究竟是世间最为甜蜜的爱恋，还是上天故意捉弄世间男女而创造的刑罚！

喜娘出神间，忽见白色宫殿中纱帘之内人影杂沓，一声声惊呼刺耳传来，"段大人！段大人！"

喜娘的心怆然一惊！再顾不得自己会不会受到伤害，再不去埋怨上天的残酷，喜娘扯住裙裾，直向那白色宫殿的方向飞奔而去！风，吹起喜娘榴红的裙裾，肩头披帛衣带轻飘，殷红的身影飞扬在云南三月的春风里，衣袂落处牵动瓣瓣樱花，樱雨缤纷……

****

床帐之内，段宗膀双眼紧闭，胸膛裸露，脖颈两根锁骨之间凹陷的咽喉处，被纵向切开了一道刀口，殷红血色毕现。床榻边头戴白银花冠，身着团花纹锦短衣短裙，裸露小腿、赤足的洞蛮巫女，口中念念有词，手臂随着咒语的节奏，或疾或缓地环绕着身体摆动。咒语的节奏越来越快，巫女的神色越发紧张，手臂的摆动也愈为急速——忽地！巫女停下了手臂，圆睁双眸，将指尖用牙齿咬破，将指尖的鲜血缓缓滴入段宗膀咽喉处的刀口！

本来似乎熟睡之中的段宗膀，身体忽然如遭梦魇一般地激烈涌动起来，依旧紧闭双眸，口中却大喊，"不要，不要！"剧烈抗拒之下，咽喉之处的刀口又被再次撕裂，殷红的血一滴一滴从颈项处流下……

"段大人，段大人……"周围伺候着的内侍又是一阵惊呼。巫女也抬起疲惫的眸子望向凝立一旁默然不语的佑世隆，"皇上，贱婢已经尽了全力。这已是第四次了，贱婢依然无法将蛊物植入段大人体内，并非贱婢不用心，实在是段大人他抗拒之心太烈啊！"

喜娘心神俱碎，"为什么？他为什么会这般抗拒？"

巫女抬头，凝眸喜娘，"娘娘您有所不知。贱婢所施的蛊物非同一般，乃是我洞蛮女儿家倾尽心血饲养的——情蛊！我洞蛮女儿家，仰仗此蛊物来考验情郎的心。如果情郎敢对我们之外的女子动了情，这寄生在他们血脉之中的蛊物便会噬啮他们的五脏六腑，除非得到我们的解药，否则变了心的情郎们的下场只有一个——被蛊物吃成空壳，骨肉尽失！"

巫女的话，让喜娘的脸瞬间煞白，"那么段大人他这又是为何？"

巫女神色之间忽见惆怅，"能够下意识里这般地抗拒情蛊，原因只能有一个，那就是段大人心中有情有独钟的女子，爱之深入骨髓，在他的下意识里，这份情远远重于他的性命，所以即便是让性命危在旦夕，他也不肯被情蛊寄生而改变了自己心中的那份爱恋！"

轰！——是苍山于垂眸之间骤然倾塌吗？是崇圣寺三塔忽然阻隔了日月之光吗？是大礼国的阳春三月突地跌入了刺骨的寒冬，是自己的头颅蓦地遭遇了重锤吗？晕眩、迷乱，目不可视，双耳雷鸣——喜娘只能呆呆地、呆呆地凝视段宗膀那憔悴的睡颜，心头如千万把钢刀——刺割……

原来，爱是这般。就算要亲手将你送入他人怀抱，就算对面装作陌生，都无法与你深藏于心的这份爱相比。原来，在爱的面前，我是这般渺小与——自私……

佑世隆深深凝望着喜娘，看着她一步一步不自主地走向床榻，内心的疼痛澎湃成一片曼陀罗的红。

喜娘忽地转身,眸子坚毅如含雾的珍珠,"圣女,请你再做一次。这一次,我保证,他不会再抗拒了……"

巫女半信半疑地看了一眼喜娘,重新念起咒语,挥舞起手臂。就在巫女将手指的血滴入段宗牓咽喉处的同一刹那,喜娘忽地扑身上前,用自己的唇吻住了段宗牓的唇!

熟悉的气息弥散于鼻息间,唇上是独属于她的甘洌甜美,世上再没有人让自己如此眷恋,只要拥住她在身边便似春天常伴……段宗牓的身体悄然恬静,仿佛坠入一个完美的梦境。巫女滴入的血一点点、一点点从他咽喉处的刀口渗濡而下,终至——不见。

最后一次的唇齿缠绵,最后一次的两心缱绻……喜娘抖着唇,在那无限爱恋的唇边一再流连,绝望地流、连……

* * * * * * * * * *

随着巫女一声惊喜的大喊,"蛊成!"喜娘如遭电击一般,倏然从段宗牓身前弹开,颤抖地迎上一双双各具深意的眼。有宫女侍卫的惊讶,有巫女的不解,有佑世隆的黯然神伤,有——蒙嵯巅的闪烁叵测……堂堂南诏大礼国的未来皇后,竟然在众目睽睽之下,全然忘记了自己的身份,与臣子行这般苟且之事——这,不论历朝历代,不论任何民族,都是,于礼不合的吧……

殿中,气氛微妙起来。谁都心知肚明,却谁都不会率先挑破。就把这事儿推给佑世隆吧,皇上不评论,焉有臣子跳出来指摘未来皇后之理!

打破这微妙的,恰是那洞蛮的巫女。她并未注意当场的微妙,只一径关心着自己的心事,"皇上,如今您吩咐我的情蛊之事已成,那么……"

佑世隆却截住了巫女的话茬儿,含混地说,"朕日前接到骠国(今缅甸)国王发来的求救信,说狮子国(今斯里兰卡)攻打骠国,兵围城下。朕着你速速医治段军将,正是为了令段军将率军解骠国之围!"言毕,佑世隆的眼角瞥向白纱帘外,一树樱花开如轻粉浮云,那深若古潭的眼神顺路从殿中众人脸上扫过,如一朵羽毛般在蒙嵯巅面上似做点点停留……

* * * * * * * * * *

佑世隆刚刚说出的话,似乎已经给了洞蛮巫女以回答,却又似乎答非所问。洞蛮巫女几次想要继续追问什么,却都被佑世隆凌厉的眼神阻止。殿上众人的思绪还都沉浸在刚才喜娘那惊世骇俗的一吻上,眼光不断在床榻之上的段宗牓与喜娘之间穿梭,并未过多留意洞蛮巫女与佑世隆之间的问答。只有——蒙嵯巅,眯着狭长柔媚的眸子,悠悠望住佑世隆与洞蛮巫女,脸上的神情莫测高深。

感觉到佑世隆若有似无投来的眼神,蒙嵯巅并未躲闪,直接上前一步施礼奏道,"皇上已决意要出兵骠国,以助其击退狮子国之兵?"

佑世隆挑眉望住蒙嵯巅,"是,朕意已决。"

蒙嵯巅身上淡紫对襟的长袍上,恰恰刺绣着一树粉红樱花。淡淡的紫,配上柔柔的粉,益发显得蒙嵯巅眸如春水,涟漪脉脉,"皇上,微臣只是想,那骠国与狮子国俱皆为佛国,所以这一场战事便远非世俗战争可比。微臣建议,我南诏大礼国,应该派遣一位身负佛缘之人随同段大人前往,以清净心性辨识红尘纷争,以指导段大人便宜行事,以不惊扰我佛,不毁坏我佛之物。"

蒙嵯巅此言一出,殿中众人自然随声附和。佑世隆一皱眉,"那么,摄政王意下,谁堪负此任?"

****

尽管殿中众人的言语,已经是尽力地压低了嗓音,但是却无法掩饰这看似轻飘飘的语言之下所暗藏的波诡云谲。正在此时,昏睡于床榻之上的段宗膀喉间忽然发出了咕噜噜的滚动之声,殿中所有人都把目光投了过去——段宗膀从床榻上一跃坐起,用茫然的眼神望着殿中讶然伫立的各色人等。

蛊成,不过刚刚一刻钟的工夫,可是在段宗膀身上却似乎已经发生翻天覆地的巨变。刚刚他蜡黄枯瘦的面色,此时已被红晕光泽代替,乍看上去,如果不是刚刚的亲眼目睹,没人能够想到,这个人刚刚就在生死边缘游走过……

段宗膀首先看到了景庄皇帝佑世隆,正想下地跪拜,被佑世隆示意免礼。下一秒钟,段宗膀的目光便停留在了喜娘的身上——殿中所有人都极力睁大了眼睛望着两个人——段宗膀的眼神一阵迷惘,接下来却是——一片厌恶!他回头,仿佛不用眼睛便能确认洞蛮巫女的位置,"小蛮,我说过我最讨厌红裙的女子,你怎么会带她过来?"

小蛮,那名洞蛮巫女赶紧趋前微笑着安抚,"是啦,我知道。可是你却不该对这一位怠慢哦,她可是咱们南诏大礼国未来的皇后娘娘呢!"

段宗膀一愣,神色间急作调整,却依然遮掩不住地一皱眉头,厌恶之情跃然而上,连看都不屑再看向喜娘。

目睹此情此景,喜娘猛然用手捂住了自己的嘴,破碎的一声呜咽被生生压回口中……不知道,不敢想,原来这情蛊之下,他已经不仅仅当自己为陌路,甚至还会对自己心生厌恶!——是了,是了,那蛊物为了完全掌控住他的感情,必然要让他厌恶天下除了小蛮之外的所有女子,曾经爱之愈深,如今只能恨之愈切……

****

段宗膀的反应,让殿中所有的人都是猝不及防。刚刚还私底下等着看一场好戏的人,此时对于喜娘突逢的遭遇也不禁心生欷歔,心下油然而生了些许怜惜。只是,除了,蒙嵯巅。

蒙嵯巅心下一派舒泰,他薄薄的唇角勾起一朵冶艳的笑,"皇上,微臣心目中的人选有了。臣以为,能够帮助段大人平息骠国与狮子国之间争端的,非我大礼国未来皇后莫属!"

佑世隆两道剑眉突地竖起,"摄政王此言有嫌偏狭了吧!我大礼国高僧众多,难道真的要在两军阵前派一个女子前往!"

蒙嵯巅并不意外,阴柔的笑冶艳如花,"皇上,兵者贵于智。我白玛达瓦皇后以莲花心性、超然智慧，得以祛除诡异瘴烟，救我十万兵士性命，又同时击退了中原三十万雄兵的窥视……此等功绩，我大礼国自民，谁人不知，谁不传颂！代表我大礼国随军出征，我们要的不是能够讲经说法的高僧大德，我们要的是能够审时度势平定战祸的智者！况且，白玛达瓦娘娘身份特殊，身为未来正宫皇后足以代表我大礼国皇家威仪，既是女子即便小有差池也有转圜的余地，深具佛缘拥有莲花心性则为我佛诸多教派的公认……这些条件，我堂堂大礼国，恐怕也没有第二个人同时具备吧！"一席话说得在场众臣纷纷颔首。

佑世隆听完蒙嵯巅的说法，默然不语，清朗的眸子静静地打量着殿中的众人。喜娘依然定定望着段宗膀，面上是绝望的苍白，眸子里闪着破碎的泪光。佑世隆的眸子一黯，正想出言，却被另一个声音赶到了前头，"皇上，请恕微臣斗胆，微臣实不想叨扰娘娘同往！宗膀一人带兵前往，已经足够！"殿上所有的人都听得懂段宗膀的潜台词：我不愿她去！带着她同去，不但帮不上忙，反倒可能帮倒忙！

佑世隆的眸子静静地盯着段宗膀良久，忽然展颜一笑，仿佛什么巨大的担忧倏然风逝，"好，就依摄政王所奏。段大人就不必坚持了！朕倒要拜托段大人好好帮朕照顾朕的白玛达瓦啊！"

佑世隆的恩准让蒙嵯巅笑意更深。他笑意盈盈地将目光在佑世隆、喜娘、段宗膀、小蛮之间反复逡巡，超脱的仪态仿佛高踞于蛐蛐罐外的主人，心满意足地看着蛐蛐罐中伸翅昂首急欲彼此相搏的蛐蛐儿……

十

骠 国

1. 佛国之争

　　骠国(今缅甸)与狮子国(今斯里兰卡)都是笃信佛教的国家。只是,他们所奉持的教派有所不同。

　　骠国奉持上座部佛教(又称小乘佛教),主张持戒,笃信释迦牟尼佛之本意,认为佛也有轮回;同时,上座部佛教根据自己的经典,不允许建立佛像,而是利用脚印等象征物在代表佛,并对之礼拜。

　　狮子国中,此时则大乘佛教,尤其是密宗成为国之共仰,主张戒律可以变通,相信世界上并非只有释迦牟尼一个佛。大乘佛教认为,要修成佛果的话,不但要有自度的决心,更要有独人的决心。(虽然16世纪后,狮子国上部座佛教借助暹罗之力得以复兴,已经是后话,并不影响本书此部分的情节。)

狮子国进攻骠国，起因便在教派之争。骠国僧众贬斥狮子国僧众"曲解佛意"，没资格成为真正的我佛弟子；狮子国则斥骠国僧众为只知道自求解脱的"自了汉"，对我佛的认知浅薄而低陋……

当先行的探报将记录着上述密报的信息呈给段宗牓时，段宗牓不禁大吃一惊。蒙嵯巅真的说对了，这两国之间的战争绝非世俗战争那般，单纯的兵力相见分出胜负即可；这场战争，乃是信仰之战，两国笃信佛教的国民，完全已经在信仰的动力下变得无所畏惧，单纯的兵力胜负，绝对不可能赢得任何一方的心！

兵戈之战易胜，而信仰之战则可能永无胜算！

段宗牓凝视着密报，眉间久久纠结着。良久他又回望案头另一份黄绫封面的折子，更是沉吟不决。这黄绫折子乃是出征当日佑世隆给他的，并严命不许提前拆看，务必要待胜利击退狮子国后，回到南诏大礼西南边境洞蛮所居之地时方可查看。

洞蛮……段宗牓不禁抬头望向一旁，正用小小的白瓷茶炉为他烹茶的洞蛮巫女小蛮，心底荡漾起一波一波的温柔。

****

金色的阳光从帐门投射进来，将帐内的幽暗劈开一道亮线，柔柔的余晕点点缥缈于光明与幽暗之间，散射成一片淡淡的光雾。小蛮就坐在这光雾之中，白银花冠之下，几茎发丝从鬓边跳脱出来，被光雾笼上了一层金色的光影。光影缥缈之间，小蛮那挺翘的鼻尖，微微努起的小嘴，便更显得玲珑有致，就连颈后那微微的汗毛，都披上了金色的轻纱……段宗牓的心蓦地胀痛，仿佛有什么东西尖叫着想要从心脏中冲出来！段宗牓抵挡不住，"啊！"地叫出了声。

小蛮关切的眸子紧紧跟随过来，"段大人，你怎么了？"

段宗牓握住小蛮伸过来的手，苦涩地微笑，"已经没事了，别担心。"良久，段宗牓抬起头来，眼神矇眬地望着小蛮，"小蛮，是不是……我们之间的这段情……走得……曾经一路艰难？不知道为什么……只要一想到我们之间的感情……我的心就会疼得不行……甚至无法继续去回想那些曾经的过往……"

小蛮的手忽地颤抖，清亮的眸子不敢看向段宗牓深情款款的眼睛，别开头去，"别胡思乱想了，你该吃药了。"

这药是段宗牓日日必服的，小蛮只告诉他，说他曾经在两军阵前被毒箭射中，尽管经过治疗，但是仍然有余毒留在血液中，必须要日日饮这药汤，才能控制得住余毒的蔓延……只是，段宗牓却根本无法想起，自己到底是何时何地被毒箭射中过。想问小蛮，却怕勾起小蛮心中对那段悲伤往事的回忆，只得作罢。

小蛮，自己深爱着的女子，这般默默地跟随在自己身旁，即便此番前来骠国平乱。小蛮都不辞辛劳地跟随前来……这般心爱着的人儿啊，偌大的尘世间，我的眼里心里，除了你，再也放不下其他的女子！

一念及此，心下忽然涌起无限的迷乱，似苦似甜，如雾如幻。就像隔着纱帘，隐隐望见纱帘那边心爱的人儿，痴痴地等着她回眸而笑，却只能呆呆地望着她的背影……段宗榜的心悠然一颤，一种莫名的恐惧辗转缠绕，他猛地抓住了小蛮的胳膊，锁紧她小小的肩头，将自己的唇重重地倾覆而下……

唇下的柔软，真实而温暖，却怎么也赶不走心头忽现的恐惧，微微薄凉。越品尝下去，仿佛那恐惧便跟着深了一层！为什么，这到底是为什么！——只有更深地吮吸，只有更紧地拥抱，才能稍作缓解，仿佛中毒至深的人，盲目地抓住这世间唯一的解药……

****

叮——嗡——，帐内柔情缠绻的两个人，自是听不到帐门处，微风吹过时，白色贝片连缀而成的莲花步摇发出的幽幽叹息……一抹红色的身影呆呆立于三月的春风中，指甲深深掐入掌心的皮肉！那疼却不在手上，而是深深地嵌入了心底。如果不是刚刚段宗榜着人来请自己同研密报，那么自己是决计不会主动来到他的帅帐……何必这样，徒增伤心？

"娘娘！"从康巴世隆马帮时代起便一路追随着佑世隆的侍卫丹珠，此番又被佑世隆慎重地派在喜娘身边，以确保喜娘的安危。跟随在喜娘身后三步之遥的丹珠并未看清帐内的情形，他只是诧异地发现喜娘面色忽地苍白，刚刚掀起帐帘一角的手，痉挛轻颤，指节泛出青白。

那一刻，喜娘榴红的裙裾被三月春风微微扯起，她瞬间苍白的面色仿佛刹那透明，白色贝片连缀而成的莲花步摇藏不住缕缕青丝抛入风中……金色的阳光耀眼而来，仿佛眼前的喜娘会随时消失在这刺目的光影中，透明到——不见……

曾经在大渡河畔瘴烟之时目睹过段宗榜对喜娘的情不自禁，此刻的丹珠忽地后悔，为什么自己下令屏退了段宗榜帅帐前的士兵，没有让他们按照惯常做法前去通报……如果经过事先的通报，是不是喜娘就不会看见她此时眼中的一切，便不会让她如此悲伤？

丹珠抢先几步走上前去，立于帐门前高声禀告，"段军将，白玛达瓦娘娘已到！"

丹珠隐隐含着怒意的嗓音，立时惊退了柔情缠绻中的两人。段宗榜放开臂膀，示意小蛮先退下，这才转身面对喜娘与丹珠。而喜娘，则是勉力支撑住自己，提醒自己不要去过分留意走出帐门时，从自己身边擦过的小蛮脸上那一抹娇羞的红晕……

待眼神适应了帐门处的强光，段宗榜看清喜娘时，他忽然发觉自己的心脏停止了跳动，身体里的血液瞬间被抽空——无法呼吸，无法思维，无法——移开视线。

此时的喜娘，依旧是一身红衣，却已经按照骠国女子的样式装扮，舍弃了宽大的襦裙，而着从腰肢到脚面紧裹住身体的骠国长裙；上身窄袖小衣亦是贴身剪裁，长仅足腰，动作之间会有一线粉嫩的肌肤从小衣的下沿偷偷溜出……再看头上，三千青丝全都向上梳起，扭转成蓬松的髻压在头顶，仅用一支白色贝片连缀而成的莲花步摇固定。清风摇动间，组成莲花的朵朵贝片叮当而动，每一片都在阳光照射而来的瞬间，绽放出霓虹一般的色彩……

额间，喜娘依然依照中原的样式，点了一朵花钿，却并非桃红、鹅黄，而是清白的莲花，只在莲花心蕊处透一点殷红，与满身的红衣遥相呼应。白莲花钿不但没有显得苍白，反倒在身上层层的榴红里，招展出自己别样的清韵流芳……

小蛮已经够美,玲珑秀婉,外加洞蛮异族别样的风华;喜娘并非绝色,却不知在哪里,或许是偶然的回首间,或许是逆风处的一瞬凝眸,不经意间总会有一丝清丽悄然流泻,深深牵动每个人的心魂……当段宗膀发现了自己心底的深深悸动,他全身又开始了熟悉的疼痛,痛楚仿若自有意志,肆无忌惮地沿着浑身的血脉疯狂游走!

为什么,为什么,为什么自己明明那么讨厌红色,尤其是身着红衣的女子,可是每每面对这个女子,却会这般地身不由己!

****

明明身心俱痛,可是段宗膀却并不想在喜娘面前流露出来。不知道,为什么要这般勉强自己,也要在她面前硬撑,不愿见她怜悯的眼神,不愿让她因此离去。

段宗膀尽量保持常态地将桌案之上的战报拿起,"娘娘,为臣接获前方探报发来的密报,请您参详。"

喜娘的眼神与段宗膀不可避免地对面碰撞——他很疲倦,他在发抖……是什么痛楚在折磨着他?他在忧心前方的战事吗?段宗膀那些自以为完美掩饰了的憔悴,第一时间便已经尽数落入喜娘眼底。

毕竟,这是,如此,熟悉的人啊……

纵然此时扮作陌路,却也无法控制自己的心,一如往昔地深深悸动啊……

垂下眼帘,战报上陌生的字眼让喜娘不由得喃喃出声,"上座部?密宗?渡人渡己?"

趁着喜娘全神贯注地研究战报,段宗膀不由得抬眼深深凝望眼前的喜娘,看着她长长的睫毛在颧骨上形成的小小阴影,心不由得轻跳,"是啊,这一场战斗绝非普通的世俗战争可比。所以我们此时应着重研究的,并非是双方的军力对比,也不是可能选用的兵法战策,而是——佛教。为臣想,景庄皇帝陛下派我们前来,定不会仅仅要求一个草率的胜利,待我们兵退之后,却会给这里留下一个郁结在两国子民心中、即便百年都无法消弭的仇恨!这场骠国与狮子国之间的战事,现在来看,已经远远不是兵戈之上的了,而是深深根植在每个百姓的心里……"

喜娘轻轻点头,眉头起了小小的纠结。

段宗膀心底闪着棱角参差的疑惑,这般地与她讨论军情,之前在大渡河边的瘴烟之时,已经有过了啊。可是,为何,此番的心情竟然隐隐感觉,与上次有所不同?是哪里变了?是谁,变了?

****

2. 衔枚奇兵

南诏大礼国之兵再向前,便已是骠国与狮子国两军对垒之地了。狮子国重兵围困骠国都城卑谬(今缅甸伊洛瓦底江下游卑蔑附近),大礼国军队若想入城,则必须要冲破狮子国重围。这样,大礼国与狮子国之间正面的交兵,便已经不可避免了。

本来,狮子国军队并不想与大礼国短兵相接。但是一听到大礼国此番是专为解骠国之困而来,尤其是联想到大礼国本来奉持的是大乘佛教的汉传佛教,这本与狮子国当前所尊教派相通;可是大礼国却不帮狮子国,转而出兵帮助奉持上座部佛教的骠国……狮子国军中立时便起了猜忌之心,主战者的意见占据了上风。

此一战,一触即发。

段宗膀料定必然开战,所以抢占先机,连夜派五百名骑兵,人身马背均换上轻便而坚实的藤甲,人衔草,马衔枚,闪电出击,趁着狮了国尚未布置好兵力之时,率先护送着喜娘、小蛮冲入卑谬城中!

望见一队轻骑兵电掣而来,骠国镇守城门的军士无不振臂喝彩!

将喜娘送入城门,段宗膀却不下马,拨马回身就要向城外冲去!

听着狮子国营地中沸腾的喊杀之声,马车之中的喜娘忽然心底震颤,顾不得同坐车中的小蛮,独自冲下车来,拦住段宗膀的去路,"段大人,已经进得城来,还是应该与骠国君臣从长计议后,再做出兵打算!"

段宗膀被突然拦住去路的喜娘惊了一下,胯下的战马"兮溜溜——"一声长嘶,前蹄飞蹬,直身而起!

飞蹬的马蹄正在喜娘头颅上方,只要马匹前蹄踏下,便难以保全喜娘!段宗膀大惊之下本能地倾身弯腰将喜娘捞上马来!

段宗膀一手将喜娘谨慎地固定在身前,一手紧勒马缰,强令胯下的战马稳定下来。战马几个踏步之后,伴随着鼻孔中浓重的呼吸,终于渐渐停住了身形。马惊已定,马背上的两个人才愕然发现两人此时尴尬的身态——对面而坐,膝腿交叠,鼻息相闻,臂弯环抱……每一个眼神都会丝毫不缺地落入对方的眼底,每一下呼吸都会缠绵地喷吐于对方鼻息,喜娘更像是整个人偎坐在段宗膀的怀中,衣料之下暧昧的温暖层层而来。

段宗膀心下如捶重鼓!这般的亲昵,这般的情景,分明在哪里。曾见!却是何时?却是何地?思及此,全身血脉突地痉挛胀痛!

****

"段大人,狮子国军队已经调动起来,此时不动,战机稍纵即逝啊!"跟随段宗膀率队而来的丹珠手握青泓圆月刀,立马而问。

段宗膀望着喜娘,眼神忽地变得柔和,"利用骑兵突击扰乱狮子国阵脚,趁着他们部署不及迅速回击,里应外合定能一举击破!所以,我要去了,如果再晚一点,等他们得到喘息之机部署好兵力,那就会贻误战机了……"

忽地,段宗膀身子里那奇怪又熟悉的疼痛感再次袭来,纵然是铁骨铮铮的段宗膀,都忍不住疼得抱紧了自己的肩膊!

段宗膀的异样自然落入了喜娘的眼底,她猛然醒悟到,这一定是他身体里所种下的情蛊！喜娘的心痛如刀绞。她知道，一定是自己不经意之间的真情流露，激荡起了段宗榜潜意识里的情感，于是便勾动了情蛊肆虐！

都是自己的错，都是自己啊……

喜娘心痛得深深埋下身去，不敢再看向段宗榜微微轻颤的身体。

良久，喜娘终于重新站起身来，抬眸的刹那，却已经不见了刚才的心痛。那眸子澄澈清亮，透明如南诏大礼三月间的洱海之波。只是——这世间微波澄澈至清，则只有寒冰。喜娘此时澄澈的眼神，就恰似那没有任何感情游动的——亘古寒冰！

****

脸垂秋水，目寒如冰，那一刹那间的喜娘恍若清濯出尘的莲花，不沾染一丝一毫人间的烟尘，她淡然回首，瞥向马车之内，"小蛮，段大人不舒服，你是怎么伺候的！"

坐在马车内呆呆地望着段宗榜与喜娘之间情愫缠绕的小蛮，突然被喜娘扬声呼喝，心底蓦然一惊，急忙从随身的包囊中取出事先炼好的蜜丸，跳下车来，奔向满身痛楚的段宗榜。

蜜丸入腹，段宗榜几乎立刻便恢复了常态，可是他并未觉得身上的痛楚已经消失，却反倒加重了几分。喜娘刚刚的语气，他无法忽略，无法装作没有听到那嗓音里的不关己事，无法装作没有听到那嗓音里的疏离寒凉。

捋不清心下缠绕而起的如麻乱绪，段宗榜掉转马头高举长剑，"众将官，拨马回去杀他个片甲不留！"

五百将士高举兵戈，"杀，杀，杀！"

段宗榜一带马缰，又忽地心有所动，猛地回头，望向喜娘与小蛮所在的方向，轻轻说，"等我回来。"

旌旗猎猎，兵戈铮铮，小蛮似乎看到段宗榜说了些什么，可是那嗓音早已被淹没在人声马蹄中，完全听不到。只有喜娘，纵然隔着丛丛人群，纵然顾忌着身畔的小蛮，纵然——刻意压抑着内心的情感，却依然轻易读懂了段宗榜的心意。那微微拢起，又如微笑般渐渐展开的唇形，说的正是他每次离开都要说的话，"等我，回来……"

****

五百名奇兵整齐离去，他们身上披覆的藤甲，虽然没有金属甲青的凛冽寒光，却格外带着一种内敛沉稳的气势。纠结的藤条彼此缠绕盘桓，仿若虬结的龙髯，而由这五百骑兵组成的突击队便像极了矫健的游龙，眨眼间便已经从街巷间穿过，直至被城门吞没的身影。

城外，锣鼓喊杀声瞬间惊爆而起，就如同一滴水跌入炙热的油锅。喜娘的心愀然揪紧，回望了一眼身边脸色恐惧至苍白的小蛮，"跟我来！无论生死，我们都要亲眼看着！"喜娘一提裙裾，扯住小蛮的手，朝向城门的方向，沿着全然陌生的街巷一路奔跑。

攀上城楼，骠国的官兵都屏息凝神望着城下。高高的城垛与密匝匝的人丛遮住了喜娘的视线，她看不到沙场上的情形，只听到一阵接一阵骤雨般的鼓点，在一浪高过一浪的喊杀声中竟然还隐隐夹杂着梵音诵经之声！抬眼，半空中黧黑的夜色已经被火光映红，漫天的尘烟结成浮动的云，遮住了星月。不时会听到金属兵刃全力刺入皮肉的裂帛之声，不时会爆发出痛苦的哀号，真实的两军对阵，此刻已经血肉淋漓地近在身前！

3. 回风流雪

"啊——"又一声痛苦的哀号响起，小蛮紧张得捂住了耳朵，小小的身躯在城楼的夜风中瑟瑟发抖。

喜娘用尽全身力气推开一个城垛旁的士兵，挤出一个身位，扯着小蛮凑上前来。

城楼之外，已是一片混战。虽然南诏大礼国军队占据数量和体力上的优势，加之此时又已经形成了里应外合之势，所以即便并不懂兵事的喜娘也可以自行判断出沙场上的优劣形势。

只是，尽管胜算已经占了七成以上，但是居于内应的五百名兵士，却被里三层外三层地团团围住，形势颇为危急！

喜娘眸光闪闪，顾不上身边还在一径颤抖的小蛮，努力地从城垛旁的人群中挤出来，随手扯过一名士兵，语气森寒，"快，带我去见你们负责城门卫戍的官员！"

那士兵虽然足足高出喜娘两个头颅，可是一个战场上的汉子却不由得被这个红衣女子的气势骇住，带着她一歪一斜地走向城楼中央的箭楼。

直到此时喜娘才蓦然发现，原来城楼上的骠国士兵虽然人数众多，但是早已都是伤病残将！虽然人人都挺直了身躯站在城垛前观战，但是只要稍加留心，便可看到他们需要拐杖或者搀扶才能站起身来的惨状……怪不得，不然段宗牓他们重新回身杀出去时，骠国的士兵就应该跟随杀出，怎能眼睁睁看着别国的官兵以死拼杀，而自己却按兵不动！

箭楼之内，临时用桌椅拼搭出一张床铺，一个身着铠甲的军官正侧卧其上。他的右臂被染红的布条系住垂在胸前，战袍铠甲处处可见狼狈的血污。不等那个带路的士兵通报，喜娘已经急切地呐喊出声，"军将，请你速命城上官兵放箭！"

"放箭？"那铠甲军官望着一身红衣的喜娘苦涩而笑，"别说箭矢，就连城中的石块、可以拆卸的房梁，甚至百姓的桌椅盆罐都早已用尽！现下，也只有将这满城的伤兵当做滚木礌石抛下城楼去了！"那军官虽然面上挂着笑，却早已目眦尽裂，可以想象卑谬被围困数月以来，身为城门卫戍官的他，亲身带领着众多士兵，经历过什么样惨烈的斗争！

就在此时，忽然听得小蛮一声尖锐的惊叫，"段大人——"喜娘的心仿佛一下子被尖针刺穿，久久，久久，不敢回身去看。

****

脚下虚浮，眼前若飘满朵朵白云，喜娘看不见也听不清那军官还对她说了什么，仿佛提线的木偶，喜娘机械着肢体，弹簧一般激射到城垛前，将目光颤抖着投向城外的沙场——

天色早已入夜，可是城外早已被火炬火把、亮子油松照得如同白昼。喜娘毫不费力地便在混战的人群中一眼看到了挥舞着长剑的段宗膀。他一身白色战袍，在攘攘匝匝密如黑蚁一般的人丛中，格外耀眼。将帅服饰的他，此时早已被狮子国军队死死缠住，并将他与那五百名骑兵遥遥隔开！擒贼先擒王，古往今来，无论各个国家与民族，这个战场上不变的真理，没有人不知道！

又是一片刀光森森围来，段宗膀扬起长剑横拨而出，剑刃在闪耀的火光中跳跃起清泉一般的寒光，白色剑花落处，鲜血如飞射入夜空的烟花，绚烂绽放……

可是，纵然段宗膀武艺高超，但是虎落平阳、单枪匹马，总是难免险象环生。他的长剑刚刚在身子左侧落下，身子右方便又拢起一片兵戈的寒光；他的长剑刚刚刺入身前一个敌兵的胸膛，身后便有一柄长矛闪着嗜血的微芒刺向他后背的空当……

喜娘此时如堕入冰火地狱，心灵在烈火中炙烧，四肢却被北极寒冰浸泡！她此时恨极了自己，为什么自己不是强壮的男儿身，为什么自己手无缚鸡之力！除了眼睁睁看着他与死神一次次错身滑步，全然没有力量做任何有助于他的事情！

****

此时，只听得城外整个狮子国包围圈之外的遥远之处，喊杀声越来越近。喜娘的心突地涨满惊喜——是包围圈外的南诏大礼国大部队逐渐冲破包围圈，向核心会聚而来！

仿佛段宗膀也是听到了外围传来的冲杀之声，他忽地身形暴涨，白衣的身影从马背上旋转腾空而起，轻如白羽，翩若惊鸿！随着段宗膀身形的悠然腾空，一盏硕大的孔明灯也伴随着他的身形飘然而起，红色宫纱的光晕闪耀在昏黄天宇间。

红灯、白衣、幽深天幕，血肉横飞的战场上忽然惊现这一幕绝美的场景，城楼上的所有人都屏住呼吸，惊心动魄地望住眼前的一切。而外围南诏大礼国军队的喊杀声更是高扬，数万军兵齐声高喊，"合围！合围！——"显然，突然升空的红色孔明灯正是段宗膀发出的合围信号！

当红色孔明灯高高地升入中天，白衣的段宗膀忽然在半空中一个旋身，剑尖倾斜向下，整个人朝向黑压压的敌军阵营，飘飘落下……那剑尖乍看不是朝向任何一个特定的人，可是当你抬头刹那却发现那剑尖就在你眉额之间！

身子尚倒悬于半空之中，云开手中的长剑如清泓泻地，映着火光回旋流连，朵朵剑花轻飘曼舞，身姿潇洒如琼树扶风。可是，与段宗膀半空中绝美的身姿形成强烈对比的是——地面上黑压压的人丛层层叠叠片片栽倒！

箭楼内，委顿于临时床榻之上的铠甲军官忽地猛然坐起，"回风流雪！只听说，中原有一位武功卓绝的震远将军云开身怀此等绝技，难道——难道，此时那位将军运用的也正是回风流雪剑法?！"

顾不得身边士兵的搀扶，铠甲军官拖着一条伤腿，三步并作两步挤到了城垛边，一边遥望着段宗膀剑光如泓，一边喃喃轻叹，"翩若惊鸿，宛若游龙，荣曜秋菊，华茂春松。仿佛兮若轻云之蔽月，飘飘兮若流风之回雪……回风流雪剑法，果然一剑舞尽风流！"

喜娘闻声回眸，泪花闪动。难得，在这万里之遥的异国，竟然还有人识得这"回风流雪"剑法，竟然还有将领知道中原云开之名！重新将视线投注在段宗膀身上，喜娘的心苦涩如青杏，"回风流雪，云霁为开……云开，不知今生我还有没有机会重新称呼你云开之名，不知今世我还有没有机会守得云开见月明？"

4. 七步莲花

一夜酣斗。

当晨光乍起之时，骠国都城卑谬的重围已经解了。狮子国的军队被南诏大礼国的部队分割成若干孤岛，各自包围。

城楼上，火光已熄。喜娘扯住几度险险晕厥的小蛮，依然目光炯炯地凝立于城楼之上。

当最后一颗星子缓缓隐没于天际，所有人都以为朝阳将升，这世界终于要迎来光华灿然的一天；却不想，一场全无前兆的倾盆大雨兜头而下，天地之间雨线渺茫。

头顶全无半点遮拦的两国军队，黑压压如一群呆立的鹅，被这场急雨砸晕了头脑。立时搭帐篷么，已然来不及。全都进城么？两国军队加起来十数万之巨，纵然卑谬城足够宽广，但是又到哪里找得到这么多的房舍，给所有的人遮风避雨呢？

雨凄凄惶惶地下，城外的两国军队浑浑噩噩地僵立。喜娘心悸地望着城外尚来不及打扫的战场上，无数倒地的尸体，青白血污的面孔被埋入雨水泥泞之中，渐渐肿胀发酵，血水顺着雨水蛇样地蔓延，在整片大堤上纵横交错为无数条红色的溪流。

每一场战争，都是生灵的涂炭。无论胜败，没有一方会在高垒起来的尸体旁，笑得真心酣畅。

这是上天，凄厉的哭泣吧！……

****

雨雾弥漫，天地混沌，喜娘红衣的身影在高高的城楼上飘摇如花，招展激滟，却又是刻骨的倔犟。

经历了一夜鏖战的疲累，再加上大雨倾盆的冲刷，段宗膀此时已是身如重负。面对着丛丛呆立的士兵们面上的青紫，尽量忽视地面泥泞中蜿蜒的血水，段宗膀忽地厌恶起自己身为武将的身份！

是的，自己的使命终于完成，自己的战簿之上又将增添一笔胜利，但是自己的心却无论如何也无法轻松下来。一将功成万骨枯，踏着士兵们累累白骨堆砌起来的胜利，有什么值得炫耀!

好在，好在，好在遥遥的城楼之上还有一抹红，坚毅地在风雨中绽放，才让自己在这混沌的世界中不必彻底迷茫。

红衣，喜娘，我的记忆告诉我，与你本是陌路;可是我的心却明明白白地诉说，我与你一定不可能只是陌路!

只要一想到你，只要一看到你身上层层叠叠的红，身体里便会游走起万虫嗜啮一般的疼，可是这份疼却如何也抵挡不住，找不见你时我心底那如堕寒潭的悲凉痛楚!身心之痛，为何都是你，一人所系?

并非没有看到，隔着雨幕，在那耀眼的红衣身影身畔，我彩衣白银花冠的小蛮，也在极目地向我的方向眺望。小蛮，我的小蛮……我看得见自己心底对你涌满温柔的爱意，我从来不怀疑我心底对你的感情。可是，不知道为何，我的眼神总是不由自主被你身边招展的红色吸引而去。相比于你柔情的凝望，你身边女子那清亮如金刚石一般的眼神，在这个杀戮刚刚结束的雨雾清晨中，宛若天空中唯一的星辰，让我无法躲开眼睛!

为什么! 为什么……

****

尽数成为战俘的狮子国队伍中，忽地传出诵经之音，声音不大却在浑噩的天地间劈开一线清净。

刚刚在恐惧与疲累中仓皇无依的狮子国官兵，忽然在悠悠的梵音之中静寂下来，天地之间的雨雾也似乎不再徒增烦扰。有的士兵更是肃然合十，捻动自己即便征战亦不离身的念珠，跟随着诵经者，念念有词。

人世间的苦难骤然到来之时，当人力已经无法改善身处的一切，那么信仰的魅力便会得到无限极的放大。此刻，悠悠天地之间，寂寂众人之心，都沐浴在一片佛光笼罩之下。现实凄惶渐渐远去，心底渐渐拢起笃信的温暖，此时的业障便是来世得以涅槃的保障!

****

城楼之上，喜娘的心也随着那缥缈而来的梵音，顿生清净自在。

耳畔又响起段鹏忧虑的诉说，"骠国与狮子国皆为佛国，两国之间的这场战争便绝非通常的世俗战争可比。兵戈之争易止，然而最怕那战火最终却蔓延埋藏至了两国子民的信念之中……"

悠悠的梵音入耳入心，喜娘蓦地心下一动:解铃系铃，饮水思源，信仰之争必定要信仰来解，起之缘佛也必灭之因佛……

心念既定，喜娘遥遥望向箭楼中的铠甲军官回眸一笑，"将军，请你大开城门，喜娘要独自一人前去化解眼前这场信仰之争。"

这个坚毅堪比男子的红衣女子，能够坚持着在城楼上伫立通宵，铠甲军官纵然再愚钝，也早有人将喜娘的身份信息通报了上来。惊讶地听说这女子便是南诏大礼国未来的正宫皇后白玛达瓦，更是听说她被藏传佛教创始人、密宗高僧莲花生大士钦点身具莲花心性,铠甲军官早已对这个女子心生景仰。

遵从喜娘的意见,骠国都城卑谬的城门大开,喜娘一袭红衣,独自一人,踏雨而来。

****

混沌天地,一红独展,卑谬城外两国十数万的士兵,都将疑惑的眼神投射到了喜娘的身上。

喜娘淡淡微笑,面无异色,就像层层叠叠压来的目光,不过是山石树木,是再正常不过的自然预设。

她款款走向狮子国军队,朝向那梵音传来的方向,轻柔相问,"小女喜娘,求见大德,有佛法之事不明,请求赐教。"

狮子国本是笃信佛教,举国上下无不一心向佛,而追随佛祖之人每闻求经问道,便不应拒绝。听得喜娘说来请教佛法之事,所以狮子国的军队自动向两面分开,留下一条一人宽的小路给喜娘。

人群开处,却只见一华服青年男子结跏趺坐于地,双手结禅定印,双目微张,望向喜娘。

喜娘虔诚合十,"小女本以为诵经之人乃是出家人,没想到竟然是一位俗家大德。"

那华服青年男子淡淡一笑,"两军阵前杀戮颇盛,自是不便邀请高僧同来。所以,既然能够手执屠刀大开杀戒的,便没有一个真正算得上什么大德。姑娘的称呼,某不敢当。"

华服男子并不意外地看到喜娘眸中灵光一闪,他不禁展颜,"想来,姑娘对于本王身份的猜测得以印证了吧,既然如此,本王便也不便隐瞒,本王正是狮子国王子僧加密多。"

喜娘微笑,想来狮子国军中能够这般不受限制地随性诵经之人,一定是在军队中拥有崇高地位之人。以此揣度,不是将帅,便是王族!

喜娘再次合十施礼,"原来是王子殿下……小女斗胆,敢问王子殿下,狮子国此番进攻骠国,真的仅仅是为了得到土地、奴隶和财宝么?"

僧加密多极为隐蔽地翻了翻眼皮,语气中流露出淡淡的不屑,"姑娘既为向佛之人,这样说就是太过轻慢我狮子国了!土地、奴隶,抑或财物,不过是身外之物,心中本无物,何处惹尘埃?"

喜娘又是一笑,状似惊诧,"王子殿下,那么狮子国兴兵数万大举进攻,为的又是什么呢?"如果得不到当事者的亲口揭晓,即便自己心下有数,但是又实在不好把战争的肇端牵扯到佛祖身上去。

僧加密多面色一整,"我狮子国百年前也曾与骠国一样,信奉上座部佛法,潜心自修,以求脱离苦海,逃脱轮回,早得涅槃。但是后来,我狮子国上下均发现上座部佛教实在偏狭,于是接受了大乘佛法,视度人重于度己。在大乘佛法弘扬之下,我狮子国富庶平安,三教九流无不心境恬淡。于是我狮子国便以度人之心为本,期待将大乘佛法传扬天下,首先便想到帮助骠国将上座部佛教改为奉持大乘佛法。我狮子国此行,只是行度人之善,全无半点私己之心……"

喜娘颔首轻笑，缓缓向前踏出步伐，却一步一定，一步停处向僧加密多提出了一个问题：

"其一，既为向佛，便应珍惜生灵，决不可轻开杀戒。而此时，面对这泥泞中蜿蜒的血水溪流，王子殿下该如何说？"

"其二，既为心无尘埃，便应坦荡而无芥蒂，奈何视他国教派选择为眼中之钉，非要强行扭转之而后快？"

"其三，既无私己之利，便应不犯秋毫，为何军中各士兵马上均可见骠国百姓财物？"

"其四，既为弘法，便应以讲经法会集合信众，何必要兵戈相逼？"

"其五，既为度人，便要令其心有顿悟，终至心悦诚服，可是此番所为却激起了骠国上下所有子民的反抗！"

……

喜娘一步一问，姗姗红衣踏开满地的水泊，每一个问题响起时，足边便腾起一朵轻盈的水花。走到僧加密多眼前时，恰恰走满了七步，问了七个问题，踏起了七朵水花。

僧加密多被喜娘一步一问的气势震撼，又被问题的内容诘责得无言以对。

更加令僧加密多震惊的是，隔着重重雨雾，带着点点心惊，远远望着喜娘一路踏开水花而来，恍惚之间，竟然见到她脚边盛开的是一朵又一朵圣洁的白莲！

七步莲花！

所有向佛之人，谁人不知佛祖七步莲花的故事？佛祖诞生当日，出生便能说话，无人扶持即能走路。他身上放射光明，目光注视四方，举足行了七步，每一步都从地上绽放出一朵莲花！一时间，香风四散，花雨缤纷，仙乐合奏，诸天神人齐声赞颂。地上也忽然自然涌出二泉，一冷一暖，香冽清净。泉水汇而成泊，泊上又有千朵白莲绽放，每一朵中都坐着一位小菩萨……

僧加密多心头忽然有灵光闪亮，耳畔钟磬齐鸣，心内阴霾一扫而空，自视心湖一片澄澈。他从泥水中站起身来，不假用手，袍上刚刚沾染了的泥水便自动流泻，衣摆脏污之处自然重现洁净。

僧加密多虔诚合十，"女菩萨所言极是。此番用兵，的确是我狮子国之错，曲解了我佛意旨，方造成这许多的业障。狮子国立即退兵，与骠国重修旧好，各守国土，各自礼佛……"

喜娘微笑颔首，眉宇间的白莲花钿光华隐隐。

僧加密多再次合十，"敢问女菩萨姓名？"

此时已经闻讯而来的丹珠代替了喜娘回答，"这位便是我南诏大礼国未来的正宫皇后白玛达瓦娘娘！"

僧加密多面色恍然，"原来竟是白玛达瓦娘娘！您被莲花生大师钦定为莲花心性，身具慧根之人，这消息早已经传遍了西南各国！是小王愚钝了！多谢白玛达瓦挽我国于泥泞，还我向佛之心归清净……"

Biaoguo
骠国
245

5. 七彩舍利

说也神奇,当僧加密多退兵的话音甫落,阴霾的天空乍然被一道金色阳光劈开,漫天雨雾倏然止歇,幽暗混沌的天地恍然之间已经艳阳沐浴,卑谬城上方一道彩虹璀璨夺目!

所有人都被这自然的神力震慑,虔诚合十,仰望苍穹。喜娘遥遥望着地面上的芸芸众生,无论生者、死者,每个人的脸上都沐浴着金光,每个人的神情都是恬静安详。喜娘心中腾起柔柔的感动,这,是不是就是天下信众所神往的"佛光普照"?

心下温暖间,忽听得城楼上的卑谬官兵一阵骚动,惊讶的声音随风传来,"看那彩虹怎么是斜挂在天上的!它向下倾斜的方向不就是七彩舍利供奉之处?……"

接下来的话,明显地被人打断。越是欲言又止的,必定是最为关键的,所以会更加吸引人去探求究竟。

正在喜娘凝神想要听清下面的对话时,段宗膀忽然策马而来。听得马蹄嘚嘚,喜娘的心也随之鼓荡,蓦然回首,两个人的视线在漫天金光中锵然碰撞——瞬间的电火花,将两个人的心都深深震动。微微的甜蜜,鲜明的刺痛,淡淡的酸涩,长长的回味……这种感觉,天地之间微斯人,谁能给予!

愣怔震撼间,段宗膀首先恢复,他朗朗而笑,唇齿间阳光跳跃,"娘娘,骠国国王有情!"

"来",段宗膀在马上向喜娘伸出手。

喜娘仰首望住段宗膀阳光跳跃的笑脸,金色阳光之下那脸颊隐隐含着美玉一般温润的光华。几乎毫不犹豫,喜娘便将自己的手放入段宗膀掌中。就在那一瞬间,喜娘隔着段宗膀的头,望见他背后的天宇,最后一抹乌云被金光劈开,整个天空澄澈湛蓝!

****

骠国的国王是一位清瘦矍铄的老人家,宽大的白色锦袍披裹在身上,显得他整个人更加的清瘦。他的头顶,隐隐还可见香戒的痕迹,尽管并非出家人,但是也可以感知,这位国王对于佛法修持的恭谨虔诚。

国王对于南诏大礼国慷慨相救极为感激,坚持着要以礼回赠,"南诏大礼国物产富饶,我骠国无以为赠,仅有将我镇国之宝——佛祖真身七彩脑舍利,奉献给南诏大礼国景庄皇帝陛下!"

佛祖真身七彩脑舍利?

舍利,梵语中意为"尸骨",指死者火化后的残余骨烬。通常指佛祖释迦牟尼火化后留下的固体物,如佛发、佛牙、佛指舍利等。

佛教经典中把舍利分为两类:一为法身舍利,即佛祖所说的佛教经典,二为生身舍利,即佛祖火化后留下的固体物。后者又可分三类,一是骨舍利,白色;二是肉舍利,红色;三是发舍利,黑色,均圆明皎洁,坚固不碎,迥非世界珠宝可比。菩萨、罗汉也有舍利,佛教认为,只有虔诚奉佛,悟道得法的人才会自然结晶舍利,非常人可得。

相传佛陀入灭后,弟子们焚化佛祖遗体,于灰烬中得4颗牙齿以及指骨、头盖骨、毛发等物。弟子们将佛祖真身舍利起塔供养,顶礼膜拜。后来,阿育王取出全部舍利,分成八万四千份,分别盛入宝函,在世界各地建塔供养。

骨肉可结舍利,这喜娘倒是也有听说,可是却从未想到,原来佛祖的脑竟然也凝成了舍利!

带着敬畏和好奇之心,喜娘与段宗牓跟随骠国国王走入王宫地下一处暗室。国王在前方一边引路一边说,"此暗室,实乃我骠国王宫寺庙佛塔下的地宫。佛祖真身舍利,在各国均是建塔供奉于地宫之中。"

****

地宫中央,高悬九盏琉璃长明灯,喜娘和段宗牓的视线不由得全部被眼前的情景所吸引。骠国国王神情肃穆,"这就是佛舍利五重宝塔。从外至内共有五层,依次为:石塔、铁塔、铜塔、银鎏金塔、黄金舍利塔。"

首先映入喜娘与段宗牓眼帘的是最外层的石塔。高逾五尺,塔共两层,每层各立八块长方石板,下层石板最下每块雕力士二人、上部在四拱门间各刻二持剑女卫士、再上各刻二位持羽葆宫女。在下层石板上为八角形浮雕仰莲瓣的中空石座,连接上下层。上层石板七块,各雕一尊坐佛像。骠国国王虔诚合十介绍说,这七位分别为:大日如来、无量寿如来、宝生如来、阿门如来、不空成就如来、阿弥陀佛、弥勒佛,另一块刻释迦涅槃像。石塔塔檐八角形,覆瓦攒尖顶结构;其上刹座三层,圆形外雕仰莲;刹身圆锥形,浮雕仰莲;宝珠为宝瓶状,雕仰莲。各部分皆贴金绘彩。

更为隆重的是,石塔四方矗立着青石雕刻的四大天王,每尊高逾一尺,表面均是彩绘贴金。四大天王的面部表情安详恬静,似在守卫佛舍利的间隙,也得以谛听到佛祖精妙的讲经。

铁塔通高约三尺,塔檐为八角攒尖式,檐内铸有"句宗受为守"五字(其意为专心于宗之真意,妙觉佛性,为了守一不移。与"句语三昧"、"守护经法"意思相近)。圆形刹座二层,一层球形鎏金,刹身密檐式十三层,宝球呈宝瓶状,鎏金。塔身圆柱形,有四拱顶龛门。

铜塔通高约二尺,为八角密檐型,圆形束腰塔座。圆筒塔身正面设一拱顶龛门,门两侧阴刻两层迎佛图,下层为着甲十六武士;上层为八位供养人均为后妃,手捧贡物,后有宫女撑伞。塔檐、刹座、宝珠与铁塔形制基本相同。宝珠之下呈伞状缀铃。原铜塔外八角形栏杆前,放有三尊立菩萨铜像。

银鎏金塔高约一尺,塔座分三层,两级八角形座、八角形束腰、圆形仰莲座。塔身、塔檐、刹座、相轮、宝瓶、塔尖连成一体。塔身设有一门,两侧錾刻大日如来说法图、佛说法图、佛涅槃图。塔檐上十三相轮金银相间。塔尖至塔身垂挂珍珠,上级金刚铃。

最内层的黄金舍利塔，简化为宝瓶状，高约8三寸。瓶身刻大日如来、左右两肋侍菩萨、另一面为持戟托塔天王，下为金质圆雕龟趺。顶有一琉璃宝珠，整体披覆银丝串缀珍珠而成的"因陀罗网"。塔置于银鎏金塔内，大日如来与护法天王守持舍利。

五重宝塔看完，即便还没有揭示佛祖真身七彩脑舍利，喜娘和段宗膀早已是目眩神驰。在骠国国王的细细指引下，他们得知，五重塔身之上的佛像与纹饰融合显密二宗，表明舍利供奉之日，汉传、南传、大乘小乘、显宗密宗的四众僧侣共同参与安放佛舍利的法会。整个世界上，能够享有如此之高礼遇的，仅有释迦牟尼佛一人！

****

当五重宝塔层层打开，骠国国王面对黄金舍利塔，虔诚跪拜，喜娘和段宗膀也是心悦诚服，随后跪下。

骠国国王那清瘦苍白的手微微颤抖着打开了黄金舍利塔——仅仅是一个细小的缝隙，却迸射出霞光万道、瑞彩千条！狭小的地宫之中，顿时有七彩琉璃光璀璨流转，整个宫室一片煌煌明亮！

喜娘和段宗膀凝神望向骠国国王手中渐渐打开的黄金舍利塔，随着打开的缝隙渐渐张大，瑞光越来越强烈，不敢逼视！到完全打开的刹那，一蓬亮至白炽的光芒汹涌而出，将骠国国王完全笼合在强光之中，完全看不见了国王衣饰的颜色和五官的轮廓！

良久，强光渐渐淡去，只剩下七彩琉璃之光氤氲流转。国王的身形重新从强光中点点闪现，笑着召唤喜娘和段宗膀二人，"佛祖真身七彩脑舍利就在这里，你们二位可以来瞻仰了。"

喜娘与段宗膀再次郑重合十，缓步上前顶礼膜拜，方才看清佛祖真身七彩脑舍利的全貌——金塔之中，透明琉璃函内，十数颗球状珠子，发着熠熠的光。

这些舍利子，色分八彩，有红、蓝、绿、黄、白、棕、黑、紫等几种颜色。每一颗都有着独特的透明度，有的似乎只是外层包裹着一层琉璃，有的则通体透明，晶莹玲珑，光华流转。乍看之下像一颗颗剔透的珍珠、玛瑙、水晶，但是这种雍容而明亮的光芒，却绝非尘世间普通珠宝可比！

真的是太神奇了……如果说高僧大德的骨、发等硬质器官经过火化可以结成舍利子，尚且可以想象；而此时展现在眼前的，乃是佛祖的脑化成的舍利，其硬可使锤、砧低陷，堪比金刚石！

更何况，那些本来颜色寡淡的脑，竟然化成了这些七彩的舍利，每一颗都具有独属于自己的颜色和光泽！如果不是经过戒、定、慧的修持，加上自己的大愿力，真的不敢置信，血肉竟然可以化为这般色如彩虹、硬如刚石的宝物！

****

骠国国王郑重地将舍利金塔交与喜娘手中，"即便同为佛祖真身舍利，依然有所区别。脑乃智慧之枢纽，统领全身诸器官，所以这佛祖七彩脑化石乃是所有佛祖真身化石中，最为珍贵的！通常的佛祖真身舍利，存放之器皿，金棺银椁也就够了，不外再加修浮屠以为供奉。而是正如同你们先前见到的那样，这七彩脑舍利的存放，竟然要五重佛塔，诸天神佛随侍四部僧众共襄，此规格乃是世界各地供奉佛祖真身舍利中最高级别的！"

骠国国王留恋地望着已经转交在喜娘手上的舍利金塔，"为感谢南诏大礼国救我骠国以免于灭国，小王只有将此镇国之宝献出，方能表达我们的感激之心。万望娘娘、段军将，还有南诏大礼国的所有臣民，好好地供奉此佛家宝物啊！"

6. 人面桃花

骠国与狮子国两国的兵祸已解，段宗膀奉着佛祖真身七彩脑舍利班师还朝。

一路回到南诏大礼国境内时，已经到了四月，云南的夏季已经翩然而至。

南诏大礼国的西南边境附近，便是小蛮的故乡———一众洞蛮的所居之地，归属大礼国弄栋节度使辖制，境内不许汉人居住。

洞蛮实际上是对该地所有民族的一个统称，细分起来还可以分为：金齿、漆齿、绣齿、绣面、穿鼻、裸形、磨些、朴子、于浪、传兖等数十个部族。

洞蛮所居之境，因为汉文化传播较慢，所以农耕尚未成为各部族的食物来源，洞蛮诸部族中，大多数还依然处在茹毛饮血、兽皮裹身的原始社会生活状态。

虽然，这里看不到俨然的房舍和整齐的田地，但是却保持着自然界的璞初之态，蓝天碧树、青山绿草，穿行于其间，心境会奇异地开阔与舒畅。部队的行军不由得慢下脚步，不再如之前的紧急行军，更像是闲情游景。整支队伍中的官兵，经历了之前的战斗与赶路后，终于都放下了压在心上的包袱，一洗疲累，放松了下来。

回到家乡的小蛮，更是格外地开心，她与段宗膀同乘一马，依傍在段宗膀的身前，给段宗膀指点着身边的一切。她的笑靥，粉嫩激滟，在这风景如画的山林间，艳美如娇羞的桃花。

前方不远处，忽然传来野猪撕心裂肺的嚎叫，隐隐然可以看到几个身披虎皮的汉子，正在用武器戳刺着一匹力竭倒地的野猪。野猪的凶狠野蛮是人所共知的，即便南诏大礼国的军人，都不敢轻易惹恼野猪，于是眼前的一幕足足吊起了队伍中所有人的好奇心。

小蛮一见，立时娇笑连连，转身回眸，两眼飘飘荡荡地瞄着段宗膀，"哈，他们是寻传蛮！寻传蛮是洞蛮各部族中力气最大、胆子也最大的部族！捕猎一头野猪对他们来说不算什么的，待会儿啊，他们还会生吃野猪肉呐！"小蛮的话惹得南诏大礼国这些早已汉化的官兵们一阵惊呼！

"只是力气大、胆子大了之后，脑子就没工夫长大了，所以啊，呵呵，"小蛮娇俏地用手指点了段宗膀额头一下，"所以他们这里有点问题！这里有问题之后，就更不知道害怕了，所以才会只知道生吃野猪肉啊，哈哈……"段宗膀倒也不避嫌，用手接过小蛮点在额头的手指，顺势拉到自己唇边，便是轻轻一吻，惹得小蛮一阵疾风骤雨的小拳头砸向他的肩膀。

小蛮娇羞的呼喝与段宗膀宠溺的笑声统统传入了依然独坐于马车之中的喜娘的耳中。山水秀色、花蕊吐芳，这一刻在喜娘的脑海中竟然有如炼狱般可怖。她根本无心下车换乘马匹，甚至连撩开车帘的心情都没有。她只想着，快一点离此地，早一步逃开小蛮与段宗膀之间的两情相悦！

队伍渐渐地走入了山林，几个以木皮树叶堪堪遮住身体隐私部位的女子，正在树上寻觅着什么。段宗膀好奇地问小蛮，"她们这又是在干什么啦？"

小蛮故意压低了声音悄悄私语，"她们这是在找虫子。"

"找虫？为树木除虫么？"

小蛮压抑不住，一串银铃一般的笑声荡漾开来，"什么啊！她们找虫子，是当做晚饭呢！"

仿佛为了印证小蛮的说法，段宗膀果然发现一个女子在枝叶之间觅得一条肉滚滚的虫子后，竟然一仰头，将那虫子丢入口中，开心大嚼！

段宗膀忍不住一皱眉，"那么她们不会就是仅以虫子作为食物吧？"

小蛮笑道，"她们几乎采集一切可以吃的东西！虫、果、鱼、螺、蚬等都是她们的食物呢！"

段宗膀又一边策马缓缓行走，一边饶有兴趣地观察着她们，"小蛮，我发现在山林间采集食物的都是女人啊。她们的男人是打猎去了吗？"

小蛮又是一串娇笑，"咯咯，她们叫做裸形蛮，族中女多男少，五个或十个女人共同养活一个丈夫。丈夫可是她们的宝哦，她们可舍不得让丈夫来劳作呢！她们每天由女人来负责采集食物，她们的丈夫就待在洞中，拿着个弓箭摆摆样子保护一下洞巢就够了！"

段宗膀哑然失笑，抬起手来压了压自己的额角，"小蛮，别告诉我，你其实也是属于她们中的一员哦！"

小蛮佯作发怒的样子，娇俏的下颌一挑，美目斜视，"我才不是呢！我们的祖先是当年与华夏族战斗过的'三苗'，我们不是这里土生土长的部族，是后来才迁徙过来的！中原人有的会称我们为苗族……"

段宗膀揶揄地问，"那你们苗族是不是也跟这里所有的部族一样，茹毛饮血、以虫子为美食？"

小蛮登时火了，"绝对不是！我们苗族可是跟中原的华夏族同样古老的民族呢！我们有自己的语言和文化，我们牢记自己的历史，努力开创属于自己的未来！"

及至发现段宗膀嘴角的笑意，小蛮才发觉自己是上当了！周围的士兵也都被小蛮娇憨的样子逗笑。

小蛮的面子上可挂不住了，娇嗔着挥起粉拳砸向段宗膀的胸膛，"惹我！惹我？我可是部族的巫女哦，我可是精通蛊术的，你们要是再敢笑我，小心我给你们每个人身体里都种一个蛊物,让你们每当要笑话我的时候,就会浑身剧痛,血脉里有如无数虫子咬啮!"

小蛮的娇嗔又引起了周围士兵的一阵哄笑,士兵们都说:"最毒不过妇人心啊!"大家都把小蛮的话当做了一个笑话,没人真的相信。

可是,这些哄笑的人当中,段宗牓却笑不出来了。他忽然想起自己身体里经常爆发的那种疼痛,如万虫咬啮,痛楚难当,这种感觉不正是小蛮刚刚所描述的情形!

段宗牓不禁冷冷地看了一眼小蛮娇笑阵阵的侧影,脑子里飞快地转动,拼命地寻找记忆里有关小蛮的一切线索——却发现是徒劳,除了那日在南诏大礼国宫中醒来发现小蛮就在身边之后,爱着这个女子、带着这个女子便似乎成为了如同呼吸一般自然的事情。却,无法找到,自己跟她是如何相遇、相恋,就像上天硬生生把一个陌生的人塞入了自己的人生!

心思电转,却总像有一个环节死死地堵塞住,无法圆融贯通。段宗牓猛然回首向后,双眸炯炯望向身后喜娘所坐的马车!

那一刻,喜娘也刚好因为听见了前方的哄笑之声而挑起车帘向前眺望,刚抬眼帘便撞上了段宗牓直直投射过来的、火辣辣的凝视!

轰——电光火石间,仿佛有火焰被瞬间点燃,迅速升腾!两人的目光反复纠缠、胶着,仔仔细细地在对方的神色间逡巡,却又几乎同时惊诧地从对方眸子里读到了那么多特殊的情愫:有不置信,有迷惘,有点点的心碎,有苦苦的追索……

望着喜娘,段宗牓的口中苦苦甜甜,"如果这个世上仅有一个人知道的话,我相信,那也会是你!你一定知道我之前究竟发生过什么,你一定在我的生命中扮演着重要的角色!不然,为什么只要看到你、想到你,我的身体里便会涌起那么多奇怪的痛楚,就好像小蛮刚刚提到过的蛊物!"

"不知为什么,在我的心底深处,总有这样一个奇怪的念头,那就是——你其实是比小蛮,更重要的人……"

喜娘情不自禁放逐自己凝望着段宗牓,"你终究,还是喜欢了她,对么?其实我知道,其实我早已经千百遍提醒过自己,这些都不是你的错,这些都是为了你身体里的毒……可是为什么我做不到!为什么只要听到你与她的谈笑之声,只要看到你与她的相视笑意,我的心就会汹涌起滔天的痛楚!身种情蛊之人,似乎并不是你,反倒是我啊!"

"明明知道该忘记,明明知道该别过眼神,可是我为什么偏偏无法做到……"

喜娘与段宗牓之间的暗潮汹涌,旁人并未留意。他们依然把注意力集中于小蛮眉飞色舞讲述的那些洞蛮部族奇特的生活习俗之上。

可是喜娘和段宗牓都知道,这一次的眼神交汇之后,心便再也回不到了过去,许多许多的事情将从这一刻起,彻底改变……

7. 黄绫密折

弄栋城内,月夜星辉。

窗外桃花正艳。粉红的花瓣披着银月的清辉,不但颜色不减,反倒更多了一层神秘的韵致。

夜风徐来,桃花瓣瓣旋舞,点点飞过卍字形的窗棂,扑洒洒落在香楠木雕琢而成的案几之上。

桌旁,一盏红纱宫灯,绯红映照着桌边的男子,正垂首望向案几之上摊开的一本黄绫折子,呆呆出神。

此地乃是弄栋节度使的官邸。但是因为此任弄栋节度使恰好是现任摄政王的蒙嵯巅,而蒙嵯巅则在京城内有更为重要的官职、更为豪华的官邸,所以这座弄栋节度使官邸便一直空着。此次段宗牓西来,蒙嵯巅特地命人禀告段宗牓,可来此地歇脚。

整座府邸的装潢,与它正宗的主子蒙嵯巅喜好的风格毫无二致,处处浓墨重彩,每个细节都是阴柔而又豪华。大红的宫灯,香楠的案几,红珊瑚雕成的纸镇,绿玉髓琢就的茶盏……不知道的人一定会将此处错会为某位女子的闺阁,只有身在其中的段宗牓方留意到室内那通顶高的书架上,藏满了《论语》、《春秋》等众多中原的经史典籍。满架书中,从书页的新旧程度上,可以推断出当年蒙嵯巅最常翻阅的是韩非子所著的《孤愤》、《五蠹》、《内外储》、《说林》与《说难》。

儒家思想与法家学说,借由历朝统治者而成为治世的两大派系。乱世、王朝更替时法家当道,建立了新政权之后便用儒家之策……这满架的书并不仅仅是著名的学说,更是治理国家的可用之策。蒙嵯巅,能够权倾朝野,成为南诏大礼国前无古人的摄政王,自然有他曾经的厚积薄发。就这一点来说,段宗牓的确对蒙嵯巅,满怀敬意。

****

桌案上摊开的黄绫折子,正是段宗牓刚刚离开羊苴咩城时,佑世隆交给他的,并严嘱不得提前拆开,务必要等到解了骠国之围后,回到洞蛮居住之境时方可查看。

段宗牓依约,待得来到了弄栋城方才将这黄绫折子郑重拆开。

黄绫折子上只有短短两句话,却在段宗牓的心海中掀起了轩然大波!

"借助小蛮之力截取弄栋当地实际控制权。"

"将弄栋当地行政之权力暂交苗人。"

首先这第一句话就已经如同惊雷炸响在了段宗牓耳畔。南诏大礼国朝堂之上,没有人不知道蒙嵯巅一步步走来的仕途历程。弄栋节度使是蒙嵯巅仕途上的里程碑,同时又是他独掌大权的起点。

弄栋节度使乃是南诏国的六大节度使之一，掌握一方军政大权，正因蒙嵯巅获得了弄栋节度使这个权位，才让他实际上掌握了南诏国蒙氏乌蛮的武装力量。南诏王室正是出身自蒙氏乌蛮，所以掌握了蒙氏乌蛮的控制权就等于掌握了挟制南诏王的特权！

而此时，佑世隆想要借助段宗牓平定骠国与狮子国兵事的机会，神不知鬼不觉地抢先夺取蒙嵯巅对于弄栋的控制权，这就等于折断了蒙嵯巅的一只翅膀，截断了他的退路！

佑世隆此举，等于宣告了铲除蒙嵯巅专权的正式开始！而实现这个计划的最重要的一枚棋子，正是段宗牓他自己……仿佛先知先觉，早在段宗牓离开羊苴咩城之前，佑世隆便已经料定，蒙嵯巅定会邀请段宗牓来弄栋城内自己的官邸落脚，于是等于直接攻入了敌人的心脏，可以轻而易举地拿到弄栋节度使的印信与兵符！

蒙嵯巅对自己总是奇异地另眼相看，原来此事早已经落入了佑世隆的算计之中啊……佑世隆，那个看似年少气盛、冲动少谋的皇帝，到底藏起了多少心计？

扳倒蒙嵯巅，朝堂间盘根错节地将有多少人受到牵累，这不啻于南诏大礼国的一场政治地震！

****

第二桩令段宗牓震惊之事，便是密折中涉及到了小蛮。无论是悄然夺取蒙嵯巅之权力，还是政变之后的权力过渡，都与小蛮和她背后的部族紧密相关。

段宗牓隐隐间凭着直觉感到，在整个计划中，佑世隆与小蛮以及苗人部族，一定有着某种政治上的交换协议。苗人应该是答应帮助佑世隆铲除蒙嵯巅的势力，除掉皇帝中央集权体制中的一根硬刺；而佑世隆，则将弄栋当地的行政权力作为交换的礼物送给苗人。双方各取所需，双赢互利。

只是，在佑世隆与小蛮背后的苗人之间，恰好夹入了自己的存在。这，究竟是一个巧合，还是也是早已经巧妙布置好的棋局？

****

这一切的一切，缠杂在一起，仿佛构成了一幅背景，映衬在了自己与小蛮的身后。背景上没有一笔与爱情相关的绯红，反倒一笔一笔画满了黑色的曲线，一根根虬结百转，一根根错落纠缠，像是一团理不清的乱麻，又像是集合成了一团看不透的迷雾。

曾经单纯地以为，自己与小蛮之间仅仅是男女之爱。而如今，这情与爱反倒像台前唱着的一出戏，你侬我侬却不都是真情实意，都不过是在为后台正在进行的计谋做掩饰。

而自己身体里那不时爆发出来的疼，便成了这一场迷局中的关键。到底是，先有了这份疼才遭遇的这个局，还是这份疼根本就是为了布设这个局！

薰风微过，点点粉红桃花随风而来，却一不小心跌入了案几之上的墨砚。落红染污，虽然几经辗转，终无法逃脱更深坠入的命运，眼见着那点点粉红丝丝被黑漆吞没。

****

正思忖间，窗外花园内忽然传来女子嬉闹之声。段宗牓索性丢下心中的烦闷，走到窗前查看。

窗外，桃花之下，丹珠眼睛上蒙着帕子，被一众丫鬟簇拥着尴尬而立。喜娘则笑着站在廊檐下，笑着望向丹珠，朗声地说，"丹珠，一个大男人家，难道真的怕了这些丫头，不敢跟她们捉迷藏么？"

这是，什么状况？段宗滂不明就里，于是缓步走出门外，悄然站在喜娘身边。

段宗滂已经极尽轻手轻脚，但是喜娘还是敏感地查知了他的到来，刚刚还满面开怀的笑意顿时收敛了大半。

段宗滂心底微微一颤。不知为何，只要看到她红衣的身影，无论自己心底纠结着多少烦恼，都会在一刹那间灰飞烟灭，"娘娘，这是？"

喜娘将食指竖在唇边，"嘘……看到这一树一树的桃花了吧？有些人的桃花也要开了呢，呵呵。看见咱们丹珠这么英俊神勇的未婚男子，府里的这几个丫头早就各怀心事了，于是本来几个丫头要玩儿的捉迷藏游戏，也偏要拖了丹珠来玩。我看丹珠也老大不小的了，身边是该多个人，改改他那石头还顽固的性子了……"

不知为何，尚来不及在脑海中思考清楚，段宗滂一句话已经脱口而出，"你这小媒婆又技痒了不是……"言毕，段宗滂自己便已经愣在了当场！自己说的是什么呀？眼前的女子可是未来的正宫皇后，是身具莲花心性的白玛达瓦啊，怎么可能当过媒婆？难道自己的脑子因为刚刚思虑过度而出现了幻觉？

而喜娘则是泪盈于睫。这才是自己的云开，不是吗？纵然记忆可以被扭曲，纵然心智可以被蒙蔽，但是心底，依然保留着对于自己的记忆。这说明，即便有情蛊之毒，却依然无法全然抹去他心底对于自己的爱恋，不是吗？

两个人气氛微妙之间，花园中捉迷藏的游戏已经开始了。虽然丫头们各自轻手蹑脚、屏息静气地尽量躲藏，但是丹珠毕竟是身怀绝技的高手，即便被蒙住了眼睛，但是出色的听力依然足够把每个人的藏身之地判断清晰。就算丫头们还能临时变换一下藏身的位置，但是又怎么可能跑得过丹珠去！于是一时间花园中莺声燕语，娇嗔连连。

一个年纪稍小的丫头，不依地跑到喜娘身边撒娇，"娘娘，您看看丹珠这个大男人，竟然仗着自己的一身功夫，欺负我们几个丫头！"

喜娘眼眸轻转，脸颊含春，突地揽住那丫头的肩膀，趴在她身边低低耳语起来。那丫头先是一惊，用手轻掩住嘴巴，瞪圆了眼睛不可置信地望着喜娘。见喜娘含笑点头，那丫头方娇羞一笑，反身跑回游戏的圈子。

那丫头扯住丹珠的胳膊，"不行不行，咱们的规矩得改！咱们姐妹都忘了丹珠哥哥你有这一身的好武艺，所以刚才的规矩不作数了！"

丹珠无奈，"好，你说吧，怎么改？"

那丫头望着喜娘的方向狡黠一笑，小狐狸一般地娇声说，"这回，光捉住人还不够，丹珠哥哥你还要说出来捉到的人是哪一个！"

丹珠皱眉，"这怎么可能！我们刚来府中，你们究竟有几个人，我尚且分不清，又怎么能知道捉住的人是谁！"

丫头娇嗔，"不知道我们的名字不要紧呐，你只要大致描述出我们的穿戴长相也就是了嘛！"

"衣饰长相？"丹珠不满地嘟哝，"你们把我眼睛蒙得这么严实，我怎么可能看得到你们的衣饰长相！"

那丫头的眼波悠然一荡，眼睛再次转向喜娘这边寻求确认。喜娘笑着重重点头，这似乎给了那丫头勇气，她咬字清晰地说，"丹珠哥哥，可是你有手啊！你完全可以摸摸看，然后将你手下摸到的样子描述出来……"

丹珠直率大叫，"啊！这怎么可以！就算我们不像中原汉人那么多的讲究，但是你们毕竟还都是没有出嫁的姑娘家，谁肯让我一个大男人随便地摸到脸颊！"

那丫头忽然面色坚定，她捉住丹珠的手毫不犹豫地放在了自己脸上，"我肯！就因为还没嫁人，所以我愿意让你摸。因为，我想嫁的人，就是你！"

哇……段宗牓心底一阵暗叹。这洞蛮之地的女子就是勇气可嘉，看准了自己心爱的人，完全抛得下所有的顾忌，只为了赢得心上人的爱恋！

只是，这做法也太不合乎常规了吧？

段宗牓用不赞同的眼光悠悠瞄着喜娘，眼神里含着隐隐的揶揄。

喜娘倒也不避讳，"既然自己处于被动之中，根本拿不到自己想要的；那么不如就干脆向前一步，化被动为主动，先把自己想要的拿到手好了！"

段宗牓的心，倏地一动……

8. 蕊寒香冷

弄栋节度使的权力中，最核心的基石便是对洞蛮诸族部落的牢牢控制。只要弄栋节度使拥有专管诸族部落的权力，那么便可以名正言顺地掌控蒙氏乌蛮的武装力量。

而诸族部落甘心情愿依附弄栋节度使，甚至明知被其驱使却依然勇往直前的原因，则是因为洞蛮各族俱皆远离中原文化，自己形不成足够的整支力量，只能选择依附最近的强权。

段宗牓自己呢，则是代表着南诏大礼国中的另一派势力。随着中原文化的层层渗透，汉人已经成为南诏大礼国朝堂上，除却乌蛮、白蛮两大政治势力之后的第三大政治派别。虽然在这个以乌蛮与白蛮占据绝对政治优势的国家里，汉人的羽翼培育尚需时日，但是这股力量因为具有强大的中原文化为背景，在智谋、思维方面远远领先于乌、白二蛮，假以时日，焉知这个蛮夷主政的国家，不会最终变为汉人治理的国度？

这三条，被段宗牓写在纸上，反复地彼此充盈、激荡。当形势对比轮廓渐清，一个清晰的结论已经在段宗牓的心海中朗朗升起。

喜娘那句话又清朗地荡漾在耳边，"既然自己处于被动之中，根本拿不到自己想要的；那么不如就干脆向前一步，化被动为主动，先把自己想要的拿到手好了！"

段宗膀的唇角，浮起释然的淡淡笑意。

****

翌日，段宗膀早早地来拜见喜娘。喜娘心下不禁悠悠一荡，若惊若喜，似苦似甜。却理不清，说不出，看不破，只能呆呆地坐着，甘心情愿地随着段宗膀的引导来做具体的反应。

段宗膀也努力压抑住自己心头仓皇的悸动，"娘娘，宗膀有一事不明，请教娘娘。看着偌大弄栋，幅员广阔、物产丰饶，可是为什么整体的发展，在我大礼国中，总是居于末尾呢？"

喜娘倒是没有想到段宗膀会有如此一问，"本宫想来，大抵与朝廷不允许汉人在此辖区居住，阻隔了中原文明的传播有关吧！"

段宗膀深深点头，心下再度感慨两人的心有灵犀，"娘娘，如果要使洞蛮子民逐步开化，在您看来有何必行之步骤呢？"

喜娘略一沉吟，"洞蛮之民，大多信仰原始宗教，各成体系，彼此相隔。如果要想使洞蛮子民开化，在执行文化传播之前，必须要使其信仰合一，以聚合人心，消除思想上的隔阂。所以，第一步是该让我佛教义传入，第二步才是引入中原文化教育。"

段宗膀深深地望了一眼喜娘，这个红衣的女子，看似平凡，只有你深深走入她的思想世界，才会发现那里实则步步锦绣，每一个转弯之处都藏着一个精妙的见识。这般的智慧，与学识并不直接相关，更应该是天分，是慧根，是心有顿悟的缘分。

喜娘轻轻一句话便解了段宗膀内心的迷茫。

他定下主意要在弄栋培植汉人的势力，一来可以在未来用以钳制苗人的统治，再来又为自己所用，焉知弄栋将来不会也成为他段宗膀的青云之路！只是——段宗膀却没有找到一个合适的位置来插入汉人，而喜娘的建议则提醒了他——南诏大礼国所奉持的佛教乃是汉传佛教，如果要将佛教引入洞蛮之境，汉人的高僧大德自然是最好，也是唯一的选择！名正言顺，汉人的势力便可直接渗透入弄栋的政治统治与百姓生活……

段宗膀心下淡淡而笑，"想我段氏，可能手无精兵、库无钱粮，但是我段氏一族中走出了多少位高僧大德！上至僧王，下至各地寺院中的住持，无不是我段氏族人，或者我段氏族人的徒子徒孙！以教入洞蛮，还有谁能比我们段氏更合适？"

****

从喜娘那里离开，段宗膀又直接去了小蛮那里。这两个女人是自己目前生命中最为重要的角色，段宗膀期望从她们那里汲取智慧和力量。

当日前打开那封黄绫折子时，段宗膀便已经推知小蛮与佑世隆之间必有交换，所以此去见小蛮，段宗膀便也开门见山，"小蛮，皇上给我下了密旨，令我借助你们苗人的力量来消减蒙嵯巅在弄栋的势力。不过蒙嵯巅在此经营，已有二十多年，你心里，可有什么主意？"

小蛮对于段宗膀的开门见山倒是全无介意,"段大人,你知道皇上他为什么挑选了我们苗人来做这件事么?那是因为,整个洞蛮各个部族之中,只有我们苗人懂得巫蛊之术。"

听到"巫蛊之术"四个字,段宗膀心下又是激灵灵一个冷战,但是他尽量不动声色听着小蛮继续说下去。

"您刚才说蒙嵯巅在此经营了二十多年,他的经营,无非便是培植自己的党羽势力。而控制一个人,杀了他都不是最好的办法,因为一个人的死要牵扯到背后太多的力量,倒不如让他活着,好好儿地活着,只是改换掉他的灵魂,收摄住他的心神……"

小蛮自豪地轻笑,"不需要大动兵戈,只需要我的一滴血,便可以将蒙嵯巅的势力尽数除去,甚至——为我们所用……"

段宗膀似有犹豫,"可是这一切真的行得通么? 不会遇到什么阻碍而打草惊蛇? "

小蛮轻轻摇头,"弄栋此地皆是洞蛮之民,他们并不奉持你们京城人的佛教。洞蛮人的崇拜都是原始宗教,或是图腾,或为自然界的山川河流猛兽异相……我们苗人的蛊,正是来自于自然,乃是自然中所生的毒物彼此厮杀后留下的仅存者,所以对于这些信仰原始宗教的洞蛮人,从无失败,百试百灵。段大人,无论是为了我苗人,还是为了您,我都会谨慎从事,绝对不会失手……"

小蛮眼里的坚定中闪耀着对于段宗膀深深的爱恋。段宗膀不禁心下感动,可是却又莫名地对于这个本以为是此生中最爱的女子,渐生防备。

自己与她,本应是最为亲近的人,可是却总是隐隐觉得,两个人之间总是隔着隐形的墙壁。不仅仅是民族的差异,也绝不只是对于蛊物的恐惧之心,说不清道不明,可是却可以确定,这种隔阂感日渐上升。

此心一起,段宗膀忽地浑身剧痛! 这疼痛来得从来没有这般迅疾而狂猛,就像千条毒蛇齐齐张开血盆大口,毫不留情地咬来!

9. 反弹琵琶

就在段宗膀积极筹划弄栋之事时,一个突然来到的人,骤然打破了段宗膀几乎就要布好的棋局。

这个人就是正宗的弄栋主人——摄政王、兼任弄栋节度使的蒙嵯巅!

段宗膀苦心筹划,精细布局,但是毕竟时间仓促,如果能够剪除蒙嵯巅在弄栋的党羽已经是殊为不易了,却没想到此番更要让这个尚未布好的局直接面对蒙嵯巅本人!

蒙嵯巅是谁? 他是独掌南诏国大权二十余载,亲定了南诏三代国王,在南诏国翻手为云覆手为雨的实际统治者! 他的心计,他几十年来的苦心孤诣,他手下众多的爪牙,他敏感的政治直觉……在他面前,所有政治的棋局不过都是一个孩子的游戏,在煌煌南诏大礼国,有谁能比他玩儿得更为漂亮?

现实留给段宗牓的,只剩下了两条路:要么放弃,要么以性命一博!

段宗牓选择了后者。

并非是他自己权欲熏心,这一切都是为了心底一个朦胧不清的答案。当时佑世隆将那本黄绫密折交与他的时候,曾经影影绰绰地说过一句话:"她要寻找的那个谜题,朕已经有了谜底。替朕办好折子上交代的事情,待你们回京,朕便会将谜底和盘托出。"

段宗牓知道,这又是佑世隆跟自己做的一个交换,就像他曾经跟小蛮做过交换一样。可是段宗牓却无法厘清,佑世隆能够有把握让自己如此涉险地为他完成任务,那么这个诱惑他答应交换的谜底,对于他而言就一定是比他自己的性命更加重要的事情!而这个事情,竟然是与"她"有关……"她"是小蛮么? 如果是小蛮,佑世隆本来已经与小蛮做过交换了呀,何必还要拐个弯再与自己做一个交易? 难道,说的是她???

段宗牓的心忽然惴惴急跳,"如果是她,而佑世隆又有把握地认定自己会将她看得比自己的性命还要重要,那岂不是说,自己与她,在曾经的岁月里,有过极为重要的关系? 这便可以印证了,为什么自己对她的感觉会那般不同,为何自己会一想到她便会全身痛楚!"

佑世隆与小蛮之间的交易——自己的莫名疼痛——自己对喜娘的奇异情愫——佑世隆给自己的密折——佑世隆那含而不露的承诺……这一切的一切,忽然前后衔接成为一条闪光的锁链,仿佛只需再仔细看一看各个圆环,便可从中归结出自己心心念念的那个答案!

"启禀大人,酒宴已经备好,摄政王大人已经到了大门外三箭之地!"一声通报骤然打断了段宗牓亟欲继续追索的心情,刚刚朦胧中连缀成的证据锁链又告破碎!

段宗牓不禁颓丧,但是心神又马上回归到眼前紧迫的现实:与其前功尽弃,不如正面迎击蒙嵯巅,于是段宗牓命人安排下一桌酒宴,既是礼节上为蒙嵯巅接风洗尘,实则更是刺探蒙嵯巅此来用意……

段宗牓带人亲出大门恭迎。不多时蒙嵯巅已经率领他的五百亲兵来到。

今日的蒙嵯巅身着绯红鲛绡对襟散摆长衫,宽衣大袖,行动随风。发未著冠,仅以白玉簪轻拢发髻。面容敷粉,唇染点红,长长的眉梢斜入鬓角,举手投足点点风流。如果抛却了蒙嵯巅特殊的政治身份,单单以形容之姿揣度,这蒙嵯巅实在算得上绝色的男子,纵然立于美女丛中,亦不为逊色。

只是,既然身为南诏大礼国权倾天下的摄政王,却丝毫不掩饰地这般阴柔打扮,却不见俊美,反增诡异了,便不得不让人心生寒意,悄然戒备。

蒙嵯巅见了段宗牓,幽深的眸子里忽然闪烁起星芒,"段大人,一别两月有余,却仍不见段大人班师回京,小王心下想念,于是便来看望你来了!"说着一把擒住段宗牓的手,攥入了他柔滑微凉的掌心。

段宗牓微笑,"有劳摄政王挂心了。只是恰好途经洞蛮之地,摄政王也知道,下官未过门的妻子乃是洞蛮之人,好不容易能回家一趟,于是便多盘桓几日了……"段宗牓一边说,一边不着痕迹地将手从蒙嵯巅掌中抽出,做出向里请的手势。

蒙嵯巅只是淡然应对,"那个洞蛮巫女么,呵呵……"言下竟似完全不以为意。

****

在蒙嵯巅的要求之下,喜娘也被请来,同襄酒宴。

出于礼节,既然喜娘在,那么小蛮作为女眷自然也出席相陪。

夜色渐至,月朗星稀。大厅之上,言笑更浓。耳畔,丝竹曼妙,有乐伎六部,每部六人,各部分执筚篥、琵琶、羯鼓、响板、冬不拉、排笙演奏段宗牓从骠国带回来的乐谱《骠国乐》。

《骠国乐》共分十二曲。一曰《佛印》,二曰《赞娑罗花》,三曰《白鸽》,四曰《白鹤游》,五曰《斗羊胜》,六曰《龙首独琴》,七曰《禅定》,八曰《甘蔗王》,九曰《孔雀王》,十曰《野鹅》,十一曰《宴乐》,十二曰《涤烦》。厅堂之上,仙乐飘飘,气势宏大。

听过数曲,蒙嵯巅斜举琉璃盏,媚眼迷离,"段大人,本王闻得名满天下的《骠国乐》实则是乐、舞合一。怎的此时只有乐,而没有舞呢?"

几乎没有给段宗牓回答的机会,蒙嵯巅便已经蹒跚着脚步,举着琉璃盏来到了喜娘身前,"喜娘,哦不,我现在该称你一声娘娘,小王有没有那个荣幸,能亲见娘娘一舞啊?"

段宗牓忙阻拦,"摄政王,您醉了,岂有皇后起舞为臣子助兴之理!"

蒙嵯巅却一拂袍袖,"此言,差矣!问这世间,中原皇室算是威仪最盛的了吧?但是当年闻听大破突厥,酒宴之上,中原的太上皇亲自弹琴,太宗皇帝起身而舞!他们尚且少有避忌,我们未来的娘娘怎么就不能在席上即兴一舞!"

"何况,"蒙嵯巅醉意朦胧的眸子里忽然寒光一闪,"就算皇上他就在席间,听得本王如此要求,都不敢——推拒!"

蒙嵯巅似梦似醒的一句话,让在座之人,心底都是冷冷一个寒战。

****

喜娘缓缓起身,望着蒙嵯巅淡淡一笑,"想看本宫起舞,实在是担心有负摄政王盛望。不过既然摄政王想看,本宫自然再无推搪之理。不过这《骠国乐》,本宫未尝曾见,所以只敢献丑一曲《胡腾》,还请摄政王不要见笑……"

蒙嵯巅细眯着眼,轻佻望住灯光下的喜娘,红色襦裙,挑金半臂,粉颈轻含,披帛绕身,这个从康巴捉来的女子,两月不见,竟然又见色妍!

喜娘走到厅堂中间的花毡之上,足尖踏地,玉臂轻扬,螓首斜仰,回眸轻笑。仅仅一个起势,已经让满场鸦雀无声!

所有丝竹皆停,只有一声羯鼓随之响起,每一声鼓点应和上喜娘的一个舞步,随着喜娘身法的越来越快,羯鼓之声也连缀成一片激越的声浪。

时有汉人曾做《胡腾》诗句说得好:"扬眉动目踏花毡,红汗交流珠帽偏。醉却东倾又西倒，双靴柔弱满灯前。环行急蹴皆应节，反手又腰如却月。"

胡腾舞属于"健舞"，以腾跳见长，舞步急促多变，刹那间，满场只见红衣飞舞，披帛如仙，牵动着每个人的心，怦通悸动。

舞至兴处，喜娘忽地定住了身形，激越的羯鼓之声也骤然止歇，满场忽如时光静止，每个人都不自觉地屏住了呼吸……但见喜娘回眸一笑，便似有万千霞光从眉目间迸射而出，她忽然身子向上急跃而上，身上飘扬的披帛展向身边一个乐伎的琵琶，顺势卷起扯入自己怀中。腾跃下沉，身形飘落之际，喜娘忽地弹响手中的琵琶，叮咚珠玉，丝韵荡漾！

当喜娘的双足重新踏回花毡，当羯鼓激扬的节奏走向尾声，当所有人都以为舞蹈已经结束，忽然——喜娘高举手中的琵琶，反转手腕，同时腰肢款摆，单足提起……叮咚又是一声琵琶弦响！可是这声响却来自喜娘高举于脑后的位置，来自喜娘反转手腕的弹奏！

"丝路绝舞，反弹琵琶！"一个乐伎脱口而出，深深震动了在场所有人的心！良久他们才反应过来，每个人都心悦诚服地拼命鼓掌！

****

段宗膀的心，深深悸动。这般红衣绝美的舞姿，几番番梦中曾见。却一直看不清梦中人的面目，此时方知，原来这竟是喜娘之舞！

而蒙嵯巅，则是悚然惊动！他拼命睁开醉意朦胧的眼睛，拼命想一再看清那舞者的面貌，"你是谁？你究竟是谁！"

蒙嵯巅的话让在场之人无不惊讶。蒙嵯巅身边的侍卫赶紧附耳过来，"摄政王，那是白玛达瓦娘娘啊！"

蒙嵯巅的眸子里，忽然闪现一丝紫色的阴鸷，"娘娘，这反弹琵琶可是传自西域，对于舞者的要求极高。可是小王见娘娘往日并没有刻意学习过舞蹈，此时却怎会轻易便能舞出此等绝技？"

喜娘淡淡一笑，"摄政王所言极是，本宫素日里的确并没有习舞的爱好。这舞蹈不过是幼时曾经见家母舞过，或许就是母女连心吧，这舞技便经由血脉的延连传授给了我，不需刻意修习，跟随节拍便可舞来。"

蒙嵯巅神情又是大变，"你的母亲！"蒙嵯巅将手中的琉璃盏举至眼前，琉璃盏中盛着的酒，在灯光与琉璃盏的反复折射之下，竟似散发着幽蓝的光泽。

隔着幽蓝的水幕遥遥望去，展现在眼前的仿佛又是一个陌生的世界。同样一个姣美的女子，同样技惊四座的反弹琵琶，只是她的眸子幽蓝如海，只是她的长发卷曲如波……

隔着幽蓝的水幕，蒙嵯巅缓缓凝望现实中的喜娘，幽蓝的水幕似乎将喜娘眸子的颜色也变作了湛蓝的波……蒙嵯巅忽然阴声大笑，"报应，真是报应！你终于回来了是吗？你终于又要回来跟我抢夺他了，不是吗？"

****

蒙嵯巅身边的丫头碧蝉急忙拽住蒙嵯巅，"大人，您醉了！"

"醉？我没醉！"蒙嵯巅猛地推开碧蝉，蹒跚着脚步来到段宗膀面前，眼神破碎而迷离，

"你，我一见你就认出你了！我知道你不是段宗牓，你是段云卿！躲了我二十年，你还是回来了，对不对？"

段宗牓如遭雷击！段云卿，这个名字他听过！可是在哪里，是谁曾经说过这个名字？这个名字又到底蕴藏着什么样的谜团？

蒙嵯巅又一步一倾地来到了喜娘面前，"而你，虽然经过了易容，不再是蓝色的眼睛和卷曲的头发，但是你还是忍不住露出了你的狐狸尾巴，使出了只有你才会的反弹琵琶！你这个西域的娘儿们，千方百计地跟我回来抢云卿了！我早就告诉过你，云卿去了中原，全然抛下了我们，得偿所愿地当他出家的和尚去了！你既然非要追踪而去，为什么今天还要回来！"

蒙嵯巅语带颤音，恍惚如哭，"为什么啊，为什么？你二十年前已经把云卿从我身边夺走了一次，我好不容易，独自熬过二十年的漫长岁月，好不容易才又见到云卿回来，可是你为什么还不放过我？还不把云卿让给我？你知道这二十年来，我过的是什么样的日子吗！……"

****

仿佛有千万根钢针，黑压压地从上空倾盆而下，一根一根，全都深深刺入自己的头皮。尖锐的疼，膨胀的痛，感官失去抵抗的麻木，金属穿入肌骨的寒凉……缠绕在一起，汹涌袭来！

他在说的，是母亲艾依古丽的事情！

原来是这样，原来是这样，踏破铁鞋无觅处，得来全不费工夫……

都是为了情，都只是痴心之人！

可是这段云卿究竟是何人？他现在又在哪里？

喜娘眸子里一丝寒芒闪过，声音奇异地冷硬如冰，"是的，我又回来了！云卿从来就是我的，无论过了多少年，你都无法夺走他！告诉我，你当年到底对云卿做过什么？为什么我找遍了中原也没有找到他的影踪！"

蒙嵯巅如癫似狂，"哈哈，哈哈……你当然找不到！我说他去了中原，根本就是故意骗你的！只有让你突然消失，才能让先王——异牟寻那个老东西急火攻心，落下中风之症，以便我独掌朝廷大权，亲自选择我看着顺眼的王子继承大位！"

"云卿，"蒙嵯巅癫狂的自负又瞬间消失，仿佛迷了路的孩子，凄苦而又无辜，"云卿，我不想杀你的，云卿！可是你为什么就不听我说完，为什么不仔细听我解释？在你眼里我成了毒虫猛兽，所以你宁愿转身跳入大渡河中，也不愿让我拉住你的手！"

蒙嵯巅身边的碧蝉再也看不下去了，横下心来，一掌劈在蒙嵯巅颈后，成功地将他暂时地打入昏迷。

碧蝉抱憾望着在场众人，"娘娘、段大人、各位，摄政王大人今日贪杯了，婢子这里代替摄政王跟大家伙儿说声对不住了。"言毕，碧蝉扶住蒙嵯巅率先离去。

10. 血雾迷城

夜,幽深无限。

整片大地都深深地沉入了梦境,甜美宁谧着,不愿醒来。

所以当段宗膀的卫兵猛然从梦中惊醒时,才发现一切都已经迟了一步——段宗膀所居的弄栋节度使官邸被甲胄鲜明的军队团团围住!

带兵的军官向内喊话,"段大人,摄政王请段大人出门一叙。此外,摄政王派小人事先提醒一下大人,其他的手段还是不用的好,段大人手握的数万精兵,已经在酒宴之时,被摄政王派人以大礼国最高兵符调回京城了!"

段宗膀安慰喜娘和小蛮,独自一人敞开大门,昂首而出。

门外,火把层层,跳跃的火焰和烟雾,将每一个士兵的脸变得扭曲而缥缈。

段宗膀昂首挺胸,"宗膀在此,不知摄政王大人此举为何?"

人群丛中,火把背后,一批如夜色般邪魅幽暗的黑马缓缓踏步而出,马上坐的正是蒙嵯巅!此时,他一身黑衣,从头到脚严严实实地将自己密封在黑色之下。长发全然散开,在夜风中招展如跃跃欲试的毒蛇。蒙嵯巅的脸更为骇人,他此时已经全然抹去了往日的色彩,只惨白着一张脸,配着一双黝黑的眼睛。

随着马蹄一踏一踏的节奏,蒙嵯巅也在打量着段宗膀。无瑕的白衣,映着火光的红,伴随着徐徐的夜风,衣袂飘飘如翻飞的蝶。已经被团团围住,没有任何外援的可能,随时可能丢掉性命……可是在他的脸上,竟然看不到一丝一点恐惧和彷徨。就是这该死的淡定,就是这该死的顽强!其实他的面目与当年的段云卿并不相像,偏就是这份神情,这份危机之下紧抿的嘴唇,让自己想到了云卿!段云卿,你就算再世为人,依然舍不掉骨子里的这份孤傲吗?

****

蒙嵯巅冷冷开口,声音像薄薄的刀刃在千年寒冰的表面缓缓划过,"你做过什么,该不用本王一一回述了吧?本王历来对你高看一眼,却没想到,你宁愿当了佑世隆的爪牙,妄想撼动本王的权威!"

段宗膀心下恍然。世上没有不透风的墙,即便此事进行得已经足够周密,但是凭借蒙嵯巅的手眼通天,又怎么可能对这一切一无所知呢!

正在思忖着如何应对梦嵯巅,院内的小蛮和喜娘却已经不顾卫兵的阻拦,相偕而出,分站在段宗膀两边。

看到毫无异状的蒙嵯巅,小蛮一愣,垂首在段宗膀耳畔低语,"我明明已经在他的酒里下了蛊,而他在酒宴上又的确已经丧失了控制力,怎的这么快,他看上去就已经恢复了？"

蒙嵯巅似乎看穿了小蛮的疑惑，他阴柔的笑声冷冷地回荡在夜空中，"哈哈，哈哈，小蛮，再怎么自作聪明，你也无非是个无知的洞蛮之女！别忘了，当日你给段宗牓下蛊，本王就站在你的身边！所以，心中一直对于你的蛊物，心存防备！虽然，饮了你敬来的半杯酒，让本王暂时受了蛊，但是本王及时醒悟，终没有饮完你事先下好蛊物的酒，没有成为被你玩弄于鼓掌的玩物！"

蒙嵯巅点手指着小蛮，"小蛮姑娘，本王知道佑世隆曾经与你有过互换的交易。他许给你什么？想来无非是帮助你们苗人重复'三苗'之国，并将弄栋此地的行政权交与你们吧？如果是这样，小蛮，你们又何必去找佑世隆？这弄栋之地，本来就是我梦嵯巅的地盘，我说给谁，就是谁的……别忘了，大礼国从几十年前就已经是本王在实际地统治着了，只有本王才有这个决定权！"

****

小蛮明显神色一动，似乎蒙嵯巅的话已经奏效，"摄政王，贱婢知错了。如果现在改过，摄政王可还愿意帮助我苗人复国？"

蒙嵯巅大笑，"本王说出的话，哪有收回之理！"

小蛮神色数变，最终似乎下定了决心，她猛然窜入段宗牓的怀里，狠狠地吻住了他的唇！

段宗牓努力地抗拒却不成功，此时的小蛮根本是拼尽了浑身的力气，如一头疯狂的小兽般凶狂地进攻着他的唇齿！甚至，唇齿间渐渐有血腥之气蔓延，他仍然无法逃脱小蛮的执著。

直到，两个人都已经喘不过气来，小蛮才意犹未尽地放开了段宗牓，像一头小兽不甘心放弃自己的猎物，她一边舔着嘴唇，一边斜望着蒙嵯巅，"只可惜，摄政王大人给小蛮的交易里，没有给我这个男人！让我最后尝一尝他，才舍得跟摄政王大人走！"

蒙嵯巅阴森的笑意再度响起，只是那笑仅仅停留在嘴巴发出的声音里，蒙嵯巅那黝黑的眼睛里，只有凛凛的冷酷。

****

小蛮一步三跳地欢快地走到了蒙嵯巅阵营，站在黑马下，笑得甜美如娇艳的桃花，"摄政王大人，小蛮来了！"小蛮眼神暧昧地又回身瞟了一下段宗牓，娇羞地望着蒙嵯巅，"摄政王，小蛮还有点事儿，想悄悄地跟您商量一下！"

就连紧随在蒙嵯巅身边的碧蝉都能大致猜到小蛮想要悄悄商量的事儿是什么。这小妮子显然对段宗牓颇为动情，说不定她想用自己的有利地位，向蒙嵯巅交换段宗牓的一条命在！女人啊，总是这般恬不知耻！

蒙嵯巅难得地淡淡笑了，从马上垂首下来，仿佛真的要把耳朵凑过去，听听小蛮那要悄悄讲的话……

****

猛然，风云突变！谁都没有看清情势是如何急转直下，谁都没办法做好事先的防备，只见——小蛮已经被蒙嵯巅拽上了马背，跌坐在了蒙嵯巅身前！蒙嵯巅一只手已经牢牢地锁在了小蛮的咽喉之上，他长长的指甲已经深深地陷入了小蛮的肌肤！

段宗牓惊悸大喊，"蒙嵯巅！小蛮已经投靠于你，你此刻为何还要这样做！"

蒙嵯巅又是一阵摄魂的笑，"哼哼……她投靠于我？她既然已经投靠于我，刚才为何还想借着耳语的机会对我下蛊！如果不是本王早已经看破了她的雕虫小技，此时便已经着了她的道儿！"

小蛮惨白着脸颊，望着段宗牓凄然一笑，"段大人，虽然贱婢与大人的相逢，全是来自与景庄陛下的交易。但是，贱婢从来没有将段大人仅仅看做是交易的标的物，贱婢对段大人的心，从一开始，每一分每一秒，都是——真的……"

都说男儿有泪不轻弹，只是未到伤心处，一股巨大的酸涩从心底翻涌而上，一滴清泪已经不自觉地爬上了段宗牓的眼角。段宗牓厉声说，"蒙嵯巅！小蛮她不过是整个局中的一颗棋子，你真正的敌人是我！放了她，我任你宰割！"

****

"哈哈，哈哈……"蒙嵯巅眼神如寒霜，"放了她？这话如果说在酒宴之前，说不定我还能考虑考虑！此时若要放了她，谁来解我的蛊？难道你的命会比本王的性命更重要？她的血，才是唯一的解药！"

言毕，蒙嵯巅忽然如发疯的野狼，一口便咬住了小蛮娇瘦的脖颈，拼命地吸起血来！鲜血一滴滴从蒙嵯巅唇边滑下，他幽暗的瞳仁顿时有如血色翻涌！

小蛮被牢牢地制住，痛苦地痉挛着，却无法挣脱，只能一滴一滴感受着生命从自己的躯体中渐渐消逝……

眼前凶残血腥的场面，让所有的人都不禁以手掩面。如果真的只是眼睁睁看着一条恶狼咬住一只无辜的羚羊倒也罢了，而此时是活生生的人与人之间的嗜血！

段宗牓发疯一样地亟欲冲上前去，却被身边的卫兵死死地拽住……小蛮拼死保护的人，正是他段宗牓啊，如果他这般莽撞地跳下蒙嵯巅的陷阱，那么小蛮的牺牲不是枉然辜负了吗！

"啊——啊——"段宗牓无法抑制自己地撕心裂肺地嚎叫着，充血的双瞳眼睁睁看着蒙嵯巅怀中的小蛮，一点一点软弱下去，一点一点失去最后的一点挣扎……当蒙嵯巅终于满意地抬起头来，他的唇边、眼睛，早已都是殷红的鲜血，映着惨白的脸颊、满身的黑衣，整个人仿佛是从地狱中走出来的魔鬼！

而小蛮，宛如枯败的叶子跌落在地。在生命即将抽离的最后一瞬间，她拼尽仅剩的一点气力侧过头望向段宗牓，"段大人……小蛮……对不起你……给你种下的……情蛊……害你受苦了……不过好了……小蛮欠大人的……今天……已经还给大人了……"言毕，嘴角含笑，安然而去……

****

目眦尽裂地望着小蛮嘴角的一抹笑，段宗膀仿佛又看到了洞蛮之地的山林间，小蛮娇俏微笑着如粉嫩的桃花。耳畔都是她软软的细语："哈，他们是寻传蛮！寻传蛮是洞蛮各部族中力气最大、胆子也最大的部族！捕猎一头野猪对他们来说不算什么的，待会儿啊，他们还会生吃野猪肉呐！"

身上仿佛还感得到小蛮粉拳的捶击，娇嗔地不依着，"惹我！惹我？我可是部族的巫女哦，我可是精通蛊术的，你们要是再敢笑我，小心我给你们每个人身体里都种一个蛊物，让你们每当要笑话我的时候，就会浑身剧痛，血脉里有如无数虫子咬啮！"

小蛮，眼前的一切都不是真的，对吗？

我只是做了一个梦，一个噩梦，这个梦里的一切都是你故意吓我的，是吗？

你是苗人神通广大的巫女啊，你会长命百岁，你不可能死得这般凄惨……

小蛮！！！……

****

11. 白牙信物

就在情势一触即发之际，一直安静地站立在一边的喜娘，缓缓走上前来。她从随身的兜囊里拿出一个物件儿，映着火光，高高地举过头顶！

"我知道，此刻跟随摄政王大人而来的，一定是我南诏大礼国最勇猛的乌蛮蒙氏的官兵！此刻站在你们面前的我，不是所谓的未来正宫皇后，我不是代表着皇室的威严在与你们讲话。我只是想让大家看一看，是否还记得，此时在我掌心的，是什么？"

映着熊熊火光，官兵们都看清了，此刻擎在喜娘掌心的，是一枚纯白象牙雕琢而成的扳指儿。并不华丽，甚至还有一点点简陋，但是在场的官兵无不下马跪拜，齐声高呼，"白牙信物！"

喜娘迎着火光款款而笑，"是的，这正是乌蛮蒙氏的白牙信物！这是皮罗阁王统一六诏、建立南诏国之前就已经存在的圣物！你们是否还记得，白牙信物代表着什么？"

每一个乌蛮蒙氏的族人都不会忘记，因为祖先们对白牙信物所发下的誓愿，已经记载于各家各户的族谱中，一代一代地传承下来。在乌蛮蒙氏中，白牙信物代表的便是"主人"，只要白牙信物现身，所有乌蛮蒙氏的族人，不论官居何位，抑或是散居何地，都要无条件地服从拥有白牙信物之人的调遣，不可违拗。

白牙信物，在乌蛮蒙氏中代表着最为珍贵的情感——忠诚。

****

白牙信物骤现，自己手下的官兵都已经俯伏在地，蒙嵯巅冷眼望向喜娘，心底再一次责备自己，竟然又一次低估了这个小女子！

蒙嵯巅一阵自负的狂笑，"喜娘，你不要白费心机了！白牙信物乃是古早之物，那时没有皇权，没有辖制，所以才要用这么一个劳什子来框定忠诚。而如今，乌蛮蒙氏的主人是我！即便没有那无用的扳指儿，我的官兵依然会听从我的命令！"

喜娘却只是淡淡一笑，依然面对众官兵，"皇权可能更迭，辖制也会变换，可是深深镌刻在蒙氏族人骨血之中的忠诚却是永远都不会消逝的！这枚扳指儿，不是强权，没有神力，只是一枚再普通不过的象牙指环——但是，我相信，蒙氏族人代代相传的忠诚之心，却会永远跟随着白牙信物，万古流传！"

一席话说得在场官兵无不俯首称是。

蒙嵯巅不禁震怒，点指着在场的官兵，"大胆！你们要造反不成！"

喜娘又是轻笑，"身为蒙氏族人，不从白牙信物；身为大礼国之臣，不忠于君王旨意。现在，造反的不是在场的官兵，而是你——蒙嵯巅！"

蒙嵯巅阴鸷地凝望喜娘，半晌忽然仰天长笑，声音如夜枭凄鸣，摄人心魂，"哈哈，哈哈……造反？我蒙嵯巅今日就是造反了，又能怎样？试问整个南诏大礼国内，还有谁能拦得住我蒙嵯巅的吗？"

蒙嵯巅话音未落，忽然身边便有几柄寒光闪闪的刀刃，横空劈来！蒙嵯巅惊讶地看到，这些持刀砍来的人，竟然是自己的亲兵！

那几位亲兵面色凛然，"摄政王，对不住了，我们追随你，却要忠于白牙信物！"

"好啊，有种的，你们就来吧！"蒙嵯巅那黑色的长衣忽然被气体鼓胀而起，仿佛一个巨大的球，牢牢地护住了周身，反将那几柄刀剑弹射出去，直刺入了持刀者自己的喉咙！

另有几个功力较强的，刀身虽被反弹回去却依然被双掌定住，他们趁着蒙嵯巅催动真气之机，挥刀再次攻击！

蒙嵯巅的眸中寒光频闪，黑色长衣聚合而成的巨大的球忽地裂开，蒙嵯巅两只瘦削嶙峋的手，如闪电一般直取挥刀者的咽喉！只听得"噗噗"两声，蒙嵯巅那长长的指甲已经捏碎了挥刀士兵的颈椎，鲜红的血花如同喷射的泉水瞬间迸发！

眨眼间，几个率先发难的蒙氏士兵便已经命丧黄泉，蒙嵯巅举着鲜血淋漓的两只手仰天狂笑，"哈哈，还有谁来？本王好久没开杀戒了，今天索性杀个痛快！"他飞散的长发飘舞在空中，唇边尚有血渍未干，此时又有更加新鲜的血液顺着他长长的指甲滴落……今天的蒙嵯巅，根本就是嗜血的阿修罗！

又一批蒙氏士兵倒下，咽喉处喷出的鲜血，在火光中仿佛妖艳的曼陀罗。蒙嵯巅身边的丫头碧蝉也已经加入了战团，一双鸳鸯剑仿佛饥渴的灵蛇，钻入胆敢攻来的士兵的胸膛！

虽然，蒙氏官兵人多势众，但是他们已经全都被眼前的情景震骇住。而且，远处已经隐隐地传来了马蹄之声，一定是蒙嵯巅事先安排下的其他部族的士兵也已经闻讯前来！

回首望段宗膀，他还依然沉浸在刚刚的悲痛中，久久无法醒来。站在火光人影之中的他，孑然独立，仿佛整个世界的鲜血与杀戮都与他无关……

喜娘的心愀然一痛。小蛮已经用自己的生命救了他一次，现在能够救他的，只剩下自己了啊……

喜娘沉痛地凝眸，从随身的兜囊中郑重地拿出一个金光四射的宝瓶，义无反顾地将宝瓶打开——一时间无数光芒从金瓶中奔涌而出，七彩琉璃之光直达天际，耀得所有人无法睁开眼睛！

金瓶开启的刹那，喜娘大喊一声，"云开！看玉佩！"

七彩琉璃光束中，一块白色的玉佩凌空而起，朝向蒙嵯巅所在的方位，激射而去！而段宗牓，仿佛突然被喜娘的呼唤惊醒，身体里顿生一股奇特的力量，当自己还没有意识到在做什么的时候，整个人已经弹射而起，直挺着手中的长剑，追随玉佩飞行的方向，疾飞而去！

玉落，剑至，血花盛开……

七彩琉璃的耀眼光芒中，人们终于看清，一袭白衣的段宗牓如飞天鹞鹰，身子倒转，手中的长剑恰恰刺入蒙嵯巅咽喉之中，而剑尖上挂着一块羊脂美玉！

血色、剑光中，那块玉佩光华氤氲，气若游龙，隐隐然仿佛已经拥有了生命，缥缈的光雾环绕着玉佩如浮云飞舞……

蒙嵯巅不可置信地大喊一声，"云卿，杀我的竟然是你！"他双手握住剑刃，仿佛已不是血肉之躯，仿佛全然不知疼痛！殷殷的鲜血顺着剑刃与手掌之间的缝隙泠泠而下，蒙嵯巅的眸子里闪烁着悲凉的痛苦。

"你若杀我，我必定不躲，只是你这次，一定要听我说完。二十年前，你宁肯转身跳入大渡河，都不肯听我说，让我这二十年活在痛不欲生的悔恨之中。你知道吗，你知道吗，这二十年来，我是生不如死啊！云卿，听我说，在拿走我的性命之前听我说完，好吗？"蒙嵯巅恍若呓语，"云卿，当年我第一次被召入京，在大殿里第一次看见了你。你坐在丹墀之下，一朵千瓣莲花座上，给王上讲经……那一刻，整个世界寂静无声，整个大殿空无一人，我满眼所见不过一个你，我耳朵里只听得见你温润如玉的嗓音！那一刻我便发誓，我要变得更强，我要权倾天下，我要坐上这大殿之上的宝座，这样，我就可以自由自在地听你讲经，随心所欲地独享你清雅无俦的俊美了！"

一口鲜血从蒙嵯巅口中喷出，可是他不想歇息，仍然挣扎着想继续说下去，"权势、财富，这些凡人眼里最有诱惑力的东西，对于我又有什么用呢？如果，如果上天垂怜，允许我自主地选择一次，我宁愿用我所有的一切去换取，让我变成女儿身！"

又是一口鲜血化成血花飘散而下，"为什么我要生为男儿身，为什么却又要让我遇见你？如果没有遇见你，我会娶妻生子，甘心做个凡夫俗子；如果注定要遇见你，又为何偏偏将我托生成为男儿身！"

蒙嵯巅巨大的痛苦，如滔滔的海浪汹涌而来，震撼了在场的每一个人！段宗牓更是心如铅坠。

蒙嵯巅喘息着，努力地说，"云卿……我真高兴，能够死在你的剑下……从见到你的第一眼,我的性命便早已经交托给了你……带我走吧,云卿……"

段宗牓不禁心下大恸,他举起剑便欲再次刺入蒙嵯巅咽喉,"蒙嵯巅,既然活着对你已经是一种痛苦,那么我就送你痛快些地走吧!"

忽地,一双秋水寒光无声刺来。段宗牓赶紧撇过剑尖,加以防备。却不想,那双寒光只是虚张声势,真正的意图仅仅是隔开段宗牓与蒙嵯巅。

一分神间,蒙嵯巅已经被一双臂膀劫走!待大家看清,原来是一直跟随在蒙嵯巅身边的丫头碧蝉!

碧蝉拥住奄奄一息的蒙嵯巅,神态癫狂,"不许,我不许!你的命是我的!我知道你并不爱我,我知道我不过是你眼中的一个工具,但是我愿意,我心甘情愿地被你利用!你不爱我没关系,只要我爱你就够了……你这条命早已在二十年前被夺走了一半了,剩下的一半是我的,我绝对不让别人再抢走你!"

说着,碧蝉猛地将手中的长剑插入了蒙嵯巅的小腹,"别怕,我会轻轻的,你不会疼……有我送你,你可以放心地走了。黄泉路上你不会孤单,因为有我一直陪伴着你!"言毕,碧蝉将长剑从蒙嵯巅腹中猛抽出来,然后便毫不犹豫地刺入了自己的小腹!

良久,整个世界寂静无声。所有的人,都被蒙嵯巅和碧蝉的倾诉震撼住,忘了该如何去反应。

都以为这世间,天下熙熙皆为利来,天下攘攘皆为利往,拥有了功名利禄便已经是此生最大的幸福……却原来,那些东西不过是生死之前一场空!

人生在世,最大的渴求,最真的愿望,原来仍然逃不脱一个"情"字!

问世间,情,为,何物?

直教人,生,死,相许……

天下熙熙皆为情生,天下攘攘皆为情死!

十一

归宗

1. 君王之棋

又见羊苴咩城。

又见苍山之秀、洱海之风。

段宗膀紧紧握住喜娘的手,此度归来简直再生为人。

此时,他已经不再是段宗膀;他现在是——云开……

原来诛杀蒙嵯巅那夜,小蛮野兽一般的亲吻,便是故意咬破两人的唇舌,得以让小蛮的血液流入他的血脉,以解种于他身体里的情蛊。

情蛊得解,再加上那夜栩栩如生的游龙玉佩,一下子唤醒了段宗膀,让他想起了自己真正的身份——云开!

这一路重重的磨难与心痛之后,喜娘终于等到了这一天,等到了云开真正醒来的一天!

此番诛杀了蒙嵯巅,实在是为佑世隆除去了最大的心腹之患,想来如果以此功劳作为交换,佑世隆定肯应允免除喜娘的未来皇后的身份,允许他们二人结缡。

尽管依然不知段云卿为何许人也,但是喜娘毕竟已经大致厘清了当年母亲远赴中原的谜题。尽管距离谜题的全然破解尚有路程,但是曙光已经耀然前方。

两个人的手紧紧地握在一起,一刻也不舍得再分离。从现在起,真的是已经,守得云开见月明了吧?

****

远远地,望得见羊苴咩城前,黑压压一片等待的人群。喜娘轻笑,"佑世隆的消息倒是真快,这么早就在门外列队迎接了么?"

云开展颜,"回了城,你可就要好好准备着做我的新娘咯!"

喜娘娇羞不语,绯红的脸颊在苍山洱海间,显得格外鲜艳。

转眼,已经来到了城前。云开的神色不由得凝重起来——城门前等候的人丛,并非喜娘所以为的文武百官抑或城中子民,而是队列俨然、全副武装的军队!

队列前,一头披锦挂金的白象身上,坐的人正是南诏大礼国的景庄皇帝佑世隆。佑世隆悠闲地坐在明黄盘龙织锦华盖下,望着他们所来的方向,熠熠而笑。

待走到白象之前十尺之地,云开正欲甩蹬离鞍跳下马背,却被佑世隆猛然冷冷抛来的一句话,定了在当场,"段宗滂,你可知罪?"

佑世隆状似不经意抛来的话,仿佛一支淬毒的冷箭,冷冷地从云开胸膛穿过。云开端坐于马上施礼,"皇上,为臣不知。"

佑世隆用一根银匙悠然地挑弄着指甲,眼睛看都不看云开,"摄政王蒙嵯巅难道不是死于你的剑下? 你仗着朕派你出征骠国、手握重兵之机,趁机侵占摄政王的弄栋节度使官邸,还妄想挑唆苗人抢夺弄栋之辖制权,最后更是直接斩杀了朝廷命官! 段宗滂,你的胆子可是实在不小啊!"

喜娘惊讶地出声,"不是这样的!"

听到喜娘的声音,佑世隆方抬起头来,眼神温柔,"白玛达瓦,我未来的皇后,此行多亏你,将我大礼国的威名传遍诸国。快来,朕好想你!"

喜娘惊叫,"不! 真正为了大礼国而拼杀的人是他!"

佑世隆轻轻地摇了摇头,"就算是他,又有什么用呢? 蒙嵯巅暴亡,无论如何朕都必须给群臣一个交代,否则怎么能让曾经跟随蒙嵯巅的臣子们,对朕俯首帖耳呢?"

云开淡淡一笑,"皇上,臣懂了,臣自打接受了密旨离开羊苴咩城,就注定了臣必然是要死的了。今天无论臣是否有罪,总是难逃一死的,对么?"

佑世隆颔首,"还是段爱卿聪明。"

不等云开再做多说,佑世隆猛然回头,对身后数千铁甲朗声下令,"杀害摄政王蒙嵯巅的凶手段宗滂在此,想为嵯巅大人报仇的儿郎们,还不速速将他拿下!"

三千铁骑，兵戈森森，一旦冲将上来，即便云开身怀绝技，也难保能够全身而退！更何况，他还要将喜娘一同带走！

就在此时，千钧一发之际，羊苴咩城的城楼之上忽然传来一个声音，"皇上且慢，杀害摄政王的凶手另有其人！"这声音略显苍老，但是却不失洪亮，在苍山洱海之间反复震荡，声调不高却清晰地传达到了每个人的耳鼓之中。

随之，一个灰衣的身影从城楼上飘然而下，仿佛一只灰鹤，驭风而来。

身定，风止，灰色衣袂静静垂下。在场众人都不由得合十施礼，"见过僧王！"

佑世隆也是一愣，"没想到此事竟然惊动了僧王的清修，罪过、罪过。"

僧王单手合十还礼，"岂敢说惊动。皇上，老衲此来实是为了请罪而来。因为——因为杀害摄政王的凶手正是老衲！"

啊！——所有人都是无比吃惊！

佑世隆挑眉，"僧王何来此言？"

僧王淡淡垂首，"想来，当晚亲眼目睹了摄政王之死的人，都一定记得摄政王所说的话吧。他说'云卿，杀我的竟然是你！'此言并非虚传吧？"

僧王随后盘膝趺坐于地，双手结禅定印，"老衲俗名正是段云卿！"

僧王一言，众人皆惊。喜娘更是惊得大喊出声，"原来段云卿就是您！"

僧王回首，慈祥地望着满面惊色的喜娘，"孩子，这么多年来，你受苦了……"

僧王又对云开慈祥一笑，"孩子，你很好，有你照顾喜娘，我很放心。只是希望，在恢复你的本名之后，也别放弃老衲给你的名字——段宗膀。"

僧王的话说得没头没脑，但是云开听得懂他老人家语气中的嘱托与郑重，于是压下心头的疑问，郑重地点头。

僧王转过头来，重新面对城门前俨然的军队，微阖双目，"且听老衲给大家讲一个故事吧……"

2. 天山雪莲

"在我南诏国中，曾经有一个青年，笃信我佛，精研佛法。因为仰慕敦煌千佛洞造窟神迹，于是不远千里前往敦煌。没想到，赶到那里时恰好遭遇中原的会昌灭佛，于是被逃亡的僧侣裹挟着一同流落到了西域。"

"在西域，这个青年听说天山之上有一种圣洁的花朵，名唤雪莲，千年一次开放，所有得见者都是修了多世才得来的福分。莲花乃是我佛座前的圣花，笃信佛祖的青年自然不愿意错过这样一个机会，于是历经了千辛万苦，终于在一个月圆之夜，攀上了天山之巅。"

"天山之巅，直如仙境，云海缥缈，雪如水晶。就在月色雪光之下，缥缈云雾之中，青年终于见到了那千年一放的雪莲！更让青年惊讶万分的是,雪莲旁,一个红衣的姑娘正背对着他,曼妙起舞！"

"青年重重地惊讶,他以为自己遇到的是天上的仙女。直到红衣的姑娘发现了他,主动跟他说话,告诉他自己是住在天山脚下的乌孙族人,并将自己所住的地方指给他看……青年这才敢相信,这个美丽的姑娘也是凡世中人。"

"不知是不是当晚的月色太美,还是雪莲的清香扰人心神,总之青年在迷醉之中爱上了红衣的姑娘,并且在天山之巅、雪莲花畔,与姑娘有了一夜缠绵。事后青年非常后悔,因为他笃信佛法,知道自己最大的愿望便是出家为僧,日日与佛经相伴,于是趁着姑娘尚在熟睡,青年偷偷地下了山。"

"待青年回到了南诏,却讶然发现,南诏国王孙刚刚迎娶的妃子正是那位乌孙的红衣姑娘！那时候正逢南诏依附吐蕃与中原交恶,而乌孙也蠢蠢欲动想要摆脱中原的控制,所以两方通过和亲,达成了军事上的默契。"

"那位红衣姑娘,身为政治的棋子,本来已经非常苦闷,再加上又发现了青年的归来,内心的情感又重新熊熊燃烧了起来。但是青年却拒绝了,一来这是身为人臣的本分,二来青年归来后已经决定要剃度出家,所以青年忍痛斩断情丝。"

"此时却又横生枝节,朝中一位权臣忽然对青年表现出了奇异的感情,这不但有悖人伦,更是有违青年的清修,于是青年准备离开,却在大渡河边被那权臣拦截住。权臣以青年家人相逼。青年不想放弃对我佛的追随,又舍不得家人的安危,于是他选择跳入大渡河中,以死来了结这一段孽缘。"

"其实,青年并没有葬身大渡河中,他被路经此处的高僧相救。但是青年的颜面已经被大渡河中的礁石刮坏,青年的嗓子也因为被呛入了过多的河水而损伤。跟随高僧剃度出家,研习了多年的佛法后,青年有一晚清修时忽然顿悟:尘世悲欢,其实都是我佛对于自己诚心的考验,这般地远远躲藏正是暴露了自己的胆怯。于是青年决定重返南诏,去坦诚面对生命中的每一个人。因为形容、嗓音均已改变,青年索性忘记了自己的真实身份,仅以法号自称。"

"可是回到了南诏,青年才得知,当年他消失了之后,红衣姑娘便随着也消失了。有人传言说曾在中原邂逅过她,徘徊在中原各个著名的寺庙附近,挺着个大肚子,像是即将临盆。虽然没有切实的证据,但是青年知道,红衣姑娘肚子里的孩子一定是他的！当时的天山情迷,极有可能已经珠胎暗结……"

"青年一边寻访着红衣女子母子的下落,一边在中原各大古刹研习佛法,却终于没有找到一点线索,只能怅然地回到了南诏。"

"多年后,已经成为老人的青年前去康巴寻访故友,却讶然听说因为僧友曾经吃到过一个姑娘亲手做的面饼,味道竟然与当年他曾在敦煌随身携带的面饼相同！而当年他携带的面饼,正是在天山之巅时,红衣姑娘请他品尝的独家之物！"

"这个姑娘的特征便在他的心中扎了根。回南诏途经大渡河之际,因缘巧合,他竟然救起了一人,而这个人在昏迷中一直喊着那姑娘的名字,于是他知道自己救起的这个人定是那姑娘的心上人。"

"所有的一切,仿佛冥冥中早有天定。他引领着姑娘的心上人归入他俗世的宗族,因为他知道,尽管那年轻人暂时地丧失了记忆,但是凭着这两个年轻人对于感情的执著,他们两个终会结成夫妇,而到那时,姑娘得以冠夫家姓氏,也便等于了认祖归宗……"

"那姑娘是他的女儿,他一见便已知。这一生,他亏欠女儿的太多,但是他已经奉献给我佛,唯一能做的补偿,就是让女儿终有一日,认祖归宗。"

僧王的故事已经走到了尾声,可是众人还依然沉浸于故事中,久久回味。

那边的喜娘已经泣不成声——

原来是这样。

原来自己果然不是张阁老的女儿。

原来母亲也是为了情才甘愿放弃王妃的尊位,辗转着去了全然陌生的中原。

可是,为什么母亲明明不爱张阁老,却会跟他生活在一起?

为什么,自己刚刚三岁,母亲便能狠心撇下自己撒手尘寰?

僧王的故事仅仅揭开了一半的答案,另一半,母亲,我该向谁求解?

3. 溘然长逝

苍山垂泪,洱海呜咽,所有人都因僧王的故事而心生歃欷。

佑世隆的脸上,阴晴难测。眼光冷冷地反复在僧王、段宗牓与喜娘之间游移。

当所有的兵士都悄然地收起了兵戈,以为这件事情终于可以告一段落,佑世隆忽然凛凛地开口,"僧王,您老这其实是在代人受过。蒙嵯巅临死前不过是眼前出现了幻觉,他嘴里叫着您的名字,可是真正将剑插入他咽喉的却是段宗牓!"

僧王猛然抬首望向佑世隆,目光悠长,"孩子,你真的长大了。你已经不再是当年那个独自成长在康巴草原上的孩子,而是拥有帝王气概的景庄皇帝了!"

僧王灰色的僧衣被微风轻轻扯动,僧王话音一转,"你现在,连老衲的话都不相信了……"

南诏大礼国,笃信佛教,僧王是至高无上之人,即便俗世的帝王都该礼让三分。僧王此言一出,即便佑世隆都是微微变色,"僧王言重了,世隆不敢!世隆只不过是想抓住杀人的元凶,还死者一个公道!"

僧王轻笑,面带佛光,"好,为帝王者一定要法纪严明!既然皇上一定要一个公道,那么老衲就还皇上一个公道……"

僧王言毕,结跏趺坐于地,双目微垂,口鼻清逸。双手结禅定印,仿佛整个人进入了入定的状态，庄严而又慈祥。

众人都呆呆地望着僧王，都想看看僧王如何来还佑世隆一个说法，可是却见僧王入定一般，没了下文。良久，喜娘忽然心头一动，她顾不得自己的安危，手脚颤抖着从马鞍上滚落于地，一步一顿，轻手轻脚地走向僧王。

喜娘轻轻地跪倒在僧王身畔，凝望着他慈祥的面容低低轻喃，"老人家，是我啊，是喜娘啊，您睁开眼睛看看我啊……"一声一声，眼泪一颗一颗随之跌落，敲入松干的尘土，砸起点点烟尘……

等待，等待……僧王终于没有睁开眼睛，依旧保持着之前的端庄与慈祥，宛若睡熟……

喜娘再也压抑不住自己的悲伤，哭倒在了僧王的肩头！

此时，周围的众人方醒悟过来，不知是谁悲痛地长声凄呼——"僧王，圆寂了！……"

顿时，山海间哀声一片。

佑世隆铁青着脸，呆呆地跌坐在象背上，一股冷意从心底里直窜四肢。

****

喜娘更是无法接受眼前的一切！

刚刚知道，他就是自己的生身父亲；刚刚知道原来这些年他也一直惦念着自己……曾经以为自己在遇到云开之前，是飘零于世间的叶，无根、彷徨，找不到自己投靠的方向；可是自己依然坚强地笑对人生，坚强地相信这世间一定保存有真挚的情与爱。

那时候自己都会佩服自己，真的坚强，真的会自己安慰自己……现在才知道，其实这一切都是冥冥中的谕示！因为，一直有一个人，尽管关山迢迢，尽管无缘相见，但是却一直在心底默默地关心着自己。所以，自己的心才总是温暖地熨帖着，所以自己才从不觉得凄凉。

可是这一切却在它揭晓的时刻戛然而止！从此，自己真的会跌入凄凉。世界上那个最关心自己的人去了，到哪里再去寻那份稍纵即逝的温暖！

如果早知道这一切会这么快地失去，宁肯从来不知道！

****

正在此时，一名侍卫急匆匆奔到佑世隆乘坐的白象前，忧声禀报，"皇上，弄栋当地的苗人，反了！他们说皇上不守约定，未将弄栋之地交给他们管辖，反倒派了朝廷的官员进驻！"

他的话音还未落，又有一名侍卫匆匆跑来，"禀万岁，工匠营中被蒙嵯巅大人从汉地掠来的五千汉人工匠，造反了！"

佑世隆闻讯大惊，脸上骤起阴鸷之色，"好啊，反吧，反吧，都反吧！给我派兵，把苗人和汉人都给我碎尸万段，一个不留！"

清平官郑回闻言急忙上禀，"皇上，如今六大节度使都在任上，六大军将也均在边境，就算六百里加急紧急召回，也无法解燃眉之急啊！"

郑回话音一顿，眼睛瞟向段宗牓所在的方向，"不如让段军将戴罪立功……"

佑世隆狠狠地看了看段宗牓，无奈点头，"段宗牓，朕就命你速速带兵前去平定汉人与苗人的叛乱！"

云开柔柔望了望喜娘，喜娘依然沉浸于悲痛之中的眸子，忽地闪过光芒，"皇上，汉人叛乱在东，苗人叛乱在西，段大人他无法同时兼顾，所以——小女自荐前去平定汉人之乱！"

佑世隆深深地望了一眼喜娘，嗓音暗哑，"你是朕未来的皇后，这一点永远都不会改变！"

喜娘避过佑世隆阴鸷的凝视，"皇上，正因为是未来的皇后，所以小女才更应该在国有危难之时挺身而出！"

佑世隆的眸子里波浪翻滚，良久，他冷着面孔说，"好！朕就同意你去！"

云开凝望着喜娘，神色中有担忧，有不解。喜娘柔柔地回望，轻声说，"别忘了咱们在弄栋曾经说过的事，弄栋不会永远居于末尾……"言罢，喜娘率先纵马向工匠营方向驰去，微风鼓荡间微微回首，无声地说了一句，"等我……"

****

蒙嵯巅死了。僧王圆寂。苗人反了，工匠营的汉人也反了……倏忽间，朝堂如遭遇地震，一大堆烂摊子等着佑世隆自己来收拾。

所以他宁愿在此时把段宗牓派到弄栋去！远远地离开自己的朝堂，远远地看不清自己的软肋，这是给他一个喘息的机会，其实更是给自己喘息的时间！

而喜娘……她不是自己要求去平定工匠营的叛乱么？他跟段宗牓不是一个在东一个在西么？佑世隆垂首望着自己拢起的五指，我会把你紧紧地抓在我的手心！就凭你一个女子的力量，绝对不可能跑出我的掌心去！

你是我的！上天注定是我的！谁，都，抢，不，走！

****

想到此，佑世隆心下一宽，问丹珠，"白玛达瓦她，这几日在工匠营，可还好啊？"

丹珠叉手施礼，"娘娘这几日还好。只是下官们都看不懂娘娘到底在做些什么。"

佑世隆挑眉，"哦？"

丹珠道，"算到今日，娘娘去工匠营已经足足十天了。"

"第一天至第三天，她什么都没说没做，只是允许那些汉人工匠尽情地大哭大闹，让他们倾诉自己的思乡之情。"

"第四天，那些汉人哭也哭累了，想说的也说完了，工匠营安静了许多。娘娘便命人煮了大锅的粥饭，放在营地中央，让那些哭闹累了饿了的汉人尽情取食。"

"第五天，娘娘命那些没有造反的匠人，坐在牢房门前忙活自己的手工，木匠坐在木匠的牢房前，绣工坐在绣工的牢房前。"

"第六天，娘娘命人一一盘点我南诏大礼国内所有著名的工程、工艺杰作，高声诵读给汉人们听，并一一说明都有哪些环节是汉人工匠做成的。"

"第七天，又是类似的诵读，只不过内容变为了汉人迁徙的历史，并强调出洞蛮中的汉裳蛮实则就是接受了当地风俗的汉人，当朝的大军将段氏一族就是汉人。"

"第八天，娘娘命人将一些半成品的手工扔进他们各自工种的牢房。"

"昨天，汉人工匠营忽然地安静了下来，所有闹事的汉人都已经乖乖地开始了做工。"

佑世隆听完，朗然大笑，"聪明，真是聪明！制敌之术，攻心为上。那些汉人，并不是真的要造反，他们不过是想家了。他们都是蒙嵯巅从中原劫掠而来的，听说蒙嵯巅死了，自然有一种重获自由的感觉，所以便尽情地来闹了！让他们发泄，让他们闹，等他们把情绪都发泄干净了，自然会冷静地重新睁开眼睛看现实。回去中原已经是不可能了，莫不如就学那古往今来迁徙而居的汉人们一样，安心地在我们大礼国定居下来，生存繁衍……"

丹珠听完，方才恍然大悟，"皇上，为臣真的认定，白玛达瓦娘娘是上天派来襄助您的！"

佑世隆却仿若听而未闻，眼前只回荡着云开与喜娘紧紧牵在一起的那双手……

案几上的一只茶盅应声而落，碎成齑粉……

4. 金瓶银函

汉人工匠营的暴乱已经渐渐平息。

洞蛮苗人的叛乱也因为云开的到达而偃旗息鼓。

佑世隆刚刚想松一口气，却没想到一片更大的乌云泼天袭来！

他异母的兄长，白崖王佑西努起兵反叛！一直攻陷了大礼国陪都大厘城，对外发布檄文昭告天下，称佑世隆乃康巴女奴之子，血脉不清，暗指佑世隆很可能不是先王龙脉，所以才被扔到康巴摸爬滚打着长大。

檄文又称，佑世隆继承王位，乃是蒙嵯巅一手推举，并不是先王遗愿，而是蒙嵯巅控制的傀儡，与蒙嵯巅沆瀣一气，败坏朝纲！

此言一出，大礼国上下顿时一片哗然！

佑世隆在康巴长大的经历，佑世隆的突然继位，对于大礼国上下，本就是一个谜团，此时被血统尊贵的白崖王指斥出来，几乎已经可以被确定为事实！

此时，没有了蒙嵯巅，没有了僧王，大礼国最高的权力阶层只剩下了佑世隆独力支撑。王位成为他最后的屏障，如果一旦王位动摇，那么他所有这一切苦心孤诣的经营，便要尽数化为乌有……

****

夜阑人静，灯影摇黄，佑世隆独坐桌案之前，身心俱疲，朦朦胧胧地几入梦乡。

忽然,他耳朵猛然一跳!一种强烈的存在感就在身边!——佑世隆猛地抬起头来,桌案旁,手挽手,眉目含笑的一对璧人,正是喜娘与云开!

佑世隆勃然跳起,刚要放声呼喊侍卫,却被喜娘轻笑着拦住,"别急,罗布顿珠,难道你想让你的王位之谜被外人听去?"

喜娘轻轻的一句话,让佑世隆顿时瘫坐在椅子上。罗布顿珠,他在康巴时候的名,喜娘此刻忽然叫来,真有一种恍如隔世之感。

喜娘款款而笑,"罗布顿珠,我们今天来,是来帮你的。我们知道白崖王的事情了,我们也知道你此时定然孤立无援。"

佑世隆的嗓音仿佛一夕间苍老了许多,"是啊,我什么都可以失去,只有这个王位决不能放弃!白玛达瓦,你有什么好办法?你一定要帮帮我!这个时候,只有你才能帮我……"

喜娘眼神轻荡,"我来,自然是想到了法子。"

"还记得我那时刚刚来到羊苴咩城之时吧,我住在五华楼上,你骑着白象而来,我将手中的金瓶交给你,你高高地举过头顶,成了南诏国的王?"

那一幕,佑世隆怎么可能忘记!如果,时光能够停留在那一刻,停留在漫天花雨中,停留在两人凝眸的注视中,停留在——听着自己的心怦然悸动,停留在只想向整个世界昭告对她的拥有!

喜娘却没有过多沉浸在对往事的回忆中,她继续说,"金瓶藏耳是南诏国王室独特的丧葬形式,逝去的国王都会火化,仅留下一双耳朵,装入金瓶银函之中。也只有真正的王位继承人才能拿到先王的金瓶,因为只有他才知道先祖的埋骨之地,只有他才能够将先王的金瓶归入其中……"

佑世隆的眼神幽然一黯,"白玛达瓦,你的意思我懂了。可是,先王的金瓶至今还在我手中。如果我知道先王的埋骨之所,我还用担心白崖王的威胁吗?"

喜娘娇俏一笑,"之前我也并不理解金瓶藏耳之事,直到之前在剽国见到佛祖真身七彩脑舍利,我才忽然之间将它们联想到一起。供奉佛祖舍利的五重金塔,最里面就是银塔、金塔,这与先王遗骨的金瓶银函采取的是相同的材料啊!于是我反推,按照佛祖舍利的五重佛塔的次序——金、银、铜、铁、石……罗布顿珠,难道你没有想到什么吗?"

"白玛达瓦!"佑世隆眼睛一亮,"我知道,我南诏王室有个传统,每当有新王继位,便会在苍山崖壁上凿洞铸佛,所有的佛像都是铁质镏金,佛像之心往往以黄铜铸就!……"

喜娘盈盈而笑,"石洞、铁佛、铜心,再加上银函、金瓶,这不是恰好形成了完整的五重塔规制?"

佑世隆一拍桌案,"对啊,我怎么就没有想到!"

****

灯影中,喜娘侃侃而谈,而云开则一直静静侧眸凝望着她。她脸颊上微微娇羞的红晕,她眸子里晶晶闪亮的星芒,她面颊上生动玲珑的表情,无不牵引着云开深深的爱恋。

本来，云开偷偷遁入羊苴咩城是来接走喜娘的。弄栋苗人的叛乱已经止歇，因为小蛮的缘故，所以苗人甘愿追随云开，拱手将弄栋之地的权柄奉上。如此一来，云开便拥有了属于自己的地盘，有了能够安身立命之所。所以，他夜入羊苴咩城，来接喜娘。

今生今世，无论再遇到什么样的波澜，云开都不会放开喜娘的手。

可是，喜娘却不愿立即离开。她说佑世隆遭遇了最大的挑战，她说要帮佑世隆渡过这个难关。

同样都是男人，同样都在爱恋着喜娘，云开自然判断得出，佑世隆对于喜娘的感情，毫无掺假。只是——只是佑世隆心中还有一个更为重要的爱人，那就是南诏国的王位，那就是一个男人的梦想天下！

云开稍作迟疑，缓缓开口，"皇上，找到金瓶藏骨之所只是其一，小人觉得您还是应该尽速派人去一趟康巴，将拉则（藏名，意为"像仙女一样"）居住的村子迁移走吧，越远越好……"

云开此言一出，佑世隆悚然变色，"你！你是怎么知道的！"

云开轻笑，"许多事情，只要用心去查询，找对了方向，就一定能够找到答案。我只知道拉则的儿子从小跟罗布顿珠非常要好，可是一次意外的失足落水后，拉则的儿子就不见了，只剩下了大病一场的罗布顿珠……可是据从小伺候罗布顿珠的农奴说，大病初愈后的罗布顿珠，怎么看都长得越来越像拉则的儿子了……"

佑世隆刚刚绽放出光芒的眸子，一瞬间阴暗下去，奔涌起了无边无际的乌云，"你想要什么？"

云开微笑，"我只想皇上兑现您的承诺。彼时小人带兵救援骠国离开羊苴咩城，皇上以黄绫密旨赐给臣的时候，曾经说过，'她的身世之谜，我已经知道了答案'，臣想，皇上所说的'她'该是喜娘吧！皇上既然已经应诺小人，那么就请皇上示下吧！"

5.情落喜洲

佑世隆轻叹，"好吧，既然此时你们都能来帮朕，朕自当恪守前言。朕此番称帝，公然与中原决裂，自然吸引了天下各派反中原力量的注意。这其中，有一股力量来自中原内部，是前朝张阁老的旧部。尽管张阁老及一众主力已经被斩杀殆尽，但是依然有部分隐藏下来的力量，伺机而待任何可能的死灰复燃。他们想与我联手，里应外合，共谋中原！"

佑世隆的话让喜娘和云开都是大吃一惊！

佑世隆又说："为了让我觉得他们可用，他们便向我透露了一些秘闻，说张阁老当日曾虏获乌孙圣女，使得乌孙人甘愿为他驱驰，倾巢而动，在西域给中原形成了极大的威胁！可是，那个乌孙圣女却性子刚烈，不甘因为自己而使整个部族涉险，所以竟然投河自尽了！好在，圣女的亲生女儿一直在张阁老手中，所以才让乌孙在西域边界，整整威胁了中原一十六载！"

"如果我的情报没有错，"佑世隆柔柔望着喜娘，"那个圣女便是白玛达瓦的母亲，也就是我南诏国曾经的王妃……"

****

喜娘定定地凝望着佑世隆，良久，良久，直到感觉到眸子酸涩鼓胀，方轻轻眨动了一下眼睛，悄然释放一滴泪水落下……

娘，喜儿一直怪您好狠心，狠心地抛弃女儿一个人艰难地活在世上，就那么决绝地跃入水中，连一个回眸都不曾留下……现在，喜儿才知道，不是娘您狠心，而是娘看重民族大义，顾惜整个部族的千万条性命！您没有回眸，不是您不留恋喜儿，而是怕一回头，便失却了赴死的勇气，便会贪恋红尘中的母女之情，而罔顾了西域边塞的万千亲族！

娘，喜儿好高兴，喜儿终于知道，娘您一直在心里只爱着他，那个给了喜儿生命的爹！张阁老当初说起的与您的相遇，都不过是他掩盖罪责的说辞，喜儿真的好高兴，您从来没有与他有过任何的感情瓜葛……

娘，您知道吗，女儿替您找到了爹呢！您踏遍中原终未遇到，而女儿终于帮您了了这个心愿……尽管，刚刚知晓之后便永远失去，但是女儿高兴，女儿知道在天国之上，您跟爹一定可以重逢！……

****

正在此刻，忽然窗外传来丹珠压低的嗓音，"皇上，您可安好？方才为臣进宫来，发现一路之上的侍卫都已经被点穴击倒，臣恐有刺客为害皇上！"

佑世隆目光连闪，显然是有截然相对的两种念头在他心中交织、争斗。云开轻轻一拥喜娘的腰肢，轻声说："该走了！迟则生变！"

喜娘努力抑制下心底的感伤，随着云开向外走去。

眼前就是玄极殿的大门，一步迈出就可能生死两重天。可能，迈出门便可借着夜色飞身而去；更可能，迈出门去，门外的暗影处早已埋伏好了全副武装的卫兵！纵然云开身手再好，毕竟单拳难敌四手，何况还有喜娘需要他的周到防护！

站在门前，喜娘倏然回首，眸中又现淡淡泪光，"罗布顿珠，你要保重。其实，在我心中，你从来不是佑世隆，不是南诏国的王，不是大礼国的景庄皇帝。你一直只是罗布顿珠，有着一双新月般温柔眼睛的康巴汉子。在我心里，你从来没有身居朝堂，你一直站在莲花湖畔的月光下，一直走在茶马古道上我的身后……"

一句话，佑世隆的眸子突地泛红，曾经种种，如烟海淹没心胸。一切的一切，如果不来南诏，如果远离这座金碧辉煌的宝座，是不是——便不会走到今天，便不至于眼睁睁看着她离开自己？！

佑世隆紧紧、紧紧地凝望着喜娘，狭长的眸子忽然波光激滟，"其实，你才是我的罗布顿珠，你才是给我带来如意成功的珍宝(注:藏语中，"罗布"代表如意、成功;"顿珠"代表珍宝、宝贝）！走吧……我会一直站在莲花湖畔的月光下凝望着你，我会一直在茶马古道上守护在你的背后……"

泪，从喜娘眸子里潸然而下。佑世隆猛地背过身去，再不看向喜娘！

云开拥住喜娘轻轻颤抖的肩膀，一个纵身，直向着那如盘的圆月，飘逸而去——

****

三日后，佑世隆向大礼国子民昭告了历代先王金瓶藏骨之地，将自己正朔嫡传的地位明白以示。在事实的面前和大礼国全体臣民的压力之下，白崖王也不得不承认了现实，自退兵去。

南诏大礼国内，无人再质疑佑世隆的王位。

****

三月后，佑世隆下旨将曾被白崖王屯兵据守的大厘城，更名为"喜洲"，并令修造宫室。每年中总有三五月，佑世隆会在喜洲生活，于是南诏大礼国民均以喜洲当做陪都。

没有人知道佑世隆为什么会将大厘城改称"喜洲"，也没有人知道佑世隆为何要几个月住在喜洲……只有某些月圆之夜，佑世隆独自站在月光下，才会低低地喊出那个名字，"喜娘，你还好吗？"

****

喜洲，或许注定成为转折之地，更迭之所。

九三七年，生于喜洲的段氏后人段思平，兴兵讨伐，攻入了当时的首都太和城，建立了大理国。

若干年后，明太祖朱元璋带兵攻入大理国，将南诏国史书资料俱皆焚毁。

南诏国就此尘封于历史的烟云间……

十二
幕落

人间自有情

西域。

春光倾城。

曾经一片戈壁的牢兰海,如今又是微波浩渺。

水畔,绿林环绕,花草摇曳。高大的胡杨托起片片绿荫,轻巧的鸟儿蹦跳在绿叶间歌喉婉转。

如镜的水波上,水草娉婷,湖莲楚楚,不时有顽皮的鱼儿穿破水面跳跃而起,播撒下一串欢快的水花,荡漾开微笑的涟漪。

看水畔的野花,红是绯红,黄是鹅黄,白如蝉翼,紫如罗兰……一蓬蓬、一片片,烂漫开尽,散落在嫩绿的草叶间,宛如绫罗绣锦,又似星斗满天。

水畔，一对璧人，相依相偎。

男子着白袍，宛如披一袭月光在身。衣袂随风轻轻扬起，轻舞翩跹，如片片白色莲花，随风流转。他的目光，绵绵长长凝望着身畔的女子，如岁月邈远，仿佛一瞬万年。

红衣的女子，姣美如榴花临波照水。披帛轻带杳杳随风，缥缈若仙，微风轻荡中如驭踏青云。一朵微笑，颤颤绽开在她的唇边，她盈盈凝望手中一串火红的玛瑙，映着天光水色，如一颗一颗流火，闪入幽幽水波，消失不见……

红色的玛瑙，与湛蓝的水波，在这一瞬间，奇妙地相融，仿佛彼此等待已久，仿佛本来就该生死相拥。

红衣女子一手柔柔握住白衣男子的手，另一手轻轻抚上微微隆起的小腹，"我们走了，雅丹。我想把佛祖真身七彩脑舍利带回中原去，筑塔供奉，以纪念我的父亲。我们会悄悄地回到中原，安安静静地生活下去。等我的孩子出世，我会把你的故事讲给他听，我会告诉他牢兰海红与蓝的传说。"

转身，飞花满身。

天地浩渺，藏不住两人彼此凝望的痴情；草木悠悠，犹记述一段此情不渝的传说。

****

轻纱幔帐，水波盈盈，望着二人离去的背影，天幕间似乎存在的一层纱帐背后，蓝眼的孩子悠然叹气，仿佛心脏一角被掏空，却又说不清到底失去了什么。

同样蓝眸的白发老人，呵呵轻笑，缓缓拂着孩子卷曲如天使的额发，神色间满是欣慰。

蓝眼的孩子忽然不服气，"还笑，还笑……血胆玛瑙投入河水中，那岂不是我再也无法遇见我的'红色'？"

蓝眸老人眼神揶揄，"谁说血胆玛瑙坠入了水中，便会从此失去？血胆玛瑙采至山石，而牢兰海又会沧海桑田。没有此时的投入水中，五百年后，人们又怎么从干涸的戈壁山石中重新采集到它？"

蓝眼孩子惊喜，"那我还会遇到属于我的'红色'？"

蓝眸老人微笑，"牢兰海水一如世间之情。一念情生，一念情绝。红为兴发之色，蓝为幽闭之光，就如同世间动情之心，一念为红，一念成蓝。"

蓝眼孩子吐了吐舌，"还一念成佛，一念成魔嘞！说得那么玄奥，我这个年纪怎么听得懂！"

老人缓缓收回笑容，"情生则为佛，情绝则是魔。有情便是佛，失情便成魔！孩子，你要牢记我这句话，未来，千万莫要一念之差……"

蓝眼孩子淘气一笑，"不要那么紧张啦！为爱而成佛，为爱而成魔，本无区别，其心相通！"

蓝眸老人眸光骤闪，惊喜地望着蓝眼孩子，"难得，你已经参透了这个！那，我还有什么担心？"

老人悠然长吟,"因爱为魔,为爱成佛。只要有爱,魔亦是佛……"

蓝眼孩子不耐,"好啦好啦,我下次就为爱成魔好了,等着我的'红色'救我成佛。我的'红色',快来啊……"

****

苍穹之下,天山之巅。

前夜的清月还留一抹娇影斜挂,盛放的雪莲尽展千年的风华,雪光云影依然清幽,自己的皮肤上还留有他的味道,可是却怎么独独不见了他蓝衣的身影?

为什么?

难道是自己不够美? 可是部族里的人都说自己是草原上的月亮花儿,最美的姑娘才可称为"艾依古丽"。

难道是自己不虔诚? 可是她明明下定了决心从此随他天涯,此生不离!

他的感情难道就像三天前忽然一夕枯竭的牢兰海之水,明明那般漫溢,却可能刹那之间消失得全无影踪!

如果可以选择,我宁愿让自己浸溺而死,就算薄凉,就算窒息,也总要守住一身的水,不愿看干涸枯败的绝情!

是谁?

我的耳畔传来的谁轻轻的脚步声?

一如,曾见……

忍不住还是扭了头,却认不得眼前陌生的形象。灰色的僧衣,落发的头顶,磨毁的面目,苍老的身形……

可是,他为什么那么深情地凝望着我? 那么熟悉的眼睛,那么熟悉的凝眸!

他在对我说话么?

"当决定离开尘世,我便一心想着再度来到天山之巅。虽然我们的身子都已经走了二十年,走完了长长的半世人生,但是我知道,你我的心一定都还停留在这里,从未离开。"

"牢兰海的水一夕枯竭,其实都是沉入了地下;就像人如果失去了爱,心底就会破出幽深的黑洞……不过,一夕枯竭的水一样可以一夕涨满,只要心中重新找回了爱,那牢兰海便会重现盈盈水波!"

他说的,真好……

我不由得定定地望住他。

兜兜转转,颠沛流离,我终于找到了你……

月钩悄隐,晨曦将放。我们握住彼此的手,看满天星斗从我们身体中穿行而过。

这一刻,天地间——

流、光、飞、舞……

(爱终有结果·全文终)

番外篇
姻 缘 簿

喜娘
Xi Niang
284

1. 市有红娘十二岁

到底是哪一年?

哪一年,我第一次在扬州的街市上,见到了这个满身红衣的姑娘?

那一年,她还是个小姑娘啊,小小的身子还没放开身量,看上去分明还是个孩子的模样。可是,居然就是这么个孩子,却穿了层层的红衣,挂了满脸的各色粉彩,挨家挨户地询问其家中是否有正值婚嫁年龄的男女!

这是什么世道啊! 就算是国力大张、胡汉混杂的时代,男女之防不再严谨,但是一个孩子也想做起保媒的营生,就算各家各户都恰好有适婚年纪的子女,又会有谁信得着这么个小孩子呢!

那孩子的父母,又怎会狠了心,让自己的女儿小小年纪便穿行市井? 就算穷困得无以维生,也要替这孩子的未来想一想啊!试想,有几户人家,愿意让一个当过媒婆的姑娘嫁入自己家门呢?

媒婆这个行当,从来都是让人们又爱又恨的呀!各家各户的孩子们要仰仗媒婆说合姻缘,却也让媒婆因此而过多地浸淫世俗,从而被烙上了过于算计与功利的印记。更何况,男女之事,古来便是涉及风月,虽然不似勾栏院那般直白,但是媒婆们也没少做了些见不得人的皮条生意⋯⋯所以,从来只见半老婆娘做媒婆,拼却一张老脸,赚得些许银两;又有谁,能舍得一个好好儿的小姑娘家,巧言令色地披起红装?

越是这样想,却又越留意起那小姑娘的行动来。

不出所料,她又一次被拒绝,绸缎庄的王掌柜面无表情地当着小姑娘的面儿,哐当一声关掉了大门,将那小姑娘好不容易堆砌起来的满脸笑容凝固在了脸上。小姑娘满嘴的话也被噎在了嗓子眼儿里,我眼见着她小小的脸颊窘得通红,亮晶晶的泪珠儿在眼圈里一个劲儿地滴溜溜地转⋯⋯

我这心啊,猛然就好像被谁狠狠地掐了一把,那般地疼。

好在,天光尚早,派出去采花儿的丫头们还没有回来,我的胭脂铺子也尚未忙碌起来。且给这小姑娘指一条路去吧。不看她年纪的大小,也不去深究她的身世背景了,单就为了她眼里努力忍着的泪。

隔着五六个门面,我当街扯开喉咙嚷着,"哎,那个红衣的丫头!你说你是媒婆不是?我家倒有个远方的侄女儿正值嫁龄,不过她爹妈都去得早,除了几个铜钱,她可没更多的好处可以给你,不知道这样的亲事,你可愿意接啊?"

那一瞬,不知道是不是我眼睛花了,我仿佛看见一朵桃花儿在金色的阳光下倏然绽放。那双眼睛里,亮晶晶的泪花还没有遁去,一抹快乐的光芒又瞬间闪烁!那个孩子,就这般丝毫不知掩饰地,眨着泪花的同时,便快乐得笑出声儿来!

"大娘,谢谢您!我愿意接,愿意啊!我保证,一定帮您的远方侄女儿找到一个心爱的男人!还有,大娘您误会了,我保媒不是为了银钱的!我愿意免费为您的侄女儿做这件事儿!"

那把声音,真的澄澈如山泉啊,清脆明亮,还有藏不住的稚嫩。她的确还是个孩子啊,就算号称自己是个媒婆,却完全不懂得媒婆的说辞呢:经验老到的媒婆一定会说"我一定会帮您的侄女儿找一个好人家",可是她却说"我一定帮您的侄女儿找到一个心爱的男人"!这个时代,这个社会,就算女子的地位已经大大提高,但是依然要依附在一个男人身边,唯那个男人的喜好为自己的意愿。命好的,能够得到夫家数载的倾心也就心满意足了,哪儿还敢问问自己的心:自己是否爱着身边的这个男人呢!

呵呵,不过,哪个女子心底,在十四怀春的年纪上,没有描画过一个自己喜爱的男人的模样儿呢!这孩子,估计也正是这个年龄上下,所以才会这般地说吧。不管怎样,也算难得了她这片心,姑且听信了吧⋯⋯

噢?那个孩子在做什么?看着她变戏法儿一般地从衣服里翻出纸张、毛笔、砚台,我一时竟然无法揣测她所欲何为？难不成，还要按着买卖人的习惯，跟我签订一纸合约不成？

不过是一桩亲事，不必这般地大费周章吧！从来没见过哪个媒婆会带着这样的"装备"上场啊！

"大娘，麻烦您跟我说一下，您的侄女儿的生辰八字、身高体重大致样貌；还要告诉我一下，她平时都读什么书？她闲暇时都以什么消遣？她素日里见到什么样的男子会脸红？她有没有说过喜欢什么样的男人？她喜欢放纸鸢吗？她喜欢吟诗吗？她对待朝廷时政有没有自己的见解……"

这前几个问题倒也对路，可是后面的却越说越远了。放纸鸢、吟诗、品评朝政，这些，跟亲事有什么关系！哪个男子的家，会希望自己未来的媳妇儿，除了三从四德、温柔贤淑之外，还有这么些个旁门左道的爱好？

我急忙摆手，不想说这些不相干的事情。可是这丫头却满脸正色，"大娘，您一定要告诉我。因为真正相爱的两个人，一定要拥有相似的人生理解与生活爱好！"

……

时间过了两月有余，我也满没把这件事儿放在心上。没想到那个红衣的姑娘，竟然在一个大雨的清晨，真的跑到我的胭脂铺子，扯过我那远房侄女儿的袖子，嚷着说要让她相看未来的夫郎……

不知道那天到底发生了什么，只见着侄女儿红着脸颊回来，每逢我问起，眼睛里便是一片迷蒙蒙的水雾。

只得旁敲侧击地问了那红衣的小姑娘，干吗非要大雨天地带着侄女儿去看人呢？红衣的小姑娘眨着晶亮的眸子，严肃地告诉我，"因为您的侄女儿喜欢吟诗啊！下雨天正是所有喜欢吟诗作对的人们才情洋溢之时啊，这样便可以考较那个男子是不是符合您侄女儿心中的标准呢！"

这、这孩子的说辞，真真让我瞠目结舌！不过，倒也的确有几分道理，虽然有点旁门左道之嫌，却也的确是另辟蹊径呢！

在那孩子的撮合之下，侄女儿终于欢欢喜喜地嫁给了那个诗词才华横溢的男子。算到如今，成婚已近五载。膝下已有一双儿女，生活虽然不算富裕，但是两个人闲时便带着一双儿女吟风诵月，日子过得倒也风流快活。

这，就该是那个孩子曾经强调过的爱情了吧。不在乎衣食富有，只在乎心情愉悦。想想也是啊，夫妻二人毕竟是一生一世的伴儿，"衣锦绣"永远比不上"相见欢"吧……

****

那个红衣的孩子，后来我才知道她的名字叫做喜娘。

她说她当媒婆不仅仅是为了谋生，而是为了给死去的母亲的一个承诺。为什么会有这般奇异的承诺？想问出口，却被她眸子里一抹遥远的迷茫阻住。这孩子，心里定是藏了无法对人言明的苦楚。

她说她不喜欢称自己为"红娘"，因为"喜是心之快慰也"，一桩情缘只有两心相悦才能算作喜事一桩。她说,她要让自己保定的每一桩亲事都是两心相悦的情缘。

她的说法彻底颠覆了我对于媒婆的理解。

我不得不对这个孩子刮目相看。

尽管,她的年龄只有十二岁;尽管,她混淆了美丑地裹了层层的红在身上;尽管,她是个说不清身世的没有了亲爹娘的孤儿……

不过,我却无法忽视,她说话时永远挺直了的小小脊梁,还有她眸子里不时闪现的,耀眼光华。

我知道,她的未来,一定不只是扰攘市井间一个着红装的普通媒婆。

我相信,她的未来,定有许多故事发生。

或许她本身,就是一个最好的故事,一段引人追问的——传奇。

2. 世界上最远的距离

三年前,我总是在做一个梦。

梦里是无边无尽的夜色,没有星月,也看不见一点灯光。那片漆黑的夜色,却并不是一片无波无澜的死寂,它更像一团黑色的迷雾,虽然无垠无际,却又会奇异地漫卷飘摇,仿佛有无形的风吹动着它一般,一直一直,在我的梦境中诡异地窜走游荡。

那黑雾,仿佛永无止境;那梦,似乎永远无法醒来。

直到! 直到——黑雾中忽然乍起一线光芒,一头骆驼欺入视野,它带着疲倦而忧伤的目光锁住我,让我眼睁睁地看着它不断泣血,殷红的血一滴一滴顺着它的嘴角,嗒嗒滑落……

每当梦境到此,我便会猛然从梦中挣脱,大汗淋漓着从床榻间耸身坐起。

黑色、鲜血,这般的噩梦,其实带给我的却并不是恐惧。我从未恐惧,只是——心疼,心力交瘁的疼。

于是无数个这样的夜晚,梦醒之后的我无法再度入睡,只能披衣坐在夜色中,借着隐隐的月光,缓缓梳理自己的心事。那些压抑在心底许久的、剪不断理还乱的心事啊,直如麻绪,将我整颗心丝丝缠绕,倔犟而执著地,不肯放我一条逃开的生路。

所以,对于那个人,我无法强装无爱,只能面对由他而来的心痛。

沙力克……他迎风漫卷起的长发,就正是那夜的颜色。

骆驼……我也认得,那正是沙力克的坐骑"追随"。

我的心,我的梦,全部与这个人丝丝牵绊,所以才会最终缠绕成为一个梦魇,将我锁进永远躲不开的梦境。

爱上他,定是上天予我的一个劫难。

永远不会忘记第一次见他的情景。

扬州的街市,人影幢幢,人们在摩肩接踵之中无不小心地避让着迎面而来的路人。可是他,人高马大,还牵着一匹身形巨大、步伐缓慢的骆驼,就那么直直不知避让地,穿行于人丛之中。

每走几步,他就会停下来,拦住过往的行人,给他们看他手中拿着的一个卷轴。他奇异的举止引得众人纷纷侧目。当然,他更为引人注目的,是他这个人。

他昂藏的身躯,足足比江南的男子高出一个头颅;他的发,不戴冠、不包巾,就是随意地用一条细细的皮革随意捆扎起来,长长而又卷曲的头发自在地飘扬在他背后的风中。

一袭黑色的袍子,紧紧勾勒出他强壮的身躯。完全不似中原男子习惯的宽袍大袖,他的黑色长袍几乎就像是他身上的第二层皮肤,隐隐,似乎都能窥测到那布料之下的肌肉浮凸。

更为耀人眼球的是,他立体雕塑一般的脸颊上镶嵌的那对眸子。有着黑色水晶的坚毅,有着夜色一般的幽深,却又无法掩饰,那眸子流转之时倾泻而出的脉脉温柔。

异族的男子,奔波于陌生的街头,细细描摹卷轴中的内容,眼底流泻出动人的温柔……那个晴朗的午后,熙来攘往的街头,我却置身无人的荒野,身遭雷击。

愣愣地看着他,无法移动脚步。直到,他自己向我走来,高大的身子在我身上投下幽深的影子。他打开卷轴,给我看里面一个女子的画像,他温柔地问我是否曾经见过这样一位女子,他说要加上二十个年头,说那画中的女子如今该是那个年龄的模样……

我顾不得姑娘家的矜持,我仰起头静静地看他。岁月静好,天光水色都在他面颊静静流淌。他的影子投射在我脸上,他撒下的情网却已经牢牢地绑缚住了我的心。

他说,那是他的母亲。当年来中原经商的父亲,在中原邂逅了母亲,在他五岁时带着他回到了西域,母子二人从此再未相见……

我静静地跟随着他,变成了他身后的一道影子。我陪着他辗转人海,我帮助他向人们转述他偶尔无法准确表达的意思。他的母亲如今依然行踪杳然,可是我们两个的心已经牢牢地牵绊在了一起。

忽有一日,他神色凝重。

他说,远在西域的父亲病重,他要赶回去。他问我是否可以在他离去之前,允许他亲自登门拜访我的父母,权当将我们的亲事定下来。

这曾经,是我梦里都盼望着的事情啊。可是,我却对他,轻轻地摇了摇头。

西域与扬州,远隔关山,此去必是经年。

他的母亲,当年不愿随他父子离开,定然也有这般的担忧吧。

不是不爱,只是这爱是否能够穿越千山万水,是否能够跨过千山万水背后所隐藏的种种界限?

国家、民族、语言、文化……这一切的一切，无疑会在两颗相爱的心灵之间，划下一道深不可测的鸿沟。

"非我族类，其心必异"，我知道他爱我，可是我真的无法清楚而完整地看清他的心。

一旦，爱情有变，我又将如何独自生活在那片茹毛饮血的异土？

这该是世上最远的距离……

所以我只有对我的沙力克，轻轻地、轻轻地，摇了摇头。

****

就在我狠狠地关闭了自己的心门，以为自己此生再也不会爱了的时候，忽然有一位红衣的姑娘，招摇而堂皇地来到我的家，敲响了我的门。

她说她叫喜娘。她说她是扬州城里最能干的媒婆。她说她要帮我找到此生最真挚的爱。她说，她说是沙力克拜托她上门提亲。

我只说要提亲该去对我父母言明。可是这个喜娘却说，这是你的亲事，我必然要先让你心甘情愿才行。

****

她不由分说地帮我换上一套男子的衣裳，散开长发绾入头巾，便直直拉着我出门。她一路拉着我走到烟花巷，不管我羞难自抑却一径拉我走进"寻欢阁"。这样的地方又怎该是本分人家女儿该来的地方，刚想斥骂她，却被她专注的眼神止住。

她在看廊边的一对男女。女子绝色姿容，男子风姿俊雅。

喜娘的眼睛里一派凝重，甚至，隐隐闪耀着泪痕，"你知道吗，那个女子，曾经是这里的花魁；而那个男子，曾经是扬州城名动一时的才子。他们很幸运，因为遇到了彼此；他们又很不幸，因为他们相遇太晚。"

我满腔的斥责，被喜娘的故事打断，我只能被喜娘那般的神情蛊惑，静静地听她接下来的故事。

"那个女子身为花魁，不但天香国色，更妙的是有一把好嗓子，能够听到她歌一曲，甚至比让她陪侍一夜都要难得。正当她与他两情欢好之时，忽然有一位朝廷告老还乡的高官非要买了她去。那高官早已经年过古稀，只是想让她在身边，好日日听到她美妙的歌喉。她自然不愿，终于无奈之下饮了哑药甘愿毁去了自己的声音！那高官老羞成怒派人划花了她一侧的脸颊……"

循着喜娘的故事，我向那女子脸颊望去。恰好，有风吹来，吹乱了女子的发丝，她微微侧过脸颊——那侧的脸颊，皮肉翻卷，与这侧完美的脸颊两相对照，更加渲染出一种诡异的恐怖。我的心，咯噔猛跳，心下不禁暗想，那男人怎么受得了日日对着这样一张脸？

仿佛为了回答我心内的疑问，喜娘重重叹气，"她想偷偷离开他，他怎会应允。为了不让她再担心自己这张脸，他竟然用她的钗子刺穿了自己的双眼！"

啊！我禁不住叫出声来。这该是一份何样决绝的爱！

喜娘似有深意地看着我，"现在，他们一个目盲，一个口哑，即便日日相对，他却已经无法看见她,而她的万般情意都已经无法言明。这般的距离,又何止是咫尺天涯!"

"而你,"喜娘的眸子里忽然有光华闪现,"却被扬州与西域之间的距离吓怕,被短短数十日便可跨越的路程吓怕!难道,要真的等到,有爱不能言,明明在身边却看不见之时,才会后悔此刻的草率吗?"

我的心,如遭重锤。

喜娘垂了眼帘,似对我说,又似喃喃自语,"我听天竺客商提过,他们的家乡流传着这样的歌谣:这个世间最远的距离,不是天与海的距离,而是,我就站在你对面,明明爱到痴迷,却不能说我爱你……"

我的心轰然倒塌,化为齑粉,随风鼓荡。

"我就站在你对面",这该是天下最近的距离了吧,却"明明爱到痴迷,却不能说我爱你"……不!我不要这样!我宁愿远隔千山万水,也要牢牢把握住能够对他说爱的机会!我的沙力克,此生此世、生生世世,我都会爱着你……

……

****

回想起三年前的经历,我不禁微笑,这个世界上真的还有这样的媒婆吗?还是,应该说,这个世界上除了喜娘之外,再也找不到这样的媒婆?

她压根儿就没做过一个媒婆该做的事儿,她没说清楚沙力克的身家背景,也没有尽心尽力地说服我的父母,就那么愣冲冲地拉着我去了勾栏院!呵呵,真是惊世骇俗的媒婆啊,不过也幸亏有她,才会让我终于放下所有的顾忌,追随着我的爱,一路西行。

就像,沙力克那头骆驼的名字——追随。他追随着父母的记忆来到中原却遇到了我,而我又追随他骑着"追随"一路追随了我们的爱情与幸福!

****

喜娘,这个神奇的小媒婆,我无法想象,她又将会遇到怎样一个男人,能够让她全心全力地去追随呢?

3. 惹郎卿

莲园外忽地人马声杂沓传来,那马蹄踩在青条石马道之上的清脆蹄音,仿佛一下一下踩在了我的心上。

我知道,是他回来了。

情不自禁地丢了手里正在绣的帕子,三步并作两步奔到窗前——却暗自颓唐:这样又是何必?

****

重新坐回塌边，捡起绣了一半的并蒂莲花，手指却已经找不到了下针的力度。只等着前厅的一声召唤，仿佛心儿就会翻飞成展翅的鸟儿。

果然，丫鬟丝儿的嗓音传来，"小姐，少爷回来了。老爷和夫人请您去前厅呢！"

是的，便是这样，不愿认，又得如何？

我是秦府的小姐，他是秦府的少爷。

我是他的姐姐，他是我的弟弟。

弟弟……

****

百种滋味在心头，我游移着心思缓步走出莲园，心中既盼又怕见到他。他这一去，大半个年头了，一日一日，我都用针脚细细密密地绣在了我的帕子上。那朵并蒂莲，绣到今日恰好下了一百九十九针。一百九十九，长长久久的一个数字，究竟对于我将意味着什么？是我与他的情终将常相厮守，还是，还是我与他注定是长长久久的姐弟缘分？

题由谁解？心，有谁知？

****

莲园与前厅的距离，说短也短，说长也长。丫鬟丝儿在厅门处通报，"大小姐到了……"我不得不抬起眼帘，无法逃脱地被他细细密密的视线包围缠绕，仿佛一个深不见底的黑洞，将我的人、我的心直直吸入、下坠，直到——万劫不复。

二娘——哦，不，我已不该如此轻慢称呼，娟姨她现在已经是上堂的柳夫人，不再是我口中叫了十三载的"二娘"——柳夫人的嗓音忽地插过来，"莲卿啊，快来看看，这番逸轩从西北回来，可给你带了好些好看的、好玩儿的物件儿呢！逸轩这一趟出门，可给咱们柳家赚了不少的银子呐！"

当娘的都是这样吧，名儿上是在说我，实际上却是在夸赞自己儿子的能干。

我心下自然理解。毕竟，逸轩他是娟姨当年带进来的孩子，虽然现在也被尊称为柳家少爷，但是大家都是心知肚明的，正牌的柳氏继承人，只有我这个小女子而已。

只有娟姨，还仿若天下人都不知一般，极力地张扬逸轩的柳氏身份。

这样一来，即便我与逸轩本无血缘关系，但是无论是柳府的脸面，还是娟姨的骄傲，都断然不可能允许我与逸轩的情分。

弟弟，或许他这辈子只被允许作我的弟弟，而我又如何以姐弟之心来对待这个无法当成弟弟的男子啊！

****

心思凌乱间，我只好将视线投到逸轩给我带回来的东西上。松耳石的头饰、琥珀的项链、珊瑚的指环……都带有西域浓重的色彩和风情，而一个看似平常的小小瓷瓶却吸引了我的目光。在众多绚丽色彩的簇拥下，这个小瓷瓶显得那般普通，甚至有些寒怆，但是我知道，以逸轩的心思，他带给我的定然不会是普通的物事。

旋开瓷瓶，一股淡淡的清香飘来，不是脂粉之气，而是一抹酷似雨后青草迎着阳光淡淡散发的那种清香。看向瓶内,却不禁皱眉,只见黑糊糊的一团黏性的膏霜,细闻,不见了先前的清香,反倒多出一股子腥膻之气。

抬眼不解地望向逸轩。他带着疲色的脸上,那双凝注着我的眸子却晶晶闪亮,见我不解的眼神,他暖暖地笑着,并不说话,只是伸出手接过了瓷瓶。

他的指腹状似不经意一般从我手边滑过,一寸一寸,尽管只有短短的一瞬间,但是我的肌肤也已经读懂了他心底缠绵的眷恋。

心下颤成一团,浑然不觉逸轩已经用指尖蘸取了一块黑色的膏霜,俯下身来,将指尖在我的眉间细细涂抹。

他温热的鼻息柔柔地喷洒在我的颈边,他的眸子时不时定定望入我的眼睛,他的指腹粗砺而温暖,他的涂抹更像是温柔的抚摸……我几乎站不稳身子。几步之外便是父亲与娟姨,还有那么多丫鬟下人,他们都在定睛凝神看着我们两人。而逸轩,他竟然如此,放肆却又温柔地这般对我……

我微微地皱眉,刚想闪开,而他柔柔地开口,宛若耳边的低喃,"莲卿……不要动……你不知道……你有多美……你在我的手下……美得无人能比……这是西域女子用来画眉的……奥斯曼……你都不知道……你比她们美出千万……"

我知道,自己此刻一定脸颊红透,指端、毛孔全都一阵轻颤的酥麻。不行,再这样下去,我真的无法再佯装一个姐姐的身份。

娟姨的嗓音又适时地插了过来,"逸轩,你这孩子怎么走了一趟商,回来就忘了规矩了? 你姐姐的闺名也是你叫得的? 你们可都不是小孩子了,都到了婚配之龄,让外人听了去可是笑话! 你姐姐的名字,从今往后,除了我和老爷,只有她未来的姑爷叫得,你只能称她姐姐……"

我清晰地感觉到,逸轩涂抹在我眉间的手,突地凝滞,再继续涂抹时已经不见了刚刚的温柔,随之而来的是莫名的颤抖与冷硬。

逸轩,你这是怎么了?

****

提亲之事,说来便来了。

本来娟姨说是给我看一幅新送进府来的刺绣花样,可是入了前厅便看见一个满身红衣的女子坐在那里,我的心轰然而响。

娟姨很尽责地跟那红衣的女子描述着我的百般乖巧、万般温柔,不过那红衣的女子始终是有一搭没一搭地应着,丝毫没有寻常媒婆的热络。她那一双黑白分明的大眼睛,倒是时不时有意无意地瞥向我,似乎,不打算放过我脸上任何一个表情的变化……

娟姨说了半晌也累了,总结了一句给那红衣媒婆,"喜娘啊,你可一定要给我们莲卿找个中意的人家,要不然我可对不住我那早早过世了的姐姐呢……"哦,是了,生前犹斗的二人,待得我母亲过世,娟姨反倒起了愧疚之念。

娟姨少歇,一盏香茶已毕,喜娘有起身告辞之意,恰好迎来从外面办事归来的逸轩。

娟姨忙不迭给喜娘介绍,"喜娘啊,这是小儿逸轩,今年也不小了呢……"娟姨后面的声浪我已然全听不见,只望进逸轩投来的眼神,灼伤了我的脸颊,烫热了我的心。

不知过了多久,只听见逸轩压抑的一声闷喝,"娘,我的亲事不用你管!"他深深地向我望来,缓缓地说,"这辈子,别家的女儿我谁都不娶!"

娟姨慌了,大叫道,"逸轩,你这是怎么了?不娶是随随便便可以说出来的吗?你这是不孝啊!你的亲事,自有为娘和你爹做主,容不得你胡思乱想!"

倒是正待跨出门去的红衣姑娘,娟姨称作喜娘的年轻媒婆,淡淡地转过身来,静静地望望我,又望望逸轩,那双眸子里灿若琉璃,映着厅外的阳光,晶晶闪亮。

忽然就有一种被看穿心事的直觉直直刺来!我不知道这个红衣的姑娘看出了什么,我也不敢想象她是否已经猜到了个中一二,我只知道她眸子里忽然闪现出的光华,完全代替了她之前的漫不经心,宛若一件偶然出现的新鲜玩意儿吸引了她的目光,引发了她的好奇心……

****

自此后,那红衣的女子,喜娘,便时常出现在府中。每次来,均是拿了某家女儿的画像卷轴,再就是带着一副刺绣的工具。画像卷轴是给娟姨看的,娟姨看喜娘对逸轩的事情如此上心,自是对喜娘的频繁到访颇为殷勤。只是不知,喜娘为何次次都只在前厅盘桓片刻,就要巴巴地跑到我的莲园来。

她说,是来跟我学刺绣。可是就连丫鬟丝儿都看出,她分明没那个天分,更没有那份心思。她每次前来,似乎都只是跟我说些不相干的杂事。

每次都是被她扰了半晌才去,于是就算她每次均要跟我讨要些个小物件儿走,我也就不以为意,只求着她能早早放我一方清静才好。

统共给她的物件儿,倒也都是些不值钱的小东西:几方我亲手绣来的绢帕,一支荆钗、一把玉梳、一柄团扇……丝儿不屑,"这么点子平常东西,她也巴巴地要了去,怎么也是贫寒人家的出身,做点子事总带三分穷相!"

我轻斥丝儿的刻薄,自己倒是全未放在心上。

****

谁知,没过几日,这几件物事就给我招惹来了祸端!

去泉州接船走了几日的逸轩忽然怒气冲冲地夺门而入,气到颤抖的拳头里紧紧攥着一方绢帕,"莲卿你!看看你干的好事!"

我不明所以,诧异着接过逸轩手上的帕子——一株并蒂双莲,缠首于清波江上。这帕子正是我当日辗转绣了多时的,展开细看,并蒂莲边多了几行字:

"春日游,杏花吹满头。陌上谁家年少,足风流?妾拟将身嫁与,一生休。纵被无情弃,不能羞。"

这帕子立时宛如烫手的山药,我滚热着双颊,急切地寻找着逸轩的眼睛,"逸轩,不是这样的!这帕子,是我送了给喜娘的……"

没等我说完，逸轩的怒火更是高涨，"是啊，这自然是你送了给喜娘的，好让喜娘帮你把它带给你的心上人，好让喜娘帮你玉成好事不是！"

我讷不能言，仓皇地望着他涌起殷红血丝的眼睛。

我该如何解释，我该如何说，逸轩，我该如何面对我们的一切，我该如何剖白我心底里的感情？

我该，如何面对你；我该如何面对此时正色站在你背后的爹和你娘！

****

"呵呵，呵呵呵呵……"气氛正重如铅坠之时，追着逸轩而来的娟姨忽然笑出声来。她妩媚清脆的笑声宛若风中的铃，一串串一声声，层层稀释开凝结在莲园上空的凝重。

"老爷，我就说嘛，咱们莲卿啊，可到了该出嫁的时候儿了呐……"娟姨笑不可抑地轻轻趴倒在爹的肩上，爹脸上先时的阴霾也渐渐散去。

"老爷，日前您出门，我就自做主张请了咱们扬州城最有名的媒婆——喜娘过来。虽然咱们莲卿可是多少家的公子踏破了门槛想要求得的好姑娘，但是也说不定喜娘见识得广，能给莲卿寻来一个更好的夫君呢！您说，曼娟这样做，可还使得？"娟姨糯软的嗓音，毫不意外地得到了爹的首肯。

嫁人，看来已经是箭在弦上，不得不发了。

我抬眼偷望逸轩，他玉白的面庞此刻已经涨到通红，背对着爹和娟姨，握着帕子的指节泛出青白。

逸轩忽然转过身去，沉着嗓子对爹说，"爹，下一趟去康巴的茶叶生意，不用联系马帮了，我去！"言罢如一阵疾重的风，卷挟着我的心，呼啸而去。

爹诧异地朝着逸轩的背影说，"逸轩，你不是说这一趟路途艰险，不赞成走这一票吗？你怎么忽然改了主意？"

娟姨更是激动地大喊，"逸轩，你傻了吗，那可是豁上性命的买卖啊！"

一阵疾风从庭院里旋起，一方绢帕在风中旋舞如孤落无依的蝶，被蔷薇横出的枝杈截住，碎成褴褛……

****

半月倏忽而过，三日后逸轩就要带着庄里的马队，满载着江南的茶叶，去遥远的川北康巴走商了。

这一去，没人知道会费多少时日；这一去，没人知道会否生死永诀。

一日日数着逸轩起程的日期，我的心也一日日如秋后的花，颓败下去。今晚，更是无法入眠，数着天边的更声，跌坐在黑暗里，心乱如麻。

窗棂上，忽然有轻轻的叩击声。我开声唤丝儿，却没听见应答，想这妮子估计睡熟了吧。赤足下床，隔着窗棂我轻声地问，"是谁？"

窗外"咯咯"一声清脆的笑，"莲卿，是我，喜娘。"

喜娘？说也奇怪，前段时间几乎日日来扰着我的喜娘，这阵子倒是数日不见。

"嘘——莲卿,你偷偷地开了门,不要惊动旁人。"喜娘忽地压低了嗓音,神秘兮兮地说。

轻轻地开了门,迎了喜娘进来。正想问她那方帕子上题字的事,喜娘却一把拉住了我,一改往日嬉笑,面色凝重地对我说,"莲卿,告诉我,是不是,这一生如果不能跟他在一起,也不愿嫁给旁人?为了不嫁,你可以抛开所有?包括你未来可能继承的财富、你大小姐的身份,甚至——你的姓名?"

我不禁愣怔。喜娘只说是"他",而未说出那个名字,那么她自然是已经知晓我的心事了……

我不禁郑重点头。

喜娘粲然微笑,月光映在她脸上,宛如月光下盛放的莲,"那就好了。那么,你该准备好私奔了!"

"私奔?跟谁私奔?"

"跟帕子上的那个男人啊!现下差不多整个扬州都知道,秦府的大小姐开风气之先,主动在亲手绣了并蒂莲的帕子上题字,对某人暗许终身了啊!"

"啊!!!喜娘,别吓我,这到底是怎么回事?"

喜娘诡笑,"先别管了。你现在就记住这样一件事:你对帕子上的人暗许终身,但是秦夫人却要将你强嫁他人,于是秦小姐你抛弃所有,跟帕子上那人私奔了!"

"那,然后呢?"我的心嘣嘣地跳着,情不自禁地拉住了喜娘的衣袖。

"呵呵,那你就别管了。三日之后的三更时分,我在角门外等你哦!"

****

三日后的三更时分?我望着喜娘悄然离去的背影,满怀惆怅。三日后也正是逸轩启程的日子呢,不过他会是在午时起程,而我则要在夜半离去了。

先时还担心逸轩此去会遇到什么不测,而可能从此阴阳相隔;却没想到,如今,一道生离的沟壑已然横亘在眼前。即便,此后我们都能安好地活在这个世上,却也可能从此音讯再无,未来满面皱纹的时候即便相见也只当是路人了……

三日,我们的情分,只剩下了这短短的三日……

****

三日倏忽而过。逸轩走的那刻,娟姨哭成了个泪人,扯住逸轩的袍袖,嘶嚎着哭骂,"你个没良心的小畜生啊,我怀胎十月把你拉扯这么大,好不容易过两天舒坦日子,指望着你给我生养个大胖孙子,给我养老送终啊。你却望望巴巴地要去康巴干什么?庄里的伙计们多了,还有那些指望着这份差事养家糊口的马帮呢,哪儿就用得着你好好的秦家大少爷亲自走这一遭了!是什么催魂儿的小鬼儿蒙住了你的心啊,让你这么昧良心啊……逸轩,娘求求你啦……"

逸轩也红了眼眶,他搀起已经跪爬于地的娟姨,"娘,您别说了!这么些年来,您为我受的苦,我都记着,所以我才压抑着心里的想法,不说出来,唯恐伤了您的心!可是,你不能让我眼睁睁看着这一切啊,您这是在拿刀子活生生地剜我的心啊!您就让我走这一趟吧,要不然难道你眼睁睁看着我在您眼前变成没有了心的行尸走肉不成?娘,我答应您,一定会好好照应自己,我一定会好好地回来,在您膝下尽孝!"

逸轩将娟姨推进爹的怀里,然后向着二老郑重拜别,只在最后转身的刹那,向我投来一个回眸……这么久,这么久,我呆呆地站在送行的队伍中这么久,逸轩才吝啬地看了我一眼……逸轩,你可知道,这一眼可能是最后的一次对视,这一别可能是再无相见之期!我狠狠咬住自己的唇,不让压抑不住的抽泣泄露我的哀伤——逸轩,别了……

****

夜,如浸入水中的墨汁,绢绢漾开,将周遭层层浸染。数着天上的星,一颗、两颗……我的离别,到了。

挽起事先准备好的小包袱,几件换洗的衣裳之外只有一点傍身的散碎银两,唯一算得上贵重的是娘过世时留给我的几样首饰。从此后,这个世上再不会有秦家的大小姐,只有一个靠着自己绣工糊口度日的绣娘莲卿。

回身环视了一下我的莲园,这座当年因为我的诞生而种满了莲花,就连梁栋都以莲花装饰的院落。压抑住心底的留恋,我垂首,缓步出门。

秦府后花园的角门,果然开着,看门的家人不知躲到哪里瞌睡去了。轻轻打开门,望向门外的幽巷——月华如水,银辉泄地,幽静的深巷不见一个身影。

喜娘,难不成你当日的约定,竟然是一个玩笑?

踌躇间,忽然有布帛破空之声传来,一回头我已被裹进一幅巨大的布帛之中,随之一股熟悉的男性气息扑面而来。

可是,怎么可能是他?

拼力仰首,恰好望进一双缠杂在痛苦之中的眸子里。逸轩……他不是应该在远赴茶马古道的路途中?

他沙哑的嗓音压抑地闷哼,"莲卿,你果然要跟那个男人私奔!起先我还不信,如果我迟来了一步,你真的可能就这么消失!"

私奔?逸轩怎么知道我要"私奔"?眼前忽然浮现出喜娘那诡异的笑容——难道,这一切都是她?

"逸轩,是喜娘告诉你的?"

逸轩怒气冲冲,"自然是她!我都到了扬州城外三百里处的长亭,伙计忽然来报,说有一个车上的茶叶不断地泄漏。这个袋子刚织补好,那个袋子又漏了。我就知道有鬼,命伙计卸空了那辆车子,才发现那个红衣服的喜娘藏在车里头!她还可怜兮兮地跟我说,本来守在秦府里准备爬上莲卿私奔的车,结果错爬上了我走商的运茶车……"

什,什么?喜娘什么时候说要跟着我一起"私奔",而且明明约好了三更时分,怎么可能错爬上了正午时分动身的逸轩的运茶车!

我瞠目结舌,说不出话来。逸轩向巷子远处轻喝,"你还不出来吗?"

我扭头望去——纵然是夜色如漆,只有星月微光,却依然看得清那扶扶摇摇穿了满身红衣的身影——喜娘！

喜娘娇娇俏俏地走上前来，望住依然被逸轩拥在怀里的我，"莲卿，私奔的男主角我已经给你带来了，剩下的，就是你们两个的事儿咯！"

私奔？我们两个？我与逸轩面面相觑，继而双双望向喜娘。

喜娘明亮的眸子，恍若集合了星月的光芒，"别说你们从来没有动过这个念头，只是，你们碍于那些啰里啰唆的礼教顾忌，迟迟没有迈出这一步而已。如今，我已经替你们做足了铺垫，我每天在街市上几乎挨家挨户地昭告过秦家大小姐要私奔的消息了，所以即便你们现在私奔了，秦老爷和秦夫人也只须把这撺掇的责任推在我身上即可，只要秦府的面子保住了，时日一过，二老自然会原谅你们的……"

我的心激动狂跳，"但是，喜娘，这样依然没办法改变我们是姐弟的表象啊！"

喜娘深深地望住我，"莲卿，还记得我问过你，是不是愿意放弃自己的一切，甚至是身份、姓名？"

我郑重地点头。

喜娘说，"莲卿，如果我们不去揭晓，谁又能知道私奔离开扬州后不知去向的秦家大小姐，会成为后来秦家少爷从远方迎娶回来的新娘呢？别忘了你素日里可是大门不出二门不迈的大小姐，整个扬州城，见过你面的人，不多啊……而你们的亲友，更是好说，他们自然都知晓你们二人并非亲生姐弟，只需要秦老爷与各位亲友一一请托，也就是了……从此后，秦家大小姐莲卿，将不复存在……"

逸轩拥着我的手臂微微一抖，他深深地凝望我，"莲卿，这样岂不是太委屈了你？"

我的泪潸潸而下，"这怎么能说是委屈了我？如果这辈子真的注定要与你擦肩而过，真的要眼睁睁看着你别娶她人，才真真是委屈了我呢……"

喜娘嗓音清朗响起，"那你们还不快走？未来的日子还长着，且停了这一刻的缱绻吧！"

我红着脸颊跳出逸轩的怀抱，望向他也乍然红起的面容……

走……

****

三年后，当我隐姓埋名随逸轩重归秦府，那时的我已经叫做婉绣，成了逸轩的妻。我后来悄悄地问过喜娘，她这般"离经叛道"的做法，不担心引来那些守旧的父母的反感，从而砸了自己的饭碗吗？

喜娘只是笑，她说不管这个世界上礼教如何变换，有一点是永远不会改变的，那就是父母对于孩子的爱，那是与生俱来的，那是不可抗拒的。只要自己所做的一切，真的能给那家的子女赢来一桩真心相爱的缘分，那么哪一双父母会死抱着面子，而不去接受子女现世的幸福呢？

"即便"，她顿了顿，"即便真的有极为顽固的父母，我也顾不得了。只要能换来一桩美满的姻缘，我这个饭碗砸就砸了！"她黑如点墨的眸子，熠熠华彩。